O FIM DE SEMANA CINCO ESTRELAS

OBRAS DE ELIN HILDERBRAND PELA ALTA NOVEL

O Hotel Nantucket

OUTRAS OBRAS DA AUTORA

The Beach Club
Nantucket Nights
Summer People
The Blue Bistro
The Love Season
Barefoot
A Summer Affair
The Castaways
The Island
Silver Girl
Summerland
Beautiful Day
The Matchmaker
Winter Street
The Rumor
Winter Stroll
Here's to Us
Winter Storms
The Identicals
Winter Solstice
The Perfect Couple
Winter in Paradise
Summer of '69
What Happens in Paradise
28 Summers
Troubles in Paradise
Golden Girl
Endless Summer

ELIN HILDERBRAND

O FIM DE SEMANA CINCO ESTRELAS

Tradução de **Marcia Men**

ALTA BOOKS
GRUPO EDITORIAL
Rio de Janeiro, 2025

O Fim de Semana Cinco Estrelas

ALTA NOVEL é um selo da EDITORA ALTA BOOKS do Grupo Editorial Alta Books (Starlin Alta Editora e Consultoria Ltda.)

ISBN: 978-85-508-2472-7

Translated from original The Five-Star Weekend. Copyright © 2023 by Elin Hilderbrand. ISBN 9780316258777. This translation is publishe and sold by arrangement with Little, Brown and Company, a division of Hachette Book Group, Inc., the owner of all rights to publish and se the same. PORTUGUESE language edition published by Starlin Alta Editora e Consultoria Ltda., Copyright © 2025 by Starlin Alta Editora Consultoria Ltda.

Impresso no Brasil — 1ª Edição, 2025 — Edição revisada conforme o Acordo Ortográfico da Língua Portuguesa de 2009.

Dados Internacionais de Catalogação na Publicação (CIP)
(BENITEZ Catalogação Ass. Editorial, MS, Brasil)

H539f
1.ed. Hilderbrand, Elin
O fim de semana cinco estrelas / Elin Hilderbrand ; tradução Marcia Men. - 1.ed. - Rio de Janeiro : Alta Books, 2025.
384 p.; 13,5 x 21 cm.

Título original: The five-star weekend.
ISBN 978-85-508-2472-7

1. Romance norte-americano. I. Men, Marcia. II. Título.

01-2025/28 CDD 813

Índice para catálogo sistemático:
1. Romances : Literatura norte-americana 813
Aline Graziele Benitez - Bibliotecária - CRB-1/3129

Produção Editorial: Grupo Editorial Alta Books
Diretor Editorial: Anderson Vieira
Vendas Governamentais: Cristiane Mutüs
Gerência Comercial: Claudio Lima

Coordenadora Editorial: Illysabelle Trajano
Produtora Editorial: Beatriz de Assis
Tradução: Marcia Men
Copidesque: Nathalia Marques
Revisão: Fernanda Lutfi
Diagramação: Rita Motta

ALTA BOOKS
GRUPO EDITORIAL

Rua Viúva Cláudio, 291 — Bairro Industrial do Jacaré
CEP: 20.970-031 — Rio de Janeiro (RJ)
Tels.: (21) 3278-8069 / 3278-8419
www.altabooks.com.br — altabooks@altabooks.com.br
Ouvidoria: ouvidoria@altabooks.com.br

Editora **afiliada à:**

Para Michael Carlisle e David Forrer,
com amor e gratidão eterna.

Cinco estrelas não são o bastante.

Prólogo: Nantucket

Mais um verão na ilha se aproxima e, como sempre, temos muito sobre o que conversar. O chef Mario Subiaco pediu Lizbet Keaton em casamento no mirante do Hotel Nantucket; há uma equipe de filmagem gravando em Monomoy (Sharon Loira disse que ouviu "de fontes seguras" que é uma minissérie para a Netflix); Ed Kapenash, o chefe de polícia, foi internado no Nantucket Cottage Hospital depois de reclamar de dores no peito — e está havendo um debate acalorado sobre se Nantucket deveria ou não permitir praias de topless. (Nós nos consideramos progressistas e sofisticados, mas vamos encarar os fatos: não somos a França.)

E aí ouvimos um boato de que Hollis Shaw será a anfitriã de algo que ela mesma está chamando de "Fim de Semana Cinco Estrelas" em sua casa em Squam.

Isso, é claro, prende toda a nossa atenção.

Hollis Shaw é algo como um unicórnio.

Ela começou a vida como uma de nós. Era filha de Tom Shaw, o encanador mais ocupado de Nantucket, e de Charlotte Shaw, uma professora de jardim de infância. Quando Hollis era uma criança de colo, com pouco menos de dois anos, Charlotte Shaw morreu de um aneurisma enquanto tomava banho e Tom Shaw teve que criar a filha sozinho. Porém, nesta ilha, nós ajudamos uns aos outros — é preciso uma aldeia! — e todos nós oferecemos apoio moral conforme Hollis crescia. Nós a assistimos dançar em suas apresentações de balé, fazer arremessos livres no Boys and Girls Club e torcer por seu namorado, Jack Finigan, nas arquibancadas durante os jogos de futebol americano dos Nantucket Whalers. Hollis era uma boa aluna, uma excepcional arremessadora de softball (o time ganhou o campeonato estadual no terceiro ano do ensino médio de Hollis e ficou em segundo durante o seu último ano) e uma trabalhadora esforçada. O chalé em Squam onde ela morava com o pai era modesto (embora o terreno da casa valesse uma fortuna) e, assim que Hollis teve idade para isso, era ela quem cuidava da casa e cozinhava toda noite. Ela arrumou um emprego abrindo vieiras no Antigo Píer Norte e nos verões ela e sua melhor amiga, Tatum, serviam mesas no Rope Walk.

Em seu último ano no ensino médio, Hollis escreveu aquilo que a srta. Fox, sua professora de inglês, chamou de "a melhor redação para a faculdade que ela já lera em 31 anos". Era em estilo de carta para sua falecida mãe, Charlotte. *Querida mamãe,* começava, *acho que você teria orgulho daquilo que me tornei. Eis aqui alguns dos motivos.*

Foi agridoce quando Hollis decidiu ir para a Universidade da Carolina do Norte, em Chapel Hill. Estávamos orgulhosos de nossa menina — ela recebeu uma bolsa de estudos integral —, mas, uma vez que ela partiu, sentimos saudade dela.

Após se formar na faculdade, Hollis se mudou para Boston, onde trabalhou como assistente editorial de gastronomia na revista *Boston* e pôde comer, às custas da revista, em todos os "Novos e Melhores Restaurantes" da cidade. Ela acabou conhecendo Matthew Madden, um residente de cirurgia formado na Faculdade de Medicina de Harvard. Eles se casaram em Wellesley, compraram uma casa em Wellesley, e criaram sua filha, Caroline, em Wellesley.

Quando Tom, o pai de Hollis, morreu em 2007, Hollis herdou a propriedade em Squam. Ao longo do inverno, assistimos enquanto o chalé minúsculo onde Hollis cresceu era transferido para o limite do terreno e um elegante lar rústico, com vigas de madeira aparentes, era construído em seu lugar.

É oficial, pensamos. *Hollis Shaw se tornou uma veranista.* (Mas, pelo menos, era a *nossa* veranista. Afinal, ela podia ter migrado para

Martha's Vineyard.) Ela entrou para o Field and Oar Club, onde jogava tênis; trabalhou como voluntária no Nantucket Book Festival; e, nas tardes de domingo, nós a víamos no Deck, sentada numa das melhores mesas junto da amurada acima dos riachos de Monomoy, tomando um rosé e rindo com pessoas que não reconhecíamos.

Mas será que ficamos incomodados por Hollis não agir ou parecer uma moradora local, ou por ela vir para a ilha apenas durante os meses de verão e para o Stroll, e de vez em quando para um final de semana de Ação de Graças e do festival Daffodil? A resposta honesta a essa pergunta é: alguns de nós ficaram, enquanto outros estavam simplesmente felizes por ela estar feliz.

Todos nós, contudo, fomos rápidos em reivindicar Hollis como uma das nossas quando ela ficou famosa na internet!

Durante os dias mais sombrios da pandemia — quando empresas fecharam, a bolsa de valores despencou, restaurantes viraram apenas delivery e o número de mortos só subia, subia, subia —, Hollis postava conteúdo bem editado em seu blog gastronômico, então modesto, chamado *Famintos com Hollis* (na época, era uma "comunidade gastronômica" de 274 assinantes). Hollis filmou a si mesma em sua cozinha, em Wellesley, fazendo um sanduíche de carne com picles caseiros refrigerados num pão japonês de leite recém-saído do forno. O vídeo viralizou. Exatamente como o vídeo do cavalheiro italiano tocando violino para seus vizinhos da sacada de seu apartamento em Bolonha, o vídeo de Hollis tocou as pessoas. O sanduíche era elaborado; a carne moída era salpicada de cebola e ervas e coberta com um "molho especial" rosado; os picles eram crocantes, fortes e azedinhos; o pão japonês de leite — um queridinho do Instagram — era macio, mas robusto o bastante para manter a integridade do sanduíche.

Esse sanduíche demandava muito tempo? Sim — mas de repente tudo o que o mundo tinha era tempo.

O sanduíche era barato? Sim — quatro sanduíches poderiam ser feitos com apenas dezessete dólares em compras. E havia uma versão "impossível" para veganos.

Era o que todo mundo precisava: comida reconfortante que também era inspiradora.

O modesto blog gastronômico de Hollis de súbito se tornou imodesto, e até mesmo espalhafatoso. Em uma semana, a newsletter do blog tinha cerca de meio milhão de assinantes. Hollis acrescentou sua receita de gazpacho cremoso de tomate amarelo e um frango frito crocantíssimo. Os fãs do blog reagiam não apenas às receitas, mas também à própria Hollis. Ela se tornou a melhor amiga que todos desejavam ter; ela transmitia uma *vibe* de "vai ficar tudo bem". Eles amavam que, nos vídeos de culinária, Hollis apresentava uma versão sem retoques de si mesma: rugas, sardas, um leve queixo duplo. (As mulheres de meia-idade entre os fãs pensavam: *antes ela do que eu. Jamais permitiria que uma câmera desse um close tão de perto.* Os fãs entre os Millennials e os da Geração Z pensavam: *se ela não quiser maquiagem, tudo bem, mas que tal um filtro?*) O cabelo loiro de Hollis exibia um toque de grisalho e ela o usava num estilo nada estiloso: reto, dividido ao meio, atrás das orelhas. Seu pescoço estava sempre bonito. (*O que será que ela usa nele,* os fãs se perguntavam, *e será que ela vai colocar o link dos produtos em algum lugar?*) Hollis sempre usava uma blusa de algodão bem-passada (do mesmo modelo nas cores do arco-íris, embora todos concordassem que ficava mais bonita em azul-celeste) com o colarinho engomado virado para cima e um par de argolas douradas do tamanho de uma moeda de 25 centavos. Quando alguém perguntou sobre os brincos, confidenciou que tinham sido um presente de seu pai ao se formar no ensino médio, em 1987. Os fãs a enalteciam por "manter os pés no chão", embora não pudessem deixar de reparar na enorme aliança de noivado de diamante (devia ter uns três quilates!) e na aliança de casamento de diamante e safira.

Depois de Hollis postar um vídeo de uma torta de batata e cheddar branco com uma casquinha crocante de bacon, a newsletter de seu blog rompeu a barreira de um milhão de assinantes. (Tinha que ser bacon!) Com a ajuda de sua filha, Caroline, que era estudante de cinema na NYU e extremamente experiente com tecnologia, Hollis começou um site para o blog e acrescentou duas funcionalidades. A primeira, chamada Luzes na Cozinha, era um mapa interativo do mundo. Quando alguém interagia com o site, um pontinho de luz aparecia no mapa de modo que os visitantes podiam imaginar outro cozinheiro em, digamos, Spokane, Washington, ou Grand Island, Nebraska, de pé em sua cozinha picando cebolinha e salsinha para a salada de tortellini de Hollis.

A segunda funcionalidade, chamada Quadro de Avisos, permitia que seus fiéis seguidores deixassem mensagens, postassem receitas, resenhassem restaurantes, criticassem livros de receitas e fizessem perguntas como *por que a Planters ainda coloca castanhas-do-Pará na lata de mix de nozes, se ninguém gosta delas?* Hollis também postava pessoalmente no Quadro de Avisos uma ou duas vezes por semana, colocando a comunidade a par de seus triunfos mais recentes: ela tinha sido convidada para projetar sua própria linha de utensílios de cozinha, tinha um contrato surgindo para um livro, havia rumores de um programa próprio, incluindo não apenas dicas de culinária, mas também de estilo de vida.

Sim, sim, sim! Os milhões de fãs de Hollis queriam tudo. Eles não se cansavam de nossa Hollis Shaw (e nós estávamos encantados por ela ter mantido o sobrenome de solteira). A vida dela era tão limpa, tão organizada, tão abençoada, que as vidas deles melhoravam simplesmente por estar adjacente à dela. Hollis tinha 1.670 assinantes de Nantucket em sua newsletter (inclusive sua antiga professora de inglês, a srta. Fox, que "sempre soube que ela chegaria longe"). No verão de 2022, *Famintos com Hollis* era tão popular quanto Wordle e os rolinhos matinais da Wicked Island Bakery; não podíamos ir ao RJ Miller Salon ou beber alguma coisa no Ships Inn sem ouvir falar em Hollis Shaw.

Ela havia se tornado uma verdadeira celebridade de Nantucket.

Na quinta-feira, 15 de dezembro, a srta. Fox está no site procurando pelas receitas de aperitivos fáceis que Hollis prometeu postar — a srta. Fox tinha que comparecer a um amigo secreto pirata — quando uma nova mensagem de Hollis no Quadro de Avisos apareceu em sua tela.

> À comunidade Famintos com Hollis:
>
> Matthew, meu marido, faleceu inesperadamente esta manhã. Preciso pedir por privacidade enquanto enfrento essa tragédia devastadora. Vou me afastar do site por algum tempo, e tenho certeza que todos vocês compreenderão. Espero retornar eventualmente, embora, neste momento, não consiga nem imaginar quando.
>
> Dê um abraço apertado em seus entes queridos.
>
> Com gratidão, Hollis

A srta. Fox arfa. *Ah, não! O que houve?* Ela pesquisa "Matthew, marido de Hollis Shaw". Ela sabe que Hollis é casada — aquelas alianças! —, embora Hollis nunca mencione o marido. (A srta. Fox e algumas das outras queriam que ele fosse mais presente, como Jeffrey, de Ina Garten.) Sempre que a srta. Fox pensa em Hollis com alguém, ela visualiza o seu antigo namorado do ensino médio, Jack Finigan, com aquelas covinhas fofas.

Na manhã seguinte, no *Nantucket Standard,* todos nós vemos o obituário: "Dr. Matthew Madden, residente de verão, morto em um acidente automobilístico". A notícia também saiu no *Boston Globe* ("Famoso cirurgião do MGH e professor da Faculdade de Medicina de Harvard morto em acidente de carro em Wellesley") e no *New York Times* ("Dr. Matthew Madden, um dos principais cirurgiões cardíacos e palestrante internacional, morre aos 55 anos").

A srta. Fox quer entrar em contato, e não está sozinha nisso — em questão de horas, há 17.262 mensagens no Quadro de Avisos oferecendo preces e intenções, algumas postadas por pessoas que também perderam maridos, esposas, pais, irmãos, filhos. Os seguidores de Hollis acham a mensagem dela tão crua e tão compreensível que podem imaginar seus dedos trêmulos ao digitá-la; podem ouvir seus soluços entrecortados. Todos eles querem oferecer consolo... Mas seus motivos não são completamente altruístas. Quando Hollis estará de volta ao site? No Dia dos Namorados? (Não, cedo demais.) Páscoa, talvez?

Aqui em Nantucket, pensamos no quanto a vida pode ser injusta: a mãe de Hollis morreu tão jovem, e agora o marido dela também. Nós nos perguntamos se Hollis voltará para a ilha no verão. Será que estará disposta a jogar tênis no Field and Oar Club ou tomar rosé no Deck? Eddie Pancik, ou Eddie Veloz, nosso agente imobiliário eternamente sedento, pergunta para sua irmã, Barbie, se seria de bom tom ver se Hollis planeja vender a casa em Squam.

"Não, seu idiota", diz Barbie.

Em 21 de junho, o primeiro dia de verão, Romeo, da Steamship Authority, relata que Hollis Shaw acaba de desembarcar da balsa em seu fiel Volvo, que está carregado de caixas, bolsas e o que parece ser, olhando da janela, um forno de pizza portátil; a pastora iugoslava de Hollis, Henrietta, está dormindo no banco de trás. *Bom para a Hollis,* pensamos. *Voltou para casa.*

Por algumas semanas, avistamentos de Hollis pela ilha eram raros. Ela não compareceu ao Nantucket Book Festival nem à reunião anual da Associação de Moradores da Squam Road. Johnny Baylor, que faz entregas para a Doordash, reportou ter entregado sushi do Bar Yoshi na casa de Hollis certa noite, e um pãozinho de lagosta do Sea Grille em outra ocasião. A vizinha de longa data de Hollis, Kerri Gasperson, vê Hollis passear com Henrietta ao crepúsculo, mas Hollis está com seus AirPods no ouvido e Kerri não quer incomodá-la.

Entendemos que leva tempo para processar uma perda súbita e inesperada. Presumimos que Hollis vá passar o verão sozinha, praticando o autocuidado e lamentando em privado o homem com quem foi casada por 24 anos.

Porém, quando ouvimos falar do Fim de Semana Cinco Estrelas — tão criativo! Tão incomum! —, todos concordamos: isso pode ser exatamente do que ela precisa.

1

Relatório de Acidente I

É o começo da manhã do dia 15 de dezembro; Hollis Shaw está na cozinha de sua casa em Wellesley preparando a massa para tarteletes de cheddar. Seu marido, o dr. Matthew Madden, tem um voo às dez horas para a Alemanha — ele apresentará um artigo numa conferência de cardiologia em Leipzig e ficará fora por cinco dias.

Esta cena de abertura, se Hollis fizesse um vídeo dela, seria de felicidade doméstica. Hollis veste um pijama xadrez vermelho; seu cabelo está preso por uma piranha. Ela tem uma tigela de café com leite fumegante ao lado da tábua de mármore frio com veios cinza onde está abrindo a massa. Canções natalinas tocam no sistema de som; "The Holly and the Ivy" é a favorita de Hollis e ela canta junto numa voz imitando ópera. A cozinha de Hollis está toda enfeitada para o final do ano: grinaldas de abeto contornam as vigas de madeira e sua coleção de panelas de cobre reluz como moedas novinhas nas prateleiras expostas. Ela montou uma "árvore de cozinha" com ornamentos culinários: um pequeno batedor de claras de metal, um rolo de abrir massa de madeira, uma caixa de donuts de porcelana. Hollis também pendurou guirlandas em miniatura em todos os armários com porta de vidro. (Sua filha, Caroline, provavelmente declararia as guirlandas — assim como as jarras de geleia cheias de doces listrados e balas de goma — "um exagero".) A janela panorâmica acima da pia onde Hollis lava a louça dá para carvalhos adultos e plantas perenes do jardim lateral. A vista oferece uma distração agradável, especialmente nesta manhã, enquanto flocos de neve com o tamanho e a fofura de bolas de algodão espiralam até o chão. O que Hollis mais gosta durante os feriados de fim de ano é a neve.

Seu temporizador apita e Hollis tira do forno uma bandeja de bacon crocante. Feito mágica, sua pastora iugoslava, Henrietta, entra tilintando na cozinha (Hollis pendurou sinetas na coleira dela) e levanta a carinha peluda.

— Tudo bem — diz Hollis, e dá um pedaço para a velha garota.

Ela seca o resto num papel-toalha ao lado do quiche de Gouda defumado e pimentão vermelho que havia feito mais cedo naquela manhã. Ela corta uma fatia do quiche e a ajeita num prato com algumas fatias de bacon e gomos de laranja Cara Cara, de um tom rosa delicioso e surpreendente.

Quando ouve os passos de Matthew nos degraus, ela fecha os olhos e respira fundo.

Não toque no assunto, diz ela a si mesma. *Deixe ele ir com elegância.*

A verdadc, porém, é que essa viagem a Leipzig incomoda Hollis; ela ficou metade da noite acordada por causa disso. Matthew vai apresentar seu artigo amanhã de manhã, então poderia tranquilamente sair da Alemanha amanhã à tarde e chegar em casa a tempo para a festa anual de fim de ano deles no sábado. Hollis e Matthew faziam uma festa de fim de ano desde que se mudaram para Wellesley, e era sempre no terceiro sábado de dezembro. Matthew disse que "achou que seria depois", então fez planos de ficar na conferência até o final e de lá viajar para Berlim a fim de visitar seu mentor, o dr. Emanuel Schrader, que acabara de ser diagnosticado com Parkinson e não podia mais realizar cirurgias.

— Mas você não pode perder nossa festa! — dissera Hollis, quando ele lhe contara.

Matthew havia rido.

— Podemos concordar que essa é a *sua* festa, docinho. Com toda a elite de Swellesley presente, você não vai nem reparar que não estou lá.

O tom dele era leve, até brincalhão — mas Hollis ainda assim ficou magoada. Ela de fato dava a festa praticamente sozinha todo ano. Fazia toda a comida — as tarteletes de cheddar, os sanduíches de lombo, as batatinhas cobertas com caviar —, lustrava as taças de champanhe, alinhava as luminárias ao longo da entrada até a frente da casa e enchia sacolas de presentes com sua bala toffee caseira para os convidados levarem para casa. Ela enviava os convites, e sua lista ficava mais longa a cada dezembro (exceto pelo ano em que Hollis rompeu com Electra Undergrove e sua turma).

Apesar disso, Hollis não consegue imaginar ficar de pé na porta para saudar todo mundo sem Matthew ao seu lado. É *literalmente* impensável.

Mas, aparentemente, não para ele.

Agora Matthew entra na cozinha. Ele sempre usa terno quando viaja de avião, e hoje está com a gravata vermelha da Vineyard Vines estampada com papais noéis em lanchas — exatamente a gravata que Hollis havia comprado para ele *usar na festa*! Ele cantarola junto com a canção tocando naquele momento — "Once in Royal David's City" — e estende o pulso direito para que Hollis possa ajudá-lo com a abotoadura, que é uma rena prateada. Ele certamente está com o espírito natalino.

Hollis inspira o cheiro da loção de barbear da Kiehl's que ele usa. Ela ama esse cheiro; faz com que se lembre das noites de encontro e das manhãs (cada vez mais raras) em que acorda nos braços dele.

Não consegue acreditar que ele está partindo.

Ela faz muito esforço para tentar dizer *Aqui está o café da manhã,* ou *Deixa eu pegar o seu café* — Matthew toma café sem açúcar e escaldante, e ela só serve quando ele já está de pé, diante dela. Porém, em vez disso, o que sai de sua boca é:

— Eu *queria muito mesmo* que você mudasse seus planos.

Depois que Matthew sai para o aeroporto — muito mais tarde do que ele queria —, Hollis junta a massa numa bola, envolve-a em plástico e a coloca na geladeira. Não está mais com vontade de cozinhar. O café da manhã de Matthew está intocado, mas, em vez de cobrir o prato com papel-alumínio e guardá-lo para depois — ela detesta desperdício, resultado de ser filha de Tom Shaw —, ela joga a comida na tigela de Henny. Em seguida, arranca um papel-toalha do rolo e enxuga os olhos. Não consegue acreditar na velocidade com que a conversa deles escalou para uma briga.

— Ultimamente, tudo tem sido uma prioridade maior do que eu — disse ela. — Trabalho, viagens e agora o dr. Schrader.

— O homem foi meu mentor, Hollis. Berlim fica a duas horas de carro de Leipzig. Seria um escândalo não visitar ele, considerando as circunstâncias.

Em vez de admitir derrota neste ponto, Hollis se lançou em suas preocupações mais graves. Sentia que eles vinham se distanciando desde que Caroline saíra de casa para a faculdade. Hollis sempre sonhou com um casamento igual ao dos pais de Matthew — eles foram românticos e devotados um ao outro até o fim.

Entretanto, Hollis se perguntou, quando foi a última vez que seu casamento tinha sido romântico? Seria romântico se Matthew cancelasse essa viagem, mas isso não ia acontecer. Ela podia dizer apenas pela postura dos ombros dele, de seu maxilar; ele estava ansioso para sair porta afora.

— Às vezes parece que não passamos de colegas de quarto — disse Hollis.

Ela ficou tentada a mencionar quanto tempo fazia desde que eles haviam feito sexo, mas isso era tanto culpa dela quanto dele. Durante o dia, ela estava ocupada, ocupada, ocupada, e caía na cama exausta todas as noites.

Matthew fez seu truque de médico, de aparentar estar ouvindo, mas não ouvir, que era como Hollis sabia que ele não estava envolvido; apenas esperava ela terminar, o que era igualmente enfurecedor e desanimador. Matthew pigarreou e olhou para o relógio de pulso. Hollis enxugou as lágrimas que surgiam enquanto ele vestia o sobretudo e as luvas de dirigir de couro. Matthew se agachou para acariciar a cara de Henny, depois deu um abraço apertado em Hollis — ela sentiu algo, finalmente, no toque dele.

Antes de sair, ele se virou para trás.

— Você mudou — disse ele, e então suspirou. — E nós mudamos.

Ele saiu na neve, fechando a porta ao passar.

Agora as palavras ressoam nos ouvidos de Hollis. *Você mudou. E nós mudamos.* Ela gostaria de dizer que não faz ideia do que ele quer dizer — mas teme que faça, sim. Desde que o site de Hollis alçou voo e surgiram as oportunidades de explorar sua nova popularidade, ela se tornou outra pessoa, uma que tem dificuldade em vivenciar um momento sem querer documentá-lo para os assinantes de sua newsletter. Agora, ela está sempre numa tela — seu celular, seu notebook, ou os dois. Ela *mudou, sim,* e por extensão, supõe ela, eles mudaram. Mas com certeza Matthew entende que, depois de vinte anos sendo esposa e mãe, Hollis está animada para construir algo seu, não?

Ela pega o telefone e liga para ele, pronta para pedir desculpas por ter a sutileza de um elefante numa loja de cristais, mas sua ligação cai na caixa postal. Liga de novo em seguida — mais uma vez, caixa postal. Ela espera pelo bipe e então diz:

— Meu amor por você não mudou.

Caso Matthew não ouça sua mensagem de voz (alguém ainda ouve isso?), ela envia uma mensagem de texto:

Eu te amo, dr. M. Você é importante para mim. Nós somos importantes para mim.

Ela aguarda alguns instantes, mas não há resposta. Parece subitamente urgente que ela passe essa mensagem para ele, que ele a ouça dizer as palavras *Eu te amo. Você é importante.* Ela tenta ligar de novo, e de novo, cai na caixa postal.

Tudo bem, pensa ela. *Ele precisa de tempo para se acalmar.* Ela vai tentar de novo quando tiver certeza de que ele está acomodado no lounge da Lufthansa. Mas a frase *E nós mudamos* a preocupa. O que ele estava tentando dizer?

Ela se sente ficando melodramática, o que é bem incomum. Tudo vai ficar bem. Matthew vai perder a festa deles, sim, mas estará em casa com tempo de sobra para o Natal em família. O dr. Schrader tem mal de Parkinson. É claro que Matthew deveria visitá-lo.

Hollis se senta diante do notebook e decide fazer uma reserva de jantar para dois no Mistral na véspera de ano-novo. Ela e Matthew irão de Uber até a cidade para poderem tomar quanto champanhe quiserem; Hollis vai comprar um vestido novo, algo preto e sedutor. Em seguida, Hollis pretende checar seu site — seus seguidores estão esperando pela receita do tartelete de cheddar —, mas, em vez disso, entra no Facebook. Após alguns segundos inúteis tentando resistir a seus piores impulsos, ela termina no perfil de Jack Finigan, seu ex-namorado do ensino médio. Não há postagens novas; Jack posta apenas duas ou três vezes por ano. A última vez foi no outono: uma foto de Jack de pé às margens de um lago em algum lugar no oeste de Massachusetts, mostrando uma truta. Ele não postava nenhuma foto de Mindy, sua namorada de longa data, desde dois verões atrás. Hollis fizera o mais previsível e tentara olhar o perfil de Mindy, mas o perfil dela era privado, então tudo o que Hollis pode ver é a foto de fundo, que é uma colcha de retalhos, presumivelmente feita por ela mesma. Hollis sabe que está *stalkeando,* mas é algo inocente; ela jamais tentaria entrar em contato com ele. Ela se pergunta se Jack — ou Mindy — já ouviu falar sobre o blog *Famintos com Hollis.*

A batida na porta da frente assusta Hollis; ela se sente pega em flagrante. Sai do Facebook e se apressa pelo corredor. Luzes vermelhas e azuis refletem na neve da frente da casa.

— Sra. Madden? — diz o policial.

Ele é jovem, talvez poucos anos mais velho que Caroline, e Hollis não consegue nem imaginar o que ele está fazendo aqui. É tão cedo; ela ainda está de pijama. Ela quase o corrige: meu sobrenome é Shaw, não Madden. Naquele instante, porém, ela se dá conta de que ele deve estar aqui por causa de Matthew — algo sobre Matthew?

— Pois não? — diz ela.

As palavras precisas se perdem, mas, de alguma forma, Hollis entende que houve um acidente, algo envolvendo cervos, uma mãe e um filhote, diz o oficial da polícia. O carro de Matthew perdeu o controle e capotou na Dover Street.

Dover Street? pensa Hollis.

Eles passam por lá o tempo todo, todos os dias; fazem isso há anos, décadas. E sim, sempre há cervos atravessando a Dover, especialmente durante a temporada de caça.

— Ele está ferido? — diz Hollis, a voz soando ainda normal a despeito do pânico que a envolve. Ela dá uma olhada para trás do ombro do policial, para a viatura dele. Matthew está lá dentro? Será que ele... Foi levado para o hospital? Em seguida, ela encontra o olhar do oficial. — Ele está bem?

— Ele está morto, senhora — diz o policial.

De súbito, Hollis está no chão, gritando, chorando; não liga que um estranho esteja olhando. Henny vem tilintando e começa a lamber o rosto de Hollis. Hollis ouve as notas de uma música tocando na cozinha — "Ding Dong, Merrily on High" — e tampa os ouvidos. O policial pergunta se tem alguém para quem ela gostaria que ele ligasse.

— Meu marido! Chame o meu marido! — grita ela.

Naquele momento, isso ainda parece uma possibilidade. Matthew é um médico, um reparador; ele vai dar um jeito em tudo. Ele é o único que pode fazer isso.

Em vez de uma festa de fim de ano, há um funeral. Eles enterram Matthew junto dos pais dele no cemitério de St. Andrew. Em seguida, Hollis enfrenta uma casa cheia de gente — seus vizinhos de Wellesley, médicos e enfermeiras do hospital, as mulheres da aula de barra de Hollis, e suas amigas mamães de longa data, incluindo Brooke Kirtley, que encomendou bandejas de sanduíches da loja Linden e fica até mais tarde para ajudar na limpeza. A única pessoa com quem Hollis se importa é sua filha, Caroline, mas as coisas com ela estão tensas. Caroline está composta — no funeral, ela lê o poema "Nada Dourado Permanece" sem fraquejar — e polida com Hollis em público, mas em privado Caroline afasta sua mãe. Ela interrompe as palavras de Hollis para corrigir suas memórias; questiona a decisão de Hollis de fazer uma recepção na casa delas em seguida.

— O meu pai está morto e você está dando uma festa.

— É uma recepção, não uma festa — diz Hollis. — É o que as pessoas fazem.

Ela sabe que este é, dolorosamente, o primeiro funeral de Caroline.

— É o que *você* faz — diz Caroline, amarga. — Ouvi você pedindo a Brooke para trazer cinco quilos de gelo. Meu pai está morto e tudo com que você se importa é gelo!

Hollis tem certeza que as coisas vão melhorar assim que todos forem embora, assim que Caroline e ela ficarem sozinhas e puderem realmente conversar. Ela visualiza as duas passando dias inteiros escondidas na sala de família, Henny estendida aos pés delas, olhando álbuns de fotos, chorando juntas, talvez até rindo.

Mas as coisas só pioram. Caroline se tranca em seu quarto; sai à noite com sua amiga Cygnet e volta para casa bêbada, desleixada, ruidosa, tropeçando por Hollis, que se senta na mesa da cozinha, apática, folheando edições antigas de *Bon Appétit* e *Food and Wine* para se distrair. Ela não pode ir para a cama antes que Caroline esteja em casa, sã e salva, e não dormiria de qualquer maneira.

— Você se divertiu, querida? — pergunta Hollis numa dessas noites.

— *Divertir?* — zomba Caroline. — Não, eu não *me diverti*, mãe.

E sobe as escadas ruidosamente, com Henrietta fielmente em seu encalço.

Num dos primeiros dias do novo ano — depois de Hollis tirar do refrigerador as caçarolas comidas pela metade, depois de ela retirar as decorações natalinas e as armazenar em caixas —, Hollis separa as coisas de Matthew: seus ternos sob medida, seus óculos, sua pilha de camisetas de show impecáveis (Hootie and the Blowfish, Social Distortion, Dave Matthews).

Ela é interrompida nessa tarefa por Caroline, que exige saber por que Hollis sente a necessidade de se livrar dos pertences de seu pai.

Hollis encara sua filha.

— Eu só quero...

— Se livrar dele? É, isso está óbvio. Você deve precisar de mais espaço no closet para as suas *blusas características*. E... Como assim, você ia simplesmente fazer isso *sem mim?*

— Pensei que talvez fosse difícil demais para você — diz Hollis. — Eu estava tentando te proteger.

Caroline pega a camiseta de Hootie.

— Você vai doar isso? Meu pai amava essa camiseta.

Hollis abre a boca para se defender, mas, antes que possa falar, Caroline entra em frenesi, acusando Hollis de não amar Matthew o suficiente, de não lamentar corretamente sua morte.

— Você não era nem parente dele! Você vai encontrar outro marido, mas eu nunca, jamais terei outro pai.

— Eu sei que você está sofrendo, querida — diz Hollis, mas, segundo Caroline, Hollis *não sabe, não.* Ela não sabe de nada.

Caroline anda de um lado para o outro no quarto principal feito um animal selvagem numa jaula, dizendo coisas horrendas — tudo, exceto *eu queria que tivesse sido você* —, mas, sob a fachada de ira, Hollis percebe vislumbres de uma menininha cujo mundo se partiu. Hollis fica sentada na cama, pensando: *vou esperar a fúria dela se acabar. Eu sou a adulta, a mãe, é meu dever receber essa punição.* Matthew e Caroline eram próximos; eles tinham uma conexão especial. Matthew era o preferido de Caroline.

Hollis diz:

— Eu sinto muito, querida. É difícil para mim dormir num quarto cheio das coisas do seu pai... Olhar para essa camisa e saber que ele nunca mais vai usá-la. — Ela sustenta o olhar de Caroline. — Estou fazendo o melhor que posso para não desmoronar completamente.

Ela espera que essas palavras façam Caroline desmoronar em seus braços e pedir desculpas — mas Hollis está muito, muito enganada. Caroline sai do quarto furiosa, disparando o último tiro:

— É tudo sobre *você*, sempre!

Ela faz uma reserva no Acela Express de volta para a cidade de Nova York três dias antes do planejado, deixando Hollis atordoada e sozinha.

A polícia de Wellesley envia a Hollis um e-mail com o relatório oficial do acidente em anexo, mas Hollis não suporta ler isso. Ela não quer os detalhes da velocidade em que Matthews estava, ou em que ponto da Dover Street ele perdeu o controle, ou quantas vezes o carro girou antes de capotar. (O carro capotou, isso ela sabe; o jovem policial lhe disse. Esse é o único detalhe que ela guardou além dos cervos, mamãe e filhote, que Matthew derrapou para evitar e no final acabou matando de qualquer forma.) Hollis anseia em deletar o e-mail, depois deletá-lo permanentemente da pasta de arquivos deletados — Matthew se foi, os detalhes não importam —, mas, em vez disso, ela passa o e-mail para uma pasta chamada MM, onde está guardando toda a correspondência relativa à morte de Matthew.

Ela não cozinha mais; quase não come. Sua médica, Karen Lindstrom, se oferece para prescrever Ativan para a ansiedade diurna, e Ambien para dormir. Hollis, porém, não gosta da ideia de pílulas; de vez em quando, ela se serve de uma taça de Sancerre, mas isso a leva a lugares que deseja evitar: o cheiro da loção de barbear de Matthew; *Você mudou. E nós mudamos;* a batida na porta.

Amigos e vizinhos ligam para ver como ela está. O que eles podem fazer? "Nada" é a resposta — mas eles oferecem conselhos mesmo assim: ioga, meditação autoguiada, aconselhamento para o luto, óleos essenciais, viagens, um *ashram,* uma psíquica, tricô.

Tricô?, pensa Hollis.

Hollis coloca sua nova linha de utensílios de cozinha em pausa, o mesmo para seus planos para um livro de receitas, seu programa. De que serve isso tudo agora?

Ela se pergunta como seu pai suportou quando a mãe dela morreu tão subitamente. Supõe que ele tenha focado em cuidar de Hollis, ir trabalhar; em todos os anos em que Hollis o conheceu, ele era estoico e inabalável. Ele não teve o luxo de poder desmoronar.

Hollis tenta entrar em contato com Caroline a cada poucos dias, mas suas ligações são sumariamente recusadas e suas mensagens de texto sempre recebem a mesma resposta: OK. Ou pior: K. É apenas o suficiente para que Hollis saiba que Caroline está viva e respirando. Hollis consulta *Crescidos e Fora do Ninho,* seu site preferido sobre como cuidar de filhos mais velhos, enquanto tenta descobrir o que fazer. Será que deveria pegar o trem para Nova York e confrontar Caroline? Deveria parar de ligar e mandar mensagens? (Isso parece tão cruel — a garota acabou de perder o pai.) Será que deveria parar de pagar o cartão de crédito de Caroline? (Isso chamaria a atenção dela.) Hollis sabe que crianças são narcisistas, e entende que o córtex pré-frontal só se desenvolve por completo aos 25 anos. Caroline não pode ser culpada por isso; ela ainda está crescendo. Mas Hollis tem vontade de gritar: *você está me magoando. Seria mais fácil passar por isso juntas!*

Hollis foi treinada para não curtir nem comentar nenhum post de Caroline no Instagram, embora visite a conta da filha várias vezes por dia. Houve apenas uma postagem nova desde a morte Matthew — Caroline desejando um feliz aniversário a Cygnet, sua melhor amiga, nos Stories. Hollis clica neles várias vezes, porque Caroline postou fotos de si mesma e Cygnet quando eram crianças crescendo em Wellesley: as duas numa tenda no quintal, seus rostinhos jovens iluminados por lanternas; as duas segurando os pirulitos de panqueca que Caroline pediu para seu décimo aniversário. Hollis pressiona o dedo na tela do celular para que a foto continue ali. *Eu quero voltar,* pensa ela. Voltar para os dias de festa do pijama e cafés da manhã especiais de aniversário.

Hollis sente que perdeu não apenas o marido, mas também a filha.

O único momento em que sente um mínimo de alívio de seu luto é quando está trocando mensagens de texto com uma mulher que entrou em contato com ela pelo site vários meses atrás — alguém que Hollis nunca conheceu, mas que também não foi escolhida a esmo. A mensagem direta de *Gigi Ling, Atlanta, Geórgia* chamou a atenção de Hollis. Foi Gigi quem contou a Hollis sobre os melhores lugares escondidos pela estrada Buford servindo os melhores dim sum, bulgogi e tacos em todo o sul. Ela também recomendou os livros *Cozinha Caseira* e *Mais Cozinha Caseira* de Laurie Colwin, que Hollis simplesmente adora. (Como é que ela não sabia sobre eles? Hollis imediatamente os resenhou em seu site e forneceu um link para compra pelo Bookshop.org.)

Sim, Gigi Ling é a pessoa preferida de Hollis na comunidade do *Famintos com Hollis,* embora ela suponha que não deveria ter preferidos. (Uma ideia ridícula — todo mundo tem preferidos; faz parte de ser humano.)

Uma semana depois da morte de Matthew, Gigi lhe enviou uma mensagem direta com uma frase simples:

Estou aqui para ouvir.

Hollis se agarrou àquelas palavras como um colete salva-vidas; ela percebeu que vinha esperando para ouvir algo de Gigi desde que postou a notícia.

Daquele momento em diante, elas começaram a trocar mensagens várias vezes por semana; Hollis ficaria feliz em escrever todos os dias, mas não queria ser um fardo. Gigi normalmente faz contato nas terças e sextas, com uma noite de domingo ocasional.

Conte sobre o seu dia. Como vai? Estou aqui, estou aqui, estou aqui.

Inicialmente parece estranho trocar mensagens com uma total desconhecida, mas, Hollis raciocina, as pessoas fazem isso o tempo todo em aplicativos de relacionamento — Tinder, Bumble, Hinge. Logo, parece mais libertador do que estranho. Os riscos são baixos. É quase mais fácil confiar numa desconhecida.

Hollis começa a compartilhar detalhes muito pessoais.

As coisas entre Matthew e eu estavam... complicadas quando ele morreu.

Gigi escreve de volta:

Complicadas como?

Hollis descreve a maneira como ela e Matthew tinham se distanciado. Parte disso eram as coisas usuais de um casal com o "ninho vazio", diz ela. Caroline não estava em casa para mantê-los unidos como família. Parte disso era o mundo descobrindo o site de Hollis.

Gigi escreve:

Ele deve ter se sentido ameaçado por seu sucesso repentino.

Será que Matthew se sentiu ameaçado?, Hollis se pergunta. *Ameaçado* não é bem a palavra — estavam, afinal de contas, falando sobre o reverenciado dr. Madden —, porém, por algum motivo, Matthew não abraçou ou apoiou a boa sorte de Hollis. Ele havia... *Achado graça* da situação. E, às vezes, ficado aborrecido. Ele e Caroline zombavam da adoração desenfreada dos fãs de seu blog. Será que Matthew havia, alguma vez, dito que sentia orgulho do que ela tinha feito com o site? Não, ele nunca disse isso.

Durante os meses seguintes, a intimidade entre Hollis e Gigi se aprofunda a ponto de, um dia no meio de junho, Hollis se sentir segura para contar a Gigi sobre a manhã em que Matthew morreu — a conferência em Leipzig, o mal de Parkinson do dr. Schrader, a festa de fim de ano. Hollis escreve:

Eu o confrontei sobre minha infelicidade quando ele estava saindo. Transformei o fato de ele perder nossa festa de fim de ano em algo maior do que precisava ser. Ele respondeu dizendo que eu tinha mudado, que nós tínhamos mudado. Não pensei nisso naquele momento, mas agora penso, e isso me atormenta: ele ia me deixar. Eu liguei para ele para pedir desculpa, mas ele não atendeu. Deixei um recado de voz e daí mandei uma mensagem de texto dizendo que o amava. Eu não faço ideia se ele ouviu o recado ou leu a mensagem. Quero acreditar que sim, mas como posso ter certeza? O que eu sei é que fiz com que ele se atrasasse. Ele estava acelerando na Dover Street porque tinha que pegar seu voo. Eu me sinto culpada. Eu me sinto... responsável.

Quando clica em Enviar, ela se sente mais leve de imediato. Mas também se sente implicada. Ela soltou o pensamento no universo: de que ela contribuíra, de alguma forma pequena — ou talvez grande — para a morte de Matthew. Sente-se grata — tão, tão grata — por não ter contado a Gigi que, apenas alguns momentos antes da polícia bater na porta de sua casa, ela estivera *stalkeando* a página de Jake Finigan no Facebook. Nunca contará isso a Gigi. Nunca contará isso a ninguém.

Ela espera que Gigi responda à sua mensagem com algo tipo *Não seja boba, Hollis, não é culpa sua. Foi um acidente. A estrada estava escorregadia; estava nevando; os cervos apareceram do nada.* Mas Gigi não diz isso, nem envia as garantias previsíveis: *tenho certeza de que ele ouviu seu recado de voz, que tocou sua mensagem de texto no sistema de som do carro.* Por um dia, depois dois, não há resposta, nem mesmo três pontinhos numa bolha indicando que Gigi está escolhendo suas palavras com cuidado.

Hollis se sente magoada. Ela redige meia dúzia de mensagens perguntando qual é o problema, se Gigi está bem, se essa admissão horrorizou Gigi, se Gigi sente que ela foi longe demais... No final, porém, não envia nada. Provavelmente Gigi só está ocupada. Ela tem uma vida, afinal — embora, na verdade, o que Hollis sabe sobre ela? Ela é dez anos mais nova que Hollis, 43 anos; é solteira e sem filhos; tem uma gata chamada Mabel; mora na área de Buckhead, em Atlanta; é piloto na Delta Air Lines; não tem redes sociais; ouviu falar de *Famintos com Hollis* por alguns de seus comissários de bordo, que disseram valer seu tempo — e valeu, disse Gigi. Essas eram as coisas que Gigi dissera a Hollis. As coisas que Hollis tinha descoberto eram que Gigi lê muito; ela cozinha em casa e também aprecia restaurantes finos; ela é educada, culta e criteriosa. No entanto, todas as mensagens de texto entre elas tinham focado em Hollis. Não era de se espantar que Gigi a deixasse no vácuo; provavelmente está cansada dessa amizade de mão única.

Uma semana se passa sem nenhuma palavra de Gigi. Hollis chega a entrar no site *Famintos com Hollis* para ver se há alguma Luz na Cozinha em Atlanta. E há, várias, mas é impossível saber se algumas delas pertence a Gigi. Em seguida, Hollis confere se Gigi deixou de assinar a newsletter do blog — mas seu e-mail ainda está lá, graças a Deus. Provavelmente ela só está com a agenda de voos cheia ou deixou o celular cair na piscina ou está num relacionamento novo ou sua gata Mabel morreu ou seu pai, que mora em Cingapura, ficou doente. (Gigi mencionou que sua mãe morreu quando ela era jovem, mais uma coisa que tinham em comum.)

Hollis diz a si mesma que não importa, que se for para ser ela vai voltar, ou seja lá como era aquele ditado.

Mas com a ausência de Gigi, o estado mental de Hollis se deteriora — e não ajuda quando ela recebe uma mensagem de texto de Caroline dizendo:

Aliás, eu NÃO VOU para Nantucket no verão. Consegui o estágio com Isaac Opoku, então vou ficar em Nova York. Estou dividindo um apartamento na East 82nd, custa 1.800 dólares por mês. Vlw.

Hollis imediatamente liga para Caroline, mas cai diretamente na caixa postal. Ela deixa um recado de voz balbuciante, que sabe que Caroline nunca vai ouvir: "Tão orgulhosa de você, querida, todo aquele esforço naquele ensaio, suas notas... O seu pai estaria nas nuvens! Parabéns!" Caroline vinha planejando conseguir esse estágio em particular desde o outono, e mais de mil aspirantes a cineasta se candidataram para essa oportunidade com Isaac Opoku. Mas é não remunerado, então as entrelinhas do valor do apartamento dividido são que Hollis é quem vai pagar o aluguel.

De maneira egoísta, Hollis quer ter Caroline por perto durante o verão para que possa consertar as coisas entre elas, mas relembra a si mesma que o estágio é algo importante e provavelmente é do que Caroline precisa depois de perder o pai.

Em 21 de junho, o primeiro dia de verão, Hollis parte para Nantucket, seu verdadeiro lar. Wellesley é a casa de Matthew e, embora Hollis a tenha adotado, tem certeza de que, uma vez que esteja de volta à casa na Squam Road, as coisas vão melhorar. A mudança de cenário, a mudança de estação e o mar na porta dos fundos vão ajudar. Ela não se importará que Gigi tenha sumido, que ela e Caroline estejam perigosamente perto de se tornar estranhas.

Porém estar de volta em Nantucket não ajuda, porque, em Nantucket, há outra versão de Matthew para lamentar, um Matthew mais relaxado, de verão.

É o segundo verão deles na casa, que é projetada com tanto cuidado, construída com tanto esmero, que Hollis mal pode acreditar que seja sua. Este é o tipo de casa que ela sonhava em ter quando ela e o pai moravam em seu minúsculo chalé de cinco cômodos, uma casa que ela temia que fosse levada durante uma tempestade de noroeste, como algo saído do *Mágico de Oz*. Aquele chalé era aquecido por um fogão a lenha. Hollis e seu pai faziam as refeições na mesa redonda da cozinha, de onde podiam ver a TV na sala de estar. Eles compartilhavam um banheiro e tinham um telefone. Durante o inverno todo, Hollis se encolhia debaixo das cobertas em sua cama vestindo um suéter de pescador irlandês e um par de meias de lã. O chuveiro levava cinco minutos completos para esquentar, e durante esse tempo podia-se contar que Tom Shaw iria pigarrear do lado de fora da porta, o que significava que Hollis devia entrar no chuveiro, querendo ou não.

Hollis costumava trabalhar como babá para a família Gasperson, na mesma rua. A casa deles tinha dezenove cômodos, alguns dos quais com decks e sacadas individuais que davam para o mar; havia um cômodo com beliches combinando no porão e uma varanda telada para dormir no terceiro andar. Os Gasperson não tinham um aparelho de TV. Quando os pais e avós saíam para jantar no Chanticleer, em Sconset, as crianças Gasperson jogavam baralho, jogos de tabuleiro ou cuidavam de suas coleções de conchas e vidro do mar, e gostavam que Hollis lhes contasse histórias de fantasmas à luz de velas. Hollis teria trabalhado para os Gasperson de graça. Ela queria se misturar à família numerosa. Seu sonho era morar na Squam Road apenas no verão.

Esse sonho agora havia se tornado realidade.

Hollis e Matthew entram na Squam Road, que está coberta de oliveiras espanholas e rosas rugosas; nas cercas estão fixadas placas pintadas à mão: DEVAGAR! PEDESTRES! Quando Hollis era pequena, essa estrada era tão sulcada e esburacada que era impossível passar de carro a mais de quinze quilômetros por hora, mas agora, todo final de semana do Dia das Mães, a associação de moradores avalia a rua como sendo lisa como uma fita amarela. Hollis e Matthew passam por um cavalheiro vestindo a calça vermelha típica de Nantucket e óculos escuros Jack Kennedy, levando um labrador cor de chocolate para passear, e depois por uma mulher de chapéu de palha podando cosmos e margaridas amarelas na beira da estrada — perfeitas, pensa Hollis, para um buquê para colocar na pia da cozinha. Eles entram na nova estradinha que leva à entrada da casa, feita de conchas brancas e ladeada dos dois lados com arbustos jovens de hortênsias espaçadas uniformemente que a paisagista deles, Anastasia, lhes garante que "vão crescer". Caroline, a filha deles de seis anos, acabou de pegar no sono no banco de trás, junto com seu setter irlandês, Seamus.

Quando Matthew estaciona na frente da casa — eles precisam arranjar um nome para a casa e o chalé; toda casa de veraneio de respeito tem um nome —, ele diz:

— Vamos deixar eles aqui por um minuto. Eu tenho uma coisa para te mostrar.

— Mas...

As janelas do carro estão abertas, Caroline e Seamus roncam em harmonia, mas Hollis está se coçando para levar as sacolas e caixas para dentro, para desfazer as malas, para se instalar.

— Confie em mim, docinho — diz Matthew. — Vai valer a pena.

Ele conduz Hollis pela lateral da casa e abre o portão para a piscina (sim, eles construíram uma piscina; parece quase vergonhoso quando estão a menos de cem metros do mar, e Hollis sabe que seu pai deve estar se revirando no túmulo, mas ela queria muito uma piscina) para que possam acessar o quintal dos fundos — o lago, a trilha para a praia.

Hollis ofega. O lago — que era uma monstruosidade quando ela era pequena, imundo e cheio de mosquitos — foi... reimaginado. A superfície parece um vidro verde, e ele está pontilhado de lírios d'água, muitos dos quais em plena floração. Mas o mais notável é a ponte em arco com laterais cruzadas que agora atravessa o lago.

— Você fez isso? — pergunta Hollis, e então ri.

É óbvio que fez; o lago não se limpou sozinho, a ponte não foi construída por elfos mágicos.

— Por causa do quanto você amou Giverny — diz Matthew.

O jardim de Claude Monet em Giverny — sim, numa viagem para a França enquanto Hollis estava grávida de Caroline, ela ficara cativada pela ponte. Tinha comprado um pôster de uma das pinturas de Giverny na loja de presentes. Não podia acreditar que Matthew se lembrara; não podia acreditar que ele estava prestando atenção.

— Podemos... atravessá-la? — pergunta Hollis.

Matthew oferece sua mão.

Hollis é uma refém de seu luto; não come, não dorme. Ela acaba cedendo, liga para a dra. Lindstrom e pede uma receita de Ambien. As pílulas a ajudam a *pegar no sono,* mas à uma da manhã Hollis está acordada, momento em que ela vai até a cozinha e abre seu notebook. Com o rosto banhado pela luz azulada, ela mergulha no buraco do coelho. Digita *o que fazer quando o seu marido morre* e os resultados surgem: "Como lidar com a morte de um ente querido", "Guia para criar um diário do luto", "Sexo e a viúva".

Sexo e a viúva?, pensa ela. Ah vá.

Ela morde um pedaço de um artigo, belisca o próximo; nada ajuda, nada ajuda, nada *ajuda!* Ela entra no perfil de Jack Finigan no Facebook. Ainda não há nenhuma foto nova de Mindy, mas nem isso faz com que Hollis se sinta melhor.

Ela envia uma mensagem de texto para Caroline perguntando se ela está gostando do estágio.

Ok.

E o apartamento?

Pelo qual estou pagando, pensa Hollis, mas não diz.

Ok.

Você pode atender minhas ligações, por favor, Caroline?

Nenhuma resposta.

E então, em 15 de julho, no aniversário de sete meses da morte de Matthew (ela vivencia cada dia em relação à morte de Matthew), Hollis descobre algo inesperado.

Num site chamado *Motherlode* (Hollis nunca tinha ouvido falar dele), ela lê sobre Moira Sullivan, 59 anos, cujo marido caiu morto na loja de ferragens depois de trinta anos de casamento enquanto comprava sementes para os comedouros dela.

Eu fiquei devastada, escreveu Moira. *Desmoronei.*

Isso, pensa Hollis.

Mas aí eu tive uma ideia, escreveu Moira. Ela organizou uma viagem só para mulheres com suas melhores amigas, uma de cada fase de sua vida. A foto que acompanha o artigo mostra um grupo de mulheres de meia-idade sorridentes numa casa de praia à beira-mar em Destin, Flórida. Moira, que está com um chapéu de palha de abas largas, está no centro com as amigas em sua órbita como planetas em torno do sol.

Eu queria estar cercada pelas pessoas que mais me conheciam, escreveu Moira, *mesmo que eu não tivesse visto ou conversado com algumas das mulheres há anos. Mesmo que nossas coisas em comum tivessem encolhido. Mesmo que essas mulheres não se conhecessem entre si muito bem, ou nem um pouco. Eu queria celebrar as amizades que fizeram de mim quem eu sou.*

Moira convidou sua melhor amiga da adolescência (Cate), sua melhor amiga da casa dos vinte anos (Paige), sua melhor amiga do "auge da vida" (Phoebe) e sua melhor amiga da "meia-idade" (Liz). As cinco relaxaram na praia lendo *Um Lugar Bem Longe Daqui;* alugaram uma cabana flutuante e navegaram bêbadas pela água verde-esmeralda de Destin; fizeram uma lasanha em casa na primeira noite com *muito vinho e uma playlist especial que Moira fez, que fez todas nós dançarmos no deck* (escreveu Cate), e na segunda noite elas *piraram* (palavra de Phoebe) no bar Lucky's Rotten Apple. As damas tiraram muitas fotos em seus iPhones e as compartilharam num grupo fechado no Facebook, e Moira fez um álbum comemorativo no Shutterfly. O título do álbum — e do artigo — era "O Fim de Semana Cinco Estrelas".

Hollis não consegue acreditar que nunca tenha ouvido falar dessa ideia antes. Ela se sente tocada não apenas pela comoção da ideia (é a história da sua vida, em amizades), mas também pela bravura: um final de semana com quatro mulheres cuja única conexão uma com a outra é *você.*

Hollis imagina ser anfitriã de um fim de semana assim.

Melhor amiga da adolescência: Tatum Mckenzie.

Melhor amiga da casa dos vinte anos: Dru-Ann Jones.

Melhor amiga do "auge da vida": bem, havia Electra Undergrove, mas ela e Hollis não se falavam mais. A segunda colocada era provavelmente Brooke Kirtley, que tinha sido de tanta ajuda quando Matthew morreu.

E a quarta amiga?, Hollis se pergunta. Ela não tem nenhuma amiga especificamente da meia-idade. Por que isso? É difícil conhecer gente nova depois que seus filhos crescem, especialmente quando se trabalha de casa. Tem Zoe Kern, uma fofura, da aula de barra de Hollis — mas Zoe tem 29 anos e está grávida de sete meses.

Mas aí Hollis se dá conta de que tem uma amiga nova. Ela tem Gigi Ling.

Hollis deixa o artigo sobre o "Fim de Semana Cinco Estrelas" aberto em seu navegador. Caminha de um lado para o outro em sua cozinha em Nantucket, estranhamente energizada, *animada*, até, pensando na possibilidade de montar seu próprio Fim de Semana Cinco Estrelas. Ela ama o duplo sentido — cinco mulheres para o fim de semana, e um fim de semana cheio de experiências de alto padrão, dignas de cinco estrelas (se tem alguém capaz de colocar isso em prática, esse alguém é Hollis). Porém o que mais atrai Hollis é o que Moira Sullivan disse sobre honrar as amizades que a formaram.

Hollis não é ingênua o bastante para imaginar que isso será uma experiência digna de filmes da Hallmark na qual sua culpa, sua melancolia e sua solidão desaparecerão magicamente quando estiver cercada por suas amigas.

Mas, sim, é meio que o que ela imagina.

Nada mais funcionou.

Mal não podia fazer. (Ou será que podia?)

Ela vai fazer isso, decide. Ela vai ser anfitriã de um Fim de Semana Cinco Estrelas aqui, em Nantucket, dali a duas semanas.

Ela volta para dentro, fecha seu notebook, caminha pelo corredor e vai para a cama. Pela primeira vez desde que Matthew morreu, o sono vem fácil.

2

O Convite

Na manhã seguinte, Hollis envia a cada uma de suas quatro "estrelas" a mesma mensagem de texto (separadamente):

O que acha de um fim de semana só para garotas na minha casa em Nantucket, de 28 a 31 de julho? Tudo o que você tem que fazer é comparecer. Eu cuido de todo o resto.

Brooke Kirtley foi a primeira a responder (nenhuma surpresa nisso):

Fim de semana só para garotas? Ah, Hollis, que bom pra você! Tem certeza que está preparada? Se estiver, DEFINITIVAMENTE, pode contar comigo!!!

Hollis sente um pouco de aperto no coração; não tem nada que Brooke ame mais do que ser incluída.

Dru-Ann é a próxima:

Essas datas são flexíveis? Minha vida está... uma bagunça.

Também não é surpresa alguma. Dru-Ann Jones, a colega de quarto de Hollis na faculdade, é a principal agente do país para atletas femininas. *Além de* coanfitriã de um programa da ESPN chamado *Jogue feito uma garota* que vai ao ar nas tardes de terça-feira, *ela ainda* escreve para a revista *New York* sobre política de raça e gênero nos esportes.

Quando Matthew morreu, Dru-Ann estava em Fremantle, Austrália, assinando com uma nadadora promissora para as Olimpíadas. Ela perguntou a Hollis o que podia fazer para ajudar e se ofereceu para largar tudo e voar até Boston, do outro lado do mundo, mas Hollis disse a ela que esperasse.

— Precisarei de você depois — disse ela. — Depois que toda essa gente tiver ido embora.

— Confio que esteja me dizendo a verdade e não dando uma de mártir — disse Dru-Ann. — Quando precisar de mim, eu estarei aí.

Hollis manda uma mensagem para ela agora.

Quando Matthew morreu, você perguntou o que poderia fazer por mim. Você pode fazer isso.

Não há resposta, e Hollis experimenta um momento de desespero. Se alguma delas não puder vir, ela cancelará a coisa toda, mas sabe que Brooke vai querer vir de qualquer forma, e será que Hollis conseguiria passar um fim de semana só com Brooke? (Francamente, não.) Ela envia outra mensagem de texto para Dru-Ann:

Eu tenho uma bicicleta Peloton. E vou providenciar sua tequila. E limões orgânicos.

Dru-Ann responde:

Tequila sim, mas não se preocupe com mais nada. Estarei aí.

Duas já foram, pensa Hollis. Ela tenta imaginar um fim de semana apenas com Brooke, Dru-Ann e ela própria, e um pânico diferente a envolve. Dru-Ann e Brooke se conheceram há alguns anos, no *brunch* da Segunda de Maratona de Hollis e Matthew — Dru-Ann estava na cidade porque representava uma das corredoras de elite do Quênia — e, depois disso, Dru-Ann descreveu Brooke como o “equivalente humano a algo preso no seu dente. Tão. Irritante”. Enquanto isso, Brooke desenvolveu uma obsessão por Dru-Ann. Ela assiste a *Jogue feito uma garota* toda semana e acha *muito legal* que Hollis tenha cursado a faculdade com alguém que está *na televisão* e que, no ano passado, apareceu no número 74 da lista de Mulheres Mais Poderosas da revista *Forbes.*

Pouco tempo depois, o celular de Hollis acende com uma mensagem de sua melhor amiga de infância, Tatum McKenzie, que ainda mora em Nantucket o ano todo:

Por acaso “fim de semana só para garotas” quer dizer passar a noite na sua casa em Squam?

Hollis responde:

Isso! Vai ser divertido, não?

Tatum diz:

Tá bom.

O que não é, de fato, uma resposta à pergunta. Mas soa como se ela estivesse aceitando, e Hollis sente um alívio tomar conta de seu corpo. Todo verão, desde que Hollis e Matthew construíram a nova casa na propriedade do pai dela, Hollis convida Tatum e seu marido, Kyle, para jantar, e todo verão Tatum inventa alguma desculpa para eles não poderem ir, de modo que Tatum nunca esteve dentro da casa de Hollis. Uma vez, alguns anos atrás, Hollis recebeu uma mensagem de texto de Tatum do nada:

Kyle e eu fomos dar uma volta de carro no domingo e acabamos na sua casa em Squam. Espiamos pelas janelas, dançamos sobre a cobertura da sua piscina e fizemos sexo na ducha externa. (Brincadeira!) Você se tornou oficialmente uma Veranista, Holly. Exatamente como sempre quis.

Isso veio seguido do emoji com uma lágrima caindo.

Hollis respondeu, tentando ser engraçada:

Você fez sexo na ducha externa, sim. Eu sei que fez.

Tatum respondeu com o emoji do dedo do meio.

Hollis havia trombado com Tatum algumas vezes desde então — uma vez na Farmácia do Dan, outra na agência dos correios, uma vez em St. Mary (onde Hollis e Tatum haviam sido coroinhas juntas) —, mas, sendo honesta, Hollis admitiria que as coisas não estavam boas nem certas entre ambas desde que ela partira para a faculdade.

Esqueça o filme da Hallmark, pensa Hollis. Seu Fim de Semana Cinco Estrelas talvez fosse ser mais como *Real Housewives.*

Mas três das quatro definitivamente viriam. Agora não tinha como voltar atrás.

Quando a parte mais quente da tarde passou, Hollis levou Henrietta para um passeio, deixando o celular para trás. Os arbustos de hortênsia que ladeiam a entrada para a garagem ficaram mais cheios, exatamente como Anastasia havia prometido, embora Hollis não consiga apreciar sua beleza rosa e lilás da maneira que deveria.

Até eu voltar, pensa ela, *Gigi terá mandado mensagem.*

Mas não mandou; a única mensagem é de Brooke.

Estou tão empolgada!!! Reservei minha passagem na balsa, eu chego às 16h05 na sexta!!! Agora, me diga, o que eu posso levar??!!?

Hollis quase responde *Nada, só você mesmo!* Mas trocar mensagens de texto com Brooke é como uma daquelas armadilhas de dedos: quanto mais você interage, mais difícil é se libertar. Brooke vai reagir com um coração ou dois pontos de exclamação à mensagem de Hollis (que tipo de sádico inventou *essa* função?), daí mandará uma pergunta, tipo *Que tal bife de lombo do Fells?*, à qual Hollis se sentirá compelida a responder, e Brooke vai curtir ou enfatizar *essa* mensagem... E isso continuará até que, exasperada, Hollis pare de responder (olha a dica), e nesse ponto Brooke enviará uma sequência de emojis de coração e rostos mandando beijos.

Hollis deixa a mensagem de Brooke morrer por conta própria. Clica no nome de Gigi só para conferir se sua mensagem de convite foi enviada; o serviço de celular em Squam pode ser meio ruim.

Sim, foi entregue às 9h38 daquela manhã.

Claramente, Gigi não quer mais saber dela. Hollis não sabe bem por que isso a incomoda tanto. Não é como se Gigi fosse sua alma gêmea; você não encontra almas gêmeas na internet. (Bem, algumas pessoas podem até encontrar, mas não Hollis.)

Porém, quando Hollis acorda no dia seguinte, há uma mensagem de texto enviada às 3h15 da manhã:

Me sinto muito honrada de estar incluída. Tem certeza disso?

Hollis encara as palavras, piscando, relendo, conferindo de novo que essa mensagem de texto realmente veio de Gigi Ling. O texto soa como Gigi: adorável e gracioso. Hollis se contém com todas as forças para não responder com *Por onde você andou? Por que estava me deixando no vácuo?*

Em vez disso, ela digita:

Tenho, bastante. Mal posso esperar para conhecer você pessoalmente!!!!

Em seguida, deleta essa mensagem (todos aqueles pontos de exclamação a fazem soar como Brooke) e digita:

Tenho, bastante. Ansiosa para nos vermos.

Ela aperta Enviar.

3

Fenda na Armadura

Caroline Shaw-Madden recebe uma mensagem de texto de sua mãe solicitando sua presença em Nantucket para o fim de semana.

Não, diz Caroline para si mesma. Mas então reconsidera.

Durante os últimos tórridos e febris dezessete dias, Caroline esteve romanticamente envolvida com seu chefe, o documentarista vencedor do Oscar Isaac Opoku.

Caroline nunca sonhou que as coisas com Isaac tomariam esse rumo, não apenas por causa da diferença de idade (catorze anos) ou de poder (Caroline é uma graduanda em ascensão na NYU que ainda não fez sequer um curta próprio), mas também porque Isaac está num relacionamento sério. Sua namorada, Sofia Desmione, é uma supermodelo genuína (*Vogue, Vogue* italiana, Valentino, Dolce e Gabbana) e mora com Isaac no loft em Chelsea que também serve como estúdio para Isaac.

Mas... Sofia raramente está presente. Ou ela está numa sessão de fotos, ou festejando até o amanhecer no Zero Bond. Isaac, por outro lado, sofre de ansiedade social; ele pede a Caroline para verificar seus e-mails e recusar todos os convites. Desde o começo, Caroline se perguntava por que Isaac e Sofia estavam juntos. Ela tinha visto Sofia apenas uma vez em seu primeiro mês de trabalho; Sofia apareceu, cheirando a uma mistura de Jo Malone e tequila num vestido que parecia um saco de lixo reforçado, deu um beijo na testa de Isaac e disse a ele que tinha conseguido um trabalho com a Acne

Studios e passaria três semanas fotografando em Estocolmo. Ela acrescentara:

— Vou almoçar com Mauricio no Cluny, depois estou de partida para o JFK. Gemma está vindo daqui a pouco para fazer minhas malas. Te amo.

E Isaac havia dito em seu adorável sotaque ganês:

— Também te amo, *ma chérie.*

Somente então Sofia notara Caroline.

— Assistente nova? Que graça! Eu me chamo Sofia. — Ela ofereceu a mão fria para Caroline. — Por favor, sem encrencas.

Por favor, sem encrencas. Caroline ficou tão surpresa com a declaração que a princípio nem conseguiu responder. Será que isso significava o que ela achava que significava? Teria havido "encrencas" com outras assistentes, ou será que Sofia achava Caroline particularmente ameaçadora (a ideia era risível)? Quando Caroline se recuperou o suficiente para dizer *Sim, claro, nada de encrencas,* Sofia já tinha ido embora.

Caroline, tecnicamente, está ajudando Isaac a editar seu documentário *L'Étoile Verte*; é sobre Amira Delacroix, uma chef que deixou seu reino de restaurantes incrivelmente populares em Paris para abrir um elegante bistrô francês na desértica cidade marroquina de Ouarzazate. Entretanto, *ajudar* quer dizer que Caroline vai até a bodega da esquina buscar sanduíches de bacon, ovo e queijo para Isaac, abre a correspondência dele e se senta num banquinho à sua esquerda enquanto Isaac lhe ensina como editar. Desde o começo, Caroline achou Isaac gentil, adorável e bondoso. Ele contratou Caroline para realizar as tarefas mundanas de seu dia, mas também porque gosta de sua companhia. Além disso, ele quer transmitir seu conhecimento a alguém e Caroline é uma esponja. Mas certa tarde, pouco depois de Sofia partir para a Suécia, Caroline entregou a ele o roteiro com as páginas fora de ordem e Isaac perdeu a paciência. Ele disse:

— Um *bebê* de jardim de infância poderia fazer isso, Caroline, e ainda assim você consegue fazer uma bagunça!

Caroline não conseguiu evitar — ela começou a chorar e, uma vez que começou, não conseguiu parar. Não foi a repreensão de Isaac, foi tudo; e, por *tudo,* Caroline queria dizer que seu pai estava morto. Ela não havia contado a Isaac sobre seu pai porque não queria tratamento especial. Certamente, os outros novecentos e noventa e nove estudantes que se candidataram a esse emprego também tinham problemas, mas esses problemas não cabiam no estúdio.

Ela disse:

— Desculpe. Meu pai morreu inesperadamente em dezembro e eu ainda estou fragilizada.

Ela não teria se surpreendido se Isaac a demitisse na mesma hora, mas, em vez disso, ele se afastou do computador e a pegou pela mão, levando-a até o sofá vintage na área de estar do loft. Fez para ela uma xícara de chá Yellow Gold e serviu uma variedade de castanhas de caju, figos da Turquia e damascos secos da Kalustyan, na Lexington. Ele contou para Caroline que perdera a mãe quando tinha nove anos, e não se passava nem um dia em que não lamentasse por ela.

Ele foi tão doce naquele momento e sua solidão tão óbvia (sua relação com Sofia era uma fraude, Caroline decidira então; estavam juntos apenas porque eram benéficos para as "marcas" um do outro) que ela perdeu o controle. Ela ignorou o pedido de Sofia — *Por favor, sem encrencas* — e o beijou. Para seu crédito, ele se afastou e disse:

— Não é isso o que você quer.

O que ele queria dizer era *Isso não vai substituir o amor do seu pai.* O que ele queria dizer era *Estou numa posição de poder e você não e, portanto, isso não será justo com você. Já vimos histórias assim antes e elas sempre terminam mal.*

Caroline disse, respirando na boca dele:

— É o que eu quero, sim. É, sim.

E o beijou de novo.

Caroline recebe a mensagem de texto de sua mãe quando está saindo do loft de Isaac e começando a longa caminhada até seu apartamento no Upper East Side (está quente demais para o metrô e ela não tem dinheiro para um táxi). Sofia está voltando para Nova York no dia seguinte e, por mais agonizante que seja para Caroline e Isaac, o caso tem que acabar.

Caroline e a mãe não conversam há meses. Isso, Caroline precisa admitir, é culpa sua. Caroline tirou um A em Introdução à Psicologia e Psicologia Social, portanto entende que está punindo Hollis porque Hollis é a genitora sobrevivente. Todos no funeral ficaram comentando como Hollis era "forte", o que deixou Caroline *furiosa.* Hollis costumava ser uma esposa e mãe dedicada, porém, quando seu site foi à estratosfera, ela colocou tanto Caroline quanto o pai dela no escanteio. Bem, talvez não tenha sido tão ruim assim, mas houve uma diferença considerável na dinâmica da família. A presença de Hollis nas redes sociais se tornou seu novo bebê; era a primeira coisa na cabeça de Hollis a cada segundo de cada dia. Caroline e o pai chamavam Hollis de "a Kardashian da culinária" como piada, mas, agora que o pai dela está morto, não tem mais graça. Caroline está furiosa com a mãe por motivos que não consegue articular, e a dura verdade é que Caroline ainda sente tanta dor emocional que guardar uma mágoa parece bom.

Hollis, porém, sempre foi intuitiva. Caroline não ficaria surpresa se sua mãe houvesse, de alguma forma, sentido que Caroline acabara de vivenciar o primeiro término de sua vida adulta.

Você poderia pensar em vir para Nantucket esse fim de semana? Por favor, Caroline. Eu fiz um negócio.

Caroline odeia que Hollis tenha entrado em contato agora, quando ela está em seu momento mais vulnerável. Ela respira fundo — o ar urbano está impregnado de fumaça de escapamento, suor e lixo — e liga para a mãe.

Hollis atende no primeiro toque. Se não fosse assim, Caroline talvez tivesse desligado.

— Querida? — diz Hollis.

— Sim — diz Caroline.

Nenhuma delas fala por um instante. Caroline cede primeiro, mais por impaciência.

— Você disse que fez um negócio. O que você fez?

Ela se prepara para o pior.

— Bem — diz Hollis. — Eu decidi ser anfitriã de algo chamado Fim de Semana Cinco Estrelas, e estava esperando que você pudesse ajudar.

Tudo o que Caroline ouve é *anfitriã* e *cinco estrelas,* e pensa: *mas é claro que ela será anfitriã de algo chique.* Será que Caroline pode desligar? Ela meio que quer, mas está surpresa com o quanto sentiu saudade da voz de sua mãe.

Hollis explica: quatro amigas, uma de cada fase de sua vida, indo se hospedar na casa em Nantucket.

Para Caroline, o Fim de Semana Cinco Estrelas soa como um desafio da internet para *boomers*.

— Que tipo de ajuda você quer *de mim?*

— Queria que você viesse a Nantucket e filmasse tudo — diz Hollis. — Moira, a mulher que fez originalmente o evento, tirou fotos e montou um álbum no Shutterfly. Mas eu pensei que, como você é uma cineasta... — *Sou uma universitária,* pensa Caroline, *que, até hoje, estava dormindo com um cineasta.* — ...poderia documentar nossas aventuras.

Aventuras?, pensa Caroline. Como uma ida à loja de materiais para bordado? Ou pedir um kombucha na Lemon Press em vez de um latte? Caroline imagina uma taça de chardonnay no parapeito de uma varanda com dunas praianas ao fundo enquanto Bonnie Tyler canta "Holding Out for a Hero".

Mas de jeito nenhum, pensa Caroline. Porém, antes que ela possa recusar, Hollis diz:

— Eu te pago dois mil e quinhentos dólares. O que acha?

Ela acha que isso significa uma massagem com pedras quentes, um White Claw gelado de framboesa e uma escapadinha com Jacob Elordi. Os bolsos de Caroline estão sofrendo, mas ela via a hipocrisia em pedir dinheiro para gastar à sua mãe quando tinha basicamente batido a porta na cara dela.

— Tudo bem, eu topo — diz ela. Caroline precisa de fundos, mas também, graças ao retorno iminente de Sofia, quer sair da cidade. — Quando você quer que eu esteja lá?

— Na manhã de sexta-feira — diz Hollis. — Desculpe, eu sei que isso quer dizer perder um dia de trabalho...

— Não tem problema — diz Caroline.

No dia seguinte, Caroline aparece no loft de Isaac vestida de preto para marcar a morte do romance deles. Caroline pode sentir pela energia serena no loft que Sofia ainda não voltou.

— Ela pousa às cinco — diz Isaac. Eles olham um para o outro com melancolia e Caroline pensa: *só mais uma vez?* Isaac, contudo, corta o ar entre eles com um gesto de mão. — Precisamos voltar ao trabalho.

Caroline assente.

— Vou tirar amanhã e segunda-feira de folga.

Ela sabe que pode pedir pelo que quiser agora.

Isaac franze o cenho, depois segura o queixo de Caroline em seus dedos de modo que ela não tem escolha a não ser fitar os seus olhos castanhos. *Sofia Desmione não é digna desses olhos*, pensa Caroline.

— Você precisa de um tempo afastada? — diz ele. — Aonde você vai?

— Para Nantucket, ver minha mãe — diz Caroline. — Ela será anfitriã de um fim de semana para suas... amigas.

Depois que Caroline desligou com Hollis no dia anterior, deu-se conta de que havia se esquecido de fazer a pergunta mais importante. Ela mandou uma mensagem de texto para Hollis:

Calma aí — quem você convidou para esse negócio?

Três pontinhos apareceram na tela do celular de Caroline, então desapareceram, depois surgiram de novo, sumiram mais uma vez.

Finalmente, uma mensagem de texto chegou:

Tatum.

Certo... pensou Caroline. Ela não tinha percebido que sua mãe e Tatum ainda eram amigas.

Dru-Ann.

É claro, pensou Caroline.

Brooke.

Emoji revirando os olhos, pensou Caroline.

Fez-se uma pausa e Caroline pensou: *só isso? Pensei que deveriam ser quatro amigas*, mas então outra mensagem chegou.

Gigi Ling.

Quem é essa? Caroline nunca tinha ouvido falar de Gigi Ling. Escreveu:

????

A mãe respondeu:

Eu a conheci pelo site.

Caroline grunhiu. A comunidade *Famintos com Hollis* venerava a mãe dela, e uma das maiores queixas de Caroline era o quanto Hollis parecia desfrutar dessa adoração.

Era *muito* alarmante que Hollis tivesse convidado uma dessas pessoas para o Fim de Semana Cinco Estrelas. Caroline enviou uma mensagem:

Por favor, me diga que você já se encontrou com essa mulher pessoalmente.

Três pontinhos surgiram, depois desapareceram.

Isso, pensou Caroline, *significa não.*

Mentalmente, Caroline redigiu uma resposta para sua mãe: *Não acredito que você convidou alguém que nunca viu pessoalmente para o Fim de Semana Cinco Estrelas. Provavelmente é algum cara assustador morando no porão da casa da mãe, e ele vai matar todas vocês. Ou é uma golpista, uma predadora, ou, no mínimo, alguém tão carente e sem amigos que vai passar um fim de semana com completas desconhecidas. Sério, mãe, o que você tinha na cabeça?*

Agora, Caroline conta a Isaac:

— Ela quer que eu filme tudo.

— *Mon Dieu* — diz ele. Sua expressão é dúbia.

— Uma das mulheres que minha mãe convidou é alguém com quem ela nunca se encontrou pessoalmente — diz Caroline. — É alguém daquele site de comida dela, sabe?

Os lindos olhos de Isaac se arregalam.

— Que bizarro. Vai ser um projetinho divertido para você. E talvez não seja um desperdício total... Você pode praticar a filmagem de paisagens.

Houve uma tarde na cama de Isaac em que Caroline descreveu Nantucket para ele: os trechos de praia dourada impecável, as charnecas salpicadas de lagos verdes, o farol Sankaty erguendo-se como uma bengala de hortelã-pimenta.

— Posso pegar uma câmera emprestada, por favor? — pede Caroline. — A Red ou a Alexa? E um dos seus tripés Sachtler?

Ela vê a dúvida passar pelo rosto de Isaac — ele nunca empresta seu equipamento.

— Mas é claro, *mon petit chou.* E você deveria levar meu drone.

O *drone?* Uau. Talvez ele ache que Caroline pode conseguir uma boa filmagem da ilha, ou talvez esteja sendo condescendente com ela. Provavelmente um pouco dos dois. Será um "projetinho divertido" e Caroline voltará para Nova York dois mil e quinhentos dólares mais rica.

No primeiro dia de Caroline no loft, Isaac lhe dissera que a parte mais desafiadora de filmar documentários era encontrar um assunto digno. *Procure uma fenda na armadura,* dissera ele, *por onde você pode penetrar sob a superfície e descobrir uma verdade oculta.*

Enquanto Caroline embala o precioso equipamento de Isaac, ela ri consigo mesma. Não haverá nenhuma verdade oculta por trás de um punhado de mulheres de meia-idade comendo pãezinhos com lagosta, vestindo calças capri e citando Gatinhas & Gatões.

Disso ela tem certeza.

4

Primeira Luz

Por ser voltada para o nordeste, Squam é o melhor lugar na ilha para assistir ao nascer do sol. Hollis leva seu café para o deck com Henrietta em seu encalço, e juntas elas se deliciam com a vista — o lago, a ponte, a trilha arenosa que passa entre as dunas e leva até a faixa azul-marinho do Oceano Atlântico.

Ela e Matthew deram à casa o nome de Primeira Luz.

Quais são as coisas preferidas de Hollis na casa? As janelas estreitas que ladeiam a porta de entrada são incrustadas com pedaços autênticos de vidro do mar em todos os tons de verde e azul. O salão com teto de catedral é branco e luminoso com vigas e detalhes de madeira clara, mas há surpresas também — o sofá meia-lua azul, um semicírculo confortável de camurça azul-cerúleo, entre poltronas verde-escuro de frente para as portas de vidro. Banquetas de couro cercam a bancada central da cozinha — há espaço de sobra para Hollis cozinhar enquanto entretém — e sobre a bancada pende um lustre feito de garrafas vintage de Coca-Cola. Uma *chaise* estofada na mais pálida seda azul está posicionada na frente da lareira de tijolos brancos. *O trono da Mamãe,* Caroline a chama, porque é onde Hollis passaria todos os seus momentos acordada, se pudesse — na *chaise* com um livro em mãos (embora, recentemente, *livro* tenha significado "notebook"). No verão, ela mantém as portas da frente e dos fundos abertas para que a brisa possa soprar pela casa, e no outono e no inverno, a lareira está sempre acesa. Café na mesa do canto de manhã; uma taça de sauvignon blanc frio e refrescante à noite.

Hollis e Matthew transformaram o chalé original numa charmosa casa de hóspedes decorada com mobília curvilínea e colorida de meados do século. Eles chamaram o chalé de Twist. (Hóspedes observadores descobrem o porquê.)

Perto do Twist há uma garagem com duas vagas que abriga o Volvo de Hollis e o "bebê" de Matthew, um Bronco conversível de 1971 de um vermelho intenso que está perenemente cheio de areia, não importa a frequência com que Hollis passe o aspirador nele.

Hollis decide colocar Tatum na suíte Cinquenta Tons de Branco no mesmo corredor de seu quarto, em frente a ele e ao lado do de Caroline. Colocará Brooke no Quarto da Prancha e Gigi em seu espaço preferido da casa, o Paraíso de Hibisco — ambas as suítes ficam do outro lado da área de estar. Dru-Ann pode ficar com o Twist só para ela.

— Está acontecendo, amiga — diz Hollis a Henrietta. — Todo mundo chega amanhã.

Henrietta vibra de entusiasmo como se entendesse. Henny ficará feliz; como dizem, ela faz amizades fácil.

— Caroline vai vir — diz Hollis.

Houve um momento em que Hollis questionou se era uma boa ideia incluir Caroline — Hollis tinha medo de rejeição; estava preocupada que, uma vez que oferecesse o dinheiro, soaria como se ela tivesse que *subornar* a própria filha para que a visitasse; e ela não tem muita certeza de que qualquer coisa que aconteça neste fim de semana deveria ser filmada — mas, agora que Caroline concordou em vir, Hollis está otimista. Ela e Caroline estarão juntas e haverá outras pessoas por perto para deixar as coisas menos estranhas.

Hollis abre seu notebook, vai até o site *Famintos com Hollis* e clica no Quadro de Avisos. *Para a comunidade Famintos com Hollis: os últimos sete meses têm sido lancinantes...*

Hollis deleta *lancinantes* e escreve *lúgubres,* e então deleta isso também. Ambas as palavras são precisas, assim como *solitários, desolados,* e simplesmente *tristes,* mas ela não quer ser deprimente, nem quer fazer estardalhaço sobre seu regresso; ela só quer seguir em frente.

Hollis respira fundo, e então digita: *Gostaria de agradecer a todos vocês por seus pensamentos, preces e condolências e pelas histórias que tiveram a gentileza de compartilhar comigo. Saber que as suas Luzes na Cozinha ainda estavam acesas aqui no Famintos com Hollis me ajudou a passar por alguns dias muito sombrios. Hoje, eu escrevo a vocês com uma notícia mais esperançosa. Serei a anfitriã de algo chamado Fim de Semana Cinco Estrelas na minha casa em Nantucket. Deixem-me contar tudo a respeito para vocês.*

5

Afazeres

São oito e meia da manhã de quinta-feira quando Tatum McKenzie vê sua amiga mais antiga, Hollis Shaw, no balcão de frios da Stop and Shop no centro da ilha. Hollis está com um par de óculos escuros apoiado em seu cabelo loiro-grisalho vestindo shorts de corrida Lululemon e uma camiseta Cisco Brewers. Ela está conferindo coisas numa lista. Tatum sorri. Hollis sempre amou uma boa lista.

Sem hesitar, Tatum dá meia-volta com o carrinho e vai na direção oposta, o coração saltando feito um peixe recém-pescado. *Rápido, rápido, rápido!* Ela corre para a fila mais próxima da saída e coloca a água sanitária e as toalhas de papel na esteira do caixa. Kathy Culbert, que estava um ano à frente de Tatum e Hollis na escola, está no caixa e, como sempre, Kathy quer papear.

— Como vai o mocinho? — pergunta ela.

Melanie, a irmã de Kathy, é gerente da creche que Orion, o neto de Tatum, frequenta.

— Bem, bem — diz Tatum, praguejando pela oportunidade perdida de pegar um frango assado.

Ela quer que Kyle tenha algo para comer enquanto ela passa o fim de semana em Squam com a mesma mulher de quem está fugindo.

— Não entendo por que você concordou em ir — dissera Kyle para Tatum naquela manhã. — Você evita Hollis todo verão como se ela fosse hera venenosa, e agora vai passar o fim de semana na casa dela? — Kyle deu um beijo no nariz de Tatum e beliscou-lhe o traseiro. — Depois de todos esses anos, ainda não consigo entender você. É sexy.

Eles acabaram dando uma rapidinha de pé na frente do espelho, Kyle evitando cuidadosamente o ponto no seio direito de Tatum onde ela havia sido perfurada pela agulha da biópsia.

O sexo atrasou Tatum pelo resto da manhã. Dylan ainda estava dormindo — só chegara em casa do trabalho às duas ou três da manhã —, então Tatum teve que deixar Orion na casa de Melanie antes de vir para cá comprar materiais de limpeza, e agora tinha que ir até Holdgate buscar as camisas do sr. Albright e, de alguma forma, ainda chegar na casa dos Albright até as nove. Tatum ansiava por um cigarro. Desde a descoberta do nódulo, vinha fumando o dobro do de costume, o que ela sabe que é ruim, mas como deveria lidar com o estresse de possivelmente estar com *câncer de mama* sem fumar? Algumas mulheres podem ser capazes disso, mas não Tatum.

Quando Tatum sai da loja, são quinze para as nove; ela sabe que tem que correr bastante e rezar para a Virgem Maria que não haja uma fila na lavanderia. Ainda assim, ela não consegue evitar mexer com Hollis. Tatum escaneia o estacionamento até ver o Bronco vermelho. Dá uma rápida olhadela para trás e se apressa até ele. A janela do motorista está aberta e lá estão as chaves no console, exatamente como Tatum sabia que estariam. Hollis as deixa bem na cara, como uma moradora local, apesar de ser agora uma veranista em todos os outros sentidos. Tatum apanha as chaves e as esconde debaixo do banco do motorista.

Cinco pessoas estão esperando na fila na Lavanderia Ilha de Holdgate e Amy, a gerente, não se encontra em nenhum lugar. Tatum confere o celular, vê que são 8h51. A chefe de Tatum, Irina, é exigente; demitiu uma garota na semana retrasada por ir trabalhar de ressaca. Tatum envia uma mensagem de texto para Irina:

Estou na lavanderia, tem fila, prefere que eu vá agora ou que eu pegue as camisas?

Irina responde:

Pegue as camisas.

E então ela escreve:

A lavanderia abre às 8h30. Você deveria ter ido mais cedo.

Os dedos de Tatum pairam sobre a tela. O que ela quer dizer é *Eu me demito*. O que ela acaba dizendo é *Desculpe!* Irina tem idade para ser filha de Tatum; ela é apenas um ano mais velha que Dylan. Ela chegou da Lituânia em Nantucket em 2015 e passou de faxineira para dona de uma empresa de limpeza e concierge, a melhor da ilha, chamada simplesmente de Irina Serviços. A empresa faz mais do que apenas limpar; funcionários cumprem afazeres domésticos como buscar roupas na lavanderia, levar pacotes para os correios, abastecimento de víveres (seus clientes não ousam comer nada vindo da Stop and Shop — para eles, apenas coisas vindas da Bartlett's ou do Nantucket Fish and Meat), decorar a casa com buquês da Flowers on Chestnut, e até levar os cachorros da família para o banho e tosa na Geronimo's. Irina encontrou um nicho; ela tem 37 clientes e uma equipe de dezesseis pessoas, entre as quais Tatum é (a) a mais velha por vinte anos de diferença e (b) a única moradora local. Irina dá a Tatum os serviços mais confortáveis, como pegar a roupa na lavanderia e comprar suprimentos; as garotas mais novas, Tatum sabe, estarão até os cotovelos nas privadas dos Albright quando ela chegar. Esse é um dos motivos pelo qual Tatum não se demite; o outro é o salário. Depois de dividir as gorjetas com as outras garotas, Tatum está ganhando cerca de cinquenta dólares por hora. É bastante dinheiro para um emprego diurno, embora seja migalhas comparado ao que ela ganhava como garçonete. Tatum trabalhou no Lobster Trap por mais de vinte anos, mas se demitiu quando Orion nasceu. Ela havia perdido muitos banhos, histórias e horas de dormir quando Dylan era pequeno — não queria perder isso com o neto.

Amy aparece dos fundos e a fila se movimenta mais depressa. São 8h54. Os cabides fazem *clec-clec* ao girar, Amy passa o cartão de crédito de uma mulher que deve ter uns sessenta itens pendurados no gancho, vestidos de festa coloridos pelo jeito, muitos Lilly Pulitzer. Normalmente, isso faria Tatum revirar os olhos — ela quer declarar que vestir Lilly Pulitzer em qualquer função social em Nantucket é um clichê oficial —, mas hoje sua mente vaga para o fim de semana que a espera. Hollis enviou um itinerário (com um bilhete avisando que ela pagaria por tudo, graças a Deus), e havia alguns eventos formais na lista — jantar no Nautilus no sábado à noite, almoço no Galley no domingo —, junto a "cores sugeridas" para cada evento. Sábado à noite: preto ou branco. Domingo: laranja ou rosa-choque. Tatum teria se rebelado contra usar as "cores sugeridas", mas tinha roupas pretas e brancas, além de um vestido tubinho Lilly Pulitzer pendurado em seu closet (ela o comprou em liquidação quando Dylan era bebê, há mais de vinte anos, mas ainda servia). Será que Tatum deveria usá-lo? Seria perfeito para o almoço.

Será que ela deveria ser um clichê?

Quando Kyle perguntou por que Tatum queria ir ao fim de semana só de garotas, ela disse:

— Eu sinto que devo ir. Ela perdeu *o marido,* Ky. Consegue *imaginar?*

O rosto de Kyle ficou sombrio. Desde a descoberta do nódulo, a mamografia ruim e a biópsia, ambos conseguiam imaginar com muita facilidade.

Uma razão mais frívola pela qual Tatum vai ao pequeno fim de semana de Hollis é que ela quer viver como uma veranista por alguns dias. Tatum desfruta de seus verões. Ela ama as rosas e as hortênsias; ela passa pelo Sandbar para pegar um cone de sorvete no final de seu turno, depois vai nadar na faixa de praia pública entre Cliffside e Galley; passa as tardes de fim de semana com Kyle na praia secreta deles, e uma vez por semana eles chamam uma babá para ficar com Orion e saem para um bom jantar (isso normalmente significa Cru, porque Dylan trabalha lá e consegue trinta por cento de desconto para eles). Tatum, porém, sabe que existe toda uma vida social efervescente rolando à qual ela não tem acesso — jantares beneficentes com entradas caras, coquetéis em jardins privados, jantares no convés de iates — e, embora seja levemente embaraçoso admitir, ela quer fazer parte disso.

De pé na fila da Holdgate, ela sente um tapinha em seu ombro e ouve:

— Oi, mana.

Tatum se vira. É Hollis.

Tatum fica surpresa. O que Hollis está fazendo *aqui?* Será que ela seguiu Tatum? Será que sabe que Tatum escondeu suas chaves? Tatum imagina Hollis vasculhando freneticamente pelo Bronco e quase sorri, mas o *Oi, mana* a impede. Hollis está usando o apelido antigo como se o tempo não tivesse passado, como se elas ainda estivessem se encontrando no corredor da escola; Hollis saindo direto da aula avançada de inglês, Tatum da educação física.

Mas isso não é justo. Cada interação nos últimos quinze anos — desde que Hollis se mudou de volta e construiu sua casa imensa em Squam — havia sido constrangedora. Hollis é sempre exageradamente dramática, usando uma voz falsa, aguda, meio cantada — *Tatum McKenzie, você nunca envelhece nem um dia sequer, como estão as coisas, como vai Kyle, como vai Dylan, me mostre fotos* — e

Tatum a ignora, respondendo em monossílabos e terminando a interação assim que possível. Porque é uma sensação horrível a de se encontrar por acaso com uma pessoa que era tão chegada quanto uma irmã, *mais chegada* do que uma irmã! (As garotas que Tatum e Hollis conheciam quando jovens odiavam suas irmãs.) *Melhores amigas* nem começa a descrever a relação entre elas. A despeito de todas as dores que envolve crescer, Tatum nunca se sentiu sozinha. Ela sempre, *sempre* tivera Hollis.

E então, um dia, não tinha mais.

Tatum não consegue se forçar a dizer *Oi, mana,* embora diga:

— Sinto muito por Matthew.

Ela enfia o telefone no bolso de trás e dá a Hollis um abraço de verdade, apertando-a com os dois braços. Tatum tinha lido o obituário de Matthew no *Nantucket Standard,* mas ela e Kyle optaram por não comparecer ao funeral em Wellesley. Agora, é claro, Tatum se sente mal por isso. Ela tinha a intenção de enviar um cartão, mas não é tão boa com as palavras como Hollis, e disse a si mesma que qualquer coisa que enviasse simplesmente se perderia no dilúvio de amor vindo dos seguidores enlouquecidos de Hollis nas redes sociais.

Isso agora parece um erro de julgamento terrível. Se Kyle morresse (Tatum estremece só de pensar nisso, de tanto que ama aquele homem) e Hollis não fizesse nenhuma menção à perda, Tatum jamais a perdoaria.

— E sinto muito por não ter ligado, escrito, ou ido à cerimônia. Eu não fiz absolutamente nada.

— Mas você vem esse fim de semana — diz Hollis.

Tatum enxuga os olhos. Ela pode fugir de Hollis o quanto quiser, mas o fato permanece de que Hollis é a primeira pessoa, tirando sua família, que Tatum já amou.

— Estarei lá.

Agora é a vez de Tatum no balcão; ela entrega o tíquete a Amy e, um momento depois, Amy pendura o leque de tons pastéis das camisas do sr. Albright no gancho.

— Essas camisas são *de Kyle?* — diz Hollis. — Não consigo imaginar ele vestindo rosa... ou pêssego.

Tatum confere o celular: 8h58.

— São de um cliente.

— Cliente?

— Eu faço limpeza e cumpro afazeres para... — Ela não tem tempo de colocar Hollis a par de tudo. — Tenho que ir. Vejo você amanhã.

— Todo mundo vai chegar por volta das quatro — diz Hollis.

Quatro está bom, pensa Tatum. Ela sai do trabalho às três, daí busca Orion na creche e vai para casa fazer as malas. Ou talvez faça as malas hoje à noite, e amanhã à tarde se dê ao luxo de uma escova no RJ Miller.

— Vejo você às quatro então.

Ela vai embora com um aceno. Tem aproximadamente sessenta segundos para chegar à casa dos Albright.

Ela abre a porta traseira de seu Honda Pilot ancião, espana migalhas de Cheez-It da cadeirinha de Orion e cuidadosamente estende as camisas do sr. Albright. Ela *tem que ir* — mas não consegue se impedir de voltar lá para dentro.

— Holly? — diz ela. — Quem mais vai para esse negócio?

Hollis sorri.

— Eu não te contei?

— Não — diz Tatum.

Ela não perguntou porque realmente não se importava. As amigas de Hollis são todas intercambiáveis — todas ricas, cuidando do peso, debatendo cirurgia plástica, tentando fazer os filhos entrarem em faculdades da Ivy League.

Hollis dobra a lista que ainda está segurando e reforça as dobras com as unhas.

— É um negócio chamado Fim de Semana Cinco Estrelas — diz ela. — Então eu convidei uma melhor amiga de cada fase da minha vida.

Cada fase da vida dela?, pensa Tatum. *O que isso quer dizer?*

— Minha amiga Brooke, de Wellesley, vem. Dru-Ann vem. E a quarta é Gigi, uma mulher que conheci no meu site. Na verdade, eu... nunca me encontrei com ela pessoalmente, mas ela parece muito bacana.

Tatum assente, rapidamente. Ela se dá conta de que o interessante é que Hollis convidou para sua casa alguém que nunca sequer viu pessoalmente (quem faz algo assim?), mas a atenção de Tatum fica presa no segundo nome.

Dru-Ann. Afe.

Tatum abre a boca para dizer: *depois do seu casamento, eu torci para nunca mais ver Dru-Ann.*

Porém, naquele momento, Hollis se aproxima do balcão e diz para Amy:

— Estou aqui para buscar as camisas de Matthew Shaw.

As palavras são um balde de água fria na indignação de Tatum. Se Hollis pode ser corajosa o bastante para pegar a roupa lavada de seu falecido marido, então Tatum pode aguentar Dru-Ann Jones por um fim de semana.

Quando ela volta ao carro, seu celular toca. A tela diz NANTUCKET COTTAGE HOSPITAL.

Tatum se atrapalha por um segundo. Deve atender ou não? *Deve*, pensa ela. Em seguida: *Não, não* — ela não está preparada, e não tem tempo. Ela aperta Recusar.

Quando saiu da consulta da biópsia no dia anterior, o médico disse que os resultados chegariam no "começo da semana que vem", o que Tatum presumiu que queria dizer segunda ou terça-feira. Hoje ainda é quinta. Por que estão ligando tão cedo? Será que ela definitivamente está com câncer? Ou será que definitivamente não está? Um alerta soa — mensagem de voz. Seu telefone agora está radioativo; Tatum tem medo de tocá-lo. Ela acende um cigarro e inala profundamente. Quer ligar para Kyle, mas ele está num serviço grande de instalação de ar-condicionado num prédio novo em Sconset, onde não há sinal de celular.

Quando Tatum estaciona na frente da casa dos Albright às 9h02, Irina está à espera no alpendre da entrada. Irina tem um metro e oitenta, com cabelos pintados de loiro repuxados num rabo de cavalo; sua postura ereta — ombros para trás, seios empinados para frente — lembra Tatum de uma arremessadora de dardos olímpica. Irina gosta de passear pela cidade com uma amiga de estrutura similar, Veda, que é morena em contraste com o loiro de Irina. As duas usam maquiagem completa e perfumes marcantes, e não há nada de sutil nelas ou em sua missão: caçar ricaços.

Tatum apaga o cigarro e pega as sacolas da Stop and Shop e as camisas do sr. Albright, que escorregaram do banco traseiro para o piso do carro porque Tatum veio dirigindo feito uma maníaca. Tatum não dá a mínima para as camisas do sr. Albright. Na verdade, ela tem uma rixa séria com o sr. Albright.

Eu estou com câncer?

Quando Tatum estava no último ano do ensino médio, sua mãe, Laura Leigh — uma das mulheres mais lindas e descoladas que já pisaram no planeta, na opinião de Tatum — foi diagnosticada com câncer de mama metastático agressivo (naquela época, os médicos não falavam muito sobre estágios, mas Tatum imagina que Laura Leigh provavelmente estava no estágio onze). Ela passou pelo tipo de quimio que a deixava curvada em torno da base da privada vinte e três horas por dia — Tatum se lembra dos gemidos, da perda dramática de peso, dos longos cabelos cor de canela de Laura Leigh caindo aos punhados, deixando-a tão careca quanto uma bola de bilhar. Ela estava morta nove semanas depois do diagnóstico; a frase "você tem seis meses de vida" não passou de um sonho.

Tatum sabe tudo sobre o gene BRCA, embora nunca tenha sido testada porque ela e Kyle pagavam por seu próprio plano de saúde, e, além do mais, Tatum sempre foi o retrato da saúde. Agora, é claro, ela sente que sua sorte acabou, que o Ceifador está à espreita do outro lado da porta. Tatum pensa sobre seu cabelo escuro escoando pelo ralo do chuveiro, sobre enfermeiras inserindo intravenosas, sobre a quimioterapia que chamam de Diabo Vermelho fluindo por sua corrente sanguínea. Ela pensa em suar, vomitar, estremecer, ficar deitada na mesa de operações feito um assado numa bandeja, sua própria existência nas mãos de um cirurgião que, assim como ela, é um mero mortal. Ela pensa em não ter mais sensibilidade nos seios; pensa em mamilos tatuados; pensa em ser incapaz de erguer um galão de leite. Há uma abundância de cenários nos quais ela terá que largar seu emprego e Kyle terá que tirar uma licença e se afastar dos negócios, porque quem mais cuidará dela? Como eles vão bancar todas as viagens de ida e volta ao hospital em Boston? Pelos últimos trinta anos, ela e Kyle fizeram piadas sobre ganhar dez milhões de dólares na loteria — eles jogam toda semana —, mas, mesmo sem nenhum golpe de sorte, estão quase terminando de pagar sua casa. Tatum deveria trabalhar apenas mais dois anos, e daí ela e Kyle tirariam umas férias de verdade. Agora, ela pensa em não estar por perto para ver Orion crescer nem Dylan se casar. Ela teve um sonho aterrorizante em que estava morta e Irina vinha para a casa deles na Hooper Farm Road para limpá-la de todas as coisas de Tatum, e terminava na cama com Kyle.

— Ridículo! — exclamou Kyle quando Tatum lhe contou sobre o sonho. — Eu jamais dormiria com Irina. Eu nunca dormiria com mais ninguém, meu bem. Minha vida começa e termina com você.

Por que é que estamos tendo essa conversa? Você vai ficar bem, tem que acreditar nisso.

Mas o sonho atormenta Tatum, e o sr. Albright, o cliente delas, é o responsável. Quando Irina assumiu esse emprego, dois verões atrás, a primeira sra. Albright estava morrendo de linfoma, e Tatum e as outras garotas tinham que manobrar em torno das enfermeiras. Enquanto isso, o sr. Albright já tinha começado a sair com a mulher que se tornaria a segunda sra. Albright. Ele afirmava que isso contava com a bênção da primeira sra. Albright. Ela queria que ele fosse feliz.

Tatum ficou absolutamente transtornada. O sr. Albright não levava a namorada para a casa, mas a trouxe para Nantucket — eles se hospedaram juntos numa suíte do Wauwinet. Estarrecedor! Ele não podia simplesmente esperar até que a coitada da esposa falecesse antes de transar com outra pessoa?

Tatum limpa migalhas dos sacos plásticos cobrindo as camisas. Ela está atrasada; não pôde terminar seu cigarro; Irina irradia impaciência. Se Irina gritar com ela, Tatum tem medo de começar a chorar.

A melhor coisa sobre o fim de semana só para garotas de Hollis é que ele deu a Tatum outra coisa em que pensar. Ela terá que inventar alguma vingancinha para Dru-Ann. Isso por si só valerá a pena.

6

O Phantom

Na quinta-feira de manhã, Dru-Ann Jones costura pelo tráfego de Lake Shore Drive com seu Phantom e, como sempre, todos ao seu redor trocam de faixa como se sentissem que, caso não troquem, ela passará por cima deles. Dru-Ann ama esse carro — ela havia pensado em comprar uma Ferrari pelo fator *uau,* mas o Phantom é tão classudo que não dá para discutir.

O telefone de Dru-Ann toca e uma voz britânica suave anuncia:

— Ligação de Marla Fitzsimmon.

O queeeeê? pensa Dru-Ann. Marla, coapresentadora de Dru-Ann em *Jogue Como uma Garota,* é uma Millennial e só fala ao telefone se for uma emergência inevitável.

— Aceitar — diz Dru-Ann. Seu tom é reservado quando ela diz: — Oi, mulher... O que foi?

— Zeke conseguiu falar com você? — pergunta Marla.

Zeke é o produtor delas. (E, sim, Dru-Ann se incomoda com o fato de que o produtor do programa pró-mulheres delas seja um homem.)

Zeke *não conseguiu* falar com ela. Dru-Ann tentou ligar para ele múltiplas vezes para explicar o que houve com Posey, mas tinha sido relegada à caixa postal. Será preocupante o fato de que, pelo visto, *Marla* conversou com Zeke? Marla é a ingênua do programa, o talento principiante. Ela é uma ex-cliente de Dru-Ann. Era uma estrela do basquete no Tennessee a caminho de uma posição titular no time do Chicago Sky até romper o ligamento do joelho esquiando. A lesão encerrara a carreira de Marla no basquete, mas Dru-Ann desistiu dela? Não! Zeke e os executivos da ESPN abordaram Dru-Ann falando em fazer *Jogue Como uma Garota,* e ela concordara em participar, desde que Marla pudesse ser sua coapresentadora.

— Por quê? — diz Dru-Ann. — Ele está bravo com esse negócio de Posey? Porque, só para constar, aquilo não foi culpa minha.

Dru-Ann pode ouvir Marla sugando seu vape.

— Não atire na mensageira — diz ela.

— Ele não vai *cancelar* o programa, vai?

— Não — diz Marla. — Mas vai te substituir até que essa coisa toda passe. Gabby Azeda vai ficar no seu lugar.

— Você só pode estar brincando — diz Dru-Ann. Os carros na frente dela pararam, o que Dru-Ann nota com atraso. Ela pisa no freio com tudo e seu café se derrama por todo o console. — Por favor, me diga que ele não vai fazer isso.

— Ele vai fazer isso.

— Mas não é tão ruim assim! — diz Dru-Ann.

— Mas *é sim,* Dru — diz Marla. — Presumo que você não tenha entrado no Twitter esta manhã.

Depois de Dru-Ann estacionar em sua vaga no estacionamento do prédio de seu escritório — é sua imaginação ou o atendente lhe lançou *um olhar*? —, ela abre o Twitter em seu celular e digita seu próprio nome na barra de pesquisa.

#DruAnnJones
Em alta
#CancelemDruAnnJones
13.5k tweets na última hora
#PriorizemSaúdeMental
11.2k tweets na última hora
#TimePosey
4.6k tweets na última hora

De repente, Dru-Ann sente que seu traseiro está se fundindo com o couro amanteigado do banco de seu carro. Não consegue se mover e, no entanto, aparentemente suas mãos estão num circuito diferente, porque começam a tremer. Ela segura um dedo trêmulo sobre a tela. Será que deveria ler o que as pessoas estão dizendo? Ela já lidou com clientes que estiveram nesta situação, mais notavelmente

Tania Oaks, uma campeã olímpica de hipismo que foi flagrada em vídeo — na volta para casa dos Jogos, *com a medalha de ouro em volta do pescoço* — chamando a comissária de bordo de "vadia básica". O vídeo viralizou. Dru-Ann ajudara Tania a lidar com o frenesi de mídia que se seguiu tirando o celular dela, para que ela não piorasse as coisas ainda mais.

Siga seu próprio conselho, diz Dru-Ann a si mesma. *Não olhe.*

Mas isso é diferente. Isso é comigo. E eu não estava errada. As pessoas que são #TimePosey não conhecem os detalhes. Se conhecessem, seriam #TimeDruAnn!

Dru-Ann queria poder explicar o que aconteceu de fato.

É a noite de sexta-feira. Dru-Ann, sua cliente Posey Wofford, e o pai de Posey, Nick Wofford — que é o namorado de Dru-Ann e talvez o tão aguardado amor de sua vida — estão num restaurante chamado Whine, não muito longe do country club em Midland, Michigan. Os três estão celebrando o fato de que Posey lidera por quatro tacadas o Dow Great Lakes Bay Invitational, indo para a rodada final.

Eles pedem bebidas — Dru-Ann uma Casamigos com gelo, Nick um martíni, Posey uma Pellegrino com um toque de cranberry. Dru-Ann analisa o cardápio; as resenhas desse lugar no Yelp eram boas. As bebidas chegam e eles levantam seus copos.

Posey diz:

— Não posso ficar para o jantar. Meu Lyft chega daqui a vinte minutos para me levar até Detroit. Meu voo para Edimburgo sai esta noite.

Nick ri. Dru-Ann fica tentada a se juntar, mas sente que talvez Posey não esteja brincando. Dru-Ann toma um pequeno gole de tequila e espera.

— Phineas acabou de descobrir que se classificou para o *Open* — diz Posey. — E, como vocês sabem, eles vão jogar na Velha Dama este ano. Ele teve um sonho de que ia vencer. Eu tenho que estar lá.

Dru-Ann olha para Nick; a melhor descrição para a reação dele é *sem palavras.* Mas Nick não dirá não para sua filha. Nick nunca diz não para ela. Esse trabalho sempre recai sobre Dru-Ann. É assim que ela ganha seu dinheiro: salvando suas clientes de si mesmas.

— Não — diz Dru-Ann.

— Vou, sim — diz Posey, jogando o rabo de cavalo por cima do ombro em desafio. — É o *British Open*. Em *St. Andrews*.

Dru-Ann toma mais um golinho de tequila e considera seu próximo ato. Ela não pode minimizar o prestígio ou a mística do British Open. O torneio, quando jogado no "R and A", o Royal and Ancient Golf Club of St. Andrews, é secretamente o preferido de Dru-Ann. (Tem que ser em segredo porque como é que ela, uma mulher negra, pode reverenciar um clube com regras "antigas" de adesão? Eles só foram permitir a adesão de mulheres como sócias em setembro de 2014 e ainda não deixam que elas troquem de roupa dentro da sede principal.) Phineas atualmente ocupa a posição 127 no ranking mundial. Dru-Ann mal pode acreditar que ele esteja disputando o *Open*; isso é uma notícia grandiosa.

Dru-Ann também não pode minimizar o relacionamento de Posey e Phineas. Eles estão juntos desde a primeira semana de ambos no IMG. Resistiram aos desafios de um relacionamento à distância e às pressões da vida em torneios — qualificação, rankings, um cronograma brutal de viagens. Algum dia, Dru-Ann sabe, eles vão se casar e Posey dará à luz a próxima geração de clientes de Dru-Ann.

A melhor estratégia é focar a própria Posey.

— Você está na liderança por quatro tacadas — diz ela. — Vem dominando o campo. Bella está mentalmente abalada; ela não vai te superar, e é a sua única concorrente real. Você vai vencer esse torneio, Posey.

Posey sorri para Dru-Ann.

— Eu não ligo.

— Você não liga para vencer um torneio no circuito da LPGA? — diz Dru-Ann. — Não é com isso que você sonha desde a escola de qualificação?

Posey dá de ombros.

— É o Dow. Estamos no centro de Michigan. Não é... — Ela faz uma pausa. — A mesma coisa.

Nick encara a superfície redonda de seu martíni como se estivesse cogitando dar um mergulho nele. Dru-Ann o chuta por baixo da mesa, mas ele finge não perceber. Será que ela pode amar um homem que tem um ponto cego nos exatos tamanho e formato da filha caçula?

— Como você vai explicar isso aos seus patrocinadores? — pergunta Dru-Ann. — Ping? Lululemon golfe? Eles *investiram* em você.

— Vou dizer a eles que é uma questão de saúde mental — diz Posey. — É óbvio.

— Uma questão de *saúde mental*? — Dru-Ann sabe que sua voz está alta o bastante para chamar a atenção dos clientes nas mesas ao redor, mas não se importa. — Está *tirando uma com a minha cara*? Você não pode simplesmente usar essa desculpa quando der vontade, Posey. Isso desmerece o sofrimento de atletas que têm problemas legítimos de saúde mental, como Biles, Osaka e as inúmeras mulheres das quais nem ficamos sabendo.

— O que estou lhe dizendo é que não vou conseguir me concentrar amanhã. Se você e papai insistirem em me fazer ficar para jogar a última rodada, estarei distraída, pensando em Phineas. Vou me arrepender de não ter ido. Vou desejar estar lá.

— Sim, claro — diz Dru-Ann, contendo suas emoções. Ela pensa: *aqui está um momento de aprendizado.* — Mas estar distraída e desejando estar em outro lugar não é uma questão de saúde mental. Pessoas mentalmente saudáveis se sentem assim o tempo todo, Posey. Como quando o show do Drake cai na mesma noite de um jantar com uma cliente importante.

Ela busca algum sinal de compreensão no rosto de Posey. Será que o exemplo caiu bem?

— Você pode facilmente jogar dezoito buracos amanhã e ir para lá em seguida.

Posey dá uma olhada para o celular e se levanta.

— Meu motorista está a doze minutos daqui. Vou para o hotel pegar minhas malas. — Ela olha para Nick. — Você leva meus tacos de volta para Chicago?

— Posey — diz Nick num tom que é parte repreensão, parte decepção. Mas nada se segue. Quando Posey se inclina para beijar a testa do pai, ele fecha os olhos, derrotado. — Deseje boa sorte a Phineas por nós.

Dru-Ann não consegue acreditar nisso. Nick é mole feito um sapato cheio de bosta.

Posey deixa o Whine sem sequer outra olhada para Dru-Ann — *covarde!* —, o que faz com que Dru-Ann grite para as costas dela:

— Arregona!

Isso, presume ela, é o que motiva algum palhaço intrometido numa mesa vizinha a sacar seu celular e começar a filmar.

Ele capta a fúria incontida de Dru-Ann enquanto ela desconta sua raiva em Nick.

— Eu não acredito que você não enfrentou Posey. Ela está indo embora, Nick. Vai pegar um voo para a Escócia e dizer a todo mundo que é uma "questão de saúde mental" — aqui ela faz as aspas no ar —, quando o que ela precisa é *engolir o choro e jogar!*

Agora Dru-Ann assiste a si mesma berrando essas palavras num corte de áudio em três contas diferentes no Twitter, inclusive uma que pertence a um cara com um quintilhão de seguidores cujo único trabalho parece ser postar no Twitter.

Dru-Ann sai do aplicativo e sobe furiosa para o escritório, onde seus sócios — todos de saco cheio de lidar com os caprichos de seus clientes mimados — estarão esperando para conversar com ela e a tranquilizar.

Mas os escritórios da Agência J. B. Channing estão estranhamente silenciosos. Via de regra, a esta hora, todo mundo está reunido na área comum em frente à televisão de 105 polegadas assistindo ao *SportsCenter.* Hoje, porém, a televisão está desligada. Dru-Ann fica surpresa. Será que ela já viu a TV desligada antes? Sempre há algum evento esportivo acontecendo em algum lugar do mundo — críquete, futebol, rúgbi, polo, futebol australiano — e há uma grande chance de que um cliente da J. B. Channing esteja participando. A tela preta é tão rara que Dru-Ann suspeita de falta de energia — mas todas as luzes estão acesas.

Dru-Ann se aproxima de sua sala no canto do escritório com uma sensação de ruína iminente. As portas de todas as salas estão *fechadas.* Isso nunca acontece. Os homens com que Dru-Ann trabalha adoram se gabar das conversas importantes que estão tendo — com Federer, com Davante Adams, com o pessoal de RP das linhas aéreas Emirates, que querem apresentar Dwayne Wade em sua nova campanha publicitária.

O assistente de Dru-Ann, Jayquan, está com o espresso dela já à espera, como sempre, então aparentemente o apocalipse ainda não chegou. Dru-Ann aceita a xícara com gratidão e Jayquan faz uma careta.

— JB está na sua sala.

Corrigindo — o apocalipse *já chegou.*

J. B. Channing é uma força no mundo dos esportes. Ele fundou esta agência; é cinco vezes vencedor do prêmio Empresário do Ano de Chicago, e está constantemente na lista dos 100 mais poderosos da *Ebony.* No ano passado, apareceu na edição de Pessoas Mais Bonitas da revista *People;* namora atrizes e, por alguns meses, saiu com a pop star mais bem-sucedida do planeta. Ele tem amigos muitos famosos. (Atrás de sua escrivaninha há uma fotografia dele com Jimmy Kimmel, Jason Bateman e Chris Rock; eles tinham ido juntos ao Green Door.) JB não é somente o chefe de Dru-Ann, ele é seu defensor. Como Dru-Ann, ele se formou na Carolina do Norte e depois na Kellog School, em Northwestern. Ele contratou Dru-Ann porque ambos compartilham duas *alma maters* e porque ela tem o melhor faro para talentos que ele já viu. Dru-Ann é uma feroz defensora de outras mulheres não brancas; ela não tolera enrolação e fala o que pensa. Para ela, apenas duas coisas são mais importantes num atleta do que a habilidade natural: trabalho duro e disciplina.

JB deixou claro que ama essas coisas nela.

Mas não hoje.

Ele nem se dá ao trabalho de um cumprimento.

— O vídeo está em todo canto e, infelizmente para nós, é um dia de poucas notícias no mundo esportivo. — Ele suspira e passa a mão pela cabeça raspada. — Existem pouquíssimas coisas terminantemente proibidas na nossa área, Dru-Ann. Mas com saúde mental não se brinca.

— Certo, eu sei. Exceto que...

— Sem exceções. Você estava no retiro com todos nós.

Sim, Dru-Ann esteve no retiro de aptidão mental no American Club em Kohler, Wisconsin, que JB organizou depois que um *wide receiver* da Baylor — um rapaz que tinha sido escolhido para entrar nos 49ers — cometeu suicídio.

— Eu estava *defendendo* a saúde mental — diz Dru-Ann. — Posey usou essa desculpa porque era *conveniente.*

— Você já perdeu quatro clientes esta manhã — diz JB. — Tamika, Winnie, Nyla e Linzy. Com certeza, outras as seguirão. Estou te dando uma licença de afastamento até que isso passe, e Jim e a equipe dele estão redigindo seu pedido de desculpas agora mesmo. Queremos publicá-lo o mais rápido possível.

— Eu não vou pedir desculpas — diz Dru-Ann —, porque eu não estava errada. Posey Wofford é mentalmente saudável. Ela está usando isso como *desculpa*, JB.

— Você vai emitir um pedido de desculpas — diz JB —, ou serei obrigado a tomar as próximas medidas.

— E fazer o quê, me demitir?

— Obviamente, eu não vou te demitir, Dru-Ann — diz JB.

— Então me defenda, por favor.

Dru-Ann olha pela janela para o horizonte de Chicago, depois dá meia-volta sobre seus saltos agulha. Se ele quer o afastamento dela, é o que ela vai lhe dar.

— Entraremos em contato sobre o pedido de desculpas! — grita JB para as costas dela.

Dru-Ann refaz seus passos para o conforto uterino do Phantom e sai em disparada da garagem (o atendente *está mesmo* olhando feio para ela!). Como um autômato, ela entra na Lake Shore Drive e segue para o norte, o que lhe parece tão *errado*, tão *contrário*. Ela possui um lindo sobrado de arenito em Lincoln Park, mas não quer ficar por lá durante o dia.

Seu telefone toca e a voz britânica elegante diz *Nicholas Wofford*, fazendo soar como se Nick tivesse aparecido na porta de sua casa num smoking e com um buquê de lírios.

— Aceitar.

Dru-Ann não deseja realmente conversar com Nick — essa coisa toda aconteceu por causa do tratamento horrível (e, vamos completar aqui, da *criação horrível*) que ele deu a Posey — mas o triste fato é que Dru-Ann se apaixonou por ele, e também que ela tem poucos amigos.

— Oi — diz ela. — Você está no escritório? Podemos tomar um café?

Um silêncio se segue, e então Nick pigarreia e Dru-Ann pensa: *ai, meu Deus, não. Você também, não.*

— Acho que devemos ir com calma — diz Nick. — E não nos ver por um...

Dru-Ann encerra a ligação e grita no ar rarefeito do interior de seu carro. Será possível que absolutamente todo mundo em sua vida a abandonou? Uma mensagem de texto chega e Dru-Ann presume que seja Nick oferecendo algumas palavras débeis e condescendentes, mas, quando Dru-Ann dá uma olhada na tela, vê que a mensagem é de Hollis.

Cores para nossos passeios esse fim de semana.

Jantar no sábado: preto ou branco.

Almoço no domingo: laranja ou rosa-choque.

É verdade, pensa Dru-Ann. *Nantucket*. Ela pretendia cancelar. Tem quase certeza de que Hollis *esperava* que ela cancelasse — não por motivos de saúde mental, mas porque Dru-Ann pura e simplesmente odeia a ideia de qualquer tipo de fim de semana só para garotas, em especial um em que todas estejam usando as mesmas malditas cores em público.

Mas Dru-Ann fica tão aliviada por haver um lugar onde ela seja realmente bem-vinda que liga para Jayquan e pede para ele comprar uma passagem de primeira classe para Nantucket para amanhã cedo.

— Uso o cartão corporativo para isso? — pergunta Jayquan.

Dru-Ann fica tentada a dizer que sim só para irritar JB, mas a última coisa de que precisa é de uma investigação da Contabilidade.

— Cartão pessoal, por favor — diz ela. — E arranje um serviço de carro na outra ponta para me levar a um lugar chamado Squam Road. Coloque meu e-mail como *ausente do escritório* até segunda ordem.

Quando Dru-Ann desliga, sente-se um pouquinho melhor. Ela vai tirar seu vestido justinho Stella McCartney rosa-choque do fundo de seu closet superlotado; vai comer ostras e dançar no deck de Hollis sob o luar.

Ela vai *arrasar* nesse fim de semana de garotas. Será a estrela da rodada.

Nantucket, pensa ela, *aqui vou eu*.

7

Poet's Corner

É uma tarde de quinta-feira no bairro Poet's Corner, em Wellesley, e Brooke Kirtley está cortando e editando uma foto de si mesma para postar no Facebook.

Engole essa, mundo!, pensa ela.

Na foto, ela está usando um vestido branco de laise da LoveShackFancy e um chapéu de palha, sentada na vastidão branca de sua cama de dossel com o lustre de cesto da Serena and Lily pendurado sobre sua cabeça e a mala impecavelmente arrumada aberta ao seu lado. Ela está com os braços levantados formando um *V* de *viagem*. Ela está *radiante*. Ela posta a foto com a legenda *De malas prontas para um fim de semana só de garotas em Nantucket!* Brooke decide não marcar Hollis porque não quer fazer alarde — ela era amiga de Hollis muito antes de ela se tornar *Famintos com Hollis*. Brooke analisa a foto, dando zoom em seu rosto (ela usou um filtro que ilumina e suaviza, obviamente) e então em seus braços (será que eles parecem flácidos?), em seguida confere se há alguma mancha na colcha (isso seria mortificante). Há muito que Brooke queria mostrar aos seus amigos do Facebook uma foto do quarto dela e de Charlie. (Ela mesma fez a decoração.) Pergunta-se se deveria marcar a Serena and Lily. Talvez eles queiram usar esta foto para fins de propaganda — as roupas de cama, a cabeceira de linho verde com bordas onduladas e os abajures incrustados de osso, além do lustre emblemático. Enquanto Brooke pesquisa como marcar uma grife, seu celular emite um som como uma gota caindo numa poça. Ela já tem um comentário em sua postagem!

É de Electra Undergrove.

Ora, ora, pensa Brooke.

Brooke e Electra ainda são amigas no Facebook — sempre que Brooke cogita postar alguma coisa, ela se pergunta: *será que Electra vai ver isso? O que será que Electra vai pensar?* —, apesar de elas não se falarem mais pessoalmente. Brooke desconfia que Electra seja ocupada demais ou tenha muitos outros amigos (basicamente, Wellesley toda) para se dar conta de que ainda estão conectadas dessa forma.

O comentário diz: *Eu também estarei em Nantucket. Vamos tomar um drink no Slip 14.*

Brooke fica surpresa. Isso é alguma pegadinha? Com muito cuidado, ela clica na foto de perfil de Electra — Electra, Simon e as crianças na primeira fila de um show de Kenny Chesney —, se perguntando se o comentário veio de Electra mesmo ou de algum bot que fica por aí aterrorizando mulheres inseguras de meia-idade no Facebook. Há fotos da turma toda na casa de Electra para o futebol rock and roll, depois só das mães — Electra, Liesl, Rhonda e Bets — sentadas na grama em Sprague Fields, depois outra foto só das mães no que parece ser Cinque Terre.

Elas foram para a Itália *juntas?*, pensa Brooke.

Ela sente um anseio tão intenso que a deixa nauseada. Mas tudo bem, diz a si mesma. Ela lê o comentário outra vez: *Eu também estarei em Nantucket. Vamos tomar um drink no Slip 14.*

Vamos!!!!, digita Brooke. *Com certeza! Você ainda tem meu celular? É...*

Porém, quando Brooke começa a digitar seu número, muda totalmente de ideia e apaga seu comentário. Electra não fala com Brooke desde *aquele* domingo, cinco anos atrás. *Vai se ferrar, Electra*, pensa Brooke. Mas ela está se sentindo um tanto presunçosa. Depois de todo esse tempo, foi Electra quem entrou em contato — e com um convite específico. Ela não disse apenas *vamos tomar um drink;* mas escolheu um lugar, o Slip 14. Entretanto, até a visão do nome de Electra é um gatilho. Brooke se lembra de todas as vezes depois *daquele domingo* em que passou de carro pela casa de Electra, conferindo os carros estacionados na frente para ver quem tinha sido convidado no lugar dela e de Charlie.

Brooke digita: *Não sei se terei tempo. Desculpe!* Mas isso soa venenoso, e Brooke prometeu a si mesma que jamais desceria ao nível de Electra. Electra a ignora toda vez que a vê na fila do Quebrada, e Electra deu-lhe um gelo na partida de futebol americano entre Wellesley e Needham na manhã do Dia de Ação de Graças. Electra, Liesl, Rhonda e Bets estavam na arquibancada e, quando Brooke acenou, elas se juntaram num grupinho, riram, e então viraram a tradicional dose de Fireball.

Brooke decide simplesmente não responder Electra. Ouviu dizer num de seus podcasts de autoajuda que, quando você não tem certeza do que dizer, é melhor não dizer nada.

E é verdade; Brooke se sente poderosa retendo uma resposta.

Ela fica ali por alguns momentos, assistindo às curtidas se acumularem. Doris, a mãe de Brooke, comenta: *Aaaah, que inveja!* Infantilmente, Brooke tem vontade de deletar isso. Que humilhante sua mãe de 77 anos ser sua amiga no Facebook. Mas aí Milly Soper responde ao comentário de sua mãe com *Também estou!*, então Brooke tem que deixá-lo ali.

Uma batida soa na porta de entrada, o que é tão inesperado que Brooke se põe de pé num salto. Ela tira o chapéu de palha e também quer trocar de roupa — esse é o seu vestido para o jantar no sábado à noite —, mas aí uma segunda batida soa, mais insistente. Definitivamente um homem, pensa Brooke. Talvez os mórmons ou testemunhas de Jeová. O cara da dedetizadora? Algum candidato em campanha? Um vendedor de alguma coisa? Nenhuma dessas possibilidades faz Brooke desejar abrir a porta, mas ela é impulsionada pela curiosidade.

Ela dá de cara com um homem alto e calvo vestindo um uniforme pardo com um distintivo reluzente. Polícia? Brooke oscila sobre os próprios pés, pensando que algo aconteceu com seu filho, Will (que está estagiando em Fidelity neste verão), ou sua filha, Whitney (que está pilotando um dos veículos anfíbios para turistas em Boston, o emprego perfeito para uma graduada em teatro). Ou talvez algo tenha acontecido com Charlie (embora isso não inspire o mesmo tipo de pânico genuíno).

— Pois não? — diz ela.

Brooke vê um veículo oficial, ainda ligado, na entrada da casa. A porta diz DEPTO. DE POLÍCIA DO CONDADO DE NORFOLK.

— Charlie Kirtley se encontra? — pergunta o homem.

— Não — diz Brooke. — Ele está no trabalho.

— Onde ele trabalha? — pergunta o homem.

Brooke vê uma folha de papel na mão do homem e percebe o que está havendo. Este homem veio entregar uma intimação para Charlie.

Charlie está sendo processado. De novo.

Às quinze para as cinco, Charlie entra em casa e, a esta altura, Brooke já bebeu três copos de vodca com refrigerante e comeu seis amêndoas salgadas. Ela está um pouco surpresa por ele estar em casa tão cedo. Às quintas e sextas após o trabalho, Charlie e seus colegas tóxicos da Landover (que Charlie chama, detestavelmente, de "Land Rover dos contadores"), vão beber no Abe and Louie.

Os gêmeos, felizmente, têm planos para esta noite: Will, como sempre, vai para a academia, e Whitney tem um encontro arranjado pelo Bumble no Row 34. Brooke sabe disso porque fez pressão por um jantar em família hoje, antes de ir embora. Whitney a acusou de ser melodramática ("São só três noites e você não vai nem sair do estado").

— Eis aí minha pantera — diz Charlie, ao entrar na cozinha.

Ele puxa Brooke até ela ficar de pé e lhe dá um beijo molhado na boca. (Charlie beija feito uma jiboia — Brooke sempre sente que ele está tentando engoli-la por inteiro.)

— O departamento de polícia te encontrou? — pergunta ela.

Charlie puxa Brooke ainda mais para perto de si. Seu corpo treme e ele emite o ruído agudo que acompanha seu choro. É um som patético, mas Brooke não se compadece. As ações dele são deploráveis. Cada gota do sofrimento que ele vivenciou como adulto foi causada por ele mesmo.

— Quem foi desta vez?

Brooke havia pedido ao assistente do xerife que entregasse a intimação para ela, mas ele recusou.

Charlie respira fundo, estremecendo.

— Irish, do escritório.

Irish Fahey, a nova gestora de marca da Landover. Charlie já tinha falado sobre ela — o cabelo vermelho-fogo, as sardas, o nome que dá assunto para as conversas. Ele se refere a ela como a "menina nova" porque ela acabou de sair da faculdade.

— O que você fez?

— Ela exagerou completamente...

— Charlie.

— Eu agarrei ela por trás. Era uma brincadeira. Pensei que ela fosse bacana.

Brooke empurra Charlie para longe, embora ele seja tão sólido que mal se mexa. Ela olha para a obra *Natureza Morta na Bancada da Cozinha* — seu copo com três centímetros de vodca aguada e uma fatia esfarrapada de limão, a garrafa suada de Tito's que estava tão sedutoramente gelada quando ela a retirara do freezer, a lata de amêndoas que ela servia com tanta parcimônia. Pensa em Irish Fahey, violada. *Agarrou por trás* quer dizer que Charlie apalpou seus seios e esfregou a virilha no traseiro dela. Brooke está *contente* por Irish ter dado queixa. O advogado de Irish vai descobrir que Charlie tem um histórico desse tipo de comportamento. Ele já apalpou uma garçonete chamada Lola no Oak Room, que era onde Charlie e seus coleguinhas nojentos *costumavam* beber. O advogado de Charlie fez um acordo privado com o advogado de Lola — uma quantia considerável na casa dos cinco dígitos — e Brooke disse a Charlie que, se algum dia ele fizesse isso de novo, ela o deixaria.

Mas deixar Charlie neste momento não é uma opção realista. A mãe de Brooke mora num apartamento de um quarto em Boca Raton, de modo que Brooke jamais poderia ir para lá, e ainda há a questão das crianças, que estão felizes em seus empregos e suas vidas confortáveis de quem volta para suas casas suburbanas no verão durante as férias de suas faculdades particulares caras.

Ainda assim, Brooke diz:

— Acabou, Charlie. Pra mim, já deu.

Charlie chora alto.

— Você não pode desistir de mim! — diz ele. — Não vai me restar mais nada. Eu fui demitido hoje.

Demitido?, pensa Brooke. A despeito de seu comportamento repreensível, Charlie sempre foi um profissional de sucesso. Ele é extremamente popular entre seus clientes por ser liberal com as deduções e ter um conhecimento de mestre sobre todas as brechas nos impostos corporativos. E é um favorito entre seus colegas de trabalho, todos eles ex-integrantes de fraternidades universitárias; há uma contingência da universidade Pike (da qual Charlie faz parte) e um grupo da fraternidade TKE. Eles criaram um ambiente clubista, de vestiário, no escritório deles. A Landover é só joguinhos de futebol, cervejas na sexta-feira, bares esportivos e pornografia, viagens dos caras para Vegas e para o Kentucky Derby, homens reclamando das esposas que não cedem e dos filhos que os tratam como caixa 24 horas. Durante a alta temporada dos impostos — de fevereiro a abril —, eles varam a noite com o food truck da Bon Me estacionado do lado de fora, caixas de Red Bull, receitas de Adderall e massagistas do Happy Orchid.

Brooke acha difícil acreditar que os *parceiros* com quem Charlie trabalha ficaram moralmente ultrajados o bastante para o demitir. Irish provavelmente ameaçou trazer a empresa toda abaixo, e Charlie foi sacrificado. Brooke imagina os colegas de trabalho de Charlie se desculpando em nome dele, dizendo que ele "definitivamente passou dos limites", depois cochichando em privado que Irish agiu mal com ele.

Brooke resiste ao impulso de beber direto da garrafa de Tito's e jogar as amêndoas na cabeça de Charlie (ela teria que limpar tudo depois). Ela marcha pelo corredor com Charlie em seu encalço até o quarto deles, que está sempre em seu momento mais delicioso a esta hora, banhado pelo sol de fim de tarde. Tudo parece coberto de ouro — mas isso é só a superfície das coisas.

Brooke aponta para sua mala.

— Já arrumei tudo.

Charlie se joga de cara na cama, do mesmo jeito que Whitney fazia quando era uma adolescente em pleno acesso de birra. Brooke sente muito pelos filhos, especialmente por Whitney. Ela em breve descobrirá que seu pai apalpou uma colega de trabalho que é apenas alguns anos mais velha do que ela própria. E que tipo de exemplo medonho Charlie está dando para Will?

Enquanto Charlie soluça, suas costas fortes subindo e descendo, Brooke olha para ele e sente… Nada. Até a raiva lhe escapa, embora ela veja agora claramente que a razão pela qual eles não têm mais nenhuma amizade não é a falta de traquejo social de Brooke (como Charlie a levou a crer), mas o próprio Charlie.

Brooke pega sua mala e a caixa do chapéu e se muda para o quarto de hóspedes, onde permanecerá até ir pegar a balsa no dia seguinte.

Ela confere seu telefone. Sua postagem tem cinquenta curtidas e dezesseis comentários. É sua postagem mais popular. Brooke enxuga uma lágrima do rosto.

8

A Terceira Margarita

Há uma disputa doméstica na classe econômica que atrasa a decolagem de Cancun. Kristen, a comissária de bordo da primeira classe, enfia a cabeça na cabine e diz a Gigi:

— Isso acontece o tempo todo. As pessoas acham que a terceira margarita é uma boa ideia, e estão sempre enganadas.

— O que está havendo? — pergunta Gigi.

— O agente federal está escoltando o pessoal para fora.

Gigi se vira em seu assento e vê um casal irritado (e *muito* queimado de sol) sendo guiado pelo corredor. *Aqui é a sua capitã falando*, pensa Gigi. *Tchauzinho.* Ela nunca viu nada desse tipo em suas rotas Atlanta-Roma ou Atlanta-Madri. Entretanto, depois que Matthew morreu, Gigi desistiu dessas rotas. Era simplesmente doloroso demais aterrissar no FCO ou no MAD e não encontrar Matthew à sua espera.

Então agora aqui estava ela — definhando no País das Margaritas.

Ela só volta para sua casa em Buckhead quando já são quase nove horas da noite. Melba a cumprimenta na porta com um miado zangado e Gigi a pega no colo, distribuindo beijos pelo rosto da gata. Há um recado na mesa da cozinha: *Vamos fazer paella hoje à noite, venha!*

Tudo o que Gigi quer fazer é tomar uma taça de vinho e dormir, mas Tim e Santi cuidaram da gata e paella realmente parece uma ótima ideia. Ela solta Melba no chão e vai para os vizinhos.

No fim das contas, a paella sai a um preço muito maior do que o pacote de Coca-Cola mexicana que ela leva para Tim e Santi como presente de agradecimento. Eles querem conversar sobre a viagem de amanhã. Ah, se querem.

— Não posso acreditar que você vai — diz Tim enquanto serve uma porção enorme e fragrante de arroz com açafrão e camarões, mexilhões e linguiça no prato de Gigi. — Mulher, o que você está pensando?

— Hollis sabe sobre você — diz Santi. — Quero dizer, *ah vá*, Gi. Entre dois milhões de seguidores, ela escolhe você? Definitivamente, ela sabe.

— Foi o que eu pensei também — diz Gigi. — Imaginei que Matthew deixou alguma prova incriminadora para trás e Hollis queria, sabe, *pôr as cartas na mesa*. Mas acho que ela está me convidando sem segundas intenções. Ela... *gosta de mim*, e eu também gosto dela.

— Eu tenho uma teoria — diz Santi. — Acho que trocar mensagens com a esposa de Matthew é o seu jeito de se agarrar a ele.

Gigi pisca rapidamente. Essa coisa toda é muito confusa.

— Quero me encontrar com ela pessoalmente — diz ela. — Quero ouvi-la falar sobre ele, quero ter uma noção de como era o casamento deles. Ele me contou apenas certas coisas, e não sei se alguma delas era verdade.

— Por *quanto tempo* ele mentiu para você sobre não ser casado? — diz Tim.

— Sete meses — diz Gigi.

E, como ficou claro, isso era tempo suficiente para alguém se apaixonar. Quando Matthew finalmente abriu o jogo sobre ser casado — e não apenas casado, mas casado com *Hollis Shaw* —, Gigi não conseguiu terminar tudo. Ela tentou e fracassou. Já estava gostando demais dele.

Gigi conhece o dr. Matthew Madden no lounge da Delta durante uma tempestade de granizo inesperada em Hartsfield. Gigi deveria voar para Buenos Aires em uma viagem de férias e Matthew está "voltando para casa", em Boston. Gigi pede ao bartender que troque de canal na TV; ela quer assistir ao futebol americano universitário.

Matthew se vira para ela.

— Eu não teria te imaginado como fã de futebol americano — diz ele. — Com seu sotaque britânico.

— Sou torcedora do Bulldogs até o fim — diz ela, com uma piscadinha.

— Ah, sorte sua. Eu torço pela UNC, o que só é satisfatório durante a temporada de basquete — diz Matthew.

— Você estudou lá? — pergunta Gigi.

— Minha ex-mulher estudou lá — diz Matthew, sem nem piscar. — Um dos hábitos de que eu não consigo me livrar agora que nos separamos é torcer pelos Tar Heels. E você? Frequentou a Georgia?

— Por dois anos — diz Gigi. — Então me transferi para a Embry-Riddle. Sou piloto na Delta, mas estou aqui hoje porque era para eu estar voando até Buenos Aires para um pouco de Malbec e tango.

Daquele ponto em diante, eles estão engajados, fazendo perguntas um para o outro, vendo se têm mais alguma coisa em comum além da paixão pelos esportes universitários. E, olha só, têm sim — ambos gostam de música clássica, assim como de Dave Matthews, ambos viajam o tempo todo, ambos são viciados em seu trabalho. Quando seus voos são cancelados, eles resolvem pedir uma garrafa de champanhe. É aí que começa o flerte, primeiro sutil, depois mais escancarado. Gigi não é novata nos romances de aeroporto — faz parte do trabalho —, então, quando Matthew diz que está reservando um quarto no Marriott Gateway no aeroporto, Gigi diz que também vai pegar um quarto, em vez de voltar para casa dirigindo depois de beber. Quando eles se aproximam do balcão da recepção do hotel, estão de mãos dadas, e a ideia de dois quartos é absurda. Matthew não liga para ninguém, não manda mensagem, não desaparece no banheiro por um período suspeito. Ele não está de aliança, e não há nenhuma marca sugerindo que tenha usado até recentemente.

No mês de maio seguinte, quando Gigi e Matthew estão passando um fim de semana romântico em Santorini, Matthew diz a ela que não a verá muito durante o verão porque estará em Nantucket com sua família.

Gigi olha pela janela em arco do quarto de hotel em Oia para o Mediterrâneo azul e cintilante e pensa: *aqui tem coisa.*

— Você diz, sua filha? — diz Gigi.

Matthew contou a ela sobre Caroline, sua filha de 20 anos, que estuda em Nova York.

— Isso — diz Matthew. — E minha esposa. — Matthew, que é a definição de alguém que faz pouco drama na vida, pausa dramaticamente. — Gigi, eu sou casado.

Muito fofo da parte dele contar a ela quando estão numa ilha grega e Gigi não tem como ir embora. Bem, risque essa parte, ela *tem* como ir, e ameaça fazê-lo, é claro — *como você pôde, você é um mentiroso, desde o minuto em que te conheci você mentiu,* qual é o seu problema? No final, porém, ela deixa que ele a reconforte com o que certamente são mais mentiras ou, no máximo, meias-verdades: *Hollis e eu levamos vidas separadas, nós perdemos a paixão alguns anos atrás, eu continuo na casa porque quero evitar a bagunça de um divórcio, e ainda tem Caroline. Por favor, Gigi, por favor, entenda o quanto você me faz feliz. Você me faz tão, tão feliz.*

Ele não diz *eu te amo*, e talvez seja por isso que ela fica. Ela se torna determinada, naquele momento, a fazer com que ele se apaixone por ela.

Permanecer num relacionamento com Matthew enquanto ele é casado não é uma escolha moral forte; disso, ela sabe. Ela tenta racionalizar: não é ela quem está traindo, Matthew é quem está. Mas quando Gigi descobre mais tarde, naquela noite — assim que processou sua fúria e foi capaz de fazer perguntas como *qual é o nome da sua esposa?* —, que Matthew é casado com Hollis Shaw, Gigi pensa: *você só pode estar brincando comigo.* Os comissários de bordo com quem Gigi trabalha tagarelam sobre Hollis Shaw sem parar. Eles adoram as receitas dela, adoram as blusas dela, adoram sua pastora sérvia, adoram sua *vibe* boêmia-arrumadinha. Ela é a grande representação da feminilidade americana e eles simplesmente *a amam tanto!* Até este momento, Gigi tinha apenas um interesse polido e passageiro em Hollis Shaw. *Agora terei que dar uma olhada nela.* Agora que Gigi e Hollis estão... *conectadas*, Gigi visita o site com frequência e se prepara para fazer com que Hollis a note.

Como Gigi vai atrair a atenção de Hollis quando é apenas uma entre milhões? Bem, ela tem informação privilegiada. Matthew conta para ela que Hollis perdeu a mãe quando era um bebê — e, por um acaso, a mãe de Gigi morreu quando ela tinha apenas doze anos. Gigi entra no Quadro de Avisos e envia a Hollis uma mensagem dizendo que é grata pelos vídeos de culinária porque Minha própria mãe faleceu antes que pudesse me ensinar seus pratos cantoneses preferidos.

Hollis responde imediatamente: Eu sou autodidata, minha mãe morreu quando eu era muito nova.

Gigi encontrou a abertura! Ela responde a outras postagens de Hollis do jeito mais inteligente e interessante possível. Tantos dos outros comentários são bajuladores, quase obsequiosos: Você é minha rainha, Hollis!

Ou cotidianos, tipo: Humm! Parece uma delícia.

Ou, às vezes, "delicioso". Ou fazem perguntas irritantes sobre medidas e substituições. Gigi nota que Hollis está respondendo a seus comentários cada vez com mais frequência, e em breve estão trocando mensagens privadas sobre restaurantes, livros e suas séries e podcasts preferidos. E acaba que elas têm muita coisa em comum.

Gigi se concentra em sua paella. Tim e Santi são as únicas pessoas a quem confidenciou sobre seu relacionamento com Matthew. (Se Gigi tivesse cedido e contado aos comissários de bordo, a informação estaria por toda a empresa dali a 24 horas.) Eles a reconfortaram quando ela descobriu — por meio da postagem no site de Hollis — que Matthew estava morto. Mas há uma situação sobre a qual eles não sabem e ela não vai lhes contar esta noite.

— Eu sei que é uma loucura eu ir — diz Gigi.

Gigi não apenas fez amizade com a esposa de seu falecido amante, ela se tornou a confidente da esposa, e a esposa *a convidou para um fim de semana só para garotas.*

— Mas eu tenho que conhecer ela.

— Para ter um desfecho? — pergunta Tim.

Gigi não tem certeza se acredita em desfechos.

— Para alguma coisa — diz ela. — Além do mais, é Nantucket.

Santi levanta sua taça de vinho.

— A Nantucket — diz ele. — Que você possa voltar inteira.

9

O Itinerário

Sexta-feira
16h às 18h: Chegadas
18h às 19h: Coquetéis/*hors d'oeuvres*
19h: Jantar no deck

Sábado
8h: Ioga à beira da piscina/Café da manhã continental
10h às 12h: Compras na cidade
12h às 17h: Praia, almoço, piscina
17h às 19h: Preparação para o jantar; coquetéis e petiscos
19h30: Jantar no Nautilus (cores sugeridas: preto e/ou branco)
22h: Maxxtone no Chicken Box!

Domingo
Manhã livre, café da manhã continental
12h: Almoço no Galley Beach (cores sugeridas: rosa-choque ou laranja)
14h: Velejar no *Endeavor*
19h: Festa da pizza
20h30: Caminhão de sorvete e fogos de artifício na praia

Segunda-feira
Partidas

Hollis envia aos assinantes de sua newsletter um e-mail incluindo o itinerário do fim de semana — e, ah, como eles têm opiniões. Um fim de semana regado a compras, passeios de barco, dançar ao som de música ao vivo e refeições incríveis na linda casa de praia de Hollis e em outros locais?

Por favor, sim!

Eles anseiam por mais detalhes. As mensagens inundam o Quadro de Avisos: Por favor, poste o cardápio do "jantar no deck"! Como você conseguiu uma reserva no Nautilus? Que hours d'oeuvres você vai servir? O que está incluso no café da manhã continental? Haverá opções veganas? A pizza na festa da pizza vai ser caseira ou delivery (estou chutando que é caseira, né)? Você vai postar receitas, receitas, receitas?

Os espíritos livres entre eles sentem que o fim de semana é muito regrado. Eles imaginam Hollis conduzindo suas amigas de um evento para o outro, batendo na porta dos quartos, apressando as outras quatro estrelas se estiverem se atrasando para a hora do coquetel. Por que não deixar apenas que o fim de semana se desenrole de maneira orgânica, sem tantos lugares onde deverão estar?

Uma briga virtual irrompe por causa das "cores sugeridas". Aileen Blankenship de Dubuque, Iowa, acha que isso é juvenil e tolo. Por que mulheres adultas têm que combinar?

Porém, Molly Beardsley, de Twain Harte, Califórnia, diz: Qual é o problema de um pouco de diversão? Além do mais, as fotos vão sair muito melhores.

Aileen responde: É um grito por atenção. Hollis vai transformar sem querer suas amigas num espetáculo circense.

Espetáculo circense parece um tanto maldoso, pensam alguns dos seguidores de Hollis, mas aí Bailey Ruckert, de Baton Rouge, Louisiana, contribui com uma preocupação mais profunda. Este itinerário é muito alegre para uma mulher que acabou de perder o marido. Parece que está dançando no túmulo dele.

Opa opa, epa epa. Os comentários param de súbito enquanto os fãs de Hollis consideram esse argumento. Hollis perdeu o marido em dezembro, sete meses atrás. Há algumas pessoas que questionam o aspecto de curadoria do fim de semana, incluindo, mas não se limitando, à frivolidade das cores combinando. Outras não conseguem imaginar Hollis como anfitriã de um fim de semana que *não seja* curado; comida deliciosa e ambientes elegantes definem a marca de Hollis Shaw. Mas será que a morte do marido não a mudou? Ela não deixou de ser tão preocupada com as aparências?

Bailey Ruckert insiste em seu ponto. Eu só acho que deveria haver um tempo para a introspecção. Para honrar o falecido.

Molly Beardsley discorda. Hollis está preparando suas defesas. Está reunindo as melhores amigas que já teve como uma forma de celebrar a vida. Se a criticarmos por fazer comidas deliciosas e brindar suas amigas com refeições em restaurantes chiques, não somos nós que estamos focados demais nas aparências? Tenho certeza que haverá muitos momentos importantes sobre os quais jamais saberemos, nem deveríamos saber. Estou preparada para defender esse ponto até o fim; Hollis passou por uma tragédia e deveria ter a liberdade de realizar o fim de semana exatamente como quiser, sem ser julgada por nós.

Bailey escreve: Ela deveria esperar um ano. Deixar passar um tempo.

Molly comenta: Tá de brincadeira com a minha cara? Quem foi que te nomeou a polícia do luto?

Bailey não responde.

Uma mulher de Tallahassee, Paige Sweezey, posta isto: Minha melhor amiga da época em que eu morava na Flórida, Moira Sullivan, inventou o Fim de Semana Cinco Estrelas!!! Ela convidou todas nós para Destin, seis meses depois de seu marido morrer, e aquilo a tirou de sua fossa. Foi uma afirmação da vida não apenas para Moira, mas para todas nós. Paige acrescenta o link para o artigo no *Motherlode* sobre o fim de semana de Moira Sullivan em Destin.

Parece mesmo que foi Moira Sullivan quem criou a ideia do Fim de Semana Cinco Estrelas. Hollis deve ter lido o artigo e o adaptado para seus próprios fins. Alguns de seus seguidores acham que Hollis deveria abrir o jogo sobre isso e dar o crédito a quem merece. (Paige pondera que Moira deveria ter registrado os direitos da ideia, mas como exatamente isso funcionaria?)

A maravilha do site *Famintos com Holly,* todos concordam, é que cada opinião ponderada e cuidadosamente considerada é válida.

Hollis deixa uma mensagem no Quadro de Avisos pouco depois. Fica bem claro que ela não leu nenhum dos comentários ou, se leu, escolheu não se engajar.

A mensagem diz: Como eu quero dedicar toda a minha atenção para Tatum, Dru-Ann, Brooke e Gigi, não postarei nada até o fim de semana acabar. Farei um resumo completo na semana que vem — e, sim, postarei as receitas.

Um ofego coletivo se ergue no éter. *Gigi?* Hollis convidou Gigi Ling, uma visitante frequente do site, para seu Fim de Semana Cinco Estrelas? Gigi Ling está *sempre* comentando nas postagens de Hollis e (eles não podem deixar de notar) Hollis responde como se achasse

Gigi a criatura mais fascinante do mundo. Eles podem apenas presumir que Hollis convidou, de fato, Gigi.

Agora todos estão um pouco enciumados.

Ainda assim, parece arriscado, não? Convidar alguém que você conhece apenas através um site na internet para um fim de semana assim. Como isso vai ser?

Eles mal podem esperar para descobrir.

10

Night Changes I

Caroline anda de um lado para o outro em frente ao aeroporto Nantucket Memorial. Sua mãe está atrasada.

Mas que caral...? Caroline acordou de madrugada e se arrastou para o JFK com todo o equipamento de filmagem de Isaac, e agora está apodrecendo na calçada enquanto todo mundo que estava no mesmo voo que ela pega um Lyft ou um táxi. Caroline manda uma mensagem para sua mãe: Cheguei. Cadê você?

Não há resposta.

Um táxi — o de Roger — está ligado e livre. Caroline *poderia* embarcar nele e estar em Squam dali a dez minutos, mas se recusa a fazê-lo por uma questão de princípios. Se sua mãe estava tão decidida em fazer com que viesse, deveria estar aqui. Deveria estar aqui *adiantada*. Hollis provavelmente está ocupada demais descascando pepinos para a água do spa ou dobrando as pontas do papel higiênico em formatos bonitinhos para vir buscar a própria filha.

O próximo pensamento lhe ocorre sem ser convidado: seu *pai* teria chegado na hora. Ele estaria no Bronco com a capota abaixada, vestindo sua camiseta do Hootie and the Blowfish, e teria um latte e um rolinho de canela da Wicked Island Bakery para ela, e Henrietta estaria deitada no banco traseiro. Ele sairia do carro num pulo, daria um abraço de urso em Caroline e a ajudaria com suas malas. Então, eles iriam até a praia Nobadeer, onde Caroline poderia desfrutar de seu café e comer camada por camada do rolinho de canela enquanto eles observavam os surfistas.

Os olhos de Caroline se enchem de lágrimas. Ela não tinha previsto o quanto vir para Nantucket a faria reviver a perda de seu pai.

Como a mãe de Caroline tinha uma história longa e complexa com a ilha, a qual ela parecia querer ao mesmo tempo abraçar e negar, Caroline e Matthew tiveram que criar suas próprias tradições em Nantucket. Matthew gostava de passar o feriado de 4 de julho em Coatue, onde eles grelhavam amêijoas no hibachi e assistiam ao show de fogos do outro lado do cais, no porto de Jetties. Nas manhãs de fim de semana, ele e Caroline prendiam suas pranchas de stand-up no teto do Bronco e dirigiam até o lago Sesachacha. Eles mergulhavam seus remos na água parada enquanto o sol nascente transformava a superfície do lago num espelho cor-de-rosa. No aniversário de vinte e um anos de Caroline, Matthew a levou para uma viagem diurna surpresa ao Chicken Box. Eles pararam para pegar uma pizza de pepperoni na Sophie T's e chegaram ao Chicken Box ao meio-dia, e Caroline pediu sua primeira cerveja legalmente. Matthew tinha combinado com o vocalista da banda daquela noite (Caroline voltaria mais tarde com os amigos) para que ele viesse cantar "Parabéns para Você". O bartender e os moradores locais aplaudiram; o vocalista deu um abraço em Caroline e tirou uma selfie com ela.

Agora as lágrimas caem enquanto Caroline confere o telefone. Ainda nada de sua mãe.

Ela escuta o anúncio de embarque para o voo JetBlue de volta ao JFK. Será que ela deveria simplesmente embarcar no avião e voltar para a cidade? Seria bem-feito para Hollis. *E eu nunca mais falo com ela*, pensa Caroline. *Vou fazer de mim mesma uma órfã.*

No loft em Chelsea, Isaac e Sofia agora estarão reunidos. Podem até estar fazendo amor na superfície macia e recoberta de algodão egípcio que Caroline ocupara tão recentemente. Caroline perguntara a Isaac sobre a vida sexual dele com Sofia: era real? Quando eles achavam tempo para isso? Isaac admitiu que eles faziam amor tarde da noite ou no início da manhã, quando Sofia voltava para casa das boates. Ela se derramava na cama feito xarope, disse ele, fazendo-a soar exótica e deliciosa de uma forma que Caroline sabe que ela mesma jamais será.

Por que eu?, perguntara Caroline em outra ocasião, e ele havia dito: *Quando você chorou, você se mostrou para mim. Você é pura, inconspurcada, você ainda sente coisas. Achei isso irresistível.*

Tudo o que Caroline faz é sentir coisas — uma angústia ecoante, saudade, ciúme. E, no momento, exaustão e irritação. Cadê sua mãe?

Ela digita uma mensagem para Isaac: Saudade de você. Será que ele vai achar *isso* irresistível, ela se pergunta, ou simplesmente patético? Patético, ela tem quase certeza, mas não consegue se conter e aperta Enviar.

E então ela ouve uma voz dizer:

— Caroline?

Caroline se vira. Um cara segurando a mão de uma criança pequena está saindo do Crosswinds, o restaurante do aeroporto. Caroline fica surpresa. É Dylan McKenzie.

Por ser uma cineasta em formação, Caroline mentalmente diminui o zoom e assiste enquanto essa cena se desenrola ao mesmo tempo em que a está vivenciando. (Isaac está sempre a lembrando de *observar* em vez de apenas *ver*.) Entretanto, uma coisa que uma câmera não pode capturar são os pensamentos internos das pessoas.

Os de Caroline, neste momento, são algo do tipo: *Mas é o queeê? Isso está acontecendo de verdade?* Dylan McKenzie está mesmo andando em sua direção?

Dylan McKenzie soa como um personagem de *Barrados no Baile*, e Dylan também tem a aparência de um: cabelos escuros e espessos bagunçados para o fim de semana, maçãs do rosto definidas e olhos castanhos expressivos. Caroline pensa que ele deve ter ficado ainda mais gostoso desde a última vez que ela o viu — e como isso é possível?

Caroline conheceu Dylan numa festa em torno da fogueira em Clark's Cove, quando ela estava com dezesseis e Dylan com dezoito anos. Ela sabe quem ele é, naturalmente, porque ele é bonitão e popular — um astro do lacrosse na Nantucket High School que irá para Syracuse com bolsa integral. Ele marcha direto para Caroline, com uma cerveja na mão, e Caroline acha que ele vai lhe dizer que ela é jovem demais para a festa, ou que veranistas não são permitidos.

Em vez disso, ele diz:

— Você se chama Caroline, né? Sua mãe e a minha eram amigas quando jovens.

Caroline assente ansiosamente, aliviada por não estarem lhe pedindo para ir embora, apesar de não saber muito bem do que ele está falando.

— Sua mãe é...

— Tatum — diz Dylan. — Tatum McKenzie.

— Isso! — diz Caroline.

Hollis mencionou que alguém chamada Tatum — é um nome memorável — era sua melhor amiga, sua "parceira no crime", embora Caroline duvide muito que tenha havido algum crime de fato, sua mãe é careta demais. Caroline nunca prestou atenção às histórias com Tatum, porque o que as histórias antigas de sua mãe têm a ver com a vida dela? Nada — até este momento. Caroline nunca conheceu Tatum; se pressionada, poderia dizer que presumira que a mítica Tatum havia se mudado para longe, ou até morrido.

— Elas eram *melhores amigas* — diz Caroline. — Parceiras no crime.

Dylan pega dois Twisted Teas e leva Caroline para um ponto na areia onde eles se sentam lado a lado. Ele pergunta qual escola ela frequenta (Wellesley High), onde ela mora na ilha (Squam), se ela pratica algum esporte (futebol, mas ela é péssima; persevera apenas porque cai bem nas candidaturas para a faculdade). Dylan pede a um calouro para buscar outra bebida para eles, em seguida percebe que Caroline está tremendo e pergunta se ela prefere ir mais para perto do fogo ou vestir seu moletom dos Whalers. Obviamente, ela escolhe o moletom. Cygnet, a amiga de Caroline, assiste de olhos arregalados do outro lado da fogueira; Caroline pode sentir o celular vibrando sem parar em seu bolso, mas não quer conversar com Cygnet enquanto está sentada junto de Dylan McKenzie, vestindo o moletom dele.

A certa altura, a perna de Dylan encosta na de Caroline e então os pés descalços deles se juntam na areia fria e ela pensa: *Dylan McKenzie está a fim de mim*. Como isso é possível? Caroline não é, nem de longe, a garota mais bonita de Wellesley; não está nem entre as dez mais bonitas (há muitas garotas bonitas em Wellesley). Naquele verão, porém, Caroline passou por uma espécie de metamorfose. Seu cabelo clareou para um loiro acinzentado, ela cresceu alguns centímetros, desenvolveu uma cintura e sua pele finalmente se livrou das espinhas. Quando Dylan coloca o braço em torno de seus ombros, ela pensa: *vai rolar*. Meio que faz sentido: Dylan mora numa ilha, ele provavelmente está de saco cheio de todas as garotas com quem vai para escola, e Caroline é alguém novo.

Mas aí há uma interrupção. Alguém chuta areia na cara de Caroline e derruba sua bebida. Dylan se levanta num pulo e agarra o braço de uma garota que parece uma Kate Moss jovem.

Essa garota olha furiosa para Caroline e diz:

— Tira esse moletom e dá o fora daqui antes que eu te corte, sua vaca!

— Aubrey — diz Dylan. — Calma.

Caroline fica tão nervosa, tão intimidada e tão ansiosa para se livrar do moletom que o puxa depressa demais e ele leva sua camiseta junto, mostrando seu sutiã cor-de-rosa da Victoria's Secret para a festa toda. Ouve-se assovios e gritinhos; o rosto de Caroline queima mais do que a fogueira. Ela e Cygnet batem uma retirada apressada e ignominiosa enquanto Aubrey berra ameaças atrás delas.

No meio da noite, Caroline reprisa aquela cena em sua mente do jeito que ela *deveria* ter acabado: com Caroline tirando o moletom de maneira displicente e cuidadosa, enrolando-o e o entregando para Aubrey enquanto diz: *foi mal, psicopata.*

No dia seguinte, quando ela conta para a mãe que conheceu Dylan McKenzie (sem entrar em detalhes), Hollis suspira.

— Eu deveria ter imaginado que vocês dois se conheceriam em algum momento. Sabe, por muito tempo a mãe dele, Tatum, foi minha melhor amiga no mundo todo.

— Tá, então, tipo, o que houve? — pergunta Caroline.

Sua mãe balança a cabeça.

— Eu me mudei para longe — diz ela. — E Tatum ficou.

No verão seguinte, Caroline vê Dylan e Aubrey na praia Cisco. A esta altura, Caroline tinha pesquisado um pouco sobre Aubrey Collins e descoberto que Dylan e Aubrey estavam juntos — de acordo com as redes sociais — há muito tempo. (Há uma postagem no Instagram de cinco rosas vermelhas para cinco anos de namoro.)

Quando Dylan repara em Caroline, ele acena (no verão de seus dezessete anos, Caroline desabrochou por completo, seios, bunda e tudo o mais) e, no mesmo instante, Aubrey mostra o dedo do meio para Caroline, o que responde à pergunta de se ela deveria ou não ir cumprimentá-los.

Por alguns anos, Caroline não vê Dylan nem pessoalmente nem online. A conta dele no Instagram desaparece. Caroline chega ao ponto de seguir a conta do time de lacrosse de Syracuse, mas o vê apenas uma vez, como calouro no banco. Ele não parece estar no Snapchat — ou, se está, Aubrey o fez bloquear Caroline, o que é engraçado de se pensar. Rancorosa, hein? Era uma *festa do ensino médio!*

Da próxima vez, Caroline se encontra por acaso com Dylan enquanto espera para pegar o pedido da família no LoLa Burger. Caroline está absorta no celular quando sente um toque no ombro e lá está Dylan, em toda a sua glória de gostosão. Dylan pergunta onde Caroline está trabalhando durante o verão, e ela diz que acabou agora um curso de cinema de seis semanas em Roma e tem que estar de volta na cidade até o meio de agosto, então não haverá tempo de se comprometer com um emprego.

— Você trabalha como babá? — pergunta ele.

— Hahaha! — diz Caroline. — Não.

— Que pena — diz ele. — Eu queria encontrar alguém para isso. Tenho um filho de dois anos e meio chamado Orion.

— Tem, é?

Dylan é apenas dois anos mais velho que Caroline, mas, mesmo assim, ela pensa nele como sendo da sua idade, e pessoas da sua idade não têm filhos. Ela se pergunta se Aubrey é a mãe, depois tenta imaginar a aparência de Aubrey grávida (a expressão *redonda feito uma melancia* vem à mente).

Antes que Caroline possa perguntar, seu pedido é anunciado. O saco cheira sedutoramente a batatas fritas trufadas, quentes e crocantes. Caroline sorri para Dylan, pensando: *ele engravidou Aubrey, deslumbrante e irritante, e agora é pai aos 20 anos. Que desperdício!*

— Bom te ver! — diz ela. — Tchau!

Luzes, câmera, ação!, pensa Caroline. Não há mais tempo para relembrar o passado; Dylan a alcançou.

— Oi! — diz ela.

Ela olha para Orion que, como se seguisse um roteiro, está fazendo uma esquisitice de criança pequena: chupando um pedaço de bacon gorduroso.

— Este deve ser seu filho. Ele é *igualzinho* a você.

(Caroline está exagerando; o menino tem um rosto gordinho e avermelhado, e cabelos loiros esvoaçantes.)

Dylan encara Caroline com a mesma concentração que olharia se ela estivesse dirigindo esta cena — *absorva-a com seus olhos!* — e Caroline deseja, do fundo do coração, que tivesse escovado os cabelos naquela manhã em vez de recorrer ao coque bagunçado.

— Este aqui é o O-Cara — diz Dylan. — O-Cara, diga oi para Caroline.

O-Cara levanta os braços para ser pegado no colo, o bacon pendendo de sua boca como uma língua de desenho animado.

— Precisa de uma carona? — pergunta Dylan a Caroline. Ele analisa a mala e a desajeitada bolsa de equipamentos. — Suponho que você esteja aqui para o grande fim de semana?

— Fui contratada para filmar tudo — diz Caroline, e então pensa em como isso soa ridículo. Não é o Coachella. — Minha mãe quer que eu faça alguns vídeos para o site dela.

Dylan sorri. Ele ainda está olhando fixamente para ela, e O-Cara ainda chupa o bacon, e Caroline ainda sente saudade de Isaac, embora tenha que admitir que isso é uma boa distração.

— Deixa eu te dar uma carona para casa — diz Dylan. — Eu só preciso esperar... a mãe de Orion. Ela vai ficar com ele esse fim de semana. Vai nos encontrar aqui a qualqueeeeer instante.

— Ah, tudo bem — diz Caroline, conferindo seu telefone. Nada ainda de sua mãe. — Minha mãe vem me buscar.

Caroline vê um Jeep azul chegando com tudo. No volante, uma mulher com cabelos lisos e longos usando um boné de beisebol virado para trás (um visual bonitinho, que Caroline não consegue fazer funcionar), e surpresa, surpresa: é Aubrey!

A única coisa melhor do que Caroline reconhecendo Aubrey é Aubrey reconhecendo Caroline. Ela fica com uma expressão incrédula na cara — realmente, digna de virar meme. Ela freia cantando pneus, abre a porta com força e dá a volta pela frente do carro com raiva. Ela tira Orion do chão ao mesmo tempo em que arranca o bacon da boca dele, jogando a comida na rua.

Orion começa a chorar.

— Meu bacon!

A voz dele é doce e límpida e, naquele momento, Caroline o ama e sente pena dele.

— Eu *não acredito nisso!* — diz Aubrey. Ela lança o olhar mais fulminante para Caroline, que de súbito sente que precisa tomar um banho, e então se vira para Dylan. — Há quanto tempo *isso aqui* está rolando?

Dylan parece bem relaxado, talvez até achando um pouco de graça.

— Cerca de cinco minutos. Nós acabamos de trombar com Caroline na saída do restaurante. Orion estava mostrando o bacon dele para ela.

Aubrey prende Orion numa cadeirinha que parece meio instável em seu posicionamento no banco do carona do Jeep (não há banco traseiro), e Caroline se sente tentada a se pronunciar. Talvez ela tenha um instinto maternal, no fim das contas?

Aubrey olha para Dylan.

— Peça para sua mãe vir às cinco no domingo. Eu tenho planos.

— Planos com... — diz Dylan.

— Planos com ninguém da sua conta! — diz Aubrey.

Caroline não consegue acreditar que está presa no meio dessa discussão doméstica.

Dylan faz uma pausa.

— Minha mãe está ocupada esse fim de semana — diz ele. — Eu vou buscar Orion.

Aubrey bate a porta do carro com tanta força que o Jeep todo chacoalha. Orion chora mais alto, esticando o pescoço para ver o destino de seu bacon, que acaba de ser apanhado por uma gaivota.

— Tanto faz, divirta-se com essa sua namoradinha, seu patético, mer...

Ela dá partida no carro e vai embora, mostrando o dedo do meio para ambos ao sair.

— Uau — diz Caroline.

— Parece que alguém a deixou com ciúmes! — diz Dylan, claramente deliciado. Ele pega a mala de Caroline e levanta a bolsa de equipamentos. — Vamos, estou estacionado bem aqui.

Caroline segue Dylan até uma picape tão grande que se qualifica como “monstro”. Ele abre a porta do passageiro e oferece a mão para Caroline enquanto ela sobe até o banco (isso requer que ela fique de pé no estribo). A picape é tão alta que Caroline sente que está vendo o estacionamento do segundo andar de um prédio. Ela se regozija na novidade de *um homem com uma picape*. Isaac nem tem carteira de motorista.

Dylan embarca, aponta as aberturas do ar-condicionado para ela e muda a estação do rádio de Kidz Bop para Coffee House, que está tocando uma versão acústica de *Night Changes*.

Uau.

— Para Squam? — diz Dylan.

Caroline leva um segundo para processar. Ela está numa caminhonete ao lado de Dylan McKenzie, ouvindo One Direction. Por um segundo, ela tem dezesseis anos outra vez.

— Isso — diz ela. E então: — Não acredito que você se lembra de onde eu moro.

— É só no que minha mãe fala há dias — diz Dylan. — Ficar na casa da sua mãe em Squam. Ela tenta disfarçar, mas acho que está muito empolgada para esse fim de semana.

Caroline percebe que fica feliz em ouvir isso, por Hollis. Dylan aumenta o volume do rádio e, espontaneamente, os dois cantam junto: "*Everything that you've ever dreamed of disappearin' when you wake up...*" É uma história de encontro tão fofa que Caroline mal se aguenta!

Ela envia uma mensagem de texto para a mãe: Deixa pra lá. Arrumei uma carona.

11

Provisões

Molly Beardsley, fã devotada do site *Famintos com Hollis*, está tão comprometida com o sucesso do Fim de Semana Cinco Estrelas de Hollis que acorda às seis da manhã em Twain Hart, Califórnia, e confere o clima a cinco mil quilômetros dali, na ilha de Nantucket. A sexta-feira será de tempo claro e ensolarado, com máxima de 24 graus Celsius. Molly fica super contente por Hollis! Todos os seus fãs desejam poder, de alguma forma, assistir a Hollis se preparando para o fim de semana. Como será que ela está cuidando dos detalhes? Será que ela tem uma lista mestra ou várias sublistas?

Muito antes de Molly Beardsley estar acordada na Califórnia, Hollis passa de carro por um campo com fileiras de lírios, zínias, cosmos e bocas-de-leão na Bartlett's Farm. É uma paisagem digna de Monet ou Renoir, e Hollis cogita parar para tirar uma foto, mas está numa missão. Ela entra no estacionamento do mercado de produtores às 7h55.

Ela acaba lendo parte do debate em seu site. Será cedo demais para Hollis estar organizando um fim de semana só para garotas?

Ah, provavelmente sim, pensa ela. Mas isso levantou seu astral e lhe deu algo pelo que ansiar. E, já que ela era a anfitriã, faria as coisas do seu jeito. Fim da discussão.

Às oito horas em ponto, Lily Callahan, a gerente do mercado (que por acaso é visitante assídua do site *Famintos com Hollis;* ela sabe o que Hollis está fazendo aqui!) vira a placa para ABERTO.

Assim que passa pela porta de entrada, Hollis para no display de flores frescas. Há baldes de metal galvanizado com lírios nas cores branca, amarela, pêssego e algo chamado "rosa dobrado". Hollis escolhe cinco talos, depois quatro buquês variados que foram colhidos mais cedo naquela mesma manhã, as pétalas ainda úmidas dos aspersores. Em seguida é a vez do milho. As espigas estão aninhadas na cesta lado a lado, uma ponta com a outra, formando um quebra-cabeças bem organizado. (Lily Callahan adora olhar para a cesta de milho logo de manhã cedinho. No final da tarde, o milho estará detonado pelas pessoas que passam ali depois da praia, espigas jogadas para todo lado e meio descascadas apesar da placa dizendo POR FAVOR, NÃO DESCASQUE O MILHO!) Então, Hollis seleciona tomates de estufa, alface lisa orgânica, pepinos, abobrinha e abóbora. Ela passa para as ervas: endro fresco, manjericão fresco, um maço de cebolinha, e algo a que Lily e o resto dos funcionários se referem como "hortelã de astro pornô" (é muito bem dotada). Hollis desliza seu carrinho até a geladeira dos queijos, onde escolhe um Taleggio e um cheddar embrulhado em tecido (queijo cinco estrelas; Lily aprova!), bolachinhas sofisticadas, alguns palitos de salame italiano, amêndoas Marcona, uma lata de amendoins Virginia sabor sal e pimenta (são ridiculamente viciantes) e azeitonas Alfonso.

Ela estende as azeitonas para Lily (que vinha tentando manter distância, mas está, obviamente, seguindo Hollis) e diz:

— Ninguém nunca come as azeitonas, mas eu adoro essa cor roxa.

— Ah! — diz Lily, sentindo-se flagrada. — Eu também!

A um pulinho da Bartlett's está o mercado de peixes preferido de Hollis, o 167 Raw. Maria, que gerencia o balcão do 167, *venera* Hollis Shaw, mas não faz a coisa mais óbvia que é pedir uma foto. Ela atende o pedido de Hollis — um quilo e oitocentos de peixe-espada pescado com arpão — e acrescenta um pote do lendário guacamole do 167 "por conta da casa".

— Que amor! — diz Hollis.

Maria quase sugere que Hollis sirva o guacamole como aperitivo na noite de domingo antes da festa da pizza, mas não quer ser essa pessoa. Será? Ela abre a boca para falar, mas tudo o que acaba dizendo é:

— Divirta-se esse fim de semana!

A expressão de Hollis é inescrutável.

— Vou tentar! — diz ela.

A parada final de Hollis e, diria ela, a mais importante, é na Hatch's, a loja de bebidas. De jeito nenhum Hollis poderia sediar esse fim de semana sem vinho. Muito, muito vinho.

O dono da loja, Ethan Falcone, não é um seguidor do site *Famintos com Hollis*, mas a reconhece assim que ela entra porque Hollis frequentou o ensino médio com sua esposa, Terri (Prentiss) Falcone. Elas fizeram parte do mesmo time de softball; venceram o campeonato estadual no terceiro ano, depois perderam no último num jogo tão devastador que Terri ainda fica chateada a respeito. E será que Terri não tocou no nome de Hollis recentemente por algum motivo? Ethan poderia jurar que a resposta é sim, mas não consegue se lembrar do porquê. Terri gerencia um pequeno salão de beleza em Old South Road e conta a Ethan tanta fofoca, de tanta gente, que ele não consegue se lembrar de tudo.

Ethan observa Hollis escolher garrafas de preço médio de pinot grigio, sauvignon blanc, chardonnay e rosé. Ela também pega duas garrafas de tequila Casa Dragones (Ethan aprova), duas garrafas de vodca Triple 8, mais uma garrafa de gin Hendrick's e uma de rum Mount Gay. Ela entra na fila, depois dá a volta com seu carrinho e se dirige ao corredor de champanhe. Pega duas garrafas de Veuve Clicquot na prateleira e volta para a fila do caixa.

Quando ela chega ao balcão, Ethan diz:

— Oi, Hollis.

— Oi... — diz Hollis, de uma forma que revela que ela se esqueceu do nome dele.

Tudo bem; Ethan não se incomoda. Ele realmente só conhece Hollis por causa da obsessão (anormal?) de Terri com seu time de softball da época do colégio. Ainda assim, Ethan gosta de papear; é sua parte favorita do trabalho. As pessoas vêm para a loja de bebidas tanto nos momentos bons quanto nos ruins — garantia no emprego! — e, pelo visto, Hollis vai dar uma festança.

— Como vão as coisas? — pergunta Ethan.

— Ah, tudo bem, obrigada — diz Hollis.

— Como vai o bom doutor? Eu não o vi nem uma vez o verão todo.

O sorriso desaparece do rosto de Hollis tão depressa que deveria vir com um efeito sonoro e, naquele instante, Ethan se lembra por que Terri tocou no nome de Hollis. *O marido dela, aquele médico famosão no Mass General, faleceu.*

Hollis olha para Ethan e diz, com franqueza:

— Matthew faleceu em dezembro.

Eu sou um idiota, pensa Ethan. Mas ele sempre foi bom em lidar com pessoas, então vai salvar o momento.

— Lamento muito por isso — diz ele. — Ele era um cara muito simpático e eu sempre gostei de papear com ele. Meus sentimentos.

— Obrigada — sussurra Hollis.

Ethan começa a passar as compras dela, deslizando as garrafas nas divisórias de papelão de uma caixa grande. Ele quer dizer a Hollis que suas compras serão por conta da casa, mas... Ela comprou muita coisa, e ele está tentando administrar um negócio.

— São quinhentos e onze dólares.

Enquanto Hollis insere o cartão na máquina, Ethan tenta pensar no que mais pode fazer.

— Deixe-me ajudar a levar isso até o carro.

Hollis leva Ethan para seu Bronco vintage e, depois que Ethan coloca a caixa na mala, ele abre os braços para um abraço. Ela o abraça rapidamente e diz:

— Obrigada, Evan.

— É Ethan — diz ele, e ambos riem. Então Ethan se lembra de outra coisa. — Sabe como Terri costumava chamar seu marido?

Hollis o encara, confusa.

— Seu marido costumava cortar o cabelo com Terri de vez em quando.

— Ah, sim, é claro — diz Hollis. — Como ela o chamava?

— Sr. Maravilha. Ela o chamava de sr. Maravilha. — Ele bate na traseira do Bronco, orgulhoso de si mesmo por ter se lembrado disso. — Aproveite seu fim de semana.

Assim que Ethan volta ao interior da loja, Hollis pressiona a testa no volante. *Sr. Maravilha,* pensa ela — e uma de suas lembranças favoritas se reproduz em sua mente com tanta clareza que ela poderia estar assistindo à cena numa tela de cinema.

Hollis e Matthew se mudaram da cidade para uma casa estilo colonial com porta de entrada central num terreno arborizado na Livingstone Road, em Wellesley. Hollis deixou a revista *Boston* e agora é uma dona de casa e mãe de Caroline, que está com três anos. Entretanto, Hollis precisa de "mais alguma coisa", de modo que concorda em presidir o evento de gala de angariação de fundos para o centro cardíaco do hospital. O escritório de desenvolvimento nunca viu uma presidenta tão organizada e competente quanto Hollis Shaw. As entradas se esgotam imediatamente; eles têm patrocinadores corporativos e contratam um convidado musical que pode ou não ser o bostoniano Peter Wolf, da J. Geils Band — e, dizem os boatos, Steven Tyler se juntará a ele no palco.

Na noite do evento, Hollis se arruma, depois se senta em sua penteadeira para colocar seus brincos de diamante. Seu cabelo está preso num coque e ela usa um vestido roxo e justo (é a primeira peça justa que ela consegue vestir desde que engravidou, e demandou muitas horas na academia e três meses sem sobremesa).

Matthew entra usando seu smoking e segurando duas taças de champanhe. Ele entrega uma a Hollis e sorri para o reflexo dela no espelho.

— Para minha linda esposa — diz ele. — Todo mundo no trabalho está falando sobre que maravilha você é. Estou muito orgulhoso de você.

Eles brindam e bebem. Matthew se abaixa para beijar a nuca de Hollis. Mais adiante no corredor, Hollis ouve Caroline tagarelando com a babá sobre qual livro ela quer ler. Hollis fecha os olhos e pensa: *eu tenho tanta sorte. Era isso que eu queria minha vida inteira. Um momento exatamente assim.*

De volta em casa, Hollis se move em velocidade dobrada; seu Fitbit mal consegue acompanhá-la.

Ela quer que cada cama seja tão deliciosa quanto um confeito. Ela enche as capas de edredom com recheio duplo de plumas para fofura extra. Ela arruma um sortimento de travesseiros — alguns de plumas, outros firmes — na cabeceira de cada cama e coloca um buquê em cada mesa de cabeceira, junto com um jarro de água e uma pilha de revistas recentes. Hollis usa um truque que viu no TikTok para arrumar as flores: ela cruza fita adesiva pelo topo do vaso para que as flores fiquem de pé retinhas, e acrescenta vinagre, açúcar e gelo na água para mantê-las frescas. Ela reconhece essa atenção absurda aos detalhes pelo que ela é: uma forma de controlar as poucas coisas que pode controlar. Não consegue acreditar que teve que contar ao coitado do Ethan na Hatch's que Matthew morreu. Por um segundo, ela cogitou fingir que Matthew estava em casa, trabalhando no jardim, cuidando dos tomateiros. Ele costumava podá-los, suas mãos de cirurgião confiantes e habilidosas no corte.

Ela dobra imaculadas toalhas brancas de algodão turco em todos os banheiros, em seguida desembrulha barras de sabonete de flores silvestres da Nantucket Looms.

Na cozinha, coloca o peixe-espada para marinar (ela postará a receita quando o fim de semana terminar), amacia os queijos e prepara sua famosa receita de pecãs com bacon e alecrim (ela postará essa receita também; pode praticamente ouvir os membros clamando por ela, depois perguntando se podem substituir as pecãs por amêndoas).

Ela arruma a mesa no deck — duas toalhas sobrepostas numa estampa Toile de Jouy, jogo americano de vime, guardanapos de linho, velas de cera de abelha em suportes Simon Pearce, um buquê de hortênsias feito dos arbustos que ladeiam a entrada até a porta de casa. Ela pendura lampiões de citronela e empilha mantas de caxemira num pufe próximo caso alguém fique com frio. (As mantas a fazem sentir como se ela tivesse pensado em tudo. Será que ela *pensou mesmo* em tudo?)

Ela coloca o vinho e o champanhe para gelar no grande balde de prata batida, começa a polir as taças de vinho, puxa gentilmente os estames dos lírios usando uma toalha de papel úmida. Vai até o balcão no quintal e limpa as teias de aranha dos guarda-sóis. Enquanto está limpando o interior do cooler, com duas caixas de água com gás a seus pés, seu celular apita com uma mensagem de texto.

É de Caroline. Cheguei. Cadê você?

Cheguei?, pensa Hollis. Como assim, cheguei? Em *Nantucket?* São só onze e meia da manhã. Será que Caroline pegou um voo mais cedo? Hollis poderia jurar que a passagem que comprara para Caroline dizia que o voo aterrissaria uma e meia da tarde. Hollis termina rapidamente de enxaguar o cooler com a mangueira e o deixa no sol para secar. Tira as luvas de borracha e corre para dentro até o seu notebook. Clica no e-mail de confirmação que enviou para Caroline na noite anterior e ofega.

Partida: JFK, 10h13

Chegada: ACK, 11h27

Ah, não. Não, não, não, não!, pensa Hollis. Ela precisa ligar para Caroline, mas seu celular... Onde está seu celular? Lá fora, perto do cooler? Não. Ela o encontra na prateleira do galpão, depois corre de volta pela casa pensando: *estraguei tudo. Estraguei tudo de verdade.* Ela entra no Bronco e já está na metade da estradinha, com conchas brancas voando para todo lado, de tão depressa que ela saiu, quando outra mensagem chega, também de Caroline:

Deixa pra lá. Arrumei uma carona.

Hollis pisa no freio e expira. Ela encontrou uma carona. Tá, isso é bom, né? Mas Hollis sabe que não é bom, não. Hollis deveria ter checado duas vezes o horário do voo.

Ela se lembrou das mantas de caxemira, mas se esqueceu da própria filha.

É preciso toda a força de vontade de Hollis para não ficar à espreita na porta até Caroline chegar. Ela vai até a bancada da cozinha e prepara um sanduíche BLT com pão português torrado, o almoço preferido de Caroline no verão, e o arruma num prato com um punhado de batatinhas Cape Cod e um pêssego maduro. Ela ouve um carro chegando e dá uma espiada. Caroline está desembarcando de uma enorme caminhonete preta. Hollis semicerra os olhos; não consegue identificar quem é o motorista, mas Caroline acena para ele (ou ela). Está sorrindo. Talvez as coisas não sejam tão ruins quanto Hollis pensa.

— Querida — diz Hollis quando Caroline entra com tudo, a porta telada batendo atrás dela. — Bem-vinda de volta.

— Você tá de brincadeira, né? — diz Caroline.

Ela lança um olhar mortal para Hollis antes de se agachar para fazer carinho e beijar Henny, que se agita de empolgação e amor.

— Desculpe, querida. Pensei que o voo chegasse a uma e meia. Foi o que eu anotei na minha lista.

— Na sua lista — diz Caroline, dando uma risada ofegante. — Clássico.

— É óbvio que você é mais do que um item na minha lista, Caroline — diz Hollis. — Mas eu fiquei com uma e meia na cabeça, e planejava...

— Obrigada, mas não vou querer o almoço — diz Caroline, e passa por Hollis, seguindo pelo corredor até seu quarto.

Hollis escuta a porta bater.

Deixe-a em paz, pensa Hollis. O maior obstáculo ficou para trás; ela está de volta sob o seu teto. Hollis guardará o almoço dela para depois. Ela provavelmente só precisa de um cochilo.

Ela bate de leve na porta de Caroline uma hora depois. Sem resposta.

Tudo bem, pensa ela. Tinha se esquecido do quanto as pessoas da idade de Caroline dormem.

Às três da tarde, Hollis veste o que considera sua "roupa de boas-vindas" — calças brancas de amarrar e sua clássica blusa rosa-claro, ambas muito flexíveis, porque, embora tenha perdido peso desde a morte de Matthew, ela não é o que alguém consideraria magra. Não vai ganhar nenhum prêmio de moda esse fim de semana, mas está confortável com sua aparência. Seu cabelo ainda é mais loiro do que grisalho, seus olhos são de um azul acinzentado límpido, seus seios ainda não estão caídos, e seu traseiro, embora redondo e grande, é firme. Ela está com um leve bronzeado e no início daquela semana enfrentara o salão para fazer manicure, pedicure, pintar as sobrancelhas e se depilar. Ela sempre teve excelentes sobrancelhas, mas, como seus 53 anos lhe ensinaram, boas sobrancelhas não garantem uma jornada tranquila pela vida.

Ela bate na porta de Caroline outra vez.

— Querida?

Nada.

Às quatro e quinze, ninguém chegou nem enviou mensagens de texto sobre a chegada. Nem mesmo Brooke. Hollis se pergunta se todo mundo mudou de ideia.

Ela vaga pela casa, tentando vê-la como se fosse a primeira vez. A aparência é boa, o cheiro é bom — mas falta alguma coisa. Está quieto demais; a casa precisa de música. Hollis seguiu o exemplo de Moira Sullivan e fez não uma, mas quatro playlists: uma para Tatum (músicas dos anos 1980), uma para Dru-Ann (músicas dos anos 1990), uma para Brooke (músicas que elas tocavam quando as crianças eram pequenas) e uma para Gigi, embora elas não tenham conversado sobre música nenhuma vez. Hollis tentou imaginar o que Gigi gostaria com base nas conversas por texto, e criou algo que ela considera "música para mulheres inteligentes" — Alison Krauss, Lauryn Hill, Norah Jones. Ela acrescentou um toque vintage: Billie Holiday, Nina Simone, Carole King. E completou com ousadia: Fiona Apple, Courtney Love, Alanis Morissette. A playlist de Gigi é a melhor para recepcionar as pessoas; Hollis aperta o Shuffle.

A primeira música a tocar é "Maybe", de Ingrid Michaelson. Hollis se senta junto à ilha da cozinha, pega seu celular e tira uma foto em modo retrato da tigela de vidro com as pecãs com bacon e alecrim.

O prato de almoço de Caroline ainda está na bancada, intocado. Quando Hollis confere, descobre que o pão está ressecado, as batatinhas murchas, o tomate escorrendo água no prato. Lá se vai tudo para a tigela de Henny.

Hollis caminha pelo corredor e bate na porta de Caroline, com mais firmeza desta vez.

— Caroline? Eu gostaria que você se levantasse, por favor. As pessoas vão chegar em breve.

Não há resposta. Hollis relembra a si mesma de que *ela* é a mãe, que esta é a casa dela, que se esquecer de Caroline foi um engano honesto, e que ela pediu desculpas por isso. A antiga Caroline teria dito: *não esquente com isso, mãe, você tem muita coisa pra resolver.*

— Caroline, posso entrar? — diz Hollis.

Caroline é fanática por sua privacidade. Ela não sabe de nada sobre os dias em que você tinha que conversar com seu namorado — no caso de Hollis, Jack Finigan — em um telefone fixo na cozinha, com seu pai a menos de dois metros de distância no sofá assistindo *Quincy*, mas provavelmente também escutando cada palavra.

Finalmente, soa um *o que é?* abafado.

Hollis abre a porta aos poucos e vê Caroline encolhida sob o edredom — apesar de fazer 24 graus lá fora —, mexendo no celular. Acordada, afinal, bem acordada.

— Caroline, me desculpe por não estar no aeroporto para te buscar. Eu guardei o horário errado na cabeça. Peço desculpas.

Caroline se senta, jogando o edredom na ponta da cama.

— Mas, aparentemente, teve tempo de deixar tudo preparado. As flores. O milho recém-colhido. Foi a primeira pessoa no mercado hoje cedo?

— Caroline.

— Foi? — diz Caroline. — Só me diga isso.

— Fui, sim...

— Eu me lembro de quando eu era uma prioridade.

— Você ainda é uma prioridade! — diz Hollis. — É minha prioridade número um.

— Seu site é a número um. Sua marca é a número um. Antes de mim — diz Caroline. Ela faz uma pausa. — E antes do meu pai.

Hollis sabe que Caroline está buscando uma reação, mas não engaja.

— Senti tanta saudade de você. Estou tão feliz que tenha vindo para casa. Significa muito para mim que você esteja aqui, querida.

— Não fique se achando — diz Caroline. — Eu só aceitei porque preciso do dinheiro.

Essa é a deixa para Hollis sair do quarto, mas, em vez disso, ela se senta na lateral da cama de Caroline, com cuidado para não chegar perto demais dela. (Maternidade, ela chegou à conclusão, requer muita matemática: quanto espaço é o suficiente? Quanto é demais?)

— Você quer conversar sobre o seu pai? — pergunta Hollis. — Tenho certeza de que é difícil vir para cá esse fim de semana e... ele não estar aqui. Foi horrível para mim também.

Mas Hollis não vai se colocar no centro disso. Ela se lembra do quanto as palavras simples de Gigi foram úteis: *estou aqui para ouvir.*

— É claro que eu sinto saudade do meu pai — diz Caroline. — Ele não teria me abandonado feito uma criança órfã no aeroporto.

A voz dela contém uma pontadinha de provocação, o que é encorajador.

— Você tem razão — diz Hollis. — Seu pai jamais teria cometido esse engano. Ele teria estado bem na frente te esperando, muito empolgado para te ver e ouvir tudo sobre o seu verão em Nova York.

Hollis estende a mão e afasta o cabelo de Caroline do rosto dela.

— E *como foi* o seu verão em Nova York?

Chega uma notificação no telefone de Caroline e ela clica nela. Hollis se lembra de quando ela e Matthew compraram o primeiro iPhone de Caroline, dez anos atrás. O que foi que Matthew havia dito? Ah, sim: *nós não seremos mais a coisa mais importante na vida dela.*

— Mãe? — diz Caroline. O tom dela mudou. — Está pronta para *isso*? — Caroline estende o telefone para a mãe ver. — Cancelaram Dru-Ann.

— *Como é que é?* — diz Hollis.

Ela olha para a tela, desejando estar com seus óculos de leitura. Move os dedos em pinça sobre a tela para ampliá-la e aperta os olhos. DRU-ANN JONES MENOSPREZA QUESTÕES DE SAÚDE MENTAL. Hollis começa a ler, mas a fonte é pequena demais. O artigo menciona alguém chamada Posey, uma golfista, e então Hollis simplesmente clica no vídeo. Ela assiste à sua amada amiga gritar para um branco com cara de ricaço: "E dizer a todo mundo que é uma 'questão de saúde mental' (Dru-Ann faz aspas no ar), quando o que ela precisa é *engolir o choro e jogar!*"

Dez anos atrás, talvez até cinco anos atrás, Hollis não teria entendido qual era o problema disso, mas agora, graças em grande parte às suas interações com as pessoas em seu site, ela foi educada em todas as coisas relacionadas à saúde mental.

— Ah, minha nossa — diz Hollis. — Isso não é nada bom.

— É pior que "nada bom" — diz Caroline. — É *terrível.* E está em todo lugar. Esse artigo está na Refinery Twenty-Nine, mas eles pegaram o material no Vulture.

De repente, uma voz chama da cozinha. Hollis espia pelas janelas de Caroline e vê um Lincoln preto — *como é que aquele negócio conseguiu passar pela Squam Road?,* ela se pergunta — entrando na estradinha de sua casa.

Apenas uma de suas amigas alugaria um carro desses para ir até ali.

— É Dru-Ann — diz Hollis.

— Bem, é melhor você ir, então.

Hollis se sente dividida. Ela deveria receber sua convidada, é claro, mas não quer que Caroline pense que ela mesma não é uma prioridade.

— Posso te fazer um...

— Só vai, mãe — diz Caroline. Ela volta sua atenção para o telefone. — Dru-Ann precisa de você mais do que eu.

12

Escova

A escova no salão custa mais do que Tatum esperava, mas, ah, como vale a pena. Lorna, a cabeleireira com o charmoso sotaque irlandês, inclina a cabeça de Tatum para trás contra a borda da cuba e esfrega bem o couro cabeludo de Tatum. Lorna enrola o cabelo dela numa toalha branca felpuda e lhe entrega um latte e a edição mais recente da revista *People*. Tatum sente a tensão deixar seus ombros conforme Lorna seca seu cabelo, deixando-o liso e brilhante, com um pouco de volume no alto e movimento nas pontas.

Tatum sabe que a própria Lorna já batalhou contra o câncer de mama uns dois anos antes; houve uma arrecadação de fundos para ela no Rose and Crown, e o Irina Serviços doou limpezas semanais no chalé de Lorna. Tatum dá uma olhadinha discreta em Lorna. Seus seios são pequenos e empinados, suas bochechas são coradas, e sua mão que segura a escova é firme e forte. Jamais se imaginaria que ela esteve doente. Será que Tatum deveria perguntar sobre a "jornada" dela? (Tatum ao menos sabe que não deve chamar de "batalha".) Sobreviventes de câncer de mama deveriam fazer parte de uma irmandade, o que soa atraente, desde que você dê conta da parte de "sobrevivente" e não termine num caixão como a mãe de Tatum.

O estado zen que Tatum tinha conseguido atingir por cinco minutos se foi, mas, ainda assim, ela sorri para Lorna no espelho.

— Queria poder ter esta aparência sempre.

— Você está absolutamente um arraso — diz Lorna, com uma piscadela. — Agora vá aproveitar seu Fim de Semana Cinco Estrelas.

Na noite anterior, Tatum contou a Kyle sobre a mensagem de voz deixada pelo hospital. Eles deram as mãos — Tatum apertando com força — e ouviram o recado juntos.

"Bom dia, aqui é a dra. Constable. Estou com os resultados da sua biópsia, embora a política do hospital me proíba de deixar essa informação numa mensagem de voz. Estarei no consultório até as cinco hoje, e amanhã estarei de folga. Caso não consiga ir até mim, estarei de volta ao consultório logo cedo na segunda-feira. Fique à vontade para me ligar depois das oito da manhã. Obrigada."

Tatum soltou a mão de Kyle e reproduziu a mensagem outra vez, tentando decifrar o tom de voz da dra. Constable. Ela não soou particularmente sombria, mas também não pareceu muito animada. Soou absolutamente neutra.

— Ligue para ela — disse Kyle.

— Ela disse que estaria no consultório até as cinco. São seis e meia.

— Médicos ficam em seus consultórios depois do expediente, anotando coisas nos prontuários — disse Kyle.

— Na TV — disse Tatum.

Ela não queria ligar, então empurrou o telefone na direção de Kyle e ele ligou.

A mente de Tatum percorreu um álbum de fotografias mental: sundaes em seu aniversário de seis anos, um passeio sacolejante no Barco a Vapor quando seu eu de doze anos, enjoado, vomitou na pia, o vestido lavanda que ela usou na formatura do penúltimo ano (Kyle foi com a faixa do smoking e a gravata borboleta lavanda para combinar), o andador de Dylan quando bebê (ele gostava de bater com tudo nos calcanhares de Tatum), um homem a quem ela havia servido no Lobster Trap que pediu manteiga extraderretida e então *bebeu* a manteiga. Por que essas coisas? Por que ela não podia relembrar memórias melhores?

Kyle suspirou.

— Caixa postal.

— Não deixe recado — disse Tatum. — Vou simplesmente ligar para ela na segunda de manhã.

Kyle disse:

— O bom é que você pode aproveitar seu fim de semana sem isso na cabeça.

Tatum quase retrucou *mas ainda está na minha cabeça, seu tonto*, porém sabia que ele se sentia tão ansioso quanto ela e estava tentando reconfortá-la, então, em vez disso, o beijou.

Agora Tatum envia uma mensagem de texto para Kyle: Voltando para casa, precisamos sair às quatro!

Ela o relembrou tanto disso que ele já está ficando rabugento, mas tem a impressão de que, quando ele vir seu cabelo, vai querer arrastá-la para o quarto e, francamente, eles não têm tempo para isso.

Ela encontra Kyle tomando cerveja na mesa de teca do lado de fora que Tatum e Dylan lhe deram de dia dos pais. Ele está sentado com um sujeito alto, careca e de cavanhaque grisalho vestindo jeans, uma camisa polo branca e chinelos.

O homem sorri para Tatum e diz:

— Surpresa, surpresa!

Tatum o encara, surpresa. É Jack Finigan, aparentemente ainda vivo e respirando.

— Ora, ora, se isso não é *O Reencontro* todinho? — diz Tatum, assim que tudo se encaixa. — Aparecendo assim, do nada, depois de nos deixar no vácuo por um milhão de anos, e logo *neste* fim de semana.

Jack esmaga Tatum num abraço de urso tão apertado que ela sente o seio dolorido. Ele ganhou peso e seu rosto envelheceu, mas ainda é bonito. Homens ficam mais bonitos conforme envelhecem; isso enfurece Tatum.

— Seu cabelo está lindo, meu bem — diz Kyle.

— Obrigada.

Tatum arqueia a sobrancelha para Kyle: *você sabia que ele viria?* Kyle, Jack e Tatum são amigos desde o ensino médio, quando o pai de Jack aceitou um emprego como mestre de obras na Toscana Construções. Ela fica feliz em vê-lo, mas um aviso teria sido bacana. Ela acende um cigarro.

— Aceita um vinho, Tay? — pergunta Jack. — Eu te trouxe uma garrafa como presentinho para a anfitriã.

Presente para a anfitriã!, pensa Tatum. *Porcaria*. Ela deveria levar alguma coisa, mas o que pode dar a Hollis que a própria Hollis não possa comprar? A resposta é nada, mas Tatum sabe que esse não é o ponto. O ponto é não chegar de mãos abanando. Tatum pensa em levar uma lata de sopa, um rolo de papel-toalha, uma camiseta amarelo-neon escrito McKenzie Aquecimento e Resfriamento. Ela deveria ter vasculhado os álbuns de foto por uma imagem dela com Hollis — ela tem aproximadamente três mil assim — e comprado uma moldura de prata para colocá-la na Flowers on Chestnut. Isso teria sido fofinho, mas a moldura teria custado uns 75 dólares, dinheiro que ela não tinha sobrando, especialmente depois da escova. Talvez devesse apenas pegar uma foto? Há uma com elas duas que havia sido tirada no fundo do ônibus depois de vencerem o campeonato estadual de softball no penúltimo ano (ambas sorrindo, Tatum fazendo um V de vitória com os dedos, Hollis com uma faixa elástica meio nerd no cabelo). Ou ela poderia levar aquela foto com eles quatro: Tatum e Kyle, Hollis e Jack, no Altar Rock no dia de Ano-novo do último ano do ensino médio. Mas que pobreza, levar somente uma foto. Além do mais, ela não tem tempo de procurar nos álbuns; já está atrasada.

— Eu precisava estar em Squam dez minutos atrás — diz ela.

— Squam? — diz Jack. — O que tem lá?

Todos eles sabem o que tem em Squam, pensa Tatum. Com certeza Jack se lembra de que Hollis moveu o chalé e construiu uma casa enorme — mas será que ele sabe que Matthew morreu, e será que Kyle contou para ele sobre o que vem chamando carinhosamente de “fim de semana das dez tetas”? Será que Kyle o convidou *por causa* do fim de semana? Jack mora no extremo oeste do estado, onde é o proprietário de um bar e restaurante, e também atua como guarda florestal do condado. Ele trocou o mar pelo lago, o robalo por... seja lá que tipo de peixe vive em lagos. Perca? Truta? Tatum não faz ideia. Eles não veem Jack desde que Dylan se formou no ensino médio, o que foi há... cinco anos? Jack não gosta de como a ilha mudou, disse ele. Muitos Chads em seus celulares nas Range Rovers de seus pais, e todos os lugares bons tinham desaparecido — Thirty Acres, Mad Hatter, Atlantic Café. Mas Tatum tem quase certeza de que Hollis entrou nessa equação, de alguma forma. Ela foi o motivo pelo qual ele não voltou para a ilha.

Porém, agora Hollis está viúva e Tatum passará o fim de semana com ela. De *jeito nenhum* a visita de Jack é uma coincidência. Ele e Kyle devem ter planejado isso feito um par de meninas adolescentes.

Tatum enfia a cabeça na geladeira e vê uma garrafa de pinot grigio Santa Margherita, seu preferido. Este, decide ela, será seu presente para a anfitriã.

E ela também levará algo para aquela esnobe da Dru-Ann.

Ela pega sua mochila no quarto, escreve *Eu te amo* no espelho do banheiro com batom, dá um pulinho no quarto de Orion e revira o baú de brinquedos até achar o que está procurando, depois põe a cabeça para fora da porta dos fundos.

— Kyle vai me levar para Squam — diz ela para Jack. — Por que você não vem junto?

Ele quase pula da cadeira.

— Já planejava fazer isso — diz ele.

13

Happy Hour I

Às quatro da tarde de sexta-feira, Brooke Kirtley desce a rampa da balsa usando um chapéu de palha, uma saia Lilly Pulitzer estampada com girafas turquesa e um par de sandálias de dedo da mesma cor. Antes que ela saísse porta afora, Charlie disse:

— Você parece algo que Nantucket cuspiu.

Brooke sabia que Charlie só estava sendo invejoso — sem mencionar *culpado —*, então respondeu:

— Ora, muito obrigada! — E saiu.

Brooke sente um toque no ombro e se vira, dando de cara com Electra Undergrove na rampa atrás dela.

— Espera aí — diz Brooke. — Você também estava na balsa?

— Estava, sim — diz Electra.

Ela está muito chique num vestido azul justinho com recortes na cintura. Está com um corte de cabelo novo, assimétrico, e uma nova cor de cabelo, em tom roxo-avermelhado de um refrigerante de cereja. E, se Brooke não está enganada, tem outra coisa diferente. A princípio, Brooke se pergunta se Electra perdeu peso — o que não seria surpresa alguma; uma porção das mães de Wellesley entrou para um "spa de mindfulness" esquisito na Route 16, onde eram encorajadas a jejuar —, mas então Brooke percebe que Electra colocou silicone nos seios. Não é? Ela sempre foi reta feito uma tábua, mas agora os seios de Electra são esferas flutuantes e atraentes, bronzeadas no topo.

O ótimo vestido, o cabelo e os seios novos, e a autoconfiança ofuscante de Electra, tornava fácil o trabalho dela de fazer com que

Brooke se sinta inferior. Sua saia é cafona, seu chapéu é bobo, seus sapatos são terríveis.

Electra olha para Brooke por cima de seus óculos de sol gigante à la Kris Jenner e diz:

— Que tal tomarmos aquele drink?

Agora?, pensa Brooke. Ela havia dito a Hollis que pegaria a balsa das quatro e depois um táxi porque, neste fim de semana, ela estava determinada a *não ser um incômodo* nem *demandar atenção especial*. Ela não vai falar demais nem pedir desculpas por coisas que não são culpa sua, e não vai irritar ninguém. Deseja, desesperadamente, ser considerada *descolada*. Mas talvez possa começar não indo direto para a casa de Hollis e, em vez disso, indo tomar um drink com Electra Undergrove.

Além disso, não há como Brooke recusar o convite de Electra, não depois de anos obcecada pelas razões pelas quais fora banida da casa de Electra e expulsa do grupo de amigas. Electra manda em Wellesley. Recusar seu convite agora seria cometer suicídio social.

Cometer suicídio social de novo, pensa Brooke.

E, assim, Brooke sorri para Electra — embora não muito ansiosamente — e dá de ombros.

— Um drink não vai fazer mal.

No Slip 14, um rapaz usando uma camiseta do Gunna olha cobiçosamente para os novos seios de Electra como se fossem um par de pãezinhos recém-saídos do forno. No sistema de som, Kenny Chesney canta sobre guardar para um dia difícil e Brooke pensa, *Amém!* Uma fileira de caras bonitos no bar está tomando chopp e comendo ostras. Brooke segue Electra até uma mesa para dois no pátio, arrastando sua mala atrás de si.

Electra pede uma garrafa de rosé e Brooke diz:

— Eu só posso ficar para uma taça.

Electra ri.

— E desde quando existe isso de só uma taça de rosé?

Existe, sim, pensa Brooke. Ela vai tomar apenas uma taça; não vai permitir que Electra a *influencie*. Não permitirá que Electra *a intimide*.

— Cadê o Simon? — pergunta Brooke.

— Está trazendo o Rover no barco lento — diz Electra, levantando sua taça de vinho. — Chega às cinco. Aí ele vem me buscar. Saúde, amiga.

— Saúde — diz Brooke, embora não consiga se forçar a ecoar o *amiga*.

Porque a verdade crua é que Electra Undergrove não é amiga de Brooke. Ela *era* sua amiga há quinze, dez, até cinco anos, quando as crianças estavam crescendo e todas passavam seu tempo juntas. Mas aqueles dias chegaram a um fim abrupto. Electra pode não se dar conta de que usar a palavra *amiga* é um gatilho para Brooke. Porém, Brooke não vai se deixar afetar por isso. *Guarde para um dia difícil!*, pensa ela. É uma sexta-feira de verão deslumbrante; elas têm taças de rosé gelado e uma porção de olhos cheios de admiração voltados para elas (ou para Electra, mas enfim). Brooke vai agir naturalmente.

E age, embora tenha que conduzir a conversa como um sapador num campo minado. Ela não pode dizer nada sobre o que aconteceu com Charlie, então se apega ao assunto seguro de seus filhos (Will, Fidelity; Whitney, os barcos anfíbios) e pergunta sobre o filho de Electra, Carter, e sobre sua filha, Layla. Electra confidencia que Carter está passando uma temporada internado numa clínica de reabilitação e Layla está seguindo a banda Imagine Dragons pelo país com seu namorado, e então diz:

— Eles vão encontrar seu rumo no final. Nunca foram dedicados como os seus filhos.

Uau, pensa Brooke. Um elogio de verdade vindo de Electra! Ela se enche de orgulho. O vinho lhe subiu à cabeça e ela ainda não comeu nada hoje; está reservando todas as suas calorias para o jantar que Hollis vai servir naquela noite. Ela pergunta para Electra onde ela está ficando.

— Estamos alugando um quarto na Cliff Road — diz Electra. Ela inclina a cabeça e Brooke sente uma curiosidade intensa e súbita por trás das lentes escuras. — Você já esteve no 'Tuck?

O *'Tuck?*, pensa Brooke. *As pessoas o chamam assim?*

— Uma vez, quando era pequena — diz Brooke. — Tudo do que me lembro é de meu irmão sendo queimado por uma água-viva.

— Mas essa é a sua primeira vez aqui como adulta? Então você nunca esteve na casa de Hollis.

Brooke sacode a cabeça. *Guarde para um dia difícil*, pensa ela.

— Como isso é possível? — diz Electra. — Vocês duas são *tão próximas*. Eu fui convidada algumas vezes, nos velhos tempos. Ela e Matthew nos receberam para comer lagostas...

(Mais tarde, quando Brooke olhar para este momento, desejará ter mudado de assunto. Mas o rosé tinha afrouxado sua língua e comprometido seu julgamento.) Ela se inclina para a frente.

— Hollis está fazendo algo chamado de Fim de Semana Cinco Estrelas. Ela convidou uma melhor amiga de cada fase de sua vida.

Electra a encara por um segundo, então pega seu vinho.

— E você é... o quê? A melhor amiga *de Wellesley* dela?

Brooke não sabe muito bem como responder, o que significa que provavelmente está na hora de escapar com elegância. Em vez disso, porém, Brooke desliza seu celular sobre a mesa.

— Aqui está o itinerário do nosso fim de semana. Hollis pensou em tudo.

Electra pega o telefone e rola a tela para cima, depois para baixo.

— Vocês todas vão usar as mesmas cores para o jantar e para o almoço? Mas que gracinha.

— É para as fotos — diz Brooke, na defensiva. — Para ficarem melhores.

Electra coloca os óculos de sol no topo da cabeça e espia a tela com mais atenção. Brooke sente que Electra está guardando o itinerário na memória para poder zombar dele mais tarde com gente como Liesl, Rhonda e Bets.

— É bom para Hollis ter algo em que focar sua atenção — diz Brooke. — Perder Matthew foi um choque e tanto. Aqueles dois eram *hashtag* metas de relacionamento.

Electra ainda está rolando a tela.

— Você acha?

— Digo... acho que sim?

Hollis e Matthew tinham tudo — uma bela casa, uma filha dedicada, o respeito de toda Wellesley. Matthew estava no topo de sua área, e Hollis se tornou uma deusa doméstica reconhecida por todo o país. Eles eram maduros, atenciosos e generosos. Estavam um nível acima de Brooke e Charlie — mas também acima de Electra e Simon e de todos os outros que conheciam.

— Eles eram perfeitos juntos — diz Brooke. — Uma inspiração.

Electra finalmente ergue a cabeça e sustenta o olhar de Brooke de uma forma que parece significativa.

— Simon e eu nos encontramos sem querer com Matthew no outono passado, quando ele foi palestrante convidado na Emory Medical School. Estávamos visitando Carter e entramos no Optimist quando Matthew estava saindo de lá. — Electra faz uma pausa, ainda segurando o telefone de Brooke. — Hollis mencionou isso a você?

— Não. Ela... — Brooke quase acrescenta *nunca fala de você*, mas se interrompe.

— Acho que o pegamos de surpresa — diz Electra. — Na verdade, tenho certeza de que o pegamos de surpresa. Não vou dizer mais nada porque não gosto de fofocas, especialmente sobre Matthew. Não agora.

Brooke bebe o que resta de seu rosé (uma segunda taça quase cheia) e pensa: *eu tenho que sair de perto desta mulher.*

— Posso pegar meu celular de volta, por favor?

— É claro.

Electra desliza o telefone pela mesa, se serve de outra taça de vinho e se recosta na cadeira para que seu rosto fique no sol. Mesmo com o cabelo novo e os seios empinados, Electra Undergrove não é a mulher mais atraente de Wellesley, pensa Brooke. Nem a mais rica, e ela não tem uma carreira grandiosa. Contudo, de alguma forma, Electra foi considerada a abelha-rainha. Ela era divertida; ela dava as festas; ela ditava o calendário social; ela fazia as listas de convidados; ela era a líder. Por quê? Brooke vem pensando nisso há anos.

— Tenho que ir — diz Brooke.

Ela tira duas notas de vinte da bolsa para pagar o vinho. Será que basta? Ela acrescenta uma terceira — apesar de que provavelmente não deveria estar desperdiçando dinheiro, agora que Charlie perdeu o emprego — e Electra, em vez de recusar o dinheiro (que é o que ela *deveria* fazer, já que *foi ela* quem convidou Brooke para beber), dobra as notas e as segura entre o indicador e o dedo médio como se fossem um cigarro.

— Simon e eu estávamos conversando há pouco tempo sobre como sentimos saudade de você e de Charlie — diz Electra. — Vocês têm que ir lá em casa assim que a temporada de futebol americano começar.

Brooke gostaria de ser forte o suficiente para dizer *Obrigada, mas não*, ou até *Vá se lascar, Electra*. Em vez disso, Brooke abre um sorriso radiante.

— Seria ótimo. Nós adoraríamos.

E, exatamente como uma mulher que foi influenciada, intimidada, manipulada e *vendida*, Brooke abre o calendário em seu celular para confirmar a data: domingo, 10 de setembro. Brooke digita nas notas: Futebol americano rock'n'roll na casa de Electra!

— E aí, quem mais foi convidada para esse fim de semana? — pergunta Electra.

— A melhor amiga de Hollis de quando ela era pequena aqui na ilha e a melhor amiga da época da UNC — diz Brooke. — Não conheço a quarta pessoa. Acho que é alguém que ela conheceu pelo site.

— Você sabia que Hollis *me bloqueou* de assinar o blog dela? — diz Electra. — Não sei bem por que ela guarda tanto rancor. Afinal de contas, você me perdoou. Estamos aqui tomando drinks! Você e Charlie vão para a minha casa esse outono!

O sol de súbito dá a impressão de ser um holofote de interrogatório. *Eu não te perdoei!*, pensa Brooke. Ela está tomando um drink com Electra porque... bem, qual é a resposta para isso? Porque ela precisa de alguma validação doentia de que Electra acredita que vale a pena passar seu tempo com ela. Mas é um erro.

— Tenho que ir — diz Brooke. — Hollis está me esperando. Eu já estou atrasada.

Electra acena, dispensando-a, então pega a garrafa de vinho e desfila até o bar onde os caras bonitos estão sentados.

— Divirta-se esse fim de semana — diz ela. — E parabéns por ter sido escolhida como uma estrela.

— Obrigada — diz Brooke.

Ela quer acrescentar que não é nada demais, que não é como se ela tivesse entrado para a Hot List do *Boston Common* — mas desconfia de que Electra esteja sendo sarcástica.

É claro que ela está sendo sarcástica, pensa Brooke enquanto conchas esmagadas ficam presas nas rodinhas de sua mala. Ela está com cabelo novo e seios novos, mas seu interior ainda é podre.

Brooke caminha num torpor meio bêbado até o ponto de táxi. Ela sabe que fez uma bagunça. Só não tem certeza do tamanho dela.

14

Chegadas Pontuais

Al, o motorista de Dru-Ann, é um falastrão. O que ela faz para ganhar a vida, de onde ela é, essa é a primeira vez dela na ilha? Dru-Ann dá respostas curtas e monossilábicas até acabar dizendo:

— Desculpe por ser péssima na conversa, mas tenho questões de trabalho para resolver no celular.

Sem problemas, Al entende; ele já dirigiu para todo tipo de gente ocupada e importante, sem querer mencionar nomes, mas um ex-candidato a vice-presidente da Virginia ("Não compartilhamos as mesmas perspectivas políticas, mas ainda o achei um ótimo sujeito!"), um "pianista" muito famoso, e... Dru-Ann não pode acreditar que ele ainda esteja falando, mas não consegue ouvi-lo de fato porque suas contas nas redes sociais estão um caos. No Twitter, estão chamando-a de "monstro" e "uma decepção chocante", mas o que vem de baixo etc. A questão que Dru-Ann gostaria de fazer com que entendessem é que *todo mundo na internet entendeu as coisas ao contrário!* Dru-Ann era a pessoa *defendendo* a saúde mental!

Conforme a casa de Hollis entra no campo de visão — Dru-Ann não vem para cá há anos, mas se lembra das janelas estreitas de vidro do mar que ladeiam a porta de entrada —, ela digita rapidamente um tuíte. Só para constar, Posey Wofford não está sofrendo uma crise de saúde mental. Ela desistiu do #DowGreatLakesBayInvitational por motivos que não têm nada a ver com saúde mental!

Dru-Ann pensa em mencionar a aparição de Phineas no British Open, mas os detalhes são complicados demais para abordar no

Twitter, então ela só digita #TimeDruAnn (torcendo para que isso pegue e comece a subir nos *trending topics*), e posta.

— É aqui? — pergunta Al.

Dru-Ann respira fundo. *Dane-se as desculpas*, pensa ela. Ela vai é se defender.

— Isso — diz ela. — É aqui mesmo.

Al carrega as malas dela para o alpendre e pergunta se ela precisa de mais alguma coisa. Não? Bem, nesse caso, ela se incomodaria de dar uma nota para ele no aplicativo? Dru-Ann concorda, qualquer coisa para se livrar do cara; além do mais, seu celular está tocando. Ela bate na porta uma vez, depois entra, chamando "Olá, olá!". Ela se prepara para encontrar um grupo de mulheres já mergulhadas num rio de chardonnay. Entretanto, a cozinha lindamente equipada (aqueles lírios cor-de-rosa são deslumbrantes) está vazia, exceto pela cadela de Hollis, uma mistura de lobo com urso que trota até ela para farejá-la. Os únicos sons são uma versão acústica de Adele cantando *When we were young* (muito apropriada) e a vibração insistente do telefone de Dru-Ann.

— Olá? — Dru-Ann chama outra vez. — Holly?

Ela se pergunta se leu errado o itinerário. Essa coisa começa hoje, né? Ela pega seu telefone. É JB; ela não tem vontade nenhuma de falar com ele, então dispensa a ligação e faz o impensável. Dru-Ann Jones, que se orgulha de estar acessível vinte e quatro horas por dia, sete dias por semana, cujo celular é essencialmente uma extensão de sua mão direita, ativa o modo NÃO PERTURBE. (Ela não consegue se forçar a desligá-lo por completo.)

— Já vou! — Hollis vem pelo corredor e entra na cozinha, onde encontra Dru-Ann cheirando os lírios.

Hollis sente as lágrimas brotarem. *É disso*, pensa ela, *que se trata o Fim de Semana Cinco Estrelas*. Hollis Shaw e Dru-Ann Jones eram só molecas quando foram colocadas juntas no dormitório Old East na UNC. Agora, 35 anos depois, são mulheres de meia-idade de pé na cozinha, uma delas lamentando a morte do marido, a outra "cancelada". Para Hollis, porém, Dru-Ann jamais será cancelada.

Quando você precisar de mim, eu estarei lá.

E aqui está ela.

Qualquer um que assista a *Jogue Como uma Garota* teria que admitir que Dru-Ann Jones é ainda mais glamourosa pessoalmente do que na TV. Sua pele é impecável; ela está usando um batom cor de ameixa; seu cabelo está preso no rabo de cavalo de sempre (a revista *Allure* certa vez fez um artigo sobre rabos de cavalo e usou uma foto de Dru-Ann). A peça característica no guarda-roupa dela é um blazer de alfaiataria. A cada temporada, ela compra toda a linha da Veronica Beard, e hoje está usando um casaco reto azul-marinho combinado com uma camiseta branca e jeans. Hollis dá uma conferida nos sapatos de Dru-Ann (ela é famosa por seus sapatos) e encontra saltos agulha de camurça vermelho-cereja. Fabulosos e nada práticos.

— Dru — diz Hollis, sentindo uma felicidade tão potente que poderia levantá-la do chão. — Obrigada por vir. — Ela se contém para não ser efusiva demais; não quer soar como Brooke. — Eu sei que você está ocupada.

— A sorte está do seu lado — diz Dru-Ann. — Porque acabou que eu tinha um tempo livre esse fim de semana. — Ela suspira. — Tem alguma bebida?

Enquanto Hollis serve tequila Casa Dragones em um copo com gelo para Dru-Ann, um táxi encosta na frente da casa e Brooke desce dele. Há um pequeno tango — Brooke enfiando a mão na bolsa para pegar dinheiro, o motorista tirando a mala dela do porta-malas ("O que você colocou aqui dentro", pergunta ele. "Barras de ouro?"), Brooke recuperando o chapéu de palha quando ele cai no chão, o taxista olhando o traseiro de Brooke quando ela se abaixa para pegar o chapéu —, mas Brooke finalmente chega à porta da frente. Ela bate e Dru-Ann abre a porta, vê Brooke e fecha a porta de novo na cara dela. Era para ser engraçado, *e é*, Hollis tem que suprimir um sorriso, mas do outro lado da porta, Brooke está se perguntando se ela vai ser o alvo de todas as piadas esse fim de semana.

— Dru-Ann — diz Hollis. — Para.

Dru-Ann abre a porta — esse fim de semana já está mais divertido do que ela pensou que seria — e diz:

— Você está aqui para a orgia, certo?

Brooke assente. Ela pode entrar na brincadeira.

— Certo — diz ela. — Eu trouxe a calda de chocolate e as vendas.

Isso faz Dru-Ann rir e Hollis relaxa.

— Brooke! — diz Hollis. — Seja bem-vinda!

Hollis não fica tão feliz em ver Brooke quanto ficou ao ver Dru-Ann, mas não fará desse fim de semana uma competição. Ela passa tempo com Brooke em casa, em Wellesley; elas foram jantar no Juniper duas noites antes de Hollis partir para Nantucket. Quando Matthew morreu, Brooke chegou feito uma super-heroína. Ela levou Hollis para a funerária, ajudou-a a escolher um caixão; foram até a igreja de St. Andrew conversar com o pastor. Brooke foi a pessoa dela.

Hollis entrega a bebida para Dru-Ann e aponta para a casa de hóspedes do outro lado da estradinha que leva à entrada da casa.

— Você vai ficar no Twist. Está prontinho para você.

Dru-Ann levanta uma sobrancelha.

— Vai me colocar no anexo?

Brooke arfa.

— Eu vou... eu... pode ficar com o meu quarto, Dru-Ann. Eu fico feliz de ir para o anexo.

— Você *deveria mesmo* ficar no anexo só por usar esse chapéu — diz Dru-Ann. Um sorriso se abre em seu rosto. — Brincadeira. Holly sabe que eu prefiro meu próprio espaço.

— O Twist não é *um anexo* — diz Hollis. — O chalé tem uma Peloton, uma máquina de espresso e uma garrafa de tequila na mesa da cozinha só para você.

— Fechou então — diz Dru-Ann. — Vejo vocês na segunda-feira.

Ela pega sua bagagem, sai e fecha a porta atrás de si.

— Posso servir uma bebida *para você?* — Hollis oferece a Brooke. Ela dá uma boa olhada na roupa de Brooke. O chapéu é realmente um exagero; ela parece que se encaixaria bem numa pintura de Mary Cassatt. — Uma taça de rosé?

— Só água, por favor — diz ela. — Já tomei duas taças de rosé e estou sentindo os efeitos.

— Você bebeu na balsa? — pergunta Hollis.

Brooke abre a boca, mas não emite som algum.

— Não precisa ficar com vergonha se bebeu — diz Hollis. — Esse fim de semana é para relaxar.

— Os últimos dias foram horríveis para mim — diz Brooke. — Mas te conto sobre isso outra hora. Não é um assunto adequado para o Fim de Semana Cinco Estrelas.

Hollis para por um instante. É verdade — ela não está preparada para lidar com os dramas de Brooke agora.

Hollis não teve notícias de Gigi Ling sobre quando ou como ela vai chegar. Ela mandou o itinerário para Gigi numa mensagem de texto, junto com o endereço, e recebeu um emoji com um polegar para cima. Se ela não viesse, teria avisado a Hollis. Certo?

— Deixa eu te levar até o seu quarto — diz Hollis.

Porém, antes que Hollis a leve para o quarto, ela a conduz numa visita guiada pela Primeira Luz. O design interior é tão bom que é como uma *droga*. O sofá azul-cerúleo em meia-lua e as poltronas de couro verde-escuro na sala de estar são os pontos de cor perfeitos para contrastar com todo o branco. Pelas portas de vidro em frente ao sofá, Brooke pode ver um laguinho com uma ponte e, depois dela, um trecho de areia dourada e o mar.

Elas seguem pelo corredor.

— Esta ala tem duas suítes de hóspedes — diz Hollis.

Brooke pensa: *ala? Suítes?*

— Eu te coloquei no Quarto da Prancha.

É como entrar diretamente no Instagram. O papel de parede faz Brooke pensar numa camisa masculina de alfaiataria, com as riscas de giz clássicas em marinho, azul-claro e um cinza discreto. (Papel de parede risca de giz, quem pensa nisso? E qual será a relação disso com o motivo de Hollis chamar esse quarto de Quarto da Prancha?) Há uma cama de dossel de nogueira arrumada com lençóis branquinhos e um edredom xadrez azul-marinho com um arranjo de travesseiros com estampas florais e listras azuis. No pé da cama há um banco em rattan estofado em ikat azul; o rattan é ecoado no lustre recurvado e nas cortinas trançadas nas janelas em frente à cama. Acima da cama, há uma fileira de paisagens envolvendo ondas do mar em pequena escala, e na escrivaninha vintage que serve como mesa de cabeceira há um vaso azul de vidro cheio de cosmos (a flor favorita de Brooke) e edições recentes de *Martha Stewart Living* e da revista *O* (essas revistas vão acabar indo parar na mochila de Brooke; ela é conhecida nos consultórios de seu dentista e ginecologista por roubar revistas.)

Brooke tira seu chapéu de palha e imediatamente se sente refrescada. Este quarto é o mais lindo em que ela já pôs os pés; faz seu quarto em Wellesley — do qual se sentia tão orgulhosa ontem mesmo — parecer o projeto de arte de uma criança.

Vai levar o fim de semana todo para Brooke absorver este quarto — as texturas e camadas de estampas — e entender como e por que ele funciona. Ela não para de perceber novas coisas: a jarra de água perto de um abajur de cerâmica azul na mesa de canto, um tapete com listras largas em azul-marinho e azul-claro, a almofada quadriculada de azul-marinho na cadeira da escrivaninha.

— Você tem seu próprio banheiro — diz Hollis. — Mas, cá entre nós, a ducha externa é a melhor da casa.

Brooke enfia a cabeça para dentro do banheiro. Ele é uma explosão de cores divertidas, começando com o papel de parede laranja e turquesa estampado com pranchas de surfe — é *por isso* que ele é chamado de Quarto da Prancha — e um espelho oval com bordas de coral branco; de cada lado do espelho há um pequeno abajur tiki.

Brooke se vira para Hollis.

— Eu me sinto muito honrada por estar aqui e... *lisonjeada* por ter sido escolhida para este fim de semana. — Ela pisca rapidamente. — Quero que você saiba o quanto eu valorizo nossa amizade e tudo o que você fez por mim...

Hollis percebe que Brooke está ficando emotiva, mas, naquele momento, o celular de Hollis começa a vibrar em seu bolso. *Deve ser Gigi*, pensa ela. *Ela chegou. Ela veio.*

Para Brooke, Hollis diz:

— Pode se acomodar, depois venha se juntar a nós na cozinha.

Brooke abre a boca para falar, mas Hollis não tem tempo para mais momentos dignos de filme, então sai do quarto e fecha a porta com um clique definitivo. Ela confere seu telefone.

Não é Gigi. É Tatum. A mensagem de texto diz:

Cheguei. Venha aqui para a entrada. Eu tenho uma surpresa.

Caroline escuta vozes na cozinha — Dru-Ann e Brooke. Esta é a "chegada" das cinco estrelas que Caroline deveria estar filmando, não apenas porque sua mãe está lhe pagando para isso, mas também porque é o que os assinantes de Hollis desejarão ver.

A coisa toda é um gigantesco emoji de olhos revirando.

Mas... algumas complicações estão se desdobrando. O relacionamento de sua mãe com Tatum é intrigante, por causa de toda a dinâmica entre locais e veranistas. Dru-Ann, aparentemente, está sendo cancelada. Brooke será socialmente inepta, como sempre. E, em algum momento, a mulher misteriosa vai aparecer: Gigi Ling. Seu nome é promissor; escapa da língua musicalmente. *Vamos lá, Gigi Ling!*, pensa Caroline. *Por favor, não seja um fiasco.*

Caroline carrega a câmera de Isaac — ele lhe pedira para segurá-la como um bebê, literalmente — lá para fora, onde um Honda Pilot está estacionado na entrada da casa. Caroline vê um homem e uma mulher na frente e uma terceira figura nas sombras do banco de trás.

Caroline ouve a voz de Isaac: *observe*.

Algo está acontecendo bem diante de seus olhos.

Caroline foca sua câmera na mulher emergindo do lado do passageiro do Pilot. Caroline pensa: *bem, eis aí de quem Dylan puxou a aparência*. Tatum é alta e esguia, com cabelos longos e escuros de estrela de cinema. Ela está usando shorts jeans e uma camiseta azul-marinho dos Whalers, o time de lacrosse. Tatum e Hollis se abraçam — Caroline não pode deixar de notar que Tatum parece dez anos mais jovem que sua mãe — e então um cara encorpado com um bigodão de astro pornô dos anos 1970 sai do lado do motorista e Hollis diz:

— Oi, Kyle.

Caroline dá um *zoom* na sua mãe e em Kyle McKenzie enquanto eles se abraçam e balançam de um lado para o outro.

— É *tão bom* te ver — diz Hollis. — Obrigada por trazer nossa garota até aqui. Vou cuidar bem dela, prometo.

Kyle diz:

— Alguém quer te dar um oi.

Naquele momento, a porta traseira do Pilot se abre e um sujeito careca com um cavanhaque grisalho desembarca. Ele é bem bonitinho para alguém com idade para ser pai e, uau, seu foco está totalmente em Hollis. Caroline volta a câmera para sua mãe bem a tempo de captar o choque no rosto dela. Foi algum tipo de armadilha, Caroline pode ver isso, mas quem é esse cara?

Ele dá um passo adiante, dizendo:

— Oi, Halle Berry.

(Caroline só se dará conta de que ele diz "Holly Berry", e não "Halle Berry", mais tarde quando estiver revisando a filmagem.)

E Hollis murmura "Jack?" como se ela fosse uma personagem de um drama de época cujo amante, supostamente morto em batalha, regressou. Eles caminham um para o outro, mas param a meio metro de distância.

Caroline prende a respiração. O que sua mãe está fazendo agora?

Jack estende os braços.

— Vem aqui.

E Hollis vai.

Caroline abaixa a câmera. Ela não quer ser a filha que fica indignada e com ciúmes quando sua mãe tem um "momento" com alguém de seu passado — mas que pena, ela é essa filha. Seu rosto fica corado e ela meio que tem vontade de gritar.

Mas sabe que Isaac diria que ela deveria ter ficado e filmado o momento. Conflito equivale a conteúdo. Aquele cara, seja lá quem for, é uma fenda na armadura.

Jack Finigan, pensa Hollis nos braços dele. Ela vê fantasmas dele sempre que passa pela Nantucket High School ou dirige até o Great Point; ela o vê toda vez que está na Boat Basin, porque ele e Kyle passavam os verões trabalhando como primeiros oficiais em pesqueiros de aluguel enquanto Hollis e Tatum serviam como garçonetes no Rope Walk. Todos eles se encontravam depois do serviço, os rapazes com algumas postas de robalo e as garotas com o resto das lagostas daquela noite e um engradado de cervejas Pabst, e eles iam todos para o Fortieth Pole no velho jipe de Kyle, assando tudo numa fogueira enquanto ouviam Billy Joel no toca-fitas do carro. *Minhas doces e românticas noites da adolescência!*

Hollis e Jack tinham sido os primeiros um do outro em tudo; tinham crescido juntos. Jack Finigan ensinara Hollis a amar.

Ela o vira uma vez de longe na Main Street há alguns anos. Foi por volta dessa época que ela começou a stalkear o pobre coitado no Facebook.

— Sinto muito sobre o seu marido — murmura ele, junto ao seu cabelo.

Ela respira fundo e se afasta. Está ciente de que eles têm uma plateia, entre a qual está sua filha, com uma câmera de vídeo. A chegada de Jack não combina com o Fim de Semana Cinco Estrelas, que deveria girar em torno dos relacionamentos dela com *mulheres*.

Jack é outro tipo de estrela.

— Há tanta... — diz ela. — Podemos conversar depois?

— É claro — diz ele. — Provavelmente foi injusto de minha parte aparecer assim, mas cavalos selvagens, sabe como é.

— *We'll ride them someday* — diz ela.

É uma música tão *deles* que ela não foi capaz de ouvi-la em 35 anos; sempre que ela toca na rádio do carro, Hollis muda de estação.

Hollis se vira e vê Tatum e Kyle se despedindo com um beijo, e se sente com dezessete anos de novo.

Jack entra no carro.

— Vamos lá, papai, mamãe! — grita ele, da janela.

Naquele momento, Dru-Ann sai do chalé de hóspedes e pensa: *mas que diabos é isso?*

Jack acena.

— Oi, Dru-Ann. Jack Finigan, lembra?

Eis aí um nome do passado, pensa Dru-Ann. Ela semicerra os olhos para o sujeito careca e, uau, é sugada de volta no tempo.

Jack Finigan aparece na metade do primeiro semestre delas na UNC, na picape do pai dele (que, no final, ele dirigiu por 1.200 quilômetros sem permissão). Ele bate na porta do quarto de Hollis e Dru-Ann em Old East segurando um buquê de rosas vermelhas que deve ter tirado de um balde de plástico no mercado da Shannon Drive, porque os caules ainda estão pingando. Hollis está em sua aula de literatura americana e ficará fora por duas horas. O rosto do rapaz desmorona ao ouvir essa notícia. Francamente, ele parece que vai começar a chorar, e Dru-Ann não suporta ver ninguém chorando. Ela fica feliz por ter uma distração de sua leitura de macroeconomia, então leva Jack numa visita guiada pelo campus; mostra para ele o Old West, a Biblioteca Wilson, a Cúpula do Reitor (é claro), a torre do sino e o Velho Poço.

— Isso era um poço mesmo, onde os estudantes dos velhos tempos mergulhavam uma concha e *bebiam* — conta Dru-Ann para ele.

Agora é um bebedouro e, durante a orientação dos calouros, há uma fila quilométrica. Supostamente, beber dali como calouro significava que você teria uma média altíssima, e a maioria das pessoas, inclusive Hollis, simplesmente não conseguiam resistir.

Jack dá um segundo de sua atenção para o Velho Poço. Ele não dá a mínima, e Dru-Ann não pode culpá-lo por isso. Ele só está ali para ver Hollis. Hollis tem uma colagem de fotografias na parede acima de sua cama, e Jack aparece em quase todas elas, mas Hollis disse a Dru-Ann que eles tinham terminado antes de ela vir para cá.

Terminado, pensa Dru-Ann — e, no entanto, esse pobre rapaz dirigiu por treze horas, parando apenas para se aliviar e comprar aquelas flores tristonhas.

Quando Hollis volta da aula e vê Jack, ela ofega e o abraça, parecendo dominada pela emoção... mas não totalmente feliz. Os dois vão jantar no Hector's e, enquanto caminham de volta para o dormitório, Hollis parte o coração de Jack (de novo). Mas é Hollis quem passa a noite toda acordada, chorando, e ela mantém as rosas em sua mesa até murcharem, e então espreme as malditas dentro de seu exemplar de *Bartlett's Familiar Quotations*.

Depois das férias de inverno, a colagem é retirada da parede, substituída pelos nenúfares de Monet. Entretanto, durante os três anos e meio que vêm a seguir, toda vez que Hollis fica bêbada, quem surge na conversa? Jack Finigan. Ele não é exatamente aquele que ela deixou ir, mas é alguma coisa. Dru-Ann tolera cinco minutos, às vezes dez, de conversa sobre Jack, mas esse é o seu limite. A melhor coisa sobre Hollis se apaixonar por Matthew Madden, o residente de cirurgia bonitinho em Boston, é que Dru-Ann não precisa mais ouvir falar sobre Jack.

Só que, agora, aqui está ele.

Dru-Ann vai até Hollis, Tatum e o marido dela (eles são um casal do tipo que compartilha uma conta de e-mail, Dru-Ann pode ver) e diz:

— Os rapazes têm que ir. Agora mesmo.

— Você não está no comando desta vez, Dru-Ann — diz Tatum.

Também é bom te ver outra vez, pensa Dru-Ann.

— Oi, Tatum — diz ela, embora tenha noção suficiente para não tentar abraçar a mulher.

Dru-Ann não vê Tatum desde o casamento de Hollis. Naquela época, Tatum basicamente odiava Dru-Ann e, pelo visto, talvez ainda odeie. Ela e o resto do mundo agora têm isso em comum.

Tatum responde com um olhar de soslaio, mas a boa notícia é que o maridão entra no carro e dá ré, afastando-se da casa. Ao mesmo tempo, Brooke enfia a cabeça para fora da porta de entrada e diz:

— O que eu perdi?

— Nada — diz Dru-Ann. — Vamos começar essa festa.

15

Bebendo no Aeroporto

Gigi sempre se sente livre passeando por aeroportos em suas roupas civis e, para esta viagem, trocou sua bagagem de trabalho — bolsas pretas apertadas e empilhadas — por sua bagagem pessoal.

Esta viagem é pessoal.

Ela vai de primeira classe de Hartsfield para o Logan, numa altitude de cruzeiro de 1.060 metros, sem nenhum sacolejo. O homem no assento da esquerda, Bruce, e o no assento da direita, Craig, são conhecidos por serem os pilotos mais suaves da empresa; rolam boatos de que Bruce fica muito aborrecido quando seu café se derrama. O voo chega dezoito minutos adiantado. Quando isso acontece, pode ser desafiador encontrar um portão, mas o A7 está magicamente livre e Gigi é a primeira a desembarcar do avião. É quase fácil demais.

Ela segue para o Terminal C, onde faz o check-in para seu voo pela Cape Air a bordo de um Cessna com nove lugares (é, essencialmente, pensa ela, um avião de brinquedo). Ela está com voo marcado para as 15h25, que aterrissa às 16h15. Ainda tem uma hora para matar, então vai até a Legal Sea Foods, pede um pãozinho de lagosta e um bloody mary, e se pergunta pela milésima vez o que está fazendo.

Está indo conhecer a esposa de seu falecido amante.

Com o primeiro gole do bloody, Gigi é transportada de volta à horrível noite de 15 de dezembro.

Contra seu próprio bom senso, ela visita o site *Famintos com Hollis*. Após sua conversa com Matthew naquela manhã, ela jurou nunca mais visitar o site, mas, com o fim de semana à sua frente inesperadamente livre, ela encara o mapa do Luzes na Cozinha. Há pontos brilhantes por todo o país e pelo Canadá — e até na Austrália, no Brasil, em Guam. Gigi imagina as pessoas diante de suas tábuas de carne com meio tablete de manteiga, uma cebola e uma pilha de champignons, suas cozinhas claras e cálidas.

Gigi dá um *zoom* na área de Boston, procurando pela casa de Hollis. Hollis está, sem dúvida, se preparando para a festa anual de fim de ano Shaw-Madden. Gigi já ouviu falar muito nessa festa.

Há uma densa concentração de luzes em Boston e nas redondezas, e conforme Gigi vai ampliando o *zoom*, tentando descobrir qual delas pertence a Hollis, se é que alguma delas pertence, uma mensagem aparece no Quadro de Avisos. É da própria Hollis.

> À comunidade Famintos com Hollis:
>
> Matthew, meu marido, faleceu inesperadamente esta manhã. Preciso pedir por privacidade enquanto enfrento essa tragédia devastadora. Vou me afastar do site por algum tempo, e tenho certeza que todos vocês compreenderão. Espero retornar eventualmente, embora, neste momento, não consiga nem imaginar quando.
>
> Dê um abraço apertado em seus entes queridos.
>
> Com gratidão, Hollis

A boca de Gigi se abre. Ela grita. Pega seu celular, liga para Matthew, cai direto na caixa postal. *Isso está errado*, pensa ela. Matthew *não* "faleceu"; Gigi conversou com ele naquela manhã mesmo. Ela liga para ele de novo. De novo, caixa postal — mas faz sentido. Depois da conversa deles, ele deve tê-la bloqueado. Mas ele *não está morto* — como poderia estar morto? Gigi relê a postagem no site de Hollis, pensando que deve haver algum engano, o *Famintos com Hollis* deve ter sido hackeado. Faleceu inesperadamente esta manhã... Enfrento essa tragédia devastadora... As condolências estão começando a chegar. É real, então? Gigi pega Mabel no colo e a aperta demais; Mabel grita e pula para o chão. Gigi joga o nome de Matthew no Google, mas tudo o que aparece são links para o hospital Mass General, para a Harvard Medical School e para o artigo que ele apresentou em São Francisco em novembro do ano passado. Gigi se encontrara com ele lá; eles tinham ido para a sinfonia juntos, depois pediram serviço de quarto na suíte do Four Seasons. No dia seguinte, alugaram um conversível e dirigiram até Napa. As cores outonais haviam sido de tirar o fôlego, o almoço no Bouchon, sublime.

Gigi caminha de um lado para o outro em sua casa, pensando: *o que eu faço? Para quem eu ligo?* As únicas pessoas neste mundo que sabem sobre o *affair* de Gigi são Tim e Santi. Será que deveria correr até a casa deles e contar? Não, ainda não, ela vai esperar até ter certeza. Quando será isso? Ninguém na vida de Matthew vai ligar para ela. Ninguém sabe que ela existe. Além do mais, quem ela está querendo enganar — Hollis não mentiria para dois milhões de pessoas sobre a morte de seu marido. Matthew está morto. Mas como? O que aconteceu?

Ela se deita no sofá e fica acordando e adormecendo até o sol nascer. Por um momento, Gigi não sabe por que não está em sua cama. E então sente o impacto nauseante da mensagem de Hollis. À luz da manhã, a ideia de Matthew ter falecido de maneira inesperada é novamente abominável, novamente inconcebível. Gigi não acredita. Mas, quando vai até o computador, ela vê os obituários. Morto num acidente de carro na manhã de 15 de dezembro.

Não, pensa Gigi.

E então se lembra do começo da conversa deles: Matthew lhe dissera que estava nevando.

Ele se envolveu em um acidente de carro. Ele está morto.

Depois de listar todas as honrarias e distinções do dr. Madden, os jornais relatam que ele deixou uma esposa e uma filha.

Uma mensagem de texto chega, vinda de Hollis: Oi, só pra saber. Quando é o seu horário estimado de chegada?

Gigi prontamente pede um segundo bloody mary. Ela sempre foi fascinada pelas pessoas que bebem nos aeroportos. É como se as regras da sociedade refinada fossem jogadas pela janela quando as pessoas veem um bar de aeroporto. Seis da manhã? Horário excelente para uma cerveja e um shot. A mulher sentada ao lado de

Gigi pediu um prato de batatas fritas e uma garrafa inteira de champanhe só para ela. *Nem todo super-herói usa capa*, pensa Gigi. Ela termina sua bebida e paga a conta. Quando volta ao portão da Cape Air, há uma segunda mensagem de Hollis com o endereço da casa. Ela acrescenta: Pode me ligar se o taxista não conseguir achar a casa!

Nos dias seguintes à morte de Matthew, Gigi esperou por um e-mail ou um telefonema. Ela imaginou Hollis revirando as gavetas da escrivaninha de Matthew e encontrando algo que a fizesse parar — a tira de fotos captadas na cabine fotográfica de um casamento em que Gigi e Matthew entraram de penetras em Baltimore, quando Matthew palestrou no Johns Hopkins, ou o cardápio escrito à mão que eles guardaram do almoço no Bouchon. Matthew garantira a Gigi que tomava cuidado; como cirurgião, ele sabia como manter as coisas estéreis.

Uma semana depois da morte de Matthew, quando a tristeza de Gigi supurava como algo infeccionado, ela teve uma epifania: a única pessoa que entendia como ela se sentia era Hollis. Havia milhares e milhares de condolências postadas no Quadro de Avisos do *Famintos com Hollis*, de modo que Gigi foi imediatamente para as mensagens diretas de Hollis. Estou aqui para ouvir, escreveu ela, e acrescentou o número de seu celular. Naquela mesma noite, veio uma mensagem de texto: Oi, Gigi, é Hollis. Desculpe te incomodar.

Gigi responde imediatamente: Incômodo nenhum. Estou aqui. Como estão as coisas?

E, assim, uma amizade nasceu.

Porém, pensa agora Gigi, enquanto chamam o voo das 15h25, *é uma amizade construída sobre uma enganação imensa*. Gigi permanece em seu lugar enquanto os outros oito passageiros se enfileiram para embarcar, depois quando seu nome é chamado pelo alto-falante. Ela pega seu celular e confere horários de voos de volta para Atlanta — há um voo direto saindo às oito. Ela pensa em simplesmente ficar em Boston; ama o hotel Fifteen Beacon. Ou poderia dar um pulinho em Martha's Vineyard.

Uma terceira mensagem de texto chega, de Hollis. Tá tudo bem?

Os dedos de Gigi pairam sobre a tela. Ela digita, mas não envia: Desculpe, aconteceu um imprevisto. *Minha consciência deu as caras*, pensa ela. Não deveria ter concordado em vir, para começo de conversa; era, definitivamente, algo psicótico.

Só que ela *quer* ir, pensa Gigi. Ela quer conhecer Hollis pessoalmente; quer ver a casa; quer ouvir as histórias (será que quer mesmo ouvir as histórias?). Se ficar esquisito ou desconfortável, ela pode ir embora.

Ela se aproxima do balcão. Desculpe, ela perdeu o voo das 15h25, seria possível um encaixe no próximo, o das 16h40?

O das 16h40 está esgotado, diz a agente do portão, Bonnie, num tom que está beirando o hostil e impaciente (mas Gigi tem compaixão; o trabalho de um agente de portão é frustrante). Idem para o das 17h15, diz Bonnie, e idem para o das 18h05.

— Lamento — diz Bonnie. — Sexta-feira em julho.

Gigi sente um aperto no coração. De volta a Atlanta, então?

— Mas tenho um assento restando no voo das seis e cinquenta, chegando a Nantucket às sete e quarenta — diz Bonnie.

— Sim — diz Gigi. — Eu fico com esse.

— Tem certeza que não vai "perder" esse também? — diz Bonnie, fazendo as aspas no ar. — Eu te vi ficar sentada durante o anúncio, sabia?

Ooops, pensa Gigi. *No flagra*.

— Se eu te contasse o porquê de eu não ter pegado o das três e vinte e cinco, você não acreditaria. Mas tenho certeza, sim.

Bonnie deixa escapar um pequeno sorriso.

— É tudo o que eu preciso saber.

16

Happy Hour II

Hollis abre o vinho que Tatum trouxe como presente para a anfitriã e serve duas taças, uma para si mesma e outra para Tatum. Dru-Ann pega a garrafa e arranca a etiqueta de preço com a unha.

— Doze e noventa e cinco — murmura ela. — Que chique.

— Dru-Ann, xiu! — sibila Hollis. Na época em que Hollis e Matthew ficaram noivos e se casaram, houve todo tipo de atrito entre Tatum e Dru-Ann. É uma história antiga, mas, como Hollis sabe muito bem, ninguém guarda rancor como Tatum McKenzie. — Tatum me trouxe esse vinho porque é um dos meus preferidos.

— Se você diz — fala Dru-Ann.

— Desculpe não ser um Montrachet — diz Tatum. — Acabei com aquela garrafa hoje à tarde.

Touché, pensa Dru-Ann.

Brooke pega a garrafa de rosé Whispering Angel do balde de gelo. Seu presente para a anfitriã é uma vela com aroma de brisa marítima, mas, agora que viu a elegância relaxada do lar de Hollis, se preocupa que a vela seja de baixa qualidade, talvez até brega (qual é o cheiro de uma “brisa marítima”, afinal de contas?) e, como Brooke a comprou em oferta na Christmas Tree Shop, custou ainda menos do que doze e noventa e cinco.

Hollis quer erguer a taça para um brinde — ela quer agradecer a todas por colocar suas vidas em pausa e vir passar o fim de semana com ela —, mas elas realmente deveriam esperar por Gigi.

São seis horas e nada dela ainda.

Será que este vai acabar sendo um fim de semana quatro estrelas?, pergunta-se ela.

Ela precisa mudar a energia do recinto. Será que a música não é, talvez, um pouco raivosa demais? Hollis aperta o Shuffle na playlist de Tatum. *Keep On Lovin' You*, de REO Speedwagon, flutua dos alto falantes. Subitamente, são os anos 1980 de novo.

Quando Hollis serve a tábua de queijos e frios, Brooke pega seu telefone e começa a tirar fotos. Ela quer postar isso no Facebook assim que puder; quer que Electra veja o que está perdendo: Brie assado e derretido numa casquinha de massa crocante e dourada, salame em fatias finas modeladas como flores, potinhos de amêndoas Marcona, azeitonas roxas e palitinhos de queijo. Há pratinhos de mostarda e chutney, um rio de biscoitinhos salgados com sementes, cachos de uvas com cobertura, morangos suculentos, damascos secos — e, no centro da tábua, uma pilha das pecãs com bacon e alecrim de Hollis, famosamente viciantes.

— Espero que este seja o jantar — diz Dru-Ann.

A tequila está cumprindo seu dever; ela sente suas juntas mais relaxadas. Vai ignorar a tensão entre Tatum e ela da mesma forma que está ignorando todos os problemas de sua vida real. Dru-Ann deixou o telefone na bolsa, e a bolsa está na *chaise* de seda azul, a pelo menos três metros dela.

— Mande essas fotos para mim — Dru-Ann diz para Brooke. Ela digita seu número no celular de Brooke, depois escolhe a única foto decente da comida e a envia para si mesma. — Agora você tem o meu número, mas use apenas em caso de emergência.

Brooke abre um sorriso radiante, como uma escoteira que acaba de levar o prêmio por vender mais biscoitinhos, e Dru-Ann se sente amolecendo. Ela fala mais do que o homem da cobra, mas é até meio que meiga, e será que seria tão ruim assim para Dru-Ann ter uma aliada esse fim de semana?

— Por exemplo, se você estiver no Country Club de Wellesley e vir uma menina de doze anos na quadra de tênis conquistar a vitória com um saque, pode me mandar uma mensagem. Porque essa pode ser minha próxima cliente.

— É isso aí! — diz Brooke, levantando os braços num *V* de vitória. — Eu te mando uma mensagem!

Caroline volta para a cozinha com a câmera de Isaac aninhada nos braços. Ela a ergue e faz uma panorâmica da sala, focando uma imagem (as garrafas de champanhe com os rótulos laranja muito vivos), depois outra (a bolsa estilo *hippie* da Balenciaga de Dru-Ann largada feito um verdadeiro *hippie* na *chaise* de seda azul). Brooke está colada em Dru-Ann feito velcro — até Dru-Ann se virar para Tatum.

— Desculpe por aquela piada sobre o preço — diz Dru-Ann.

Tatum cruza os braços sobre o peito e dá um olhar frio para Dru-Ann. Caroline aproxima a câmera de leve. *O que temos aqui?*

— Eu não me importo mais com o que você pensa de mim — diz Tatum. — Se não gosta do meu vinho, não beba.

Não se preocupe, não vou beber, pensa Dru-Ann. Entretanto, analisando Tatum — a mulher praticamente não envelheceu, e tem um cabelo ótimo, embora talvez seja um pouco *As Panteras* —, ela se lembra de algo que aconteceu no casamento de Hollis. Dru-Ann fez uma piada e Tatum entendeu mal. Bem mal. Dru-Ann se desculparia agora, mas provavelmente é melhor não tocar no assunto.

Ela chacoalha o gelo em seu copo.

— Eu bebo tequila.

É quando Dru-Ann percebe a câmera apontada para ela. Ela mostra o dedo do meio.

A contragosto, Caroline sorri. O que os fãs de sua mãe vão pensar *disso?*

A playlist de Tatum vai de *I Don't Like Mondays,* de Boomtown Rats, para *Vienna,* de Billy Joel.

Caroline filma as quatro estrelas espremidas em torno da tábua de queijos enquanto elas mordiscam cuidadosamente. Muita gente comendo, um pouco cantarolando junto: *But then if you're so smart, tell me why are you still so afraid?* (Essa era Hollis, terrivelmente desafinada.) A única pessoa falando é Brooke: *Ai, minha nossa, Hollis, você deve ter passado dias preparando isso, essas pecãs são viciantes, o Fim de Semana Cinco Estrelas é uma ideia tão bacana, se bem que eu nunca conseguiria fazer um, não falo com ninguém do ensino médio desde que minha mãe vendeu a casa e se mudou para Boca.*

Caroline cogita desligar a câmera; até os fãs mais devotados de Hollis chorariam de tédio. Em vez disso, dá um close no rosto das outras mulheres. Todas elas parecem estar em seu próprio mundinho — até sua mãe.

Hollis está pensando na sensação dos braços de Jack em torno dela. Provavelmente ela está dando importância demais a isso. Não vai ser como um livro de romance em que a viúva solitária se reencontra com alguém de seu passado e as coisas são ainda melhores do que quando eles eram jovens, porque agora não apenas ambos estão mais maduros, como também não têm nenhum outro objetivo além de desfrutar da companhia um do outro e se deleitar no brilho da segunda chance no amor. Coisas assim não acontecem na vida real.

Tatum está zangada consigo mesma por não ter dado uma olhada no vinho para ver se havia alguma etiqueta. Tatum sabe que Hollis não liga para presentes de anfitriã nem para o quanto eles custam; ela poderia ter aparecido de mãos vazias e estaria tudo bem. É só Dru-Ann decidida a fazer com que todos saibam que ela tem dinheiro e Tatum, não. O que tem sido o problema desde o começo (a festa de despedida de solteira no Ritz em Boston; o comentário ácido sobre as pérolas).

Tatum deveria apenas ter olhado os álbuns em casa e trazido fotografias. Ela percebe agora que não teria problema chegar atrasada. A quarta mulher nem tinha aparecido ainda.

Dru-Ann se pergunta se deveria puxar Tatum de lado para explicar o estresse pelo qual está passando. *Estou no meio de uma crise de relações públicas! O Twitter quer minha cabeça numa bandeja!* Será que Tatum *entenderia?* Por que, ah, por que ela não ficou de boca fechada sobre a etiqueta de preço? Talvez Dru-Ann conte a Tatum que o homem com quem está envolvida acaba de dar um tempo com ela. *Eu finalmente encontrei um cara de quem eu gosto e aí acontece essa bagunça!* Dru-Ann poderia até confessar a Tatum que se apaixonou por Nick. *Isso* Tatum entenderia; ela parece absurdamente feliz com o próprio marido.

Ela observa Tatum pegar uma azeitona, cheirá-la e então depositá-la em seu guardanapo. Dru-Ann joga uma azeitona na boca.

— São gostosas — diz Dru-Ann, no tom de uma mãe tentando persuadir uma criança.

— Acho que meu paladar não é *tão sofisticado* quanto o seu — diz Tatum.

Dru-Ann fecha os olhos.

Brooke se dá conta de que é a única falando. As outras estão assentindo, murmurando *Arrãn*, mas Brooke não sente que elas estão *escutando* de fato. É difícil se concentrar em algo além da magnífica tábua de petiscos diante delas. Brooke quer se controlar, mas as pecãs com bacon e alecrim são tão deliciosas que deveriam ser ilegais, e os palitinhos de queijo foram feitos do zero com alguma combinação de cheddar envelhecido, parmesão ralado e ervas colhidas no jardim de Hollis. Brooke engole um com mais rosé e em seguida olha ao redor da mesa.

— Quando Gigi vai chegar? — pergunta ela.

Quando Gigi vai chegar?, pergunta-se Hollis. Hollis mandou mensagens de texto para ela três vezes: perguntando que horas ela acha que vai chegar, dando o endereço da casa e aí finalmente perguntando se está tudo bem. Gigi não respondeu a nenhuma das mensagens e, às sete horas, quando Hollis finalmente liga para ela, é mandada direto para a caixa postal. Ela se sente tentada a dizer: *você ainda vem, né?* Em vez disso, porém, deixa uma mensagem alegre e animada: "Estou só conferindo, sem pressa, venha quando puder, estamos te esperando!"

E então, pela milésima vez, ela pensa: *mas que tipo de idiota convida alguém que nunca nem viu para passar o fim de semana na sua casa?* Se essa realmente é a "história de vida em forma de amizades", o que isso diz sobre ela, que sua melhor amiga da meia-idade é alguém que conheceu online? Seria um sinal dos tempos ou um sinal de que os padrões de Hollis alcançaram seu ponto mais baixo de todos os tempos?

Ela deveria ter convidado aquela fofa da Zoe Kern, de sua aula de barra.

Mas Hollis queria Gigi. Ela ainda quer Gigi. Cadê Gigi?

— Tatum! — diz Hollis. — Pode vir aqui fora me dar uma mãozinha com a churrasqueira?

Tatum sabe que Hollis não precisa de ajuda com a churrasqueira. Hollis foi criada por Tom Shaw; consegue acender uma fogueira com uma pilha de folhas secas e uma olhada feia. Hollis provavelmente quer ter uma conversa com ela, pedindo para que Tatum seja gentil com Dru-Ann. Ela pode dizer o que quiser, mas Tatum tem uma conta a acertar.

Então se lembra de algo.

— Tá bem — diz Tatum. — Só me deixa dar um pulo no banheiro, rapidinho.

Ela segue apressada pelo corredor até sua suíte de hóspedes, Cinquenta Tons de Branco, que é algo saído diretamente da série *Selling Sunset — Milha de Ouro*. Logo depois de Hollis deixar Tatum no quarto para "se acomodar", Tatum pegou seu celular, fez um vídeo e o enviou para Kyle. Há uma cama de cabeceira acolchoada branca (Hollis chamou de "cama suflê") com um edredom marfim fofinho e um trilhão de almofadas em tons que vão de baunilha francesa ao branco mais puro. Uma cadeira de balanço em formato oval transparente pende do teto. Hollis lhe mostrou o "lustre fogos de artifício": centenas de luzes LED minúsculas presas a fibras que explodem em todas as direções, de modo que parece que um show de fogos de artifício estourou acima da cama. (Tatum tem que admitir que é um exagero.) Tatum entende que o branco é um "luxo discreto", mas tudo em que consegue pensar é a rapidez com que esse quarto seria dizimado se Orion fosse solto aqui com seus Cheez-Its, seus Oreos e suas canetinhas.

Tatum vasculha sua bolsa até encontrar a cobra de borracha de Orion. Sabe que Dru-Ann está no chalé de hóspedes sozinha. (Faz sentido; Dru-Ann é *uma diva*.) Tatum se esgueira pela porta lateral e atravessa a estradinha de conchas brancas até o Twist. O verdadeiro "plot twist", pensa Tatum, é que esse chalé é onde Hollis e seu pai moravam. Tatum passou horas incontáveis sentada no tapete felpudo no quarto rosa-chiclete de Hollis, embasbacada diante da foto de Rick Springfield na capa de *Working Class Dog*. Tatum vê que a casa foi reformada — ela tem aquela *vibe* retrô-descolada do meio do século XX, muitas curvas e pontos de cor, cadeiras de couro vermelho na cozinha, um carrinho de bar estilo *art déco* para que, quando Frank Sinatra vier, possa fazer um martíni. Tatum vai até o quarto e enfia a cobra entre os lençóis da cama de Dru-Ann.

Instantaneamente, ela se sente melhor.

Ela consegue voltar para a casa principal, pegar sua taça de vinho e chegar ao deck bem a tempo de ver Hollis acender a churrasqueira com o apertar de um botão, sem nenhuma assistência necessária. Hollis levanta a cabeça e diz:

— Você por acaso teria um cigarro?

Aleluia, pensa Tatum. Ela estava se perguntando quando poderia dar uma escapada para fumar. Tira seu Newports do bolso dos shorts e oferece um para Hollis.

— Achei que você não fumasse mais — diz Tatum.

— E não fumo. — Hollis inspira profundamente. Seus pulmões ardem e ela sente uma tontura imediata. *Olá, nicotina, minha velha amiga.* — Exceto em casos de emergência.

Tatum dá um trago em seu cigarro e vira o que resta do vinho em sua boca.

— Fiquei tão surpresa quanto você em ver Jack. Ele e Kyle devem ter planejado tudo.

— Como ele descobriu sobre Matthew?

— Kyle mandou uma mensagem para ele quando aconteceu — diz Tatum.

— Ele ainda está com a Mindy? — pergunta Hollis.

Ela não menciona que vem stalkeando a página de Jack no Facebook e que a última foto de Mindy apareceu em 25 de agosto de 2020.

— Ela cansou de esperar uma aliança e o deixou — diz Tatum. — Ela se casou com um cara da área de tecnologia aposentado e eles compraram uma pousada em Lenox. Então, se você está perguntando... sim, Jack está solteiro no momento.

Ele está solteiro, pensa Hollis. Mas é tão bonitão que provavelmente poderia dormir com qualquer mulher na área oeste de Massachusetts.

— Ele está igualzinho — diz ela. — Você não acha?

— Ele está careca e com um cavanhaque grisalho — diz Tatum. — Se você se lembrar direito, no ensino médio ele tinha uma cabeleira e era tão magrelo que mal conseguia manter as calças no lugar.

— Tem razão — diz Hollis. — Acho que o que eu queria dizer é que ele *parece* igualzinho.

— Como se ainda estivesse loucamente apaixonado por você? — diz Tatum. — É, eu também reparei nisso.

Brooke se oferece para limpar a mesa dos aperitivos — os poucos resquícios de damascos secos, poeira das pecãs e manchas de queijo — e Dru-Ann a deixa à vontade.

— Vou conversar com a minha afilhada — diz ela.

Dru-Ann vaga pelo corredor à direita, guiada pela melodia de *Practice*, de DaBaby, bem baixinho, até chegar a uma porta com uma fresta de luz embaixo. Ela bate; a música para.

— Que foi? — diz Caroline, pela porta fechada. — Gigi chegou?

Dru-Ann entreabre a porta.

— Desculpe, sou só eu.

Caroline está em sua mesa, fazendo o upload das filmagens que fez até agora para seu notebook. A cena entre sua mãe e o visitante surpresa no carro é *seriamente* inquietante. Caroline a assistiu meia dúzia de vezes com as emoções previsíveis. Ela nunca viu sua mãe olhar para ninguém daquele jeito, nem mesmo para seu pai.

— Oi — diz Caroline. — Minha mãe disse que eu não precisava sair de novo, só quando Gigi chegasse.

— *Quem é* essa Gigi? — pergunta Dru-Ann.

Caroline dá de ombros.

— Alguém do site da minha mãe. Ninguém a viu na vida real. Nem mesmo Hollis.

— Uau — diz Dru-Ann. — Isso parece suspeito.

— Digo, sem ofensa, mas esse *fim de semana todo* é suspeito. — Caroline finalmente faz contato visual com Dru-Ann. — Meu pai acabou de morrer e minha mãe já está se mostrando com essa coisa toda do festival cinco estrelas. Está me fazendo filmar tudo para seu site para que as pessoas possam... fazer o quê? Ver que ela está seguindo em frente? Ver ela e as amigas dançando no Chicken Box?

— Ei — diz Dru-Ann. — Pega leve com a sua mãe. Isso está dando a ela algo de positivo em que se concentrar.

— É cedo demais.

— Não acho que caiba a nenhuma de nós duas dizer se é cedo ou não. Ela estava solitária, queria gente por perto. Queria você por perto.

— É um truque para o site dela — diz Caroline. — Ela quer cliques.

— Caroline, eu sou sua madrinha, e sei que isso significa que eu deveria ficar do seu lado, mas, nesse caso, eu pediria que você tenha um pouco de paciência com sua mãe. Ela passou por muita coisa.

— *Eu* passei por muita coisa. — Caroline fita fixamente a tela de seu computador. — Minha mãe vai simplesmente se casar outra vez e seguir em frente.

Dru-Ann está em busca de algumas palavras de sabedoria — mas quem ela quer enganar? Já se provou inútil para se comunicar com jovens na casa dos vinte anos — quando uma notificação acende a tela do celular de Caroline ao lado dela sobre a mesa. Dru-Ann vê seu próprio nome.

— Suponho que você tenha ficado sabendo do que rolou com Posey Wofford.

— Fiquei.

— Bem, então fico contente por estar aqui para explicar pessoalmente a você. Posey não tem problemas de saúde mental. Ela estava usando isso como desculpa.

Caroline não quer fazer aquele negócio da geração Z explicar a alguém da geração X por quc alguns de seus comentários não são mais aceitáveis, mas que escolha lhe resta?

— Você não deveria ter comentado sobre a saúde mental de Posey. Só a própria Posey pode fazer isso.

Dru-Ann suspira.

— Tem dois lados nessa história.

— Tenho certeza que sim, mas a internet só vê um deles: você ganha dinheiro com o dinheiro de Posey, então *é claro* que queria que ela continuasse no torneio.

— Não era uma questão de dinheiro, Caroline — diz Dru-Ann. — Eu tenho dinheiro de sobra sem Posey Wofford.

— Você já pensou em "quebrar seu silêncio"? — Caroline faz as aspas no ar, e ela não consegue conter o sorriso. — E postar um pedido de desculpas?

Somente um pedido de desculpas pode não dar conta, pensa Caroline. Dru-Ann provavelmente também deveria fazer uma doação generosa para a Jed Foundation.

— Eu preciso escrever uma declaração explicando o que aconteceu — diz Dru-Ann. — Posey estava usando a saúde mental como desculpa...

Caroline diz:

— Você a representa. É seu papel criar um espaço seguro para ela.

Não existe um termo que Dru-Ann deteste mais do que *espaço seguro*. Primeiro de tudo, é uma fantasia total; nenhum espaço na vida é seguro, a menos que você viva embrulhada em plástico bolha. As pessoas vão discordar de você; as pessoas vão te atacar; as pessoas vão mentir bem na sua cara! Na linha de trabalho de Dru-Ann, cada dia é uma competição — alguém vence, uma porção de gente perde. Não existe segurança.

— Eu queria que ela honrasse seus compromissos — diz Dru-Ann. — Mostrasse um pouco da boa e velha garra. Você sabe por que ela abandonou o torneio?

— Ela não se sentiu bem o bastante para ir — diz Caroline.

— Ela se sentia ótima! — diz Dru-Ann. — Seu namorado, Phineas Pine...

— Não acho que o Twitter liga para os detalhes — diz Caroline. — Você provavelmente deveria simplesmente divulgar um pedido de desculpas.

— Não vai rolar.

Há um momento tenso em que Dru-Ann e Caroline se encaram.

Dru-Ann pensa: *sua geração é ao mesmo tempo frágil e mimada, e ninguém tem permissão de dizer nada sobre isso porque vocês receberam o poder de arruinar a carreira de alguém só apertando alguns botões.*

Ela também pensa *eu trocava suas fraldas, e agora você é minha mediadora?*

Caroline pensa: *se você não soltar um pedido de desculpas, vai afundar. Quanto mais tempo esperar, pior vai ser.*

Caroline muda de assunto.

— O que está rolando entre você e Tatum?

— Vai ter que perguntar isso para Tatum — diz Dru-Ann.

Ela sopra um beijo para Caroline e fecha a porta. Caroline ouve o *clique-claque* dos saltos voltando pelo corredor.

São apenas sete horas da primeira noite, mas uma coisa ficou evidente: esse fim de semana será sobre muito mais coisas do que só a paisagem.

Brooke ficou para limpar a cozinha, feito a Cinderela. Hollis e Tatum estão lá fora, no deck; Brooke pode vê-las pelas portas de vidro, fumando um cigarro. Desde quando, pergunta-se Brooke, Hollis *fuma?* Brooke limpa a tábua de carvalho com movimentos cada vez mais agressivos. É claro que ela é a excluída. Ela não faz ideia de para onde Dru-Ann foi, e não pode interromper Hollis e Tatum quando elas claramente estão *tendo um momento.*

Brooke relembra a si mesma que Hollis tem todo o direito de ter um momento com quem ela quiser. Ela passou por uma tragédia. Mas quem estava ao lado dela quando Matthew morreu? Quem fez todos os telefonemas, quem organizou as entregas de refeições prontas, quem checou como ela estava, noite após noite, por mais de um mês? Não foi Tatum. Não foi Dru-Ann. (Nenhuma delas sequer compareceu ao funeral!) A pessoa que *esteve lá* foi Brooke.

Brooke está se servindo de outra taça de rosé, pensando que poderia muito bem terminar a garrafa, quando a porta da frente se abre e uma mulher enfia a cabeça para dentro.

— Oi — diz ela. — Esta é a casa de Hollis Shaw, certo? Eu sou Gigi Ling.

Gigi Ling!, pensa Brooke. Aqui está a quinta estrela, aquela que ninguém nunca viu, nem mesmo a própria Hollis. *Cause uma boa impressão*, pensa Brooke. *Mas aja naturalmente!*

— É sim, olá, bem-vinda. — Brooke se apressa para a porta da entrada. — Eu me chamo Brooke Kirtley, amiga de Hollis de Wellesley, nós criamos nossos filhos juntas, tenho um casal de gêmeos da mesma idade da filha de Hollis, Caroline...

Brooke toma fôlego porque sente que está se empolgando. Estende a mão. Gigi Ling a aperta e dá um sorriso simpático a Brooke.

— Um prazer conhecê-la, Brooke.

Gigi Ling tem um sotaque britânico, o que é uma surpresa, certo? Brooke *adora* sotaques britânicos! Gigi puxa sua bagagem para dentro — há uma mala de couro rosa com rodinhas (tão chique!) e, presa no topo, uma bolsa de camurça bege que parece ter sido comprada numa loja encantadora numa rua lateral de Florença.

— Desculpe estar tão atrasada. — Ela agita uma das mãos. — Não vou entediá-la com os detalhes chatos. Consegui chegar, isso é tudo o que importa.

— Aceita uma bebida? — oferece Brooke. — As outras devem voltar daqui a um minuto. Ainda não jantamos.

— Um copo de água gelada seria simplesmente maravilhoso, obrigada — diz Gigi.

Simplesmente maravilhoso, pensa Brooke. Ela pega um dos copos com borda de cobalto de Hollis e serve da jarra de água gelada com pepino na geladeira. Brooke entrega o copo a Gigi, pensando que a própria Gigi é *simplesmente maravilhosa*. E tão estilosa! Gigi retira seu chapéu *fedora* de palha, que é mais gracioso e mais simples do que o exagerado chapéu de palha escolhido por Brooke, e Brooke admira seus cabelos curtos em um corte *pixie*. (Brooke tem vontade de raspar sua cabeleira cacheada, mas teme que vá ficar parecida com Oliver Twist.)

A roupa de Gigi é de uma simplicidade perfeita: uma regata canelada verde-oliva e calças jeans brancas justas com as barras desfiadas. Como as outras pessoas encontram calças jeans boas?, pergunta-se Brooke. As dela têm sempre a cintura alta demais e mostram muito do tornozelo. De joias, Gigi usa camadas de gargantilhas delicadas de ouro, e no pulso traz uma pulseira dourada e um relógio com pulseira de couro. Há um anel com uma pedra meio esverdeada no indicador. Nos pés, ela está com um par de tênis brancos da Veja. Gigi tem olhos castanho-escuros e uma pele luminosa, e emana o tipo de elegância rara associada a mulheres como a princesa Diana e Jackie Kennedy.

De súbito, as portas de vidro se abrem e Hollis entra. Brooke não consegue evitar se sentir um pouco chateada; ela e Gigi mal se conheceram e agora ela terá que dividir Gigi com todo mundo. Tatum vem atrás de Hollis, ambas cheirando distintamente a cigarros, e Dru-Ann surge no final do corredor.

— Gigi! — diz Hollis. — É você mesmo?

As outras assistem enquanto Hollis vai até Gigi a passos largos, oferecendo a mão, mas Gigi abre os braços e Hollis ri, e as duas se abraçam.

Henrietta começa a latir. Ela fareja a perna de Gigi, levanta o focinho para o teto e uiva.

— Henny! — grita Hollis. — Para!

O latido de Henny vira um rosnado grave e prolongado.

Gigi ri.

— Ela provavelmente está sentindo o cheiro da minha gata, Mabel.

Ela estende o braço para afagar a cachorra e Henrietta tenta mordê-la.

— Henny! — Hollis a puxa para trás pela coleira. — Desculpe mesmo, ela nunca age assim.

Para Henny, ela diz:

— Vou te banir para a masmorra.

Ela conduz Henrietta pelo corredor. Gigi abre um sorriso enorme (e muito, muito falso) para as outras mulheres, pensando: *a cachorra sabe.*

Quando Hollis retorna, diz:

— Não se preocupe, a masmorra é o meu quarto, ela vai ficar bem. Por favor, desculpe Henny. Isso foi bastante incomum.

— Tudo bem — insiste Gigi. — Já enfrentei rosnados piores.

Hollis levanta o braço como uma apresentadora de *game show.*

— Deixa eu te apresentar para todo mundo. Esta aqui é Tatum, minha melhor amiga do ensino médio; Dru-Ann, minha melhor amiga da faculdade; e Brooke, minha amiga de quando as crianças eram pequenas.

Brooke nota que Hollis não a chama de *melhor* amiga. Mas ela não deixará que isso a incomode; não vai *se ofender*; tudo bem — ela não precisa ser a melhor amiga de Hollis, ela está aqui, isso é o que importa. No entanto, Brooke presume que todas na cozinha notaram que Hollis não disse *melhor amiga,* e provavelmente estão pensando que Brooke é inferior.

O rosé acabou com o bom senso de Brooke. Ela dispara:

— E Gigi é a sua melhor amiga da internet.

Há um instante de silêncio e Brooke se repreende. Ela precisa *editar* suas palavras antes de falar.

Gigi ri.

— Isso me faz parecer um tanto suspeita.

Hollis diz:

— Deixa eu te levar até seu quarto. O jantar está quase pronto.

Ela estende a mão e Gigi a segura, e as duas seguem pelo corredor. De trás, parece que elas se conhecem a vida toda.

Brooke cochicha para Tatum e Dru-Ann:

— Ela parece legal!

— Claro — diz Dru-Ann. — Mas *quem é ela*? — Ela se vira para Tatum. — Hollis te contou alguma coisa sobre ela?

Tatum não diz nada, apenas olha para Dru-Ann.

Dru-Ann diz:

— Você vai ser assim mesmo?

Brooke olha para as duas.

— Acho que não percebi que vocês já se conheciam — diz Brooke. — Quando foi que se conheceram?

— No casamento de Hollis — ambas respondem em uníssono.

— Ah — diz Brooke. Ela não conhecia Hollis nessa época. Conheceu-a quando as duas estavam grávidas. — Como foi o casamento?

Nem Tatum, nem Dru-Ann respondem; a pergunta simplesmente fica no ar, feito um peido. É um alívio quando Hollis e Gigi ressurgem e Hollis conduz todas até o deck para o jantar.

17

Fingir até Conseguir

Caroline tira uma panorâmica da mesa de jantar. Para os fãs de Hollis, essa é a cena principal.

Hollis está servindo seu peixe-espada marinado em coentro e limão siciliano com molho de abacate, uma torta de abóbora com queijo de cabra e hortelã, uma grande salada verde e baguetes caseiras com manteiga com pimenta do reino que, sim, a mãe dela bateu pessoalmente como uma das pioneiras americanas. Isso será seguido por torta de pêssego com uma crosta quente de açúcar, coberta com chantilly fresco, e quadradinhos de chocolate japonês.

Tatum passa a manteiga apimentada num pedaço de baguete. O peixe-espada está assado e temperado com tanta perfeição que nem precisa do molho de abacate. Ela pensa: *se eu não estiver com câncer, vou aprender a cozinhar assim. Vou frequentar aulas no centro de culinária, vou comprar uma porcaria de uma batedeira de manteiga*. Ela não vai se preocupar com o dinheiro; vai simplesmente fazer as coisas. *Será que eu estou com câncer?* Ela observa Brooke empilhar salada em seu prato e pensa: *se eu contar até cinco sem que Brooke fale nada para preencher o silêncio, isso quer dizer que o tumor é benigno*. Ela chega a quatro, e então Brooke respira fundo... mas Brooke se segura e enche a boca de salada. Tatum exala. Ela deveria ter ligado de volta para a médica na mesma hora; isso a está deixando maluca.

Brooke está prestes a perguntar como todo mundo pode comer e beber tanto sem se preocupar em ganhar uns cinquenta quilos.

Ela começa apenas com a salada e um pedacinho de peixe (sem molho). Mas a torta é uma obra de arte — os discos amarelo-vivo de abóbora foram aninhados na casquinha da torta, recobertos por queijo de cabra e polvilhados com hortelã fresca. Ela vai pegar só um pedacinho; seria rude não pegar. Mas não comerá o pão. Mas aí Gigi, que está sentada ao lado de Brooke, entrega a ela o ramequim de manteiga e diz:

— Isso aqui é bruxaria. Deixa eu pegar o pão para você.

Brooke aceita a manteiga, pensando: *um pedaço de pão ajuda a absorver o álcool.* Ela bebeu muito. Foram duas taças de rosé com Electra (embora Brooke preferisse desconsiderar essas, já que está tentando fingir que nunca saiu para beber com Electra) e quase uma garrafa inteira de rosé esta noite. Gigi a observa com um sorriso gentil, esperando que ela passe manteiga no pão, e o que Brooke pode fazer? Será que alguém ainda conta calorias? Há maneiras mais modernas para perder peso, como jejum intermitente ou dieta cetogênica, na qual você só come bife, ovos e brócolis. O pessoal mais jovem parou totalmente de se importar com o peso, porque se importar em ser magro é uma ameaça à positividade corporal. Será que Brooke quer ameaçar a positividade corporal? Bem, não, mas ela também não gosta daquele seu pneuzinho. Ela pondera por um instante, depois passa manteiga na baguete e a enfia na boca. É tão deliciosa que ela não liga se precisarem retirá-la da ilha num carrinho de mão.

Hollis não consegue parar de olhar para Gigi Ling. Ela é tão adorável quanto Hollis imaginava. *Eu escolhi bem,* pensa Hollis. Gigi Ling é melhor do que o normal — ela é excepcional. Seu sotaque é como música; Hollis ficaria feliz em ouvi-la ler a lista telefônica.

— Conta pra gente sobre você! — diz Hollis.

Ela já bebeu tanto que quase acrescenta: *eu não sei quase nada a seu respeito!*

— Sou de aquário e gosto de longas caminhadas na praia — diz Gigi.

Gigi é engraçada!, pensa Hollis.

— Eu sei que você é de Atlanta — diz Hollis. — Mas de onde vem o sotaque?

— Sou nascida e criada em Singapura — diz Gigi. — Meu pai é chinês, minha mãe era uma garota do interior de Pine Mountain, na Geórgia. Eles se conheceram porque minha mãe era comissária de bordo no Concorde e meu pai costumava viajar entre Nova York e Paris a negócios.

Essa é uma resposta mais interessante do que Hollis teria imaginado, mas tem algo errado...

— Pensei que sua mãe é que fosse chinesa... você não disse algo sobre as receitas cantonesas dela?

A mente de Gigi trava por um segundo. Droga, é verdade. No Quadro de Avisos, ela havia escrito: Minha própria mãe faleceu antes que pudesse me ensinar seus pratos cantoneses preferidos. Isso foi na época em que Gigi estava tentando chamar a atenção de Hollis. Ela jamais teria imaginado que algum dia estaria sentada na cozinha de Hollis contando a história de sua origem.

— Disse, sim! — diz Gigi.

Como ela vai explicar os "pratos cantoneses" de sua mãe, quando ela tinha crescido como uma "garota do interior" no oeste da Geórgia? Não é impossível que sua mãe fosse sino-americana e tivesse aprendido os pratos cantoneses com a mãe ou avó dela. Será que isso seria crível?

— Minha mãe aprendeu a cozinhar depois que se mudou para Singapura. Meu pai dizia que ela fazia o melhor *zongzi* do país, melhor até do que o dos chefs particulares, e olha que havia muitos desses.

Gigi ri, principalmente pelo absurdo dessa resposta. A mãe de Gigi não apenas não cozinhava, como também não comia; ela subsistia à base de pastilhas de frutas e cigarros, e morreu aos quarenta anos de enfisema. Mas Hollis ri junto, e será que mais alguém está sequer prestando atenção? Gigi passa para um alicerce mais sólido: ela frequentou a Singapore American School, e depois seus pais se separaram; a mãe morreu e, em homenagem a ela, Gigi frequentou a *alma mater* dela, a Universidade da Geórgia, por dois anos. Gigi então meteu na cabeça que queria ganhar a vida pilotando aviões e se transferiu para a Embry-Riddle. Ela tem quarenta e três anos e é piloto na Delta há dezoito. Com mais frequência, seus voos são internacionais; ela mantém a boca fechada sobre Roma e Madri, mas menciona que, graças às suas viagens, tornou-se fluente em italiano e espanhol.

— Isso é tão... — Hollis tem dificuldade para achar a palavra certa. — Tão *interessante!* Não é?

Ela olha ao redor da mesa para o rosto das outras amigas, que reluzem à luz de velas.

Tatum discretamente esfrega debaixo dos braços. Será sua imaginação ou aquela área parece meio dolorida e inchada? *Linfonodos,* pensa ela.

Dru-Ann está olhando para sua bolsa na *chaise* de seda azul. O que será que está acontecendo em seu celular? Será que Nick ligou? A esta altura, ele deve estar arrependido por ter falado em dar um tempo. Ele provavelmente passou na casa de Dru-Ann e, quando percebeu que ela não estava em casa, deve ter ido procurar por ela no Aviary. Quando ela não estava *nem lá,* será que ele começaria a se preocupar?

Brooke pensa: *Hollis parece bem obcecada, e com razão. Gigi é fabulosa!*

Não leva muito tempo até que alguém — a mulher de cabelo cacheado... Brooke? — faça a pergunta que Gigi temia.

— E então, existe um sr. Ling?

— Só meu pai — diz Gigi.

— Você tem namorado? — pergunta Brooke. — Ou... uma pessoa? — Ela faz uma pausa. — Desculpe, isso é pessoal demais?

É, sim, pensa Gigi.

— Eu estava num relacionamento — diz Gigi. — Mas terminou.

Hollis fica feliz que Brooke tenha perguntado. Ela queria saber se Gigi estava com alguém, mas nunca tivera coragem o suficiente para tocar no assunto via mensagem de texto.

Gigi ri.

— Então agora estou tentando aquele negócio que as gostosas andam fazendo de "descentralizar os homens" da minha vida.

Isso é coisa de gostosa?, pergunta-se Dru-Ann. Se for, Posey Wofford não ficou sabendo.

Tatum está casada com Kyle há trinta e um anos. Ela sempre teve a meta de chegar aos sessenta, e está apenas no meio do caminho. Ela sabe que não é "coisa de gostosa" ser tão apaixonada pelo marido, mas ela é. *Deus, por favor,* pensa ela. *Dê-me mais tempo com Kyle.*

— Bem que eu queria descentralizar Charlie da minha vida — diz Brooke.

— Tem alguma coisa que você gostaria de compartilhar com o grupo? — diz Dru-Ann.

Ela está brincando — a última coisa que qualquer uma delas quer é ouvir alguma confissão profunda e sombria sobre o estado do casamento de Brooke. Certo? Dru-Ann olha ao seu redor. Gigi, Tatum e Hollis estão todas olhando para Brooke com interesse.

— Não — diz Brooke. — Talvez mais para a frente durante o fim de semana, mas não agora.

Gigi relaxa um pouco; esse tipo de papo é raro para ela. Nunca teve amigas próximas. Na SAS, Gigi ocasionalmente fazia amizade com alguma garota cujos pais tinham sido transferidos por um banco ou uma corporação, mas o tempo passado em Singapura sempre era provisório — os pais eram transferidos novamente ou a família não conseguia se ajustar ao calor opressivo ou às leis estritas, e elas partiam depois de um ou dois anos. Os colegas de classe de Gigi na Embry-Riddle eram quase todos homens, e isso continuou em sua vida como piloto. Nas raras ocasiões em que as comissárias de bordo com que Gigi trabalhava a convidam para sair para beber, ela aceita — e, depois de alguns cosmos ou negronis, o assunto sempre passa a ser sobre sexo. Sempre.

Gigi toma um gole de vinho.

— Vamos mudar de assunto — diz ela. — O que vocês acham de fingir orgasmos?

Um silêncio atordoado recai sobre a mesa.

Ops, pensa Gigi.

Caroline está muito feliz por estar gravando. Essa mulher é incrível.

Tatum toma um gole generoso de pinot grigio, que desce feito água — dor de cabeça amanhã, certeza — e diz:

— Eu nunca fingi um orgasmo na minha vida.

— Mentirosa — diz Dru-Ann. — Todo mundo finge. É o motivo pelo qual os homens são tão inseguros. Eles nunca podem ter certeza se é real ou se estamos dando uma de Meg Ryan.

Quem é Meg Ryan?, Caroline se pergunta.

— Eu. Nunca. Fingi. Um. Orgasmo — diz Tatum. — Kyle sabe como me fazer *gritar*. Ele fica atrás de mim... — Ela para. — Vocês querem ouvir isso?

— Hã, *não* — diz Dru-Ann. — Estamos comendo.

— Eu quero ouvir — diz Brooke.

— Tenho que admitir, *estou intrigada* — diz Gigi.

— Ele me levanta do chão com um braço e usa os dois dedos da outra mão em mim. — Tatum dá de ombros. — Às vezes fazemos isso na frente do espelho. Muito sexy. Isso sempre funciona, mas ele tem outros truques. Eu ensinei para ele do que eu gostava quando éramos jovens, e ele sabe que eu nunca estive com mais ninguém, então não há ninguém com quem ele precise se comparar. Mas eu nunca finjo. Por que fingiria?

— Caramba — diz Dru-Ann. — Eu finjo para, sabe como é, acelerar as coisas.

— Porque você está com um frango no forno — diz Hollis. — Ou simplesmente quer ir dormir.

Eca, pensa Caroline. Ela esperara que Hollis fosse se recusar a participar dessa parte da conversa.

— Eu nunca tive um orgasmo com Charlie — diz Brooke.

De novo, a mesa fica em silêncio. Lá de fora, elas podem ouvir as ondas se quebrando, e então o ruído da água voltando para o mar.

Isso, pensa Caroline, *é o famoso* mic drop.

Finalmente, Dru-Ann pigarreia.

— Agora entendo por que você quer descentralizá-lo da sua vida. — Ela faz uma pausa. — Nunquinha?

— Nem com Charlie, nem com qualquer outro cara, na verdade — diz Brooke. — Só comigo mesma.

— *Charlie* sabe disso? — pergunta Hollis.

Ela pode ouvir sua própria voz se tornando aguda e provavelmente está a um gole de vinho de começar a falar arrastado. Deveria passar para a água, mas não está com vontade. Esse é o tipo de conversa franca e íntima que *deveria* rolar esse fim de semana. Gigi Ling entendeu a missão.

— Ele não faz ideia — diz Brooke. — Ele pensa que é um astro pornô.

— Ah, pobre coitada — diz Dru-Ann. Ela está desenvolvendo uma afeição real por Brooke. A mulher é *tão doida* que aquece o coração. — Precisamos de shots. Agora mesmo.

Ela vai para a cozinha buscar os copos de shot — Hollis tem duas dúzias à mostra; deve usá-los para servir gazpacho ou alguma bobagem assim — e pega a garrafa de Casa Dragones e a tigela com limão siciliano cortado. De volta à mesa, ela serve cinco shots e distribui quatro deles: Brooke, Tatum, Hollis e Gigi.

Dru-Ann levanta o seu.

— À satisfação. — Ela dá uma piscadinha para Brooke. — Vamos conseguir alguma pra você, amiga.

Todas elas viram seus shots. Hollis faz careta, Brooke faz careta, Tatum faz careta; Gigi espreme o limão na tequila e sua pulseira dourada tilinta contra o relógio quando ela vira o copo com uma elegância inegável.

Onde Hollis encontrou essa mulher?, pergunta-se Caroline. *Ela é uma rainha.*

Hollis está um tanto instável quando se levanta para buscar a sobremesa, a torta de pêssego com crosta quente de açúcar que estava esquentando no forno. Ela tira a torta e a coloca num tripé, depois volta para a cozinha para bater o chantilly. Por alguns momentos, ela encara a tigela enquanto o batedor gira. Escuta risos no outro cômodo por cima da melodia de Bon Jovi e pensa: *está dando certo.* Com tanta certeza quanto o creme está passando de líquido para sólido, suas amigas estão se aproximando. Essa metáfora pode não se aplicar, mas não há como negar que as coisas no deck estão saindo melhor do que antes. A aparição de Gigi fez maravilhas. Todo mundo está se comportando bem.

Hollis desconfia que Gigi esteja mentindo sobre a culinária cantonesa de sua mãe, mas acha isso uma fofura. Hollis já mentiu sobre sua própria mãe no passado — ah, como mentiu. Ela e Gigi são tão... *compatíveis.*

Por um instante, Hollis se sente contente consigo mesma. *Ela* reuniu essas mulheres, e ela organizou o *fim de semana perfeito em Nantucket.*

Mas, enquanto caminha na direção da porta de correr aberta, escuta a conversa no deck.

Brooke diz:

— Aquela torta de pêssego poderia estar na capa de uma revista!

E Caroline diz:

— A vida da minha mãe sempre parece ótima vista de fora. É a única coisa que importa para ela.

A mesa fica quieta. Hollis quer reverter seus passos, voltar para a cozinha, recuar ainda mais, para duas semanas atrás, antes de ela enviar os convites, antes de pensar que esse fim de semana a salvaria.

Mas aí Tatum chama sua atenção.

— Oi, mana — diz ela.

Hollis levanta a tigela gelada.

— Chantilly — diz ela, debilmente.

Tatum sai da mesa e, depois de um instante, Dru-Ann se levanta e a segue pelo corredor. Tatum desaparece no toalete. Dru-Ann ouve o zumbido do ventilador, o rolo de papel higiênico, e então a descarga da privada e água escorrendo na pia.

A porta se abre. Quando Tatum vê Dru-Ann, recua. Em seguida, firma a boca numa linha amarga e tenta passar direto por ela, mas Dru-Ann agarra seu braço.

— Temos um problema?

— Me solte, por favor — diz Tatum. — Tá tudo bem.

Desde que você não pegue no meu pé, pensa ela.

— Não acredito que você ainda está chateada por causa de uma piada que eu fiz há um milhão de anos — diz Dru-Ann.

— A questão — diz Tatum — é que não foi uma piada.

Ela vê Gigi se aproximando pelo corredor e fecha a boca.

— Tudo bem com vocês duas? — pergunta Gigi.

Não, pensa Tatum.

Não, pensa Dru-Ann. Mas ela não vai arrastar uma desconhecida para esse assunto. Ela levanta uma sobrancelha para Gigi.

— Notei que você não respondeu à própria pergunta. Você finge seus orgasmos?

— Bem — diz Gigi. Ela faz uma pausa dramática. — Eu prefiro ser uma Tatum do que uma Brooke.

Tanto Tatum quanto Dru-Ann riem. Tatum se esquece de que está zangada por um segundo; Dru-Ann pensa: *certo, ponto para a Gigi.* (Embora Dru-Ann note que ela não respondeu à pergunta, de fato.)

Caroline está a alguns metros de distância, filmando. *Eis aí um momento,* pensa ela. Os fãs de Hollis vão receber mais do que podem imaginar.

Hollis, de alguma forma, ficou na mesa apenas com Brooke. Para onde foi todo mundo? Ela se sente tentada a começar a limpar. Será que isso seria rude? Será que Brooke se sentiria menosprezada, como se sua companhia não fosse o bastante? (Sim.)

Brooke percebe que tem Hollis só para si. Agora é a hora de contar para ela que foi tomar uns drinks com Electra. Porque e se Hollis descobrir de algum outro jeito? Hollis *não vai* descobrir, como ela poderia? E este não é um país livre? Será que Brooke não pode beber com quem ela quiser?

Brooke não vai mencionar nada. Pronunciar o nome de Electra seria como soltar uma bomba de fedor numa noite perfeita.

Mas ela não consegue simplesmente ficar em silêncio. É desconfortável demais.

Ela diz:

— Tenho certeza que, onde quer que Matthew esteja, ele sente saudade de sua comida. Ele tinha tanto orgulho de você.

Imediatamente, Brooke se repreende: que coisa mais estúpida de se dizer. *Onde quer que Matthew esteja*, o que é que *isso* quer dizer? No céu? No inferno? No éter? Sepultado na terra junto com os vermes?

Hollis oferece um leve sorriso de reconhecimento.

— Essa torta de pêssego era a favorita dele.

Ela encara a luz das velas enquanto sua mente vaga. Matthew amava todo tipo de sobremesa com frutas e sempre pedia o halibute se houvesse no cardápio. Ele não suportava Joe Buck narrando partidas de futebol americano, mas amava Cris Collinsworth. Sua cor preferida era verde; seu carro era de uma cor que ele chamava "verde-caçador". (Hollis não consegue pensar sobre o carro dele; ela se afasta do assunto como se estivesse puxando a mão do forno quente.) Matthew preferia loiras a morenas, ou assim o dizia sempre, embora todas as suas ex-namoradas fossem morenas. Ele usava sapatos Ferragamo para trabalhar, mocassins para dirigir nos finais de semana, tênis All Star de cano alto para ir num show de rock. Odiava apostas e não colocava nem cinco dólares no bolão do futebol americano; ele tinha um tio que perdeu tudo numa mesa de dados em Las Vegas. Ele lia Michael Connelly, David McCullough. Será que tinha algum arrependimento? Ele costumava dizer que desejava ter sido técnico do time de futebol de Caroline quando ela era pequena, mas não engava ninguém, já que mal conseguia ir a Sprague Fields como espectador. Ele tinha mais amigos da faculdade do que do ensino médio, e nenhum amigo da faculdade de medicina, a menos que se contasse seus professores — como o dr. Schrader, seu mentor. Hollis havia enviado um e-mail ao dr. Schrader apenas algumas horas após a morte de Matthew para dar a notícia de imediato, porque o dr. Schrader estaria esperando a visita de Matthew. Elsa, a esposa do dr. Schrader, escreveu de volta com suas condolências. Nossos pensamentos estão com você e Caroline. Nós não tínhamos ideia de que Matthew planejava uma visita; que meigo da parte dele querer nos fazer uma surpresa. Ele era uma pessoa tão gentil, além de ser o aluno mais brilhante que Manny já teve.

Isso soou estranho para Hollis, porque Matthew odiava surpresas, para si mesmo ou para os outros. Ele era um planejador.

A cidade favorita de Matthew era São Francisco; ele e Hollis sempre ficavam no Fairmont original, em Nob Hill, e, na primeira noite lá, comiam no Swan Oyster Depot — era o único lugar onde Matthew não se incomodava em pegar fila. No avião, ele preferia sentar no corredor em vez de na janela; seu prazer culpado era tomar uma vaca preta; ele amava cinemas, especialmente aqueles históricos, e sempre pegava pipoca com muita manteiga. Ele doava uma quantia incrível todo ano para o Pine Street Inn, em Boston — os sem-teto eram sua causa, embora ele também falasse em entrar para os Médicos Sem Fronteiras quando se aposentasse. Hollis, em particular, suspeitava que ele nunca fosse se aposentar.

— Hollis? — diz Brooke. Tanto Tatum quanto Dru-Ann a chamam de Holly, mas Brooke não consegue se imaginar fazendo o mesmo. — Você está bem?

— Estou, estou — diz Hollis. — Desculpe, eu só estava lembrando de algumas coisas sobre Matthew.

— Você acha que ele está... *olhando* por nós? — pergunta Brooke.

Isso faz Hollis rir. Se Matthew estivesse vivo e ela lhe contasse que seria anfitriã de um fim de semana para Tatum, Dru-Ann, Brooke e alguém chamada Gigi Ling, que ela conheceu na internet, ele teria corrido para as colinas. Nada interessaria menos a Matthew do que o que está acontecendo aqui, no Fim de Semana Cinco Estrelas de Hollis.

— Não — diz ela.

Caroline confere seu celular. Tem uma mensagem de Dylan: Quer se encontrar comigo no Cru mais tarde, se puder?

Ai meu Deus, pensa ela. Será que Dylan realmente quer que role alguma coisa? Ela responde:

Ok. Depende da hora que a diversão terminar por aqui.

Ela acrescenta o emoji com lágrimas de riso.

Ouvir algo de Dylan é um incentivo, mas não há nada de Isaac. A mensagem de *saudade de você* está lá, pairando, uma decisão ruim. Ele provavelmente deletou a mensagem assim que a recebeu. Ela está ansiosa para enviar outra mensagem, algo sobre o que filmou até agora. Está, afinal de contas, usando o equipamento dele. E o material é muito melhor do que ela esperava.

Tatum volta para a mesa, seguida por Dru-Ann, Gigi e, finalmente, Caroline. Hollis se reanima. A noite não pode terminar ainda — a comida estava impecável, e a conversa mais picante do que ela esperava, mas e a diversão? Será que ela consegue deixar isso divertido? Quando *American Girl*, de Tom Petty, começa a tocar nos alto falantes, Hollis aumenta o volume.

Brooke grita:

— Eu adoro essa música!

Em vários sentidos, essa música foi o hino de Hollis quando ela era adolescente. Ela canta:

— *She couldn't help thinking that there was a little more to life somewhere else!*

Mais um segundo e todo mundo começa a dançar no deck. Caroline não pode fingir que está surpresa; ela sabia que aconteceria. A música a seguir é *What I Like About You*, de The Romantics, e Brooke balança a cabeça de um ombro para o outro de um jeito que deve fazer o pescoço doer.

Dru-Ann serve outra rodada de shots para todas. *Isso é realmente necessário?*, pergunta-se Caroline. São quase onze horas agora. Quanto elas ainda têm de combustível? Ela quer ir para a cidade se encontrar com Dylan.

A música passa para *I'm Still Standing*, de Elton John. Brooke levanta os braços e balança os quadris, e o resto das estrelas forma um círculo em torno dela, a heroína improvável. Caroline imagina se tem como sair escondida, discretamente. Será que alguém notaria (bem, sua mãe notaria) e será que ela perderia algo de importante?

A próxima música na fila é *Take My Breath Away*, de Berlin, que traz uma vibe completamente diferente.

— Todo mundo patinando para trás! — grita Dru-Ann.

O que diabos isso quer dizer?, pergunta-se Caroline.

Hollis pega a mão de Tatum e as duas giram, rodopiam e se abaixam. Dru-Ann pega Brooke, que está tão embriagada que simplesmente agarra Dru-Ann pela cintura e descansa a cabeça no peito dela.

O que foi que eu fiz?, pensa Dru-Ann. Dru-Ann e Brooke se movem lentamente num círculo pequeno e uma lembrança indesejada brota na cabeça de Dru-Ann: um baile no sétimo ano com um menino chamado Philip Price. A música de então era *Stairway to Heaven*, oito minutos de tortura — ou de êxtase, se você fosse Philip Price com treze anos pressionando sua ereção na perna de Dru-Ann.

Caroline foca a câmera em Gigi, sentada à mesa, assistindo as outras mulheres dançarem. A expressão de Gigi é neutra; ela não parece magoada ou ofendida por ser a "vela", e não fica se remexendo, olhando o celular ou cutucando a torta de pêssego, que está bem à sua frente. Em vez disso, permanece tão presente e serena que poderia ser uma pintura. Suas gargantilhas douradas cintilam sob a luz das velas; a brisa vinda da praia levanta a franja de sua testa. *No que ela poderia estar pensando?*, imagina Caroline.

Gigi se sente uma vilã de proporções literárias. É a própria lady Macbeth. É o narrador de *O Coração Delator*, de Edgar Allan Poe. Sua culpa martela em seus ouvidos, mancha sua pele. Como as outras podem não ver, não ouvir?

Ela deseja confessar tudo. Fantasia em interromper a música, fazer um anúncio — *Eu era a amante de Matthew!* —, e então sair dramaticamente pelas portas de correr de vidro enquanto as outras a encaram em choque e confusão. Seria horrendo, sim, mas também seria purificador, catártico. O jugo da culpa que pesa sobre seus ombros seria erguido.

Ela imagina visitar o site *Famintos com Hollis* antes de ir para a cama. Uma Luz na Cozinha surgiria aqui, na casa de Hollis em Nantucket. Gigi escreveria no Quadro de Avisos:

> Para a comunidade *Famintos com Hollis:*
>
> Meu nome é Gigi Ling, e eu tenho interagido com vocês sob falsos pretextos. Eu fiz vocês acreditarem que eu era uma entusiasta de pão de banana e *bouillabaisse*, mas, na realidade, vim até aqui porque estava tendo um caso amoroso com o marido de Hollis Shaw, o dr. Matthew Madden, e fiquei curiosa sobre a mulher a quem enxergava como minha rival. Depois que Matthew morreu, Hollis e eu nos tornamos tão próximas que ela me convidou para sua casa para seu Fim de Semana Cinco Estrelas.
>
> Sei que alguns de vocês podem não ligar para dramas interpessoais, e, para esses, eu digo: Hollis serviu peixe-espada grelhado com molho de abacate, baguetes frescas com manteiga feita por ela mesma, e uma torta de pêssego com crosta quente de açúcar. Hollis Shaw é o artigo genuíno.
>
> Eu, entretanto, não sou.

O que Molly Beardsley, de Twain Harte, Califórnia, acharia disso? E Bailey Ruckert, de Baton Rouge? Gigi se pergunta quais dos assinantes de Hollis jogariam pedras. Quase todos eles, supõe ela, embora fique curiosa para saber se existem alguns que possam oferecer compaixão, empatia, compreensão.

Não importa. Gigi é covarde demais para se revelar.

18

Primeira Luz II

Caroline chega ao Cru à meia-noite. Dylan se encontra com ela no pódio, incrivelmente atraente numa camisa azul-marinho de botões, um blazer da mesma cor e jeans. Ele a leva para um assento no bar da frente e pergunta se ela aceita champanhe.

— É claro — diz ela.

Surge uma taça de Pol Roger e, enquanto Caroline bebe, deseja que Isaac pudesse vê-la. Ela cogita tirar uma selfie e mandar para ele, mas isso parece infantil e previsível. Cogita tirar uma selfie e postar em seus *stories* no Instagram — Isaac finge não ter tempo para redes sociais, mas Caroline sabe que ele visita seu perfil escondido de vez em quando —, mas será que ela quer ser *aquela* garota, tirando selfies e postando? Não, não quer. Ela tenta se inspirar em Gigi Ling. Estará presente: vai beber seu champanhe, admirar o hábil trabalho do abridor de ostras do outro lado do bar e ouvir a música (*Kids*, de MGMT). Ela presume que Sofia esteja de volta aos clubes e Isaac esteja no loft sozinho, talvez esperando seu delivery do Momoya, talvez trabalhando, talvez assistindo a *Professor Polvo* pela milésima vez (ele diz que encontra algo novo para admirar no filme a cada vez que assiste). Será que Caroline deveria ir lá fora e ligar para ele?

Não, não deveria. Dylan aparece; ele está pronto para ir. Ele pede "vinho para viagem" ao funcionário do bar e ele lhe entrega uma nova garrafa de Pol Roger e dois copos plásticos. Ele e Caroline saem do Straight Wharf e entram no estacionamento.

— Sua carruagem a espera — diz Dylan, abrindo a porta do passageiro de sua picape monstro.

Eles vão até a praia Monomoy, que está escura, quieta e vazia. Dylan tira uma manta do banco traseiro (ele veio preparado, Caroline pensa a princípio, mas então ele chacoalha a manta para livrá-la de migalhas de Cheez-Its e ela se dá conta de que essa deve ser a manta que Orion usa no playground). Eles se sentam na areia e Dylan serve o champanhe. É o cenário mais romântico que Caroline pode imaginar; a lua crescente se exibe feito uma diva sob os holofotes. Ela tenta não pensar em Isaac. Tenta não pensar em não pensar em Isaac.

Dylan diz:

— E então, como estão as coisas na casa?

— Elas tomaram shots de tequila, conversaram sobre orgasmos e dançaram músicas lentas juntas.

Dylan se engasga com o champanhe.

— Acho que temos uma joia cinematográfica.

— Foi um bom começo — diz Caroline.

A noite correu basicamente como Caroline esperava, embora ela perceba que há coisas acontecendo sob a superfície. Como ela poderia explorar isso? Talvez devesse dividir para conquistar. Conversar com as mulheres individualmente.

— Parece que seus pais ainda são realmente apaixonados um pelo outro — diz Caroline. — Você tem sorte.

— Eles são, sim — diz ele. — É repugnante. — Ele ri. — Seus pais eram felizes antes de seu pai falecer?

— Felizes o bastante para eu nunca ter motivos de me perguntar se eles eram felizes — diz Caroline. — Não sei se tão felizes quanto os seus pais.

Caroline estremece — a blusa caída nos ombros e a saia provocante que está vestindo não são o bastante para a brisa que vem da água. Dylan, muito galante, retira seu blazer e o coloca sobre ela.

— Você se lembra da noite em que nos conhecemos? — pergunta ela. Caroline o lembra do moletom dos Whalers e de Aubrey aparecendo do nada. — Essa foi uma reprise muito meiga. Tirando Aubrey.

— Ela é como Voldemort — diz Dylan. — Nunca devemos dizer o nome dela.

Caroline tem perguntas sobre Aubrey. Qual é o lance entre eles? Foi a gravidez de Aubrey que fez com que Dylan saísse de Syracuse?

Como foi isso? Por que eles terminaram? Dylan pareceu achar muita graça de como Aubrey ficou com ciúmes ao ver Caroline. Será que ele ainda sente algo por ela?

Mas Caroline entende uma indireta. Ela dispensa o tópico como um seixo na água.

O champanhe acabou e Caroline precisa ir ao banheiro. Caroline pergunta a Dylan se ele se incomodaria em levá-la de volta ao estacionamento para ela poder pegar o Jeep e ele diz:

— Quer ir lá pra casa? Você pode usar o banheiro e nós podemos tomar mais uma bebida.

Ela pensa em recusar. Acordou às quatro da manhã daquele mesmo dia em Nova York, o que parece ter acontecido há três dias, e supostamente deve começar a filmar na manhã seguinte às oito, porque sua mãe combinou com uma instrutora de ioga para vir conduzir uma aula em casa. Caroline vai capturar imagens das cinco estrelas na pose da criança ou do guerreiro III.

Além disso, ela está com saudade de Isaac. Mas Isaac está com Sofia. *Por favor, sem encrencas*, Sofia havia dito. Por que Caroline não lhe deu ouvidos? Sofia podia estar prevendo o que aconteceria: Caroline obcecada por alguém que não lhe pertence. Caroline em agonia.

— Claro — diz ela.

Quando eles chegam na casa de Dylan, na Hooper Farm Road, ele abre duas cervejas e eles se acomodam no sofá.

— Como foi quando o seu pai morreu? — diz ele.

— *Como foi?* — pergunta Caroline.

— Não precisamos falar sobre isso, se você não quiser — diz Dylan. Ele gira a garrafa de cerveja nas mãos, depois a coloca na mesa sem beber. — É só que me parece algo importante.

Dylan McKenzie está interessado nela *como pessoa?*, ela se pergunta. Será que *ela* está interessada nele como pessoa?

— Ele esteve num acidente de carro. — Caroline respira fundo. — Foi uma ou duas semanas antes do Natal, meu pai estava dirigindo para o aeroporto Logan numa nevasca. Ele ia voar para a Alemanha para palestrar numa conferência; estava atrasado; o lugar onde ele derrapou era uma rua perto de casa. Um par de cervos atravessou na frente do carro dele.

Caroline faz uma pausa. Ela imagina os segundos imediatamente antes do acidente, depois de Matthew perder o controle do carro. Será que ele ficou com medo? Será que ele sabia que poderia morrer? Teve tempo para gritar? Será que ele pensou em Hollis e Caroline?

— Eu estava na universidade, na minha prova final de Culturas do Mundo; minha mãe me mandou uma mensagem dizendo que havia acontecido algo urgente e para por favor ligar para ela. Minha mãe é muito dada a hipérboles. Eu pensei que *urgente* queria dizer que ela precisava de mais ideias de presentes para mim ou para meu pai. Terminei a prova e fui almoçar no Sweetgreen, e então minha mãe ligou de novo, e francamente eu quase deixei cair na caixa postal. Mas no último instante eu atendi e ela me contou.

Dylan suga o ar pela boca e Caroline escuta a voz de sua mãe. *Caroline, você está num lugar seguro para conversar?* Isso foi uma pergunta tão esquisita, e Caroline pensou: *onde pode ser mais seguro do que no Sweetgreen?* Mas ela ouviu algo incomum na voz da mãe — essa ligação *não era* para falar sobre presentes de Natal —, então Caroline colocou a tampa de plástico sobre sua tigela de arroz frito e saiu para a Bowery. Ela disse: *Tudo bem, mãe, pode falar. O que foi? Qual é o problema?* E sua mãe disse: *Aconteceu um acidente. Seu pai...*

A tigela com o arroz frito de Caroline caiu na calçada, espalhando-se por todo lado. Caroline correu de volta para seu apartamento, cega pelas lágrimas. Ela ligou para sua melhor amiga do ensino médio, Cygnet, que estudava em Columbia. Cygnet pegou o metrô para o centro e, de alguma forma, levou Caroline até o JFK e então para um avião até Boston, embora Caroline não se lembre muito disso.

Como foi?, pensa Caroline. Foi como ficar suspensa sobre um buraco fundo, escuro, infindável, sabendo que você vai cair nele e nunca mais sair. Ela nunca mais voltaria a ver seu pai.

De súbito, Caroline está chorando e tremendo. Dylan segura a própria cabeça entre as mãos e diz:

— Merda, desculpe. Eu não deveria ter tocado nesse assunto.

Caroline quase diz a ele que tudo bem, foi meigo da parte dele perguntar — mas será que ela precisa mesmo fazer com que Dylan McKenzie se sinta melhor consigo mesmo neste momento?

Depois de um ou dois minutos, Caroline se recompõe.

— É assim que estão as coisas por esses dias — diz ela. — Na maior parte do tempo eu estou bem, e então... eu simplesmente perco o controle.

Ela enxuga embaixo dos olhos.

— Eu provavelmente deveria voltar para casa.

Dylan se aproxima dela no sofá e a beija. O beijo é bom; ele se demora e a beija outra vez e desliza a língua entre os lábios de Caroline, e, bem quando Caroline está se perguntando se quer mesmo fazer isso (ela *deveria* querer; este é Dylan McKenzie, super gostosão, seu *crush* de adolescência, e Isaac provavelmente está fazendo amor com Sofia naquele mesmo instante, e Caroline precisa desesperadamente de uma ficada sem compromisso), Dylan se afasta.

Ele sacode a cabeça.

— Eu nunca trago garotas para casa — diz ele. — Por causa de Orion. Parece... errado.

— Entendo — diz Caroline.

Ela não entende, não é mãe, mas descobre que se sente aliviada porque as coisas não passarão deste ponto.

— Por que você não dorme aqui no sofá? — diz Dylan. — Nós dois andamos bebendo, e depois dessa história...

Caroline se afunda nas almofadas do sofá. Ir para a cidade, depois ter que dirigir o caminho todo de volta para a Squam, parece impossível. Dylan coloca uma manta sobre os ombros dela, depois beija sua testa como se ela tivesse quatro anos. Mas é gostoso, e Caroline fecha os olhos.

Quando acorda, a princípio ela não faz ideia de onde está. Caroline está num sofá que cheira vagamente a cigarro; totalmente vestida e coberta por uma manta verde de chenile. Sobre a mesa de centro há um copo de água e duas latas de Bud Light.

A casa de Dylan, pensa ela. *Merda*. Seu pescoço está rígido, então ela move apenas os olhos — há uma cozinha à direita e uma escada ao lado da porta da frente. Nem sinal de Dylan ou de mais alguém. Ela nota o imenso trem de brinquedo dominando a sala de estar — Thomas e Seus Amigos — e a oficina de jogos contra uma das paredes. Os brinquedos a deixam desconfortável. Ela tem que sair daqui, mas como? Dylan, muito provavelmente, está no andar de cima, em seu quarto, dormindo. Será que Caroline deveria mandar uma mensagem para ele? Ele trabalha tanto, merece descansar; ela pode chamar um Uber. Ela calça as sandálias, dobra a manta de chenile, cuidadosamente dá a volta nos trilhos do trem e abre a porta da frente.

Lá fora, o ar está frio e pesado de neblina. Quando Caroline vai pedir um motorista, o aplicativo diz: *Não há carros disponíveis*. São quinze para as sete da manhã; como pode não haver nem um carro disponível? As pessoas não precisam chegar até a balsa, ao aeroporto? Ela confere a rua nas duas direções. Hooper Farm não se parece em nada com Squam Road. Este é um bairro no meio da ilha, onde moram os locais. Do outro lado da rua há uma casinha ao estilo rancho. A tinta dos detalhes em branco está descascando; há uma prancha de surfe apoiada nos degraus da entrada e um par de carros velhos na calçada que leva até a garagem. Provavelmente se trata de uma casa de veraneio para jovens que estão aqui para trabalhar durante a alta temporada. Ela se pergunta se alguém dali trabalharia no turno da manhã, se ela poderia pegar uma carona para a cidade.

Está prestes a bater quando ouve a porta telada se fechar atrás dela. Caroline dá meia-volta bem quando um homem sai da casa de Dylan. É aquele sujeito, Jack, o mesmo que estava no carro ontem, aquele que deixou sua mãe tão *hipnotizada*.

Afe, pensa ela. *Ele está dormindo aqui?*

— Oi — diz ele, numa voz baixa. Está vestindo uma camiseta com propaganda de algo chamado Finigan's Bar e Grill. — Você é... a filha de Hollis? Eu te vi ontem, mas não fomos apresentados, desculpe. — Ele estende a mão. — Jack Finigan.

Caroline não tem escolha, então aperta a mão de Jack, olha nos olhos dele e diz:

— Caroline Shaw-Madden.

Os cantos da boca de Jack se levantam e uma covinha aparece numa das bochechas, mas Caroline não se deixa encantar. Ele aponta para a casa com o queixo.

— Está tentando uma fuga rápida?

O Uber da vergonha, pensa ela. Só que não tem Uber nenhum e, no final, foi apenas um beijo, motivo algum para vergonha.

— É, eu preciso chegar em casa para filmar. Minha mãe e as amigas dela têm ioga às oito.

— Alguém está vindo te buscar?

— Tentei pedir um Uber, mas eles não têm nenhum carro no momento. — Ela olha ansiosamente para a rua. — Meu carro está no centro da cidade. Eu poderia ir andando, mas é bem longe.

— Eu levo você — diz Jack. — Tenho certeza que Kyle deixou as chaves na van.

— Não precisa — diz Caroline.

Ela não quer ir de carro a lugar algum com Jack Finigan — embora ele pareça perfeitamente bacana, e de que outro jeito ela vai chegar à cidade? Sua mãe já provou que não dá para confiar nela em questão de carona.

Jack abre a porta do passageiro para uma van preta na qual se lê MCKENZIE AQUECIMENTO E RESFRIAMENTO e Caroline embarca. O piso da van está lotado de sacos brancos de papel do Henry's Jr., copos de café e bilhetes de loteria descartados. A traseira está lotada de ferramentas e equipamento, pedaços de canos de PVC e luvas de isolamento que lembram enormes cobras de papel-alumínio. A van cheira a gasolina ou óleo, não desagradável, mas não familiar, e Caroline quase ri. Mal pode acreditar que seu dia esteja começando pegando uma carona na van de um total desconhecido. É assim que as pessoas terminam num episódio de *Linha Direta*.

Quando Jack gira a chave na ignição, o rádio liga a todo volume e ele estica o braço para abaixar.

— Estávamos ouvindo Rush ontem à noite, desculpe.

É isso o que os velhos fazem, pensa Caroline. *Eles cantam e dançam músicas antigas.*

— E peço desculpas também pela bagunça, embora deva culpar Kyle por isso. Aquele sempre foi um desleixado. — Ele percebe Caroline olhando um bilhete de loteria e diz: — Ele vem tentando ganhar na loteria desde que estávamos no ensino médio.

Caroline teme ter que entrar numa conversa sobre "os bons e velhos tempos", mas como poderia evitar?

— Você cresceu em Nantucket com a minha mãe? — diz ela.

— Eu me mudei para cá no sétimo ano — diz Jack. — Meu pai arranjou um emprego como mestre de obras numa construtora grande.

Eles contornam a pequena rotatória e se dirigem para a cidade, pegando a Pleasant Street. Dali a cinco minutos, talvez seis, ela estará sã e salva em seu carro.

— O bom é que eu jogava futebol americano, e começamos a treinar no Clube dos Meninos e Meninas na segunda semana de aulas, e Kyle era o quarterback do meu time. Nós viramos amigos e ele estava namorando com Tatum...

— Eles já estavam namorando *no sétimo ano?*

Caroline pensa em Tatum dizendo *Eu ensinei para ele do que eu gostava quando éramos jovens*, e abre sua janela. Ela precisa de ar.

— Era tudo muito inocente; eles ficavam de mãos dadas e trocavam bilhetinhos. Tatum era a melhor amiga de Hollis, e Kyle e Tatum decidiram que Hollis e eu seríamos namorados.

Caroline ri.

— Eles decidiram?

— Eles nos levaram para um encontro na Sweet Shoppe, que era a sorveteria no centro da cidade naquela época. Tatum levou a sua mãe e Kyle me levou. Eu sabia que Hollis era bonita demais e popular demais para mim. Ela tinha um rabo de cavalo farto e loiro e um sorriso que iluminava seu rosto todo, ela e Tatum eram as melhores atletas femininas do nosso ano, e além disso Hollis era inteligente. Ela estava na mesma aula de arte da linguagem que eu e sempre levantava a mão. Eu tentei pagar pelo sorvete dela, mas ela disse que tinha um emprego abrindo vieiras nas docas e pagaria ela mesma. Mas nós chamamos aquilo de nosso primeiro encontro porque, quando saímos da Sweet Shoppe, de algum jeito já estávamos "saindo" um com o outro.

Caroline deveria deixar o assunto morrer, mas se sente sendo envolvida. As lembranças de sua mãe sobre crescer em Nantucket eram bem seletivas, e Caroline nunca ouviu falar desse "encontro". Ela nunca ouviu falar de Jack Finigan. Não era como se Caroline pensasse que sua mãe fosse uma freira antes de conhecer Matthew — mas, sim, ela meio que pensava isso mesmo.

— Por quanto tempo isso durou? — pergunta Caroline.

— Nós namoramos durante todo o ensino médio, até o ponto em que sua mãe partiu para a Carolina do Norte — diz Jack. — Então, pouco mais de cinco anos.

Cinco anos!, pensa Caroline. Hollis e esse cara ficaram juntos por cinco anos, e só agora Caroline está ouvindo falar disso?

Jack vira na Summer Street e eles vão seguindo as curvas em torno das peixarias na Union Street. Caroline tem mais dois minutos, talvez três.

— Como era a minha mãe no ensino médio? Imagino que ela era inteligente e sei que praticava esportes...

— Hollis e Tatum eram estrelas de softball. Elas venceram o campeonato estadual no primeiro ano e perderam na final no último ano. Aquele jogo foi de partir o coração. — Jack faz uma pausa. — Você chegou a conhecer seu avô?

— Ele morreu quando eu era pequena — diz Caroline.

— Bem, isso é uma pena, mas também não é de se espantar, porque Tom Shaw fumava dois maços de Camel por dia. Um ótimo sujeito, muito respeitado, e criou a sua mãe sozinho. Ele a ensinou a caçar e pescar, e toda sexta-feira ele a levava para o Anglers Club. Nunca me convidou para ir junto, nem uma vez.

Pescar?, pensa Caroline. *Caçar? Tipo, com uma arma?* Caroline não consegue nem imaginar isso, e nem sabe *onde fica* o Anglers Club.

— Todo ano, no primeiro dia da temporada de vieiras, Tom tirava Hollis da aula. Ela calçava suas botas impermeáveis, pegava o rastelo e os dois iam para o cantinho secreto deles lá em Pocomo. — Ele ri. — Eles também nunca me convidaram para catar vieiras.

— Parece que meu avô não gostava muito de você — diz Caroline.

Jack diz:

— Ele me amava. Eu era o filho que ele nunca teve. Mas... — Ele dá de ombros. — As coisas não saíram como eu imaginava.

Ele entra no estacionamento e Caroline aponta para seu Jeep.

— Não acredito que minha mãe sabe caçar e pescar vieiras — diz ela. — É como se ela fosse uma pessoa totalmente diferente antes.

Jack ri.

— Você pode ser mais do que só um tipo de pessoa na vida — diz ele. — Mas eu sempre fui uma pessoa que ama Hollis Shaw.

Caroline recua.

— Tááá beeem...

— Escorregou, desculpe — diz Jack. — Sei que você perdeu seu pai recentemente. Você não precisava ouvir isso.

Caroline põe a mão na maçaneta; quanto mais rápido sair da van, melhor.

— Obrigada pela carona — diz ela.

19

Pose da Criança

Avalon Boone, recém-formada instrutora de ioga, interrompe sua meditação matinal para chegar pontualmente à casa de Hollis Shaw — porém, quando estaciona na entrada da casa na Squam Road, a porta da frente está fechada, assim como todas as cortinas. Avalon tem a nítida impressão de que a casa inteira está dormindo.

Hollis vai pagar trezentos dólares para que ela conduza esse treino, dinheiro do qual Avalon precisa desesperadamente. Ela acordará todo mundo com seu gongo se for preciso.

Ela tira seu cesto de tapetes de ioga, blocos e faixas da traseira de seu Camry e se aproxima da porta da frente. *Leveza e nobreza*, pensa ela. *Primeiras impressões são importantes*. Hollis nunca fez uma aula com Avalon antes; pelo telefone, admitiu que havia visto o anúncio de Avalon na parte de trás da revista *N*.

Avalon repara nas janelas de vidro do mar em ambos os lados da porta da frente e pega seu celular para tirar uma foto. Se ela algum dia juntar dinheiro o suficiente para comprar uma casa nesta ilha, quer janelas iguais a essas. Ela bate, mas não há resposta — nem passos, nem vozes. Ela bate outra vez. Nada. Ela confere o celular. São dez para as oito. Será que deveria esperar em seu carro até as oito em ponto? Isso parece bobo; elas precisam se instalar no deck da piscina, e Avalon tem uma aula de *vinyasa* para conduzir na Amelia Drive às nove e meia.

Ela envia uma mensagem de texto para Hollis: Bom dia, aqui é Avalon, a instrutora de ioga. Já cheguei!

Ela aguarda mais um minuto. Não há resposta e nenhum ruído lá de dentro.

A porta está destrancada; Avalon abre uma fresta.

— Olá?

A casa está silenciosa como um túmulo. Avalon entra e fecha a porta devagar atrás de si.

Que casa! Depois da graciosa entrada, há uma lareira de tijolos brancos e uma área de estar — Avalon adora a *chaise* de seda azul-claro — e à direita está uma cozinha branca e muito iluminada com pé direito alto, bancadas de mármore branco e eletrodomésticos de aço inoxidável de última geração, inclusive uma adega refrigerada que vai do piso ao teto, iluminada por dentro. Alguém serviu o café da manhã na mesa — uma grande tigela de granola; duas jarras de leite, uma rotulada DESNATADO e a outra, AMÊNDOA; jarras de vidro com suco — laranja e abacaxi — e a salada de frutas mais primorosa que Avalon já viu, com framboesas, kiwi, amoras, ameixas e pêssegos fatiados, e pedaços de abacaxi e manga. Avalon não consegue resistir — pega uma framboesa suculenta do topo e a joga na boca. A *pièce de resistance* é uma bandeja de rolinhos de canela muito perfumados da Wicked Island Bakery. É quase impossível conseguir esses rolinhos, então *alguém* acordou cedinho hoje.

— Olá? — Avalon chama outra vez.

Ela é respondida apenas pelos gritos distantes de gaivotas e pelo som do mar; a porta de correr dos fundos foi deixada aberta e Avalon enfia a cabeça para fora e vê um laguinho com uma ponte, a praia mais além.

Essa casa é de tirar o fôlego, pensa ela. *E aquele café da manhã parece sublime. Mas cadê todo mundo?*

O despertador de Hollis a acorda às seis horas da manhã. Ela ainda está com a mesma roupa de ontem, deitada por cima das cobertas. Meia taça de sauvignon blanc zomba dela na mesa de cabeceira. Ela tateia em busca do celular; tem que fazer esse barulho *parar*, mas derruba a taça no processo e pensa: *Ah, pelo amor de Deus, qual é o seu problema?* Ela salva seu celular da umidade e semicerra os olhos para a tela. O alerta diz ROLINHOS MATINAIS.

Esqueça os rolinhos matinais, pensa ela. Ela precisa dormir.

Mas ela é a anfitriã, e este deveria ser um Fim de Semana Cinco Estrelas. Ela se levanta e cambaleia até o carro. Termina sendo a segunda pessoa na fila da padaria, e faz uma piadinha muito sem graça sobre *deus-ajuda-quem-cedo-madruga* para a coitada da adolescente atrás do balcão. Em seguida, dirige de volta para casa numa névoa, quase encostando duas vezes para vomitar. Aqueles shots de tequila...

Em casa, ela prepara e serve as coisas do café como um robô, agradecendo aos céus por ter preparado tudo antecipadamente. São só quinze para as sete; ela pode tirar uma soneca de uma hora antes da ioga. De volta ao quarto, ela deita na cama nua sem se dar conta de que deixou o celular no carro.

Enquanto Avalon está na cozinha pegando disfarçadamente um pedaço de abacaxi e de melão da salada de frutas, Hollis está em sono profundo.

Tatum acorda às seis e meia como sempre, apesar de hoje poder dormir mais, em vez de servir o cereal de Orion, abrir o jogo dele no iPad, preparar o almoço de Kyle e se arrumar para o trabalho (sábados no Irina Serviços são um tipo especial de inferno). Ela tenta voltar a pegar no sono, mas não consegue. Tatum não se lembra da última vez que passou uma noite inteira sozinha na cama; pode ter sido quando estava no hospital, depois de Dylan nascer. Ela e Kyle nunca ficam separados; quando saem da ilha, eles vão juntos. Tatum se espreguiça como uma estrela-do-mar. É bom, mas ela sente falta do corpo quente de Kyle, da ereção matinal cutucando seu traseiro, da respiração dele em seu cabelo, do jeito como a mão dele repousa em seu quadril enquanto dormem. Ela se vira para pegar seu celular e vê que já tem uma mensagem de texto dele.

Tô com saudade. Como foi ontem à noite?

Como *foi* ontem à noite? Melhor do que Tatum esperava. A trilha sonora estava repleta de músicas legais dos anos 1980 e a comida, é claro, estava incrível. A parte mais satisfatória da noite foi que ela obteve sucesso em dar um gelo em Dru-Ann, exatamente como havia sonhado por vinte e cinco anos.

Quando tocou *Take my breath away*, Hollis pegou a mão de Tatum e elas fizeram a coreografia que tinham ensaiado no ensino fundamental (e reproduzido em toda oportunidade que surgiu desde então, incluindo a formatura do penúltimo ano, o banquete do último ano e nos casamentos das duas). Elas não faziam esses movimentos há muito tempo, mas ambas se lembraram de cada passo.

Tatum não consegue entender como Gigi se encaixa. Ela parece bacana, mas por que Hollis a convidou?

Foi legal, Tatum escreve para Kyle. Ela não vai elogiar demais, por enquanto; ainda há tempo de sobra para as coisas ficarem esquisitas. Está bem claro que Tatum tem muito menos dinheiro do que todas as outras, embora esteja contente em descobrir que está se saindo muito melhor na área sexual. Vai contar a Kyle da conversa sobre orgasmos pessoalmente — ele vai *adorar*. Ela pergunta:

O que vocês fizeram ontem à noite?

Fomos ao Tap Room comer bifes. Depois fomos beber no Straight Wharf.

Como é que éééé?, pensa Tatum. O Straight Wharf é cheio de jovens bonitões de vinte e poucos anos. Ela não consegue acreditar que Kyle foi para lá. Será que ele pagou dezesseis dólares por um Goombay Smash ou onze por uma Bud Light? Será que deram em cima dele? (Ele tem 53 anos, mas parece dez anos mais novo, o miserável.) Se ele e Jack queriam umas bebidas de fim de noite, por que não foram no Cru, uns cem metros mais adiante no cais? Dylan teria conseguido bebidas de graça para eles! Esses sentimentos mesquinhos de ciúme eram desconhecidos e *muito* desagradáveis. Por que Kyle não poderia se divertir? Ele *deveria* poder se divertir, essa é a resposta correta, mas Tatum preferiria que Kyle tivesse ficado em casa comendo pipoca de micro-ondas e assistindo ao jogo dos Red Sox.

Outra mensagem de texto de Kyle. Ela espera que seja uma explicação ou um pedido de desculpas, mas a mensagem diz: Depois fomos ver o Buckle and Shake tocar no Gaslight.

Tatum toca distraidamente o ponto sensível em seu seio direito; pressiona um pouco mais para poder sentir o nódulo duro que agora sabe ser um cisto ou um tumor. Ela ouviu outra vez a mensagem de voz em seu telefone antes de ir dormir, pensando que talvez pudesse ouvir algo novo na voz de sua médica. *Eu estou com câncer ou não?*

Parece que Kyle e Jack tiveram realmente uma noitada de Nantucket na cidade. Foram para o Gaslight, um local onde Tatum não coloca os pés desde que era o cinema Starlight e ela e Kyle entraram escondido para assistir a *Nove e Meia Semanas de Amor*. Tatum ouviu elogios ao nightclub — Dylan vai lá de vez em quando —, mas sempre pareceu jovem e fabuloso demais para Tatum e Kyle.

Ela se recosta de volta nos travesseiros. Ela *não é* a primeira sra. Albright. Não será o tipo de esposa que diz para o marido começar a namorar enquanto ela ainda está por aqui, nem vai tranquilizar Kyle de que ele deveria encontrar outra pessoa depois que ela se for. Ela não quer que ele encontre outro amor, que recomece, que tenha um segundo ato. Se isso é um defeito de caráter, ela não está nem aí.

Chega outra mensagem de Kyle:

Estou saindo para consertar uma caldeira na Crooked Lane. Jack e eu vamos tomar café no Black-Eyed Susan por volta das dez. Quer se encontrar com a gente?

"Encontrar com o marido para tomar café" parece ir contra as regras quando se está num fim de semana só de garotas — mas de jeito nenhum Tatum vai perder essa. Com certeza. Te vejo lá, responde ela. Às dez, o itinerário diz *compras na cidade*, então Tatum vai dar uma saidinha por apenas uma hora. Ninguém vai nem notar.

Tatum escuta uma batida na porta de entrada e pula da cama para espiar pela janela. Há uma jovem com cachos loiro-acinzentados presos no topo da cabeça e uma tatuagem de mandala no ombro. Ela apoia um cesto de tapetes de ioga no quadril. Tatum volta correndo para a cama. Não tem vontade alguma de fazer ioga hoje, nem em dia nenhum. Enquanto as outras fazem o cachorro olhando pra baixo, ou seja lá o que for, Tatum vai fumar no deck dos fundos como a rebelde que sempre foi.

Mas não há movimento na casa, nenhuma resposta à batida, graças a Deus. Tatum fecha os olhos. Ela vai dormir até estar na hora de ir para a cidade, e então vai se encontrar com seu marido, não importa o que Hollis e as outras pensem. O lustre de fogos de artifício é legal, mas não é amor.

Enquanto Avalon se instala numa banqueta na ilha da cozinha de Hollis, imaginando se seria flagrantemente rude se servir de um rolinho de canela (seria, sim, decide ela, e todo aquele açúcar e glúten interfeririam em suas aulas, além de provavelmente lhe causarem azia), Dru-Ann está chutando debaixo das cobertas. Tem alguma coisa enrolada em sua perna — tem? Ou não? Será que ela está sonhando? Ela levanta o lençol e solta um grito. Há algo comprido e fino enroscado em torno de sua panturrilha. *Uma cobra?* Ela pula da cama e a cobra cai no chão e fica ali. Dru-Ann semicerra os olhos. A coisa não está se movendo. É de borracha.

Mas que diabos?, pensa ela. Será que chamam esse lugar de Twist por causa de *plot twists* assim?

Seu coração está batendo tão depressa que ela não precisa da Peloton, mas decide fazer 45 minutos de HIIT e Passeio nas Colinas com Tunde de qualquer maneira. Quando Dru-Ann desce da bicicleta, pingando de suor e cheirando *intensamente* à tequila da noite passada, sente-se um pouquinho melhor. Vai até a pequena cozinha e pega uma água no refrigerador vintage. Tirando a cobra de borracha, o interior do Twist é uma paisagem dos sonhos à la meados do século XX. Há um sofá angular num tom de tangerina na sala de estar, flanqueado por duas poltronas acolchoadas em listras onduladas de branco e verde-oliva. Há um abajur de piso que parece uma gaiola montada sobre um tripé de madeira; o tapete tem um padrão geométrico bem legal em amarelo e branco, e nas paredes se vê gravuras abstratas descoladas. Num pequeno nicho da parede mais distante encontra-se um toca-discos de baquelite, sobre o qual pende um disco de quarenta e cinco rotações emoldurado. Dru-Ann não faz ideia de por que chamam o lugar de Twist. Será uma referência aos coquetéis — um *twist* de limão ou de laranja? Ou talvez seja chamado de Twist porque a pessoa chega esperando uma decoração mais praiana, mas, em vez disso, se sente entrando no cenário de *Que Garota*. A casa faz com que Dru-Ann tenha vontade de usar vestidos casuais e dar festas de fondue.

Esses pensamentos servem como uma boa distração — mas, de súbito, Dru-Ann não pode esperar nem mais um segundo. Ela pega seu celular.

No Twitter, ela checa a hashtag #TimeDruAnn. Apenas uma pessoa retuitou sua postagem: seu assistente, Jayquan. Esse rapaz vai ganhar um aumento.

Tem uma mensagem de texto de JB: Tentei ligar. Seu telefone tá desligado? Por favor, escute o correio de voz. Também há uma mensagem de Nick. *Finalmente!*, pensa Dru-Ann. Tem sido uma regra sua estar sempre por cima em todos os relacionamentos românticos e, por causa disso, Dru-Ann Jones pode dizer honestamente que, com cinquenta e três anos, ela nunca teve seu coração partido. Presumira que Nick

Wafford gostava mais dela do que ela dele, mas o modo como ela vinha se sentindo desde que ele dissera que precisava "dar um tempo" lhe diz que talvez ela esteja enganada a respeito disso.

Nick tem dois filhos mais velhos com sua (terrível) primeira esposa, Artice, a quem Nick ainda paga uma pensão na casa dos sete dígitos. Os rapazes, Sean e Declan, trabalham para Nick em seu fundo de investimentos, e Nick é rigoroso com os dois. Posey é a única filha do segundo casamento de Nick, com uma mulher chamada Catherine; ela morreu de câncer no ovário quando Posey tinha oito anos. Catherine foi o amor da vida de Nick — ela era gentil, meiga e generosa. (*Santa Catherine* é como Dru-Ann sempre pensa nela.) Faz sentido que Nick mime Posey, mas será que ele não vê que deveria ter exigido que ela honrasse sua obrigação de terminar o torneio? Era *uma rodada de golfe*. Ela poderia ter pegado um avião para Edimburgo assim que o troféu estivesse em suas mãozinhas quentes.

Que bagunça! Dru-Ann não consegue acreditar como isso se desenrolou.

Ela ouve o correio de voz de JB primeiro.

"Dru-Ann, a situação está escalando. O que te deu para postar aquele tuíte ontem? Hashtag Time Dru-Ann? Tá falando sério? Aquilo *estourou*, e não no sentido que você queria. Duas outras clientes estão te deixando, Sharese Morris e Kendall Hennaker, embora Kendall diga que ela fica, se você emitir um pedido de desculpas. Enviei um e-mail pra você com a declaração que o Jurídico redigiu. Você precisa assinar ainda hoje. Não tem outro jeito de voltar às boas graças. Acho que também podemos atrair Linzy de volta; eu falei com a mãe dela, que disse que está do nosso lado em tudo isso." Uma longa pausa. "Mas a mãe de Linzy está decididamente na minoria, Dru-Ann. Seu vexame é o vexame da empresa. Se você não emitir um pedido de desculpas hoje, serei forçado a tomar as próximas medidas. Obrigado." Outra pausa. "Espero que você ouça isso."

Dru-Ann deleta o correio de voz. Não vai emitir um pedido de desculpas. Ela nunca gostou da mãe de Linzy, mas fica feliz por ter ao menos uma aliada no mundo.

Ela abre a mensagem de texto de Nick, esperando um pedido de desculpas e/ou uma declaração de amor. A mensagem diz: Só pra constar, Phineas fez quatorze *eagles* e entrou para os dez melhores.

Dru-Ann pega o controle remoto e dá uma olhada nos canais esportivos, embora saiba que a cobertura do British Open nos Estados

Unidos só começa à tarde e, mesmo então, será mínima até a rodada final, que é amanhã. Ela liga seu notebook e confere as colocações e, de fato, Phineas Pine está em nono lugar, com quatro abaixo do par; ele está no décimo sexto buraco da rodada agora. O topo do campo se aproxima; McIlroy está na liderança, com sete abaixo do par. Phineas está três tacadas atrás, com vinte e um buracos restantes.

Não são permitidos celulares em St. Andrews, de modo que é difícil obter atualizações em tempo real. Será que Posey está, de alguma forma, enviando mensagens de texto para Nick? Ou será que Nick também foi para a Escócia? Dru-Ann se pergunta se Nick sente que o desempenho notável de Phineas de algum jeito *justifica* a decisão de Posey de desistir do Dow. *Ele teve um sonho que ia vencer.* Talvez Nick ache que é romântico Posey sacrificar sua própria vitória quase certa para estar ao lado do namorado.

Não é romântico, pensa Dru-Ann. *É patético!*

Enquanto Avalon está fazendo um chá de ervas para si mesma na cozinha e mandando mais uma mensagem de texto para Hollis — Oi, estou aqui! Devo ficar ou...? —, Dru-Ann fecha seu notebook, desliga a TV e seu celular. Ela precisa de um banho.

Brooke está deitada na cama no Quarto da Prancha com os dedos entre as pernas, se masturbando. Toda aquela conversa da noite anterior a deixou excitada. Ela pensa em si mesma no centro do círculo ontem à noite, dançando, só que, em sua fantasia, ela está nua.

Ela ouve alguém no corredor sussurrando:

— Olá? Olá? Namastê?

Soa como se a pessoa estivesse bem na frente da porta de seu quarto, mas ela conferiu duas vezes se a porta estava trancada; assim, isso aumenta a excitação de Brooke. A instrutora de ioga está a apenas alguns metros de Brooke, mas não faz ideia do tipo de êxtase de virar os olhos, curvar os dedos dos pés e arquear as costas que Brooke está vivenciando.

Quem é que precisa de ioga para encontrar a iluminação?, pensa Brooke. Ela a está encontrando bem ali, por conta própria.

A porta para o quarto de Gigi está entreaberta, e Avalon toma isso como um convite. Ela quer encontrar *alguém* antes de ir embora. Bate na porta de leve e diz:

— Olá? Olá? — E então, para se identificar como a porcaria da instrutora de ioga, acrescenta: — Namastê?

Não há resposta, e Avalon audaciosamente empurra a porta. Este quarto é tão deslumbrante quanto o resto da casa. O papel de parede é verde-escuro com uma estampa de selva; a cama modelo trenó de vime está envolta em lençóis brancos e rosa-hibisco; há ainda um tapete simples de sisal e um baú no pé da cama incrustado com madrepérola. Na outra extremidade do quarto encontra-se um jardim — há suculentas penduradas, duas palmeiras em vasos, uma prateleira branca exibindo uma fileira de bonsai. Mais uma vez, Avalon pega seu celular e tira algumas fotos rápidas, a despeito de sua frustração crescente. Avalon sai — sério, o que ela está fazendo perambulando assim? — e então nota uma porta no final do corredor e, pela janela, vê uma fatia de turquesa. A piscina!

Avalon dispara pelo corredor, pensando que talvez estejam pregando uma peça nela, talvez todo mundo esteja no deck da piscina lá fora, esperando por ela.

Mas o deck está vazio. *Que diabos?*, pensa Avalon.

Gigi deu uma caminhada na praia. Ela vê gaivotas, borrelhos, ostraceiros e, à distância, um farol listrado de vermelho e branco em um despenhadeiro. Ela não vê uma alma viva, o que lhe convém perfeitamente.

Ela se senta na areia, apoia o rosto entre as mãos e chora.

De volta à Primeira Luz, Avalon guarda suas coisas no Camry e vai embora. Esse foi um fracasso de ioga, pensa ela — mas pelo menos pegou um rolinho de canela embrulhado num guardanapo, para mais tarde.

20

Banco da Frente I

Quando todas estão embarcando no Bronco de Hollis para ir até a cidade, Dru-Ann diz:

— Adivinhem só o que eu achei na minha cama? Uma cobra de borracha!

— O quê? — diz Hollis. — Isso é impossível. Eu arrumei todas as camas ontem mesmo.

— É como aquela cena de *O Poderoso Chefão!* — diz Brooke. — Lembram-se da cabeça de cavalo?

Tatum, que está sentada no banco da frente ao lado de Hollis, diz:

— Parece que alguém estava tentando te mandar uma mensagem.

Bem, pensa Dru-Ann, *mistério resolvido.*

21

Beco de Pedra

Brooke espera que todas elas passeiem pela cidade juntas, mas, assim que descem do Bronco de Hollis, Tatum diz que tem uma coisinha para fazer e se encontrará com todas em uma hora.

— Tá bem... — diz Brooke. O vão entre o seu dedão e o segundo dedo do pé está em carne viva por causa das sandálias sádicas do dia anterior, por isso Brooke está calçando um par de tênis Skechers roxos que a faz sentir como se ela fosse o tipo de mulher que caminha no shopping. — Onde vamos nos encontrar?

Ela analisa o cenário na Main Street: há uma fila de jovens radiantes em roupas de ioga na Lemon Press; o caminhão da Bartlett's Farm está estacionado na esquina, sua carreta seccionada lotadíssima de espigas de milho, abobrinha, cenoura e rabanete com as folhas verdes ainda grudadas; um cavalheiro calvo de óculos com aro de chifre lê o jornal num banco com um golden retriever deitado aos seus pés.

— Eu queria ir na Murray's Toggery. Queria comprar uma saia vermelha típica de Nantucket.

Ela olha para Hollis em busca de validação ou algum tipo de instrução, mas Hollis está olhando fixamente para a Centre Street.

— Já volto — diz Hollis. — Mando uma mensagem se não conseguir encontrar vocês.

Ela contorna um casal empurrando um carrinho de bebê duplo e dispara atrás de Tatum.

Brooke tenta invocar a suave satisfação que sentira na cama aquela manhã, mas ela se foi. Ela havia pensado que elas seriam como cinco estrelas de uma constelação, fazendo as coisas juntas. (Será que isso era bobagem?) Enquanto Brooke experimentasse sua saia, as outras olhariam pela loja e, quando Brooke saísse do provador, elas dariam um polegar para cima ou para baixo. É o que amigas *fazem*.

— Tem uma loja que eu queria ir, mas fica do outro lado da cidade — diz Dru-Ann. — É o único lugar onde tem Dries Van Noten.

— Dries Van... — Brooke não faz ideia do que Dru-Ann está falando; parece que é alemão.

— Encontro vocês depois.

Dru-Ann acena vagamente na direção do Pacific National Bank e dispara rua afora.

Brooke se vira para Gigi com um sorriso forçado.

— Parece que somos só nós duas — diz ela.

Sente-se como elas fossem as duas últimas a serem escolhidas para o time na aula de educação física.

Gigi está usando seu chapéu *fedora* de palha, um par de óculos escuros redondos e um vestido-camiseta branca muito fofo, combinando com os tênis Veja.

— Eu queria mesmo a chance de te conhecer melhor — diz ela. — Nós mal conversamos na noite passada.

Isso anima Brooke. Ela terá Gigi e seu sotaque fabuloso só para si. Brooke quer fazer a pergunta mais óbvia: como você se conectou com Hollis? Ela simplesmente te escolheu no site dela *aleatoriamente?* Mas, sério, que pergunta grosseira. Não é de se espantar que as pessoas evitem Brooke como se ela tivesse alguma doença contagiosa; ela sempre consegue dizer a coisa errada.

Quando elas atravessam a rua, Brooke desvia para a Murray's, onde sua saia nova a espera, mas Gigi entra na Mitchell's Book Corner — e Brooke sente que não tem outra escolha, senão a seguir.

— Olha só que lugar encantador! — diz Gigi. — Eu adoro livrarias independentes.

Brooke sabe que é nobre ser cliente de livrarias independentes, mas, quando compra um livro — o que não acontece com tanta frequência; ela leu *Cinquenta Tons de Cinza* dez anos atrás, e mais recentemente comprou *Um Cavalheiro em Moscou* porque todo mundo estava lendo isso, mas nem sequer abriu o livro —, ela pede na Amazon porque é mais barato e mais fácil.

Gigi vai direto para a seção de ficção e escolhe um livro de alguém chamada Maggie O'Farrell.

— Já leu este? — pergunta ela para Brooke.

— Hã, não... — diz Brooke. — Eu nunca tinha ouvido falar...

— *O quê?* Bem, você tem que ler, ela é *tão* inteligente! Na verdade, vou comprar este aqui pra você, sem discussão. — Em seguida, Gigi pega um romance chamado *A Spool of Blue Thread*, de Anne Tyler. — Anne Tyler é *uma deusa*. Eu leio os livros dela desde que estava na faculdade e ela só melhorou com o tempo.

Brooke já ouviu falar de Anne Tyler, não ouviu? Não foi ela quem escreveu aqueles livros de vampiro quando Brooke estava na faculdade?

— Ah! — diz Gigi, pegando um livro chamado *Our Little World* na prateleira. — Eu acabei esta joia faz pouco tempo. Ela é uma autora estreante, então estou recomendando o livro dela para todo mundo, porque você sabe como é importante divulgar novas escritoras. Vou comprar este pra você também.

— Não precisa, não... — Brooke não pode deixar Gigi gastar dinheiro em livros que ela nunca vai ler.

— O que eu mais amo na ficção é que ela te dá uma forma de conectar as experiências da sua própria vida com o mundo — diz Gigi. — Você não acha?

Brooke não sabe bem o que dizer. A coisa mais literária nela é que ela mora na Thackeray Road, na seção Poet's Corner de Wellesley. Ela tem dificuldade para mergulhar nos livros, e com certeza nunca leu nada com um personagem parecido com ela. Sua vida é tão chata, tão simples, que se encontra totalmente fora do reino da literatura.

Mas... talvez Brooke *experimente* ler de novo. Talvez, com esse impulso inicial de Gigi, Brooke se torne alguém que divulga novas autoras e as recomenda para outras pessoas. Existem, claro, *vários* clubes de leitura em Wellesley. Muito antigamente, Brooke fez parte de um, atraída pela garantia de que "ninguém fala sobre o livro, tudo o que a gente faz é beber vinho!". Só que elas *tinham* falado sobre o livro, que Brooke nem começara. A líder da primeira discussão, Trinh Nguyen, uma professora do Wellesley College (Brooke tinha perdido qualquer controle sobre a situação), perguntou para Brooke o que ela achava da "jornada do herói", e Brooke ficou tão vermelha que chegou quase a um tom de roxo e disse: "Eu não cheguei nessa parte ainda". Trinh disse (numa voz que lembrava a da sra. Dolan, sua professora de inglês do primeiro ano do ensino médio): "O livro todo é a jornada, Brooke."

Não é de se espantar que Brooke não goste de ler. Seu celular nunca lhe pede para pensar; a Netflix não exige análises profundas. Ler demanda esforço e Brooke já sofre o bastante lidando com Charlie, a casa, os filhos e suas várias inseguranças.

Brooke encara as lombadas coloridas dos Lançamentos e pega da prateleira um romance com uma capa azul-celeste. A contracapa diz que o livro se passa em Nantucket; é uma "leitura de praia". Brooke consegue encarar uma leitura de praia, não é? Ela vai começar o livro naquela tarde mesmo; será tão apropriado, ler um livro de praia que se passa em Nantucket numa praia em Nantucket!

Ela se aproxima de Gigi, levantando o livro como uma oferenda.

— Vou levar este aqui.

Gigi pega o livro das mãos dela e fica olhando em silêncio.

— É, ouvi falar que essa autora é bem popular.

Brooke percebe que *popular* é um insulto disfarçado. Provavelmente o livro que Brooke escolheu é o equivalente literário a *The Masked Singer*. (Brooke adora *The Masked Singer*.)

— Mas ainda vou comprar esses dois pra você. Vai me deixar muito feliz.

— Tudo bem... — diz Brooke.

Como ela pode recusar *qualquer coisa* a Gigi, com seu gosto impecável e seu sotaque delicioso? Ainda que os livros terminem juntando poeira na mesa de cabeceira de Brooke, ela poderá olhar para eles e se lembrar da gentileza de Gigi. Quando Gigi lhe entrega o saco de papel pardo, ele tem um peso muito satisfatório. Dá a sensação de autoaperfeiçoamento, e Brooke endireita um pouco a postura.

De volta à rua, Brooke vai na frente até a Murray's Toggery, explicando o fenômeno das calças vermelhas de Nantucket.

— Elas são feitas de um tipo de lona que começa vermelho-tijolo e depois vai desbotando a cada lavagem, chegando a um tom de rosa muito distinto. As calças masculinas são o item mais popular, mas eu quero comprar uma saia.

Gigi entrelaça o braço no de Brooke.

— Vamos realizar esse sonho.

A primeira coisa que Brooke percebe na Murray's — além de seu cheiro delicioso de couro e amido — é o quanto a loja é colorida. Logo na entrada, há uma pilha de calças masculinas em amarelo, azul-claro e verde-esmeralda. Há araras giratórias de gravatas festivas — Brooke passa os dedos por uma cor-de-rosa estampada com caranguejos azuis — e carrosséis de camisas bem-passadas xadrez e listradas. Há bermudas bordadas com patos-reais, bandeiras dos Estados Unidos, trevos; cintos bordados; uma pilha de suéteres de tricô em cores como melão e turquesa. Cada peça de roupa parece prometer uma vida aproveitada velejando, jogando golfe e frequentando piqueniques improvisados nas carrocerias de picapes, caçadas à raposa e cerimônias de formatura em locais como Princeton e Duke.

Gigi puxa da arara uma camisa xadrez violeta e diz:

— Queria ter para quem comprar isto.

Sua voz soa melancólica e Brooke se pergunta se isso é um convite para perguntar a Gigi se ela pensa em namorar outra vez, agora que o relacionamento em que estava terminou. Será que ela está no Hinge ou no Bumble? Ela é piloto, portanto não está cercada de homens todos os dias?

Brooke diz:

— Eu tenho para quem comprar, mas ele não vai ganhar nada.

Isso, ela se dá conta, pode ser entendido como um convite para perguntar o que está acontecendo com Charlie, mas Brooke não quer falar sobre Charlie. Quer fingir que Charlie não existe. Ela marcha, cheia de propósito, para o departamento feminino.

Brooke admira os cardigãs de caxemira, as blusas brancas clássicas com golinhas Peter Pan, as faixas de gorgorão para o cabelo e as *espadrilles*. Ela se lembra com carinho de sua avó, que se vestia assim quando recebia convidadas para jogar bridge ou ia às reuniões de seu clube de jardinagem. E então Brooke encontra aquilo que estava procurando: uma parede inteira de saias no vermelho-Nantucket, em diferentes comprimentos. Brooke vê uma minissaia jovial demais, e há uma tamanho quarenta e dois mais para trás.

Gigi estende a mão para tocar o tecido.

— Não é *excepcional*? — diz ela.

Excepcional para uma saia poderia ser o mesmo que *popular* para um livro, mas Brooke não liga. Ela leva a saia para o provador. Somente depois de tirar seu vestido de linho é que ela percebe que não tem uma blusa para usar com a saia. Ela não pode sair desfilando só de saia e sutiã para Gigi — mas, naquele momento, soa uma batida na porta e Gigi diz:

— Peguei um cardigã muito fofo para você experimentar junto.

Brooke abre a porta uma fresta e a mão de Gigi estende um suéter de algodão listrado de branco e azul-marinho com gola canoa que é, de fato, muito fofo. Brooke o puxa por cima da cabeça e fecha a saia. Quando ela sai do provador, Gigi abre um sorriso radiante e bate palmas.

— Não está linda? Ah, Brooke, é isso aí, você tinha razão. Ficou ótima em você!

Brooke está tão feliz que quase começa a chorar. Ela está *feliz* que as outras não estejam por perto. *As coisas sempre saem como deveriam*, pensa ela; era para Brooke e Gigi terem esse tempo para se conectarem.

Brooke decide comprar o suéter e a saia. Talvez vista essa roupa amanhã à noite para a festa da pizza, o caminhão de sorvete e os fogos. Quando a moça do caixa dobra a saia, diz:

— A cor vai desbotar depois de algumas lavagens.

— Ah, sim, eu sei — diz Brooke.

Ela entrega seu Visa para a atendente, rezando para que Charlie, em seu desespero, não tenha feito nada precipitado, como acumular uma imensa dívida de jogo no Barstool Sports. Mas a cobrança é aprovada tranquilamente; a atendente entrega a sacola de compras para Brooke e ela sai da loja praticamente flutuando.

Ela está num humor tão bom que só vê Electra quando já é quase tarde demais. No entanto, algum instinto faz Brooke se virar, ou talvez seja o amarelo-vivo do vestido de Electra, ou a marcha equina de suas sandálias plataforma na calçada que chamam a atenção de Brooke. Electra está vindo diretamente até elas.

— Para onde agora? — pergunta Gigi.

Brooke *não pode* arriscar um encontro com Electra, mas como poderia evitar isso? Ela segura Gigi pelo braço e dobra a esquina, apesar de a rua ser, muito claramente, residencial.

— Por aqui — diz Brooke, puxando Gigi consigo.

Ela ouve Electra chamar seu nome, mas finge não escutar. Caminha rapidamente adiante. (Graças a Deus pelos tênis.)

Ela precisa de uma rota de fuga! Talvez não houvesse problema trombar com Electra se ela estivesse sozinha, mas Brooke não pode apresentar Gigi, porque isso chegaria em Hollis. À esquerda, Brooke vê o que julga ser a entrada de alguma casa... até reparar numa das placas de rua de bom gosto de Nantucket; ela diz BECO DE PEDRA.

— Quero dar uma olhada nisso aqui — diz Brooke a Gigi, e praticamente corre pela ruazinha íngreme de paralelepípedos escondida entre os fundos dos comércios da Main Street e as laterais de casas particulares. Electra não será capaz de persegui-las naquelas plataformas sem torcer um tornozelo.

— Isso é tão excêntrico! — grita Gigi. — Feito algo saído de um livro de histórias.

Será que é excêntrico o fato de Brooke estar tão desesperada para evitar Electra que se vê correndo pelos paralelepípedos, as sacolas de compras batendo contra suas pernas? Ela mesma poderia quebra algum osso com facilidade, mas não se importa; precisa escapar. Se Hollis descobrir que Brooke e Electra se reconectaram, nunca irá perdoá-la. Por que raios Brooke concordou em tomar um drink com ela? Por que não confrontou Electra sobre todo o dano que ela causou? Em vez disso, Brooke se curvou diante do altar de Electra; marcou uma data para o futebol americano rock and roll na agenda de seu celular.

Brooke continua descendo a ladeira até o fim, Gigi em seu encalço, até que a ruazinha se transforma num conjunto de degraus de pedra que as deposita na Union Street. Brooke está sem fôlego e mais do que levemente mortificada. Gigi vai pensar que ela é maluca. E não é?

Porém, quando Gigi a alcança, parece eufórica.

— Esse foi um desvio muito estiloso — diz ela. — Enquanto descíamos, eu podia imaginar capitães de baleeiros usando aquela viela para visitar suas amantes. E garotas quaker em suas toucas com babados encontrando seus namoradinhos para beijos roubados.

Brooke não questiona mais por que Hollis convidou Gigi para o Fim de Semana Cinco Estrelas. A mulher é um deleite absoluto.

Gigi olha para seu celular.

— Aqui diz que tem um lugar no próximo quarteirão chamado Handlebar Café. Que tal tomarmos um cafezinho?

— Vamos, sim! — diz Brooke, agora fingindo um leve sotaque britânico também. — Seria simplesmente maravilhoso.

22

Sob o Efeito I

Dru-Ann lamenta não ser uma amiga melhor, ou seja lá o que se espera dela neste fim de semana, mas ela gosta de fazer compras sozinha. Ela sabe o que lhe cai bem e o que não, e entra e sai das lojas com a maior eficiência possível. Ela também é uma esnobe, e a possibilidade de entrar numa porção de lojas que vendam camisetas de Nantucket, espelhos montados em escotilhas de latão, ou aquarelas do porto, lhe dá comichões. Brooke queria ir para a Murray's, que é onde as mulheres que entregam os hinários na igreja episcopal fazem compras. Sem ofensas, mas o gosto de Dru-Ann é um pouco mais urbano.

A Gypsy não decepciona. Fica em um dos grandes casarões antigos na Federal Street; tem um agradável jardim ao ar livre, onde duas jovens estão sentadas num sofá que parece confortável, com sacolas de compras a seus pés. Uma delas é negra, de cabelos curtinhos, usando um batom vermelho-vivo e usando Gucci da cabeça aos pés. A outra é loira com pele de porcelana num daqueles vestidos compridos, florais e de mangas bufantes que faz Dru-Ann pensar no livro *Uma Casa na Floresta*. A mulher de Gucci está mostrando para a protagonista do romance algo no celular; Dru-Ann escuta quando ela diz: "Essa foi da sessão de fotos no apartamento de Rashad, na Bleecker." Ambas levantam a cabeça quando Dru-Ann se aproxima e ela sorri, no mínimo para provar que, mesmo sendo uma nativa de Chicago, ela pode ser simpática com gente de Nova York.

Quando Dru-Ann entra na Gypsy, é como se entrasse em seu próprio nirvana *fashion*. Ela estava procurando por um vestido estilo camisa Dries Van Noten em específico, na cor ametista, que o site diz estar esgotado, e na mesma hora o vê do outro lado da loja. Um vendedor alto, esguio e dolorosamente chique observa o visual de Dru-Ann — suas calças jeans Mother, os tênis Golden Goose, a camiseta Rick Owens sob um blazer de linho creme Veronica Beard — e assente em aprovação de maneira quase imperceptível. Dru-Ann não é uma turista que vagou para o interior da loja procurando "algo bonitinho para usar quando for sair para comer lagosta". Dru-Ann está no lugar certo.

— Bem-vinda à Gypsy — diz o vendedor. — Meu nome é Joey. Posso lhe oferecer uma taça de champanhe?

Será que Dru-Ann gostaria de um champanhe às dez e meia da manhã? Mas *é claro* que sim.

— Eu adoraria, obrigada. Meu nome é Dru-Ann.

Em uma despensa minúscula, mas muito bem equipada, atrás do balcão, Joey abre uma garrafa de Moët et Chandon que está mergulhada no gelo. Dru-Ann fica agradavelmente surpresa; estava esperando um *prosecco* em temperatura ambiente. Ela aceita a taça de Joey, passa os óculos escuros para o topo da cabeça e tira do cabide o vestido ametista, tamanho P.

— Vou preparar um provador pra você — diz Joey.

Dru-Ann perambula pela loja, tocando em mangas, pegando suéteres. Eles têm as calças Nili Lotan que estão por toda a internet. Dru-Ann gosta da versão em tom casca de ovo, mas será que elas estão muito na moda agora? Será que poderiam ser classificadas como um estilo meio "vovó do litoral", um visual que Dru-Ann evita desesperadamente? Ela vê um vestido Raquel Allegra que vai experimentar só por diversão e uma blusa estilo *camisole* em marfim da Chloe. Tenta banir Nick de sua mente, embora não consiga evitar reprisar um sábado apenas duas semanas antes — antes do desastre do Dow Invitational, quando ela e Nick tomaram mimosas no Hoxton, fizeram compras nas boutiques do West Loop, almoçaram bem tarde no Beatrix e depois voltaram para a casa de Dru-Ann e fizeram sexo do tipo que se vê nos filmes. Parece *muito* estranho que Nick não saiba que ela está em Nantucket — ela mencionou o fim de semana para ele assim que Hollis a convidou, mas duvida que ele se lembre — e que ela não faça ideia de onde Nick está hoje. Ele tem uma propriedade à beira do lago em Winnetka, onde mora com

Polly; está esperando-a "alçar voo" para vender o casarão e comprar a cobertura no número 9 da Walton.

Será que ele está em casa, em Winnetka, pergunta-se Dru-Ann, ou será que foi para a Escócia?

Se Nick voou para a Escócia, será que Dru-Ann poderia perdoá-lo algum dia? Será que o perdão dela teria alguma importância, já que eles "deram um tempo"? Dru-Ann vira seu champanhe e pega uma jaqueta de couro vermelho Isabel Marant. Ela vai... o quê? Gastar dinheiro até a dor passar?

A melhor coisa sobre as outras quatro estrelas, até Tatum, é que elas a distraíram de pensar em tudo isso.

As duas jovens do jardim entram na loja. *Devem ser influencers*, pensa Dru-Ann. Elas se comportam como se o mundo as estivesse olhando. Dru-Ann cogita fazer amizade com elas e ver se querem ir a um bar. Ela poderia contar para elas sobre o Fim de Semana Cinco Estrelas e que uma das outras mulheres escondeu uma cobra de borracha nos lençóis dela para acertar as contas de uma mágoa de vinte e cinco anos. Joey repõe o champanhe de Dru-Ann e leva a jaqueta vermelha para o provador. Dru-Ann o segue antes que decida provar a loja inteira.

O vestido ametista é aprovado, definitivamente (ela já sabia disso), o Raquel Allegra é reprovado (Joey é de uma franqueza inesperada: "Não caiu bem em você.") A blusinha *camisole* por baixo da jaqueta de couro vermelha é um sucesso tão grande que as influencers gravitam para perto dela, e a que está de Gucci pega o celular para tirar uma foto.

— Isso é Isabel Marant? — pergunta ela.

— É, sim — diz Dru-Ann. Ela faz pose com seu champanhe. — Acho que vou me mimar hoje.

A protagonista vai até a arara para conferir o preço da jaqueta.

— Dois mil e seiscentos dólares — diz ela, com um tom de assombro na voz.

Dru-Ann dá uma piscadinha para Joey.

— Vou levar o vestido roxo e a *camisole*.

— Excelente — diz Joey.

A influencer de Gucci ainda está com o celular levantado. Agora, parece que ela está filmando Dru-Ann.

— A gente sabe quem você é — diz ela.

— Você desrespeitou Posey, nossa garota — diz a protagonista. — Assim como os outros cinquenta e três milhões de americanos que sofrem com problemas de saúde mental.

Dru-Ann quase deixa cair seu champanhe. Isso foi uma emboscada. Ela tem praticamente certeza que essas duas não saberiam a diferença entre um taco de ferro nove e um ferro de passar — e, ainda assim, Posey Wofford é a "garota" delas? Dru-Ann tem vontade de arrancar o celular das mãos da Gucci e estourá-lo no chão. Em seguida, se pergunta se essa não poderia ser sua chance. Essas mulheres são influencers; talvez tenham centenas de milhares de seguidores cada uma. Elas poderiam ajudá-la a divulgar o que houve.

— Tenho certeza que vocês querem saber a real — diz Dru-Ann. — Que é o fato de que Posey Wofford estava fingindo ter "problemas de saúde mental" para poder escapar de seu compromisso com o Dow Invitational.

Ela fez as aspas no ar.

Gucci larga o telefone e lança um olhar de desprezo para Dru-Ann.

— Se você acha que eu vou espalhar um lixo como esse, está muito enganada.

— Eu sei que a saúde mental é um problema real — diz Dru-Ann. — E eu estava falando *em defesa* dos cinquenta e três milhões de americanos que sofrem com isso. Posey Wofford estava usando essa desculpa porque era conveniente para ela.

— Venha, Bex — diz a protagonista. — Vamos embora.

Gucci segue a protagonista porta afora, mas, antes de ir, ela se vira para Dru-Ann.

— Você era minha heroína, sabe? Eu assistia a *Jogue Como uma Garota,* lia seus artigos no *The Cut,* te achava inteligente e perceptiva, um *modelo a ser seguido,* até ver aquele vídeo. Foi uma enorme decepção. *Você* foi uma enorme decepção.

A fachada polida da Gucci escorrega por um instante, e Dru-Ann vislumbra a autenticidade dela. Esta mulher, Bex, admirava Dru-Ann e sente que Dru-Ann a desapontou. Isso é, francamente, preocupante.

Talvez Dru-Ann devesse simplesmente emitir o pedido de desculpas e acabar logo com isso.

Mas permanece o fato de que a saúde mental de Posey passa muito bem.

— Eu sei que parece que as coisas são de um jeito — diz Dru-Ann. — Mas confie em mim, é exatamente o oposto. Você tem que acreditar em mim... — O sangue pulsa em seus ouvidos, e ela está nauseada pelo champanhe; ela veio para Nantucket para manter um perfil discreto, mas a notícia de sua desgraça está por toda parte, até mesmo aqui. — Posey Wofford é que é a decepção.

— Já chega — dispara a protagonista.

A expressão da Gucci endurece de volta a uma máscara impenetrável.

— Olha, tô indo — diz ela, e as duas saem, fechando a porta com firmeza ao passar.

Há um momento de um silêncio incrivelmente constrangedor, e então Joey retira a taça vazia de champanhe da mão de Dru-Ann e leva o vestido ametista para fora do provador.

— Vou só embrulhar isso aqui — diz ele. — O que você decidiu sobre a jaqueta?

Joey já sabe o que Dru-Ann vai dizer; sentir-se desconfortável faz com que as pessoas gastem mais dinheiro. Sua comissão vai subir!

— Vou levar — diz ela.

23

Torrada de Centeio

Hollis segue Tatum pela Centre Street como alguém que leu *Espionagem para Leigos*. Ela se mantém cinco ou seis passos atrás e, quando Tatum entra na India Street, Hollis também entra. Quando Tatum passa por entre a multidão esperando do lado de fora do Black-Eyed Susan's, Hollis a acompanha — mas as pessoas ficam irritadas só com Hollis.

— A gente estava *esperando!*

Tatum analisa o restaurante — está movimentado, como sempre, e cheira intensamente a café, manteiga, baunilha e bacon — até que ela avista Kyle e Jack numa mesa com quatro lugares e duas cadeiras desocupadas. Ela agarra Kyle pelos cabelos da nuca e dá um beijão suculento em seu rosto, depois se senta no lugar ao lado dele.

— Acho que eu fui seguida — diz ela.

— Sério? — pergunta Kyle. — Por quem?

Um segundo depois, Hollis se joga no assento em frente ao de Tatum.

— Surpresa!

— Surpresa nada — diz Tatum. — Eu vi o seu reflexo na vidraça da galeria de Don Freedman.

— Surpresa nada — diz Jack, com uma piscadela. — Eu sempre soube que você voltaria para mim.

— Opa! — diz Kyle. — Ele foi direto ao ponto!

Hollis ri. A dor de cabeça que teve a manhã inteira subitamente se foi.

— É só um café da manhã — diz ela.

Kyle levanta sua xícara.

— A banda está finalmente reunida de novo.

É uma coisa boa, está tudo bem, é inocente, pensa Hollis. Este é o momento perfeito para papear com Jack. Kyle e Tatum fazem parecer normal — ela está vendo velhos amigos. Mas será que ela se sente normal? Não, não se sente. Jack Finigan está aqui, e Hollis não consegue ignorar a ebulição dentro dela.

Tatum quer dizer a Jack para fugir para as colinas. Kyle quer dizer a Jack (e talvez tenha dito na noite anterior) para "dar uns pegas" e *depois* fugir para as colinas.

Hollis chama o garçom e pede um café. Ela estava com tanta ressaca em casa que tudo o que conseguiu foi tomar uma água gelada, e agora está *morrendo de fome*. Jack lhe entrega o cardápio e diz:

— Eu sei o que você vai pedir.

— Ah, faça-me o favor — diz Tatum. — Todos nós sabemos o que Hollis vai pedir.

— Dois ovos mexidos, bacon crocante, torrada de centeio e *hash browns*, desde que sejam *hash browns* mesmo, e não batatas fritas caseiras — diz Kyle.

— Bom, agora você acabou com a minha graça — diz Jack.

— Com a minha também — diz Tatum.

O que nenhuma das pessoas comendo ou trabalhando no Black-Eyed Susan's naquela manhã sabe é que, no ensino médio, esses mesmos quatro indivíduos tomavam café da manhã no Downyflake todo sábado depois das partidas dos Whalers nas noites de sexta, e enquanto Jack, Tatum e Kyle variavam entre rabanadas, omeletes e os famosos donuts do Downyflake, Hollis sempre pedia a mesma coisa. Ela sempre havia sido a previsível.

Como é que eles sabem que eu não desenvolvi novos gostos?, pergunta-se ela. Talvez peça os *huevos rancheros* ou o mexido apimentado tailandês.

Mas ela não quer essas coisas.

— É *exatamente* o que eu vou pedir — diz ela, largando o cardápio na mesa com um baque.

— Esses rapazes caíram na gandaia ontem à noite — diz Tatum. — Foram para o Straight Wharf. Depois para o Gaslight.

Kyle levanta as mãos, as palmas para cima.

— Eu só estava tentando ser um bom parceiro. Jack estava em busca de companhia noturna.

Hollis analisa sua própria aliança de noivado e a de casamento.

— Deu sorte? — pergunta despretensiosamente.

Quando Tatum ouve a expressão *companhia noturna*, o ponto dolorido em seu seio começa a latejar.

— Eu te deixo sozinho por uma noite e você já vai atrás de mulher?

— Sou inocente — diz Kyle. — Fiquei no meu canto enquanto Jack jogava seu charme sobre a sua chefe e a parceira dela.

Tatum leva um minuto para entender o que Kyle está lhe dizendo. *Sua chefe e a parceira dela*. A chefe de Tatum.

— Vocês viram *Irina?* — pergunta Tatum. — *Com Veda?*

Ela agarra as laterais da mesa. Esperava ouvir que Jack havia dado em cima de algumas turistas de Menasha, Wisconsin, chamadas Melissa e Debbie, que tinham ido parar no Gaslight porque a fila do Club Car Piano Bar estava grande demais. É muito, *muito* pior que Jack tenha falado com Irina e Veda. Sim, elas usam maquiagem demais e seu perfume dá lágrimas nos olhos, mas elas têm uma grande confiança sexual — e será que Kyle não se lembra do pesadelo medonho de Tatum, aquele em que Irina e Kyle acabam na cama juntos?

— Por que você não me contou isso antes?

— *Eu* não estava falando com elas — diz Kyle. Ele olha para Jack do outro lado da mesa. — Me dá uma força aqui, amigão.

— Elas eram as únicas duas mulheres do lugar que não estavam fumando vape ou gravando vídeos para o TikTok — diz Jack.

— Irina te viu? — Tatum pergunta a Kyle. — Ela disse alguma coisa?

Até onde ela sabia, Kyle e Irina só se conheciam de passagem. No inverno passado, quando o Pilot estava na oficina, Kyle deixava Tatum no trabalho e a buscava, então houve uma apresentação — Irina foi muito mais charmosa com Kyle do que jamais havia sido com Tatum; nenhuma surpresa nisso.

Um querido, Irina comentara na época. *Seu querido marido.*

O que Irina achava de ter visto Kyle sozinho enquanto Jack dava em cima delas?

Tatum não sabe muito bem o que fazer com sua raiva. Kyle aperta o joelho dela e Tatum afasta a mão dele com tanta força que chacoalha a mesa e o café de todo mundo se derrama pela borda das xícaras.

Hollis tenta mudar de assunto.

— Você ainda é dono de um bar? — pergunta ela a Jack.

Mas sua pergunta se perde na estática vinda do outro lado da mesa. Kyle garante a Tatum de que estava cuidando de sua própria vida, tentando ouvir a banda, e que foi Jack quem conversou com Irina, Jack que dançou com Irina e a amiga dela. Hollis sente uma pontada estranha ao ouvir isso, o que é completamente absurdo; Hollis e Jack terminaram quando Ronald Reagan ainda era presidente.

O garçom deles, um veterano do horário matinal chamado Naz, surge com os pratos, mas não consegue entregar tudo porque a mulher de cabelos escuros na mesa empurra sua cadeira para trás, se levanta e — eita! — ela está chorando. (Naz vê mais gente chorando no café da manhã do que seria de se imaginar.) Hollis também nota o choro de Tatum e tenta chamar a atenção dela, mas Tatum passa por Naz e se dirige aos banheiros no fundo do restaurante.

Naz coloca os pratos de todos na mesa.

— Mais alguma coisa que eu possa trazer pra vocês?

Kyle está olhando para onde Tatum foi. Jack diz:

— Pode nos trazer um pouco de geleia de laranja, por favor?

— É claro.

Naz se retira apressadamente.

Hollis olha para sua torrada de centeio douradinha, depois para as panquecas de mirtilo de Tatum, depois para Kyle.

— Acho que é bom saber que ela ainda pode sentir ciúmes.

— Ela não está com ciúmes — diz Kyle. — Quer dizer, está, mas não é por isso que ela está chateada.

Ele mói pimenta por cima de seus ovos Benedict.

— Presumo que ela tenha te contado sobre a biópsia.

— Biópsia? — diz Hollis. — Que biópsia?

— Ah, droga — diz Kyle.

Hollis o encara.

— Nódulo no seio direito — diz ele. — Ela perdeu a ligação da médica com os resultados na quinta, e agora tem que esperar até segunda.

Hollis exala. Como é que Kyle pode estar tão calmo? Jack também. Todos eles passaram pelo câncer de Laura Leigh juntos. A mãe de

Tatum, Laura Leigh Grover, usou uma touca de tricô dos Nantucket Whalers em sua cabeça careca para ir à formatura deles; três semanas depois, ela estava morta. Kyle e Jack tinham ajudado a carregar o caixão; tinham colocado a mulher a quem todos eles amavam intensamente em sua cova.

Tatum!, pensa Hollis. Como Tatum tinha guardado para si essa notícia? Ela é tão corajosa, mas também tão tola. Hollis é sua melhor amiga — ou costumava ser. Dói em Hollis o fato de que Tatum aparentemente não confia o suficiente nela para fazer confidências. O câncer de mama de Laura Leigh foi *muito* agressivo; o fim foi rápido e brutal. Tatum deve estar apavorada.

Mas trinta e cinco anos tinham se passado desde que Laura Leigh recebeu seu diagnóstico. Houve mais pesquisas; grandes progressos e vários ensaios clínicos. Tatum seria tratada em Boston, talvez até no Mass General, onde Matthew trabalhara e onde Hollis seria capaz de lhe dar acesso aos melhores médicos *do mundo*. E o nódulo ainda poderia acabar sendo benigno.

Mas tudo isso parece um pensamento mágico. Um possível diagnóstico de câncer, especialmente com um histórico familiar como o de Tatum, é assustador. Hollis pensa na noite anterior: Tatum comendo, bebendo, fumando um cigarro, dançando. Antes de se retirar para a suíte de hóspedes Cinquenta Tons de Branco, ela abraçara Hollis e dissera:

— Obrigada por me receber, mana.

Havia muito a destrinchar naquela única frase, principalmente o fato de Tatum ter usado o apelido antigo delas. Hollis poderia ter relembrado a Tatum de que a convidava para jantar todo verão desde que construíra a casa nova, e Tatum nunca tinha vindo — mas isso levaria a outros lugares que nenhuma das duas queria visitar, e já estava tarde e ambas haviam bebido, então Hollis disse:

— Obrigada por *ter vindo*, mana.

E elas saíram, trôpegas, para seus respectivos quartos.

— Ela não me contou — diz Hollis. — Parecia bem ontem à noite. Ela se divertiu. Nós fizemos nossa dancinha.

— Ah, a dancinha — diz Jack.

Kyle se levanta.

— Vou dar uma olhada nela.

Ele deixa a mesa quando Naz traz um pote de geleia de laranja. Jack a empurra para Hollis.

— Pediu isso para mim? — pergunta ela.

— Você quer, não quer?

Bem, claro que queria. A torrada de centeio amanteigada de Hollis não estaria completa sem a geleia de laranja.

— Não posso acreditar que você se lembra.

— Ah, Holly — diz ele, e suspira. — Faz quatro décadas que eu não posso ver uma fatia de torrada de centeio sem pensar em você a cobrindo com o recheio mais repugnante de todos, geleia de laranja.

Hollis balança a cabeça, os olhos se enchendo de lágrimas.

Jack passa o braço ao redor dela e a aperta.

— Ela vai ficar bem — diz ele.

Enquanto Kyle e Tatum trocam um longo beijo de despedida do lado de fora do Black-Eyed Susan's, Jack insiste para que Hollis anote o número de seu celular.

— Me liga mais tarde se não estiver ocupada.

— Vou estar ocupada — diz Hollis.

Ela pensa, culpada, em Brooke, Dru-Ann e na coitada da Gigi, todas abandonadas à própria sorte por ela. Mas... nem cavalos selvagens a afastariam de Jack. Quando olha para ele, ela vê um homem de cinquenta e três anos, mas também um rapaz de dezessete. O sorriso dele é como o brilho do sol no rosto dela.

— Tá, tudo bem.

Ela anota o número dele.

— Encontrei sua filha hoje cedo — diz Jack. — Provavelmente não deveria dedurá-la, mas ela acordou na casa dos McKenzie e não conseguia chamar um Uber, então lhe dei uma carona até a cidade.

— Na casa dos McKenzie? — diz Hollis. — Ela estava... o quê? Com Dylan?

Deve ter sido *ele* quem deu carona para Caroline ontem, pensa Hollis. Dylan McKenzie!

Jack levanta as mãos.

— A gente não falou sobre isso.

— E sobre *o quê* vocês falaram? — diz Hollis. — Caroline não é minha maior fã esses tempos.

— Bem, ela pareceu surpresa ao descobrir que você costumava caçar e pescar vieiras com o seu velho.

— Ah, minha nossa — diz Hollis. — Eu não pesco vieiras há séculos.

— Mas aposto que ainda se lembra do cantinho secreto do seu pai — diz Jack.

— Lembro, sim — diz Hollis. Ela dá um tapinha nele. — E, não, eu não vou te contar.

Finalmente, Tatum e Kyle se separam; todos se despedem e Tatum se vira uma última vez para acenar. Hollis planejava perguntar a Tatum sobre a biópsia assim que ficassem sozinhas, mas decide que deve deixar Tatum ser a primeira a tocar no assunto.

Tatum para no meio da calçada para acender um cigarro.

— Holly?

Lá vem, pensa Hollis.

— Tay? — diz ela.

Tatum solta uma nuvem de fumaça pelo canto da boca.

— Eu acho bom Irina ficar longe do meu marido — diz ela. — Ou eu vou colocar uma cobra na cama *dela,* e não vai ser de borracha.

24

Banco da Frente II

Ocorrem múltiplos avistamentos de Hollis Shaw e suas "estrelas" na cidade no sábado de manhã. Ouvimos isso de Naz, do Black-Eyed Susan's, de Joey, da Gypsy, e do padre da igreja de St. Mary, padre John, que avista as mulheres quando está a caminho da igreja para se preparar para um casamento. (O padre John não sabe de nada sobre o Fim de Semana Cinco Estrelas, mas reconhece Tatum McKenzie, sua paroquiana, e parece que ela está discutindo com uma mulher que talvez seja a apresentadora de *Jogue Como uma Garota*. Será possível?)

Sharon Loira está saindo da loja de Erica Wilson com linhas de bordado num arco-íris de cores para sua filha (pelo jeito, pulseiras da amizade voltaram à moda) quando vê uma cena se desenrolando junto ao Bronco vermelho-vivo de Hollis Shaw. Sharon, que vinha torcendo para ter um vislumbre de Hollis e suas amigas, aproxima-se o máximo possível sem se revelar, ouvindo escondido desavergonhadamente como sempre.

Tatum põe a mão na maçaneta da porta do carona do Bronco e Dru-Ann afasta a mão com um tapa.

— Nada disso. Você se sentou na frente na vinda, eu vou na frente agora.

Tatum se vira para ela.

— Quantos anos você tem, nove?

— Eu? — diz Dru-Ann. — Foi você quem colocou uma cobra de borracha na minha cama, como se fôssemos rivais num filme da Disney.

— Não faço ideia do que você está falando — diz Tatum.

— Você guarda essa mágoa de mim por causa do que eu disse no banheiro no casamento da Hollis — diz Dru-Ann. — Foi *uma piada.*

— Houve outras coisas que me irritaram também — diz Tatum.

— Coisas que aconteceram *há vinte e cinco anos!* — diz Dru-Ann. — Como é que elas ainda podem ter alguma importância?

A voz de Dru-Ann é alta o bastante para chamar atenção, e Tatum olha ao redor. A Main Street está lotada de veranistas vivendo suas vidas muito contentes. De canto de olho, Tatum vê o padre John da igreja St. Mary. (Tatum conhece o padre John há anos e não quer que ele a veja agindo de forma indecorosa.) Tatum sabe que está exagerando a história do casamento; é provável que apenas dez por cento de sua raiva seja por causa de Dru-Ann — noventa por cento tem a ver com outras coisas.

Então Tatum resmunga e deixa Dru-Ann ficar com o banco da frente. Não importa, exceto pelo fato de que ela ficará espremida no banco de trás com Gigi e Brooke. Brooke se oferece para sentar no meio e Tatum é a última a embarcar, o que a coloca atrás de Dru-Ann. Ela cutuca o ombro de Dru-Ann e diz:

— Deslize o banco para a frente, por favor. Estou mordendo meus joelhos aqui.

Dru-Ann a ignora. Hollis sai com o carro. Sharon Loira observa o Bronco sacudir e serpentear pela Main Street. É evidente que o Fim de Semana Cinco Estrelas tem lá sua parcela de drama! Sharon, é claro, está morrendo de vontade de saber mais.

— Como foi o passeio de todas? — pergunta Hollis, assim que viram à esquerda e pegam a superfície mais lisa da Orange Street. — O que vocês compraram?

Tatum notou que Dru-Ann está carregando uma grande sacola preta fosca da Gypsy, uma loja onde tudo custa no mínimo mil dólares — não exatamente, mas, sim, é verdade. Tatum não ousaria colocar os pés lá, mas não é surpresa nenhuma que seja onde Dru-Ann fez suas compras.

Brooke se debruça adiante e grita:

— Gigi e eu nos divertimos *muito!* Fomos para a Mitchell's e Gigi comprou dois livros para mim, o novo de Maggie O'Farrell e um livro de uma autora estreante chamada Karen Winn, e eu comprei um para mim, uma leitura de praia *que se passa em Nantucket.* O que poderia ser mais legal que isso?

Brooke tira o livro de praia do saco de papel pardo a seus pés e as páginas esvoaçam-se com a brisa como as asas de um pássaro estressado.

Ha, pensa Tatum. A autora do livro é uma moradora local, cliente da McKenzie Aquecimento e Resfriamento, mas Tatum não mencionará isso porque o entusiasmo de Brooke já é bem irritante. Tatum gostaria de estar indo para Smith's Point com Kyle e Jack. Eles levariam um cooler com cerveja e ficariam até o pôr do sol, e no caminho para casa parariam no Millie's para tomar margaritas e comer tacos de lagosta. Em vez disso, Tatum terá que ficar se perguntando o que Kyle e Jack estão aprontando. Não consegue acreditar que eles viram Irina e Veda quando estavam fora ontem à noite. Jack *dançou* com elas. Tatum jamais aceitaria virar outra história repugnante: *eles eram namoradinhos de escola, foram casados por trinta e um anos, e aí ela morreu e ele se casou com a chefe dela!*

Não. Tatum tira o cigarro de sua bolsa e se vira para Brooke.

— Você se importa se eu fumar?

Brooke, porém, está tagarelando desenfreadamente.

— Aí a gente foi para a Murray's! — diz ela. — E eu comprei essa saia vermelho-Nantucket!

Ela puxa a saia da sacola, e o vento soprando sobre o carro faz o tecido estalar como uma bandeira. Por pouco ela não acerta a cara de Tatum, e o cabelo encaracolado de Brooke também está voando para todo lado. Ela provavelmente acha que é romântico deixar o cabelo solto num conversível. Tatum se afasta de Brooke, embora tenha apenas alguns centímetros para se mover.

— Vai parecer que você se fantasiou de Nantucket para o Halloween — diz ela.

— Tatum — diz Hollis. — Nós duas já usamos essas saias. É bem provável que você ainda tenha a sua, e que ela ainda sirva.

— Isso foi a trabalho — diz Tatum. Durante os verões de 1986 e 1987, quando ela e Hollis arrumaram empregos como garçonetes no Rope Walk, elas tiveram que usar saias vermelho-Nantucket e camisetas brancas justinhas. — A gente não usou isso *voluntariamente*. Não gastamos um bom dinheiro nelas.

Brooke dobra sua saia e a enfia de volta na sacola.

— E eu comprei um suéter — diz ela, timidamente. — Gigi me ajudou a escolher.

Brooke é uma mulher adulta que precisa de ajuda para escolher suas próprias roupas, pensa Tatum. *Isso basicamente a resume.* O que Tatum está fazendo aqui com essa gente? Quando chegam à rotatória, ela quase pede a Hollis que a deixe em casa. Seria um alívio. Mas Tatum não desiste das coisas. Ela não *abandona* as pessoas.

Brooke se debruça sobre o banco da frente.

— O que *você* comprou, Dru-Ann? — pergunta ela. — Mostra pra gente!

— Não estou a fim de mostrar agora. E será que você poderia diminuir um pouco o volume, por favor? Você está no volume onze, e precisamos chegar no três.

Amém, pensa Tatum. Pelo menos nisso elas concordam.

Brooke afunda de volta em seu assento. Ela abre a boca para se desculpar (não deveria ter tomado um café no Handlebar Café; ela sabe que cafeína em excesso a deixa insuportável, ou pelo menos é o que Charlie diz), mas não, não vai se desculpar. Vai simplesmente ficar sentada ali em silêncio pelo resto da viagem. Esqueça o entusiasmo, esqueça o compartilhamento.

Gigi aperta o antebraço de Brooke e é essa pequena gentileza que faz os olhos de Brooke arderem com lágrimas. Gigi provavelmente tem pena dela. Brooke revira sua bolsa, encontra um elástico e amarra o cabelo.

Tatum não consegue esperar nem mais um segundo; acende seu cigarro. Elas estão, afinal de contas, em um conversível. Ela inala profundamente, depois solta a fumaça para o lado e pendura a mão para fora do carro. Ninguém reclama. Gigi está de olhos fechados e cabeça reclinada para trás. Hollis está prestando atenção na estrada e, Tatum poderia apostar, sonhando com Jack. Os dois voltaram a ser adolescentes de dezessete anos. Foi hilário de assistir.

Tatum dá outra tragada. Ela sente sua tensão diminuir um pouco, mas aí Dru-Ann se vira bruscamente.

— Você está *fumando?* Está! E acabou de soprar a fumaça bem *no meu cabelo!*

Tatum quase solta a fumaça na cara de Dru-Ann, mas isso já é ir longe demais, mesmo para ela. Ela deixa a fumaça escapar pela lateral da boca e bate as cinzas.

— Eu definitivamente não soltei.

— Quem fuma num carro cheio de gente? — diz Dru-Ann. — Que coisa mais vulgar.

Tatum se inclina para frente.

— O que foi que você disse?

— Que o que você está fazendo é pra lá de sem consideração.

— Você me chamou de *vulgar* — diz Tatum. — Eu ouvi. — Eis aqui, então, a prova sólida do que Tatum desconfiava esse tempo todo. — Desculpe por não ganhar um salário na casa dos seis dígitos como você.

Sete, na verdade, pensa Dru-Ann, mas não diz isso, e agora deseja que tivesse mantido a boca fechada, porque não quer que Tatum a odeie ainda mais.

— Não se trata de dinheiro — diz Dru-Ann. — É uma questão de educação.

— Estamos num conversível! — diz Tatum. Ela joga o cigarro fora com um peteleco. — Mas tanto faz, me desculpe.

Ela se odeia por pedir desculpas para Dru-Ann, embora, na verdade, esteja pedindo desculpas para Hollis.

— Espero que seu cabelo sobreviva.

Hollis fica tentada a se manifestar em defesa de Tatum — a coitada está esperando o resultado da biópsia —, mas, se o fizer, Dru-Ann sem dúvida vai dizer: *Por que você sempre a protege? Você vem fazendo isso a vida inteira*, e então Tatum vai dizer: *Porque ela me conhece a vida inteira*. Hollis fica quieta, e todas as outras ficam quietas, e Hollis respira fundo, torcendo para que esse seja o fim da discussão. A volta para casa, pensa ela, é uma experiência três estrelas, talvez até apenas duas. Quando elas chegam na entrada da garagem, a única pessoa sorrindo é Gigi.

Graças a Deus por Gigi, pensa Hollis.

25

Talvez: Sofia

Quando Caroline acorda pela segunda vez no sábado, há um bilhete de sua mãe na cozinha. *Fazendo compras na cidade. Voltamos ao meio-dia,* diz ele. *Aleluia,* pensa Caroline. Ela tem a casa só para si. O café da manhã, é claro, já foi retirado (sua mãe é tão perfeccionista que chega a ser uma obsessão), mas Caroline encontra os rolinhos embrulhados num origami de papel-manteiga e faz uma xícara enorme de café com leite de amêndoa para si mesma. Ela vai para seu lugar favorito em toda a propriedade: a ponte sobre o laguinho.

O centro arqueado da ponte é um ótimo lugar para se observar todo o reino Shaw-Madden. Caroline se senta de pernas cruzadas sob o sol, desfrutando da brisa que sopra do lago e da vista da praia além das dunas. Ela beberica o café, devora o primeiro rolinho em três mordidas, depois joga farelos do segundo no lago. Há um suave som de respingos quando os peixes rompem a superfície. Uma libélula paira sobre seu antebraço à mostra. *Natureza,* pensa ela. Introspecção. Será que Caroline está tendo *um momento?* Talvez, mas é fugaz. Ela pensa sobre a noite anterior e no quanto foi estranho Dylan não ter tentado dormir com ela. Caroline não tinha nenhum desejo em particular de fazer sexo com ele, embora teria sido bacana se sentir desejada. Se Caroline contasse a Isaac que tinha dormido com seu antigo crush, sabia que ele ficaria feliz por ela, porque o coração generoso de Isaac não desejaria que Caroline ficasse sozinha. Afinal, *ele* não está sozinho. Está com Sofia.

Caroline pega seu celular e joga no Google ISAAC OPOKU E SOFIA DESMIONE e então, como a perdedora patética que ela é, começa a rolar a página com os resultados.

Ali está o artigo do *New York Post* de 5 de dezembro de 2018, especulando se Isaac e Sofia estavam namorando ("É o *crossover* que a gente não sabia que precisava!"). Em seguida, há uma foto de Isaac e Sofia no tapete vermelho do Oscar de 2019 — Isaac absolutamente deslumbrante num smoking de veludo azul-escuro, quase preto, da Oscar de la Renta, e Sofia num Givenchy. Há um link para um artigo da revista *New York* prevendo que documentários são o único tipo de filme que sobreviverá até a próxima década; Isaac é mencionado. Finalmente, Caroline chega à página de Sofia no Instagram, com seus 19.3 milhões de seguidores (muitos deles são italianos; Caroline já checou isso antes). Há cinco fotos de Isaac no feed de Sofia. Quatro delas são em eventos públicos — o Festival de Filmes de Toronto, Sundance, Cannes, e no desfile da Givenchy durante a Semana de Moda de Paris. (Caroline para por um momento para sentir uma espécie de assombro por ter dormido com Isaac, e Isaac ter sido premiado em Cannes, o que faz de Caroline alguém adjacente a Cannes.) Mas a melhor e mais comovente foto no feed de Sofia foi tirada em abril deste ano, depois de Caroline enviar sua candidatura ao estágio, mas antes de ter sido escolhida. A foto é de Isaac sentado no sofá Kagan branco do loft. Ele está usando uma camiseta branca, calças jeans e um par de tênis All Star brancos; o *New York Times* está aberto na seção de palavras-cruzadas contra a coxa dele e há uma xícara de chá dourado na mesa à sua frente. É como se Sofia o tivesse pego de surpresa, como se ela houvesse chamado seu nome e ele levantasse a cabeça. Sua pele marrom está luminosa; seus olhos grandes e expressivos. Nas outras fotos, a expressão de Isaac é resguardada, mas em seu rosto aqui Caroline pode ver o menino de nove anos que perdeu a mãe. Caroline fica cativada não apenas pela beleza dele, mas por sua vulnerabilidade.

A legenda diz simplesmente MEU AMOR.

Chega uma mensagem de texto e Caroline presume que seja Hollis com seu horário estimado de chegada, mas, quando ela olha, percebe que é de um número com código de área 917, e o identificador de chamadas diz: TALVEZ: SOFIA.

Como é que é? Muito hesitantemente, Caroline abre a notificação. A mensagem diz: Oi, Caroline, como está seu fim de semana?

Caroline coloca o celular nas tábuas da ponte; até tocar nele parece perigoso. Sofia nunca, jamais enviou uma mensagem de texto para Caroline. Sofia nem tem o número dela. Deve ter pegado com Isaac. Ou tirado dos contatos de Isaac.

Oi, Caroline, como está seu fim de semana? Definitivamente, é Sofia; a sintaxe é o que se esperaria de alguém que é fluente na língua, mas não um falante nativo. *Como vai seu fim de semana?* é como uma pessoa perguntaria se quisesse mesmo saber, o que Caroline presume não ser o caso de Sofia.

O que está havendo aqui? Caroline tem uma compreensão sólida das redes sociais e sabe que não dá para saber quando alguém está visitando seu perfil a menos que essa pessoa curta ou comente enquanto você está olhando em tempo real, e Caroline não fez nem um, nem outro. Sofia poderia ver se Caroline estava online no Instagram se Caroline a seguisse, mas não segue. É uma coincidência muito assustadora que Sofia tenha enviado uma mensagem *enquanto Caroline stalkeava seu perfil.*

O que Caroline pode pensar além de que Sofia descobriu sobre seu caso com Isaac? Talvez ela tenha bisbilhotado o celular de Isaac e visto a mensagem de *saudade de você* enviada por Caroline. Foi burrice enviar aquilo, uma burrice enorme! Talvez um fio do cabelo loiro de Caroline tenha aparecido no travesseiro. (Isaac disse que ia lavar os lençóis, mas será que lavou?) A mensagem poderia ser explicada — Caroline a enviara para Isaac por engano. Idem um fio de cabelo perdido; Caroline trabalhava no loft, seu DNA estava por todo canto.

Caroline decide se fazer de tonta. Isaac provavelmente disse a Sofia que Caroline estava fora esse fim de semana filmando essa coisa para a mãe dela e que ele lhe emprestara seu equipamento como um favor. Talvez Sofia ache a ideia intrigante; talvez, enquanto ela estava na Suécia, tenha passado por um transplante de personalidade e agora se importava com pessoas insignificantes como Caroline. Ou talvez — e isso é o mais provável — Sofia tenha um *palpite* de que algo estava rolando, mas não tem cem por cento de certeza. Ou talvez Isaac tenha terminado tudo com Sofia e ela queira chorar no ombro de Caroline. (Sem chance.)

Caroline sabe que não deveria responder, mas está preocupada que seu silêncio implique culpa. Ela envia uma mensagem de volta: Oi.

Um segundo depois, seu celular começa a tocar. É TALVEZ: SOFIA.

Nãããão!, pensa Caroline. Ela não pode atender. Talvez seja capaz de soar casual e despreocupada via mensagem de texto, mas ao telefone sua voz a entregará: *eu dormi com Isaac, eu me apaixonei por ele. Ele terminou as coisas antes de você voltar para casa. Eu estou de coração partido.*

Caroline recusa a chamada, e então digita: Desculpe, não posso falar, estou filmando no momento. Eu te ligo depois.

Ao que Sofia responde de imediato: K.

As mãos de Caroline estão, de fato, tremendo. Ela respira fundo. Será que deveria entrar em contato com Isaac? A resposta é, obviamente, não. Sofia pode estar com o telefone dele na outra mão, esperando exatamente que isso aconteça. Caroline pensa em Sofia dizendo *por favor, sem encrenca*. *Encrenca* para Caroline significa agora não apenas perder Isaac, como também seu estágio, e não apenas seu estágio, mas também sua reputação. E se Sofia for até o *Post* para divulgar a notícia do caso deles e o *Post* enviar um correspondente para Nantucket para tirar fotos da "outra mulher de Isaac Opoku", a estagiária Caroline Shaw-Madden, estudante de cinema da NYU? Caroline será brevemente infame, como as babás que acabam com os casamentos de atores e astros do rock. Ser perseguida pelos paparazzi pode parecer glamouroso, mas o que isso significaria para o futuro de Caroline? Seria rejeitada por toda a comunidade documentarista? Ou... será que seria abraçada por ela? Afinal, ela chamou a atenção do grande Isaac Opoku. Ela substituiu (por algumas semanas, ao menos) Sofia Desmione!

Será que alguém acreditaria? É tão ridículo que, por um segundo, Caroline imagina fazer um documentário sobre si mesma: *Dormindo com um Gênio: Meu Breve Caso Amoroso com Isaac Opoku.*

Caroline escuta o estalo dos pneus sobre as conchas — as estrelas chegaram em casa. Caroline se levanta e enfia o celular no bolso traseiro.

O clima na casa está estranhamente contido. As mulheres estão quietas quando entram na cozinha. Dru-Ann está faltando; deve ter ido direto para o Twist. Gigi e Brooke disparam pelo corredor. Tatum pega o rolinho que sobrou na mesa e vai para seu quarto.

— Aconteceu alguma coisa na cidade? — pergunta Caroline para a mãe.

— Não — diz Hollis. — Está tudo bem.

É claro que essa é a resposta de sua mãe.

— Como vai você, meu bem? Tomou café? — pergunta Hollis.

— Tomei — diz Caroline. — Obrigada.

Hollis sorri.

— Fiquei sabendo que o meu amigo Jack te levou para a cidade hoje cedo.

— Como você ficou sabendo disso?

— Eu tomei café da manhã com ele no Black-Eyed Susan's — diz Hollis. — Ele me disse que você dormiu na casa dos McKenzie.

— Dormi. — Caroline olha feio para a mãe, desafiando-a a criticá-la. — Eu me encontrei com Dylan ontem à noite e fiquei cansada demais para voltar para casa, então fiquei por lá. Não aconteceu nada.

— Arrãn — diz Hollis.

Caroline se enfurece subitamente. Em primeiro lugar, ela tem vinte e um anos, uma adulta, e o que ela faz à noite não é da conta de sua mãe. E em segundo lugar...

— Não acredito que você tomou café da manhã com *Jack*. Todo o objetivo desse fim de semana não é passar tempo com suas amigas? Você é *tão falsa*. Você envia o itinerário completo para seus assinantes ficarem babando, mas o que eles não sabem é que é tudo mentira. *Fazer compras na cidade* na verdade significa "vou num encontro fofinho de café da manhã com meu ex-namorado". Além disso, mãe... — E aqui, para o constrangimento de Caroline, sua voz fica embargada. — ...o meu pai *acabou de morrer*, e você já está seguindo em frente?

— Eu não estou seguindo em frente — diz Hollis. — Jack é um velho amigo.

Caroline não é idiota. Ela sabe que é isso que acontece — pessoas mais velhas retomam o contato com seus namoradinhos do ensino médio no Facebook e, meses depois, estão se casando no jardim dos fundos com seus filhos adultos como testemunhas.

— Ele me disse que ainda é apaixonado por você — diz Caroline.

— *O quê?* — diz Hollis. — Isso é ridículo. Ele tem toda uma vida em outro lugar. Por favor, querida, você não precisa se preocupar com Jack.

Hollis sustenta o olhar da filha, mas sente que Caroline consegue enxergá-la por dentro. Jack disse que ainda era apaixonado por ela?

Caroline balança a cabeça.

— Se eu postasse a filmagem desse fim de semana sem editar, seus fãs teriam uma opinião bem diferente sobre você.

O que Hollis poderia dizer? Ela se tornou popular por mostrar aos seus seguidores sua vida real, mas Caroline tem razão: não é sua vida real de verdade.

26

Livro na Mão, Pé na Areia

De volta ao seu quarto, Caroline sente uma pontada de culpa. Pensa em pedir desculpas para sua mãe, mas café da manhã com Jack? Meio que imperdoável.

O telefone de Caroline apita com uma notificação. É sua mãe transferindo dois mil e quinhentos dólares para ela, com a mensagem Filmagem para o FCH.

Caroline não pode mentir: está animada com o dinheiro. Mas também é um lembrete de que ela não está aqui para se reconciliar com sua mãe; está aqui para realizar um trabalho. As outras mulheres estão todas indo lá para fora para o próximo item no itinerário: *praia, almoço e piscina.*

O céu é de um azul intenso. Caroline vai colocar o drone de Isaac para voar.

O dia em que Isaac ensinou Caroline a pilotar o drone foi o mais romântico de quando estavam juntos. Na noite anterior, havia caído uma tempestade violenta e, quando Caroline e Isaac acordaram, o ar da cidade tinha aquela rara qualidade de limpeza. Isaac declarou que eles deveriam colocar o drone para voar no Central Park.

Caroline não *fingiu* estar chocada — ela *ficou* chocada.

— Você quer dizer que vamos levar nosso relacionamento lá para fora?

O Central Park estava se exibindo — verde e frondoso, flores desabrochando. Tudo parecia refrescado pela chuva, até as pessoas com seus carrinhos de bebês, cachorros e roupas extravagantes de academia, e nenhuma delas prestou muita atenção em Isaac e Caroline. Enquanto os dois vagavam pelo corredor central — ladeado em ambos os lados por bancos, olmeiros formando um dossel esmeralda —, Isaac colocou o braço em torno de Caroline e beijou-lhe o rosto. Bem ali, em público! Por um instante fugaz, eles eram apenas um casal de apaixonados desfrutando da manhã de verão.

Caroline pensou que eles filmariam a fonte Bethesda ou a Sheep Meadow, mas o lugar preferido de Isaac era o Conservatório de Água, o lago na parte leste.

Ele mostrou a Caroline como tirar a tampa do giroscópio, o mecanismo da câmera em si, e inseriu o celular dela no controle remoto.

— Está vendo, *mon petit chou?* — disse ele. — Muito fácil!

O Conservatório de Água era famoso pelos iates de brinquedo deslizando sobre sua superfície. Lá do alto, eles pareciam lenços caídos, mas Isaac mostrou a Caroline como voar com o drone tão perto da superfície da água que ela se sentiu como uma pessoa pequenina correndo pela proa do barco.

Agora Caroline coloca o drone de Isaac na mesa externa ao lado da piscina e, relembrando as instruções dele, aperta os botões que fazem o drone ganhar vida.

É como um bicho de estimação mecânico e fofinho. Porém, enquanto a maioria dos drones soa como um enxame de abelhas, o de Isaac é completamente silencioso — e, portanto, furtivo. Caroline fica empolgada quando ele paira sobre a mesa, atravessa a piscina e passa por cima das dunas, indo até a praia.

Na tela de seu celular, Caroline tem uma visão aérea de Hollis e suas amigas enquanto elas se instalam para sua tarde.

Há três guarda-sóis azul-marinho fornecendo sombra para cinco espreguiçadeiras de teca cobertas por toalhas listradas de branco e azul-marinho e uma mesa comprida que, Caroline presume, logo estará servida com o almoço. Ela desce um pouco o drone para alguns close-ups.

A espreguiçadeira de Tatum está totalmente no sol; ela está recostada, o rosto erguido para o céu em desafio.

A de Brooke está na sombra; ela cobriu as pernas com uma toalha e está vestindo uma camiseta de lycra de manga longa por cima do maiô. Ela tira um livro da sacola e o abre.

Gigi é a única das mulheres de biquíni. É turquesa, liso, de amarrar. A barriga de Gigi é perfeitamente plana, com oblíquos levemente definidos. (*Ela deve fazer prancha lateral,* pensa Caroline.) Ela está com uma canga batik combinando, que ela tira e prende em sua espreguiçadeira. Ela ainda está com suas correntes de ouro, seu bracelete e o relógio, o chapéu fedora de palha e óculos escuros. Naturalmente chique. O drone aprova, e aparentemente Brooke também. Seu olhar se demora sobre Gigi por um instante prolongado — *Crush platônico?*, pergunta-se Caroline — e então Brooke aperta o cobertor em torno das pernas como um casulo.

Dru-Ann está na água nadando e, quando grita, as outras prestam atenção. Dru-Ann aponta para uma cabeça escura e esguia a vinte ou trinta metros de distância.

Gigi se levanta da espreguiçadeira num pulo e Hollis a segue. Ambas caminham para a água.

Caroline manobra o drone sobre o mar. Há uma foca brincando nas ondas. Caroline fica tentada a enviar o aparelho mais para longe, numa missão exploratória. Será que encontraria outras focas ou algo mais sinistro? Ela adora o simbolismo: será que há algo se esgueirando lá fora, ameaçando o fim de semana aparentemente idílico?

Gigi e Hollis gravitam na direção uma da outra até se encontrarem lado a lado, observando Dru-Ann. Então Gigi aponta para o drone, e ela e Hollis sorriem e acenam. Caroline aperta o botão Voltar para Casa. Visto de cima, o fim de semana de sua mãe é, inegavelmente, impecável.

Os olhos de Hollis vão baixando até chegar aos pés de Gigi na areia. Suas unhas dos pés estão pintadas de um vermelho tão escuro que é quase preto, e ela usa um anel dourado no dedo do pé. Todos os aspectos de Gigi são lindos, pensa Hollis. Até seus pés.

Hollis e Gigi vagam pela praia até estarem fora do alcance do ouvido das outras.

— Como vai você? — pergunta Gigi.

É irônico que, de todas as mulheres, Gigi é quem mais parece uma espécie de confidente para Hollis. Ela fica tentada a contar a Gigi sobre a biópsia de Tatum, o desastre de relações públicas de Dru-Ann, as inseguranças desenfreadas de Brooke e os problemas entre ela mesma e Caroline. Mas isso é simplesmente... muita coisa.

Ela diz:

— Enquanto vocês estavam fazendo compras, eu fui tomar café da manhã com meu primeiro amor.

Gigi arfa. Isso *não é* o que ela esperava que Hollis dissesse.

— Foi?

— Fui — diz Hollis, e fica aliviada por Gigi não parecer tão horrorizada quanto Caroline. — Eu quebrei todas as regras do manual do Fim de Semana Cinco Estrelas.

— Não sei bem se existe um manual para este fim de semana — diz Gigi. — Ou melhor, não sei se deveria haver alguma regra. Somos mulheres adultas dotadas de livre arbítrio; todas podemos tomar as melhores decisões para nós mesmas. — Ondas lavam os calcanhares delas. — Me conte sobre ele. Ou... ela?

— Ele — diz Hollis. — Jack Finigan.

Ela suspira. Por onde começar? Quando Jack tinha treze anos, antes mesmo de sua voz engrossar, ele vinha em sua bicicleta até Squam nos fins de semana e, assim que ele chegava, Tom Shaw o colocava para trabalhar varrendo folhas, juntando lenha para o fogão, consertando o ventilador de teto no único banheiro do chalé. Em troca da ajuda de Jack, Tom deixava que ele e Hollis ficassem na praia sem supervisão por uma hora. Eles se beijaram pela primeira vez nas dunas não muito longe de onde Hollis e Gigi estão agora.

No ensino médio, Hollis e Jack passeavam pelos corredores com as mãos enfiadas nos bolsos traseiros um do outro. Com frequência diziam a ambos que parassem de se beijar junto dos armários (demonstrações públicas de afeto não eram permitidas na escola), mas os professores acabaram desistindo. Jack tirou a carteira de motorista e comprou uma picape usada com o dinheiro que juntou durante o verão, e ele e Hollis iam para os morros à noite. Encontraram uma clareira num círculo de árvores que chamaram de Sala Redonda e era ali que sempre estacionavam. (Uma vez ficaram encalhados na areia fofa e em outra a bateria acabou, e nas duas vezes Kyle e Tatum vieram ao resgate com uma corda para guincho e cabos para chupeta, respectivamente.) Eles ouviam o álbum *Sticky Fingers* no *repeat* no toca-fitas, sempre rebobinando e tocando *Wild Horses* três vezes.

— Parece história de filme — diz Gigi, depois de ouvir tudo isso. — Tão americano.

— Ah, e era — diz Hollis.

Mas no verão antes do último ano do ensino médio, Tatum, Jack e Kyle começaram a falar sobre "o plano". Hollis concordou com o plano — mas não o levou tão a sério quanto os outros.

Hollis e Gigi andaram tanto pela praia que o farol Sankaty está visível à distância.

— Provavelmente deveríamos voltar — diz Hollis.

Elas dão meia-volta e Hollis diz:

— Obrigada pela conversa. Não só hoje, mas depois que Matthew morreu. Você foi uma tábua de salvação para mim. Espero que saiba disso.

— Fico muito feliz por poder ter oferecido algum conforto — diz Gigi.

Ela *está* feliz, não? Está, mas não pode fingir que agiu por puro altruísmo. Ela não está tão delirante assim.

— Por que... — Hollis pausa. — Por que você concordou em vir esse fim de semana? Não achou que eu estava maluca por te convidar, quando nem nos conhecíamos?

— Pareceu mesmo um tanto... *arriscado* — diz Gigi. — Mas você e eu temos uma conexão. Quando você convidou, pareceu a coisa certa.

— Durante o jantar, você disse que estava num relacionamento, mas que acabou — diz Hollis. — Foi por volta da mesma época que eu perdi Matthew?

— *Foi, sim,* na mesma época — diz Gigi.

Ela está sendo imprudente agora. Basicamente pedindo para que Hollis decifre tudo: *a pessoa que eu perdi é a mesma que você perdeu. Essa é a nossa conexão.*

— Foi o que pensei — diz Hollis. — Houve um ponto em nossas mensagens que você sumiu por um tempo, e eu imaginei que algo devia estar acontecendo com você.

Gigi "sumiu", sim, logo depois de Hollis lhe confidenciar o que tinha acontecido na manhã da morte de Matthew — como ela estava zangada por ele perder a festa de fim de ano deles, como eles haviam brigado. Hollis dissera que estava com medo de que Matthew fosse deixá-la. Ela deixou uma mensagem de voz e uma de texto para ele, ambas dizendo que o amava, mas não fazia ideia se ele as havia recebido. *Isso* deixou Gigi desnorteada. Imagine ser Hollis e não apenas perder seu marido, mas ainda ter todas essas questões emocionais mal resolvidas.

Você precisa contar a Hollis o que houve!, pensou Gigi na época. Mas aquilo só pioraria tudo. Por que ela não tinha simplesmente cortado relações com Hollis?

— Eu deveria ter feito perguntas sobre a sua vida — diz Hollis. — Mas fui totalmente egocêntrica. Eu me importo com você, Gigi, e adoraria ouvir mais sobre o que você passou.

Gigi balança a cabeça.

— Não foi a mesma coisa pelo que você estava passando. O homem com quem eu estava... nós não éramos casados e não tínhamos filhos. Mas, de certa forma, isso deixa tudo ainda mais difícil. Eu não tenho muito a que me apegar agora que ele morreu, exceto minhas lembranças... e não sei se você já passou por isso, mas as lembranças perdem a clareza com o tempo. Eu me flagro pensando, *isso aconteceu mesmo?*

O *agora que ele morreu* faz Hollis parar de súbito.

— Morreu? — diz ela. — O homem com quem você estava também morreu?

De repente, ela se sente sem fôlego. O namorado, parceiro, companheiro de Gigi... ele *morreu?* Bem na mesma época que Matthew?

Gigi pretendia dizer *agora que ele se foi*, o que podia ser interpretado de várias formas. Não consegue acreditar que disse *morreu*. Ao vir para cá este fim de semana, ela estava escolhendo se colocar na beira de um despenhadeiro, e agora... o quê? Ela ia pular? Tinha aproximadamente dois segundos para corrigir o curso e dizer algo como *morreu para mim, eu quero dizer*, mas isso não vai funcionar.

— Ele morreu, sim — diz Gigi.

— Espera — diz Hollis. — Espere aí um minutinho.

Ela sacode a cabeça e Gigi se censura por sair nessa caminhada.

— Por que você não me contou?

Bem, pensa Gigi. Ela não tem palavras para dizer em sua defesa. A qualquer segundo agora, Hollis vai entender tudo.

Hollis respira fundo. Está confusa, chocada; sente-se estranhamente *enganada*. Todas aquelas outras pessoas no site entraram em contato com ela com suas histórias de tragédia súbita e inesperada, mas não Gigi. Gigi apenas enviou as palavras *Estou aqui para ouvir.* E, mais tarde, ela deixou Hollis despejar tudo sobre perder Matthew, mas não falou uma única palavra sobre sua própria situação. Algo não está certo aqui — e Hollis teme que esse algo seja ela. Gigi nunca lhe contou porque Hollis *nunca lhe deu a oportunidade.* Hollis presumiu que Gigi estava sendo altruísta. E pior, Hollis pensou que Gigi se sentia *honrada* por ser a pessoa em quem Hollis decidiu confiar.

Caroline tem razão, pensa Hollis. Ela é uma farsa.

— Estou tão mortificada — diz Hollis. — Tudo o que você disse para mim foi tão perceptivo, tão preciso, exatamente como se você tivesse passado pela mesma coisa. Eu deveria ter adivinhado que você tinha vivenciado uma perda semelhante.

Hollis estende a mão para tocar o braço de Gigi e — será sua imaginação? — sente Gigi se encolher.

Ah, isso é horrível. Hollis deixou que seu status no site a cegasse; ele criou uma dinâmica de poder na qual o luto de Hollis era, de alguma forma, mais importante que o de Gigi. *Você mudou. E nós mudamos.*

Ainda assim, Hollis se pergunta: em todas as conversas delas, por que Gigi não havia *dito* alguma coisa?

— O que aconteceu? — pergunta Hollis. — Com o seu... com... como era o nome dele?

— Ah — diz Gigi. Ela não consegue construir uma narrativa alternativa sob pressão desse jeito, consegue? *O nome dele era Mike, ele era piloto da United. O nome dele era Mark, a gente se conheceu na academia. O nome dele era Maxwell, ele era o veterinário de Mabel.* — Eu quero te contar tudo a respeito. Mas, honestamente, Hollis, estou... só tentando esquecer enquanto estou aqui.

Ela abre os braços para o céu, um gesto tão teatral que Gigi sente vergonha de si mesma.

— Você me deu o maior presente que eu poderia pedir, que é uma fuga total.

Hollis a encara, embora esteja de óculos escuros, de modo que Gigi não sabe dizer se ela está acreditando nisso. Gigi pensa: *eu deveria ter dito apenas "Mark. Nós nos conhecemos na academia". A resposta mais chata é sempre a mais crível. Ataque cardíaco na esteira. Talvez um histórico de uso de cocaína que ele vinha escondendo.*

Agora faz perfeito sentido o porquê de Gigi ter concordado em vir, pensa Hollis. Ela precisava desse fim de semana tanto quanto Hollis.

— Estou tão feliz por você estar aqui. Ontem à noite, quando estávamos dançando... espero que não tenha se sentido excluída. Ou segurando vela.

Gigi ri, mais de alívio.

— Eu gostei do show.

Elas caminham um tempinho sem conversar, Hollis pensando em como ela deveria ter *sentido* que Gigi passara por algo similar, Gigi pensando que, quando voltar a Buckhead e contar essa parte da história para Tim e Santi, eles nunca, jamais vão acreditar que Gigi chegou tão perto do fogo e conseguiu sair sem se queimar.

Dru-Ann não é o tipo de garota que sai dizendo que "tem algo de terapêutico no mar", mas... tem algo de terapêutico no mar. É o frio da água, o sal, as ondas que rolam sobre seus ombros e, de vez em quando, sobre sua cabeça. *O mar*, pensa Dru-Ann, *é vasto. É profundo. De que importa um punhado de trolls no Twitter em comparação à magnificência de nosso planeta e ao mistério da existência humana?*

Ela tem que parar de pensar assim; está soando como um cartaz de consultório de dentista.

Dru-Ann vê Hollis e Gigi terminando sua caminhada. Ela faz círculos com um dos braços.

— Entrem na água! — grita ela.

Hollis acena, mas dirige-se para a casa. Gigi sorri, tira o relógio e os óculos escuros, coloca-os dentro do chapéu e entra na água. Ela mergulha e, um instante depois, ressurge perto de Dru-Ann. Ela tem o tipo de cílios que se ajuntam quando molhados e retêm gotas de água como pequenas pedras preciosas.

— A água está *sublime* — diz Gigi.

— Você gosta de praia? — pergunta Dru-Ann.

— Gosto da cidade — diz Gigi. Dru-Ann pensa, *ah, sim... Singapura, Atlanta.* Ela estava prestando atenção na noite passada. — Mas é difícil superar isso aqui.

Dru-Ann é obrigada a concordar. A casa de Nick no lago Michigan é adorável, tem sua própria praia, mas o lago não tem nada a ver com o oceano Atlântico.

Gigi diz:

— Então, tenho que admitir, eu fiz a coisa mais previsível e joguei seu nome no Google ontem à noite.

Dru-Ann solta um grunhido.

— Quanto você leu?

Gigi balança a cabeça.

— Só um pouco. Os tuítes eram todos um lixo.

— Todo mundo me odeia — diz Dru-Ann. — Meus clientes estão me deixando. Meu chefe quer que eu emita um pedido de desculpas.

— E você vai? — pergunta Gigi.

— Não queria — diz Dru-Ann. — Mas talvez não tenha outra escolha.

— É claro que você tem escolha — diz Gigi. — O motivo pelo qual você é tão popular, para começo de conversa, é por falar o que pensa e defender suas convicções.

Gigi tem razão, pensa Dru-Ann. *É por isso* que ela é tão popular mesmo. Não pedir desculpas, na verdade, é bem a cara de Dru-Ann.

Gigi se inclina na água, chutando a água com as pernas diante de si.

— Francamente, estou impressionada com a forma como você vem lidando com isso. Se eu não tivesse olhando na internet, jamais saberia que há algo de errado. Você está tão presente. Tão calma.

— É o oceano — graceja Dru-Ann. — Deixa tudo melhor.

Gigi ri.

— Eu vi uma almofada bordada na cidade que dizia exatamente isso.

Quando Dru-Ann volta para sua espreguiçadeira, cogita checar seu telefone, mas as palavras de Gigi ressoam em sua cabeça. *Você está tão presente. Tão calma.* Dru-Ann tira do gelo uma água tônica sabor pepino. Quando levanta a cabeça, vê Hollis vindo pela duna com um daqueles cestos de compra franceses antigos no braço, e ele está lotado de sanduíches.

— Diretamente do Something Natural — diz Hollis quando coloca o cesto na mesa.

Ela também fez uma tigela enorme de salada de macarrão asiática. Há uma bandeja de fatias geladas de melancia polvilhadas com raspas de limão e sal marinho, assim como biscoitos açucarados

Paloma, aromatizados com toranja e tequila. Não é de se espantar que Hollis tenha milhões de fãs. Ela é uma deusa — e Dru-Ann está morrendo de fome.

Gigi se aproxima da mesa. Ela se secou após o mergulho e amarrou a canga na altura do peito.

— Hollis, esse banquete... — diz ela. — Qualquer outra mulher teria chamado um bufê ou tido um colapso nervoso. Espero que você esteja tirando fotos para o site.

— Ah! — diz Hollis.

Ela olha para a casa. Onde foi parar Caroline? Ela estava com o drone voando mais cedo. Hollis tira algumas fotos do almoço com seu celular, inclusive uma foto em modo retrato de cair o queixo da salada de macarrão com o oceano desfocado ao fundo. Em seguida, Hollis vira seu telefone para Tatum, que está caminhando pela areia, alta e ágil em seu maiô preto. Os olhos de Hollis recaem sobre os seios de Tatum, que ainda são os mesmos orbes redondos e firmes da época do ensino médio.

Tatum cruza os braços sobre o peito e diz:

— Você está tirando fotos minhas?

— Tatum Grover, vencedora do Melhor Corpo da Classe de 1987 — graceja Hollis.

Tatum pega o celular de Hollis e encara a foto. Hollis fica tensa. O que será que Tatum pensa agora quando se vê de maiô? Será que acha que seu corpo a traiu? Será que se preocupa em perder um — ou os dois — de seus seios cinco estrelas?

Os dedos de Tatum voam sobre a tela.

— Vou mandar essa para Kyle — diz ela. — Estou muito gostosa.

Brooke tem vontade de pular o almoço.

No café da manhã, ela preparou uma xícara de chá para si em vez do café com leite que queria e serviu uma montanha de salada de frutas num prato, sentindo-se virtuosa. Mas aí notou a tigela de granola. Era claramente caseira, lotada de amêndoas, pecãs, cerejas secas e lascas de coco fresco. Pareceu uma lástima que Hollis tivesse se dado a todo esse trabalho e todo mundo a estivesse ignorando. Brooke comeu uma tigela e decidiu que não pegaria um rolinho de canela. Mas havia cinco no prato e, quando Brooke pegou um, o cheiro de canela e manteiga era tão forte que ela deu uma mordidinha, que se transformou em mais do que uma mordidinha; ela comeu todo o rolinho e lambeu os dedos. Em seguida, pensou em pegar um segundo.

Agora Brooke finge estar dormindo debaixo do guarda-sol. Ela estava alerta e vigilante enquanto Dru-Ann nadava (tinha ouvido histórias sobre as correntezas em Nantucket, gente sendo levada para tão longe que não conseguiam voltar) e, quando Gigi entrou na água, Brooke ponderou se juntar a elas — mas aí se tranquilizou: só porque Dru-Ann e Gigi estavam nadando juntas, não significava que estavam se tornando melhores amigas. Ou será que estavam? Brooke semicerrou os olhos, tentando ler lábios e expressões faciais. Ela se inclinou para a frente, esforçando-se para entender uma ou duas palavras, mas era impossível com a brisa e o som das ondas. Ficou aliviada quando Gigi saiu nadando e Dru-Ann veio para a areia. Então Brooke notou Hollis se aproximando da mesa com os sanduíches e largou seu livro (a quem queria enganar? Ela nunca o leria; nem uma leitura de praia passada em Nantucket conseguia prender sua atenção. Ela tinha coisas demais com que se obcecar, e ler era para gente com paz de espírito, coisa de que Brooke não dispunha), recostou-se em sua espreguiçadeira e fechou os olhos.

Mas ela é uma atriz terrível. Quando Dru-Ann retorna para sua espreguiçadeira para se secar, diz:

— Brooke, o almoço está pronto.

E os olhos de Brooke se abrem de imediato.

— Acho que eu vou só tirar um cochilo. — diz Brooke.

Dru-Ann a encara por um segundo e Brooke pode praticamente ouvi-la pensando: *que tipo de tonta é convidada para a casa de Hollis Shaw para o fim de semana e não come?*

— Você que sabe.

Você que sabe está correto, pensa Brooke. Só porque estão numa viagem só para garotas não significa que precisam fazer tudo juntas. Se Brooke quiser pular o almoço, ela vai pular o almoço, oras!

Mas ela se vê levantando da espreguiçadeira e acompanhando Dru-Ann até a mesa. Há sanduíches: pão português tostado transbordando de salada de lagosta e BLTs grossos, com abacate. Brooke pega metade de um e metade de outro. Tem uma salada de macarrão asiática que parece saudável. Brooke coloca uma quantidade modesta em seu prato, depois mais um pouco por causa do cheiro de limão e hortelã. Ela acrescenta um pouco de melancia (saudável!) e então está frente a frente com a bandeja de biscoitos açucarados Paloma.

Ela não pode. Não vai.

Senta-se ao lado de Gigi, cujo prato está lotado de comida. Gigi dá uma mordida no canto de seu sanduíche de salada de lagosta e fecha os olhos em êxtase.

— *Como* você se mantém tão magra? — pergunta Brooke.

Gigi leva o guardanapo aos lábios. *Ela é uma estrela de cinema*, pensa Brooke. Uma *Bond girl*. Seu corte pixie está meio úmido em torno das orelhas; sua pele reluz no sol; sua canga está presa por um nó entre os seios.

— Eu saboreio cada mordida — diz Gigi. — E, quando estou saciada, paro de comer.

Saciada. Que palavra elegante. (Brooke pensa que sabe o que isso quer dizer, mas vai ter que pesquisar mais tarde para ter cem por cento de certeza.) Brooke leva o BLT à boca, pensando: *vou saborear essa mordida*.

Ela tenta, de verdade, mas aí seus pensamentos começam a disparar. Por que Gigi não gostaria mais de Dru-Ann do que de Brooke? Ela é muito mais interessante; talvez Brooke devesse se esforçar mais com Tatum, porém, se fizer isso, será que vai alienar Dru-Ann? Dru-Ann e Tatum não se dão bem. O problema de ter um número ímpar de pessoas é que alguém sempre fica de fora. Hollis e Tatum são um par, e agora talvez Gigi e Dru-Ann também sejam, deixando Brooke sozinha. Enquanto pensa isso, ela enfia primeiro o BLT e depois o sanduíche de salada de lagosta goela abaixo. Ela se joga na espreguiçadeira, sentindo seu corpo inteiro inchado e pesado, e decide dar mais uma chance à leitura de praia — ela já leu o primeiro parágrafo quatro vezes agora; quando é que deveria se sentir envolvida? Suas pálpebras parecem pesadas. Não há esperança; o livro cai na areia.

Caroline está em seu quarto revisando a filmagem do drone. Modéstia à parte, está incrível. Ela captou a majestade da propriedade — dá para ver a casa, o lago, a piscina e as mulheres na praia, tudo de cima, como se Deus estivesse observando — antes de mergulhar para uma visão mais de perto. As cenas da foca nadando são um deleite; dá a impressão de que se está bem ao lado dela. O tráfego no site de sua mãe vai explodir graças a isso; Caroline tem certeza.

Ela prepara um clipe para enviar a Isaac. Tecnicamente, é um estudo paisagístico, mas é melhorado pelo elemento humano.

Ela escuta alguém batendo na porta da frente.

— Mãe? — chama Caroline.

Não há resposta. Todo mundo deve estar na praia almoçando. Ela vai até a porta de entrada. O cara com os sanduíches veio faz pouco tempo, embora isso possa ser outra entrega. Por um segundo apavorante, Caroline se pergunta se vai encontrar Sofia Desmione em sua varanda.

Mais batidas, e então uma voz masculina gritando algo que Caroline não consegue entender. Quando ela abre a porta, reconhece o homem de pé ali, um cara de rosto vermelho e shorts cáqui, camisa social azul desabotoada sobre uma camiseta onde se lê FREE BRADY, um par de chinelos e um boné verde dos Red Sox, do tipo que os irlandeses gostam de usar.

— Caroline! — diz o sujeito, abrindo bem os braços e tropeçando adiante.

Por instinto, Caroline recua.

— Oi, sr. Kirtley — diz ela.

Sem chance que ela vai deixar Charlie Kirtley abraçá-la. Nas poucas vezes em que isso aconteceu quando ela estava no ensino médio, os abraços foram apertados demais e longos demais. Mas, enfim, o que é que ele está fazendo aqui?

— Pode chamar minha mulher para mim, por favor?

Ele está falando levemente arrastado, o que não é bem uma surpresa. O sr. Kirtley gosta de se divertir. Quando Caroline estava no ginásio, isso parecia legal. Ele era o pai que levava todas as crianças para andar de trenó nos sábados de neve. Seu escritório tinha uma suíte no Boston Garden e ele levava todos os amigos de Will e Whitney para os jogos dos Celtics contra os Bruins, e, no caminho de ida e no de volta, ele tocava qualquer música que eles pedissem no volume máximo, mesmo que as letras fossem explícitas — *especialmente* se as letras fossem explícitas. Contudo, conforme Caroline ficou mais velha, ela se deu conta de que Charlie Kirtley era o tipo de homem que nunca havia realmente crescido. Quando ele entrou numa festa na casa de Owen Gaither para buscar Will e Whitney, ele se ajoelhou e tomou um funil de cerveja. Quando a molecada aplaudiu, ele ergueu o punho no ar. Caroline precisava dizer mais alguma coisa? Aquele momento define Charlie Kirtley.

— Tá bem... — diz Caroline.

Ela sabe que o mais educado seria convidar Charlie Kirtley a entrar e oferecer um copo de água gelada, mas Caroline sente um clima meio preocupante. Será que Charlie não entende que esse é um fim de semana *para garotas?* Que negócio é esse de ele aparecer assim, do nada? Charlie dá meia-volta, senta-se no primeiro degrau da varanda e apoia a cabeça entre as mãos. Caroline, muito silenciosamente, fecha a porta da frente e vai correndo procurar sua mãe.

27

Calma e Presente

Dru-Ann deixa a praia logo após terminar de almoçar. Brooke está dormindo profundamente na espreguiçadeira a seu lado, rosto para cima e roncando alto; Gigi está lendo e Hollis, limpando, mas recusa qualquer ajuda, afirmando que isso é o seu momento zen. A única pessoa com quem Dru-Ann poderia conversar é Tatum, e é óbvio que isso não vai rolar. Dru-Ann coloca sua saída de praia, pega a toalha e o protetor solar e atravessa as dunas, contorna o lago e depois a piscina, sai por um portãozinho e pega a trilha de lajotas para a casa de hóspedes. O ar fresco e escuro do chalé é gostoso. É quieto; Dru-Ann está sozinha. Ela respira fundo uma vez, depois outra. *Você é tão presente. Tão calma*. Dru-Ann acha engraçada — e um tanto lisonjeira — essa descrição. Na vida real, Dru-Ann nunca está "presente". Ela se apressa de um momento para o outro; gosta de fazer uma coisa e logo partir para a próxima. E chamá-la de *calma* é basicamente risível. Dru-Ann só está calma quando está dormindo, e às vezes nem assim.

Será que Dru-Ann está calma e presente o bastante para abrir seu notebook e conferir as colocações dos jogadores no British Open? Provavelmente não, mas faz isso mesmo assim — e o que vê faz com que olhe de novo para ter certeza.

Phineas avançou para o terceiro lugar. Está com cinco abaixo, atrás de McIlroy e Hovland.

Ele teve um sonho de que ia vencer, dissera Posey.

Bem, ele não vai superar McIlroy, e provavelmente não vai ultrapassar Hovland, mas terceiro lugar no British Open não é nada desprezível. Ele vai levar para casa uma parcela do prêmio em dinheiro e será visto sob uma luz totalmente nova no que diz respeito aos patrocínios. Um torneio não faz um golfista de elite, mas, ainda assim, bom para Phineas.

Sim, pensa Dru-Ann, de fato, *bom para Phineas.*

A rodada de hoje terminou; falta só a de amanhã. Será que Phineas será capaz de aguentar e se manter no terceiro lugar? Como esporte, o golfe exige do jogador tanto psicologicamente quanto fisicamente. Se ela fosse agente de Phineas (ele é representado por um assecla da ISE chamado Gannon), ela o aconselharia a fingir que está jogando golfe numa despedida de solteiro, valendo apenas o direito de se gabar e bebidas de graça. Sorria, relaxe, divirta-se. É assim que ele jogará o seu melhor. Mas Gannon provavelmente está conversando com Phineas sobre o Olho do Tigre.

Dru-Ann fecha seu notebook e olha para o celular por um instante. Ela odeia tanto o objeto que fantasia colocar fogo nele. Mas isso não mudaria nada. Não é culpa de seu telefone que ela esteja nesta situação.

Dru-Ann aperta o botão e o famoso ícone da maçã mordida aparece. Talvez, pensa ela, haverá uma mensagem de texto ou de voz meiga de Nick. Eles não se falam há dois dias e meio, e ela sente saudade dele como sentiria saudade de água quente ou de um segundo travesseiro: ela vai sobreviver, mas não é lá muito agradável. Ela fecha os olhos enquanto seu celular volta à vida com zumbidos e apitos. Isso continua por algum tempo. Tantas pessoas querem falar com ela; uma dessas deve ser Nick.

Dru-Ann começa a rolar a tela. Há três chamadas perdidas e uma mensagem de voz de JB; uma mensagem de voz de Jim, do Departamento Jurídico; uma mensagem de voz de Zeke, seu produtor em *Jogue Como uma Garota;* uma mensagem de voz de Dean Falzarano, seu editor na revista *New York* (isso é um tanto preocupante, pois ela e Dean nunca se falaram por telefone; comunicam-se apenas por e-mail); e uma chamada perdida de Rosemarie Filbert, a presidente da associação de bairro de Dru-Ann. Rosemarie é a pessoa mais intrometida de Lincoln Park. Ela é corretora de imóveis e faz questão de saber da vida de todo mundo — divórcio, falência, gravidez, pais adoecidos — para o caso de que isso leve a uma compra ou uma venda.

Não há chamadas perdidas de Nick.

Dru-Ann clica em suas mensagens de texto pensando: *Vamos lá, meu bem, você sabe que sente minha falta.* Mas não há nada dele, nem mesmo uma atualização sobre o desfecho milagroso de Phineas naquele dia. Entretanto, o que há é uma mensagem de texto da coapresentadora de Dru-Ann, Marla Fitzsimmon: Nantucket? Que inveja! A Isabel Marant está recebendo tanta publicidade que deveria estar te pagando.

Como é?, pensa Dru-Ann. Como é que Marla, que está dormindo com metade do time do White Sox e passa todo sábado no Comiskey Park, sabe que Dru-Ann está em Nantucket? E o que aquele comentário sobre Isabel Marant quer dizer?

Ah não, pensa ela. Aquela musiquinha irritante do TikTok toca em sua mente: *Oh no, no, no, no, no!*

Ela entra no Instagram e busca seu nome como hashtag. O primeiro resultado é uma conta chamada SexyBexxx, e — surpresa, surpresa! — a foto no perfil é da mulher vestida de Gucci. Ela postou o vídeo de Dru-Ann bebendo champanhe e desfilando a jaqueta de couro vermelha, dizendo para a câmera: *Acho que vou me mimar hoje.*

Dru-Ann pensa: *aqui está o prego que faltava no meu caixão.* Ela poderia ter emitido uma nota pedindo desculpas e se mantido discreta; em vez disso, bebeu Moët et Chandon e fez um comentário frívolo e incrivelmente fora de hora enquanto desfilava itens de luxo.

A legenda diz: @DruAnnJones desrespeita os problemas de saúde mental de sua cliente, depois se mima gastando os royalties de sua cliente em peças @isabelmarant. #enojada #DruAnnJones #gypsynantucket

O vídeo foi postado ao meio-dia e já tem 692.000 visualizações. O primeiro comentário, que Dru-Ann não consegue evitar ler, diz: Cancelem esse monstro. E, de algum jeito, essa pessoa copiou o avatar de Dru-Ann — uma mulher de pele marrom muito bonitinha, com rabo de cavalo e um blazer — e o colocou dentro de um círculo vermelho com uma faixa o atravessando.

Dru-Ann comenta no post de SexyBexxx: Eu estava defendendo a saúde mental! Mas, em seguida, apaga tudo. Só vai piorar as coisas.

Dru-Ann desliga seu celular. Tem vontade de jogá-lo na privada e puxar a descarga, mas não pode arruinar o encanamento de Hollis. Tem vontade de enterrá-lo nas dunas, mas não quer que alguém diga que Dru-Ann Jones não liga para o meio ambiente!

Ela ouve uma comoção na entrada da casa e, por um instante, preocupa-se que sejam repórteres que descobriram que ela está na casa de Hollis e querem uma declaração. Na verdade, isso seria bem-vindo; talvez Dru-Ann devesse ser proativa e convocar a imprensa. Ela tem um contato sólido na *Sports Illustrated.* Poderia "quebrar seu silêncio" antes que o silêncio a quebrasse.

Dru-Ann espia pela janela. Tem um palhaço de pé na varanda da entrada da casa de Hollis, agitando os braços e gritando com Brooke.

Não enquanto eu estiver aqui!, pensa Dru-Ann, e vai lá para fora.

28

Perdão pela Interrupção I

Caroline avisa à mãe que está relaxando na praia.

— O sr. Kirtley está aqui. Está lá na frente. E acho que ele tomou umas no Gazebo.

— Você está de brincadeira — diz Hollis.

— Não estou, não. E pediu para eu chamar a mulher dele.

Hollis resmunga enquanto se levanta da espreguiçadeira. Acorda Brooke e diz:

— Brooke, meu bem, acho que Charlie está aqui.

Brooke lança um olhar vítreo para Hollis.

— Não.

— Ele está lá na entrada — diz Caroline. — Está tudo bem, acho que ele só está procurando você.

— Não — diz Brooke de novo, fechando os olhos. — Diga a ele para ir para o inferno.

Caroline e sua mãe trocam um olhar. Será que deveriam mandar Charlie embora? Caroline está se coçando para pegar sua câmera. Conflito é o melhor conteúdo. *Procure uma fenda na armadura.*

Brooke desliza os pés até o chão, depois caminha tropegamente pela areia para a casa, Hollis e Caroline em seu encalço.

Quando Brooke pisa na varanda da entrada, Charlie diz:

— Olha aí minha pantera.

A pantera do Charlie.

Houve um tempo em que Brooke pensava que isso era a coisa mais meiga que ela já tinha escutado.

É uma noite de verão de 1995 e Brooke está na Tenda em Quincy Marina. Está dançando com os amigos ao som de *Waterfalls*, do TLC — é a música do verão —, quando sente alguém dançando bem perto atrás dela. Quando se vira, ela vê um cara que é bonitinho, naquele estilo de membro de fraternidade que ela gosta, e Brooke se sente lisonjeada que ele a tenha escolhido em vez de suas amigas Amy e Megan, que são mais bonitas. Ele diz que seu nome é Charlie e Brooke o acompanha até o bar, onde eles tomam kamikazes. *Deus do céu! Que horrível!* Ainda assim, eles fazem o efeito esperado, ao menos para Charlie. Brooke vai para casa com ele naquela noite, um sobrado em Dorchester que ele está reformando meticulosamente com seu irmão. De manhã, quando Brooke acorda, Charlie mostra a ela a sanca na sala de jantar, a porta de celeiro na cozinha e, no hall de entrada, um banco de igreja que eles resgataram de uma igreja em Salem. Brooke toma Charlie por alguém que se importa com arte, qualidade e integridade de edifícios antigos (na realidade, quem se importa é o irmão dele. Charlie está meramente imitando o irmão para impressionar Brooke.) Na semana seguinte, Brooke vê Charlie na Tenda outra vez, e outra vez eles ficam juntos. Na manhã seguinte, Charlie leva Brooke para tomar café da manhã num bar na mesma rua chamado Flanagan, onde o velho bartender com sotaque irlandês conhece Charlie pelo nome e chama Brooke de "amor". Eles comem ovos fritos, linguiças e tomates grelhados. Essa experiência de alguma forma leva Charlie e Brooke a namorar, depois noivar e se casar, e então ter um casal de gêmeos e comprar uma casa no bairro Poet's Corner de Wellesley.

Brooke sabe que seu casamento não tem sido perfeito — ela já vinha inventando desculpas para as piadas sujas de Charlie e seu comportamento inapropriado antes mesmo do primeiro processo legal —, mas ela gostava de sua vida. Podia ficar em casa; ela era delirantemente feliz sendo mãe. Will e Whitney eram bons filhos, até excepcionais, e seu sucesso na escola, no palco e nos campos de atletismo fazia com que Brooke se sentisse como se estivesse fazendo algo certo. Mas sempre houve algo de errado entre ela e Charlie. Em 1995, Brooke estava com medo de que não fosse aparecer ninguém melhor — e vem pagando o preço por isso desde então.

— Este é um fim de semana só para garotas, Charlie — diz Brooke. — Você não é bem-vindo e, francamente, é embaraçoso que tenha aparecido aqui para se humilhar.

— Reservei um quarto para nós no Wauwinet esta noite — diz Charlie. — E fiz uma reserva no Topper's. Você pode se reunir às damas amanhã. Só passe a noite comigo, por favor. Eu preciso de você. Não estou bem, pantera.

Brooke analisa seu marido. O rosto dele está muito vermelho e ela pode sentir o cheiro de Jameson emanando de seus poros.

— Você andou bebendo.

— Tomei uma cerveja na balsa. — Ela o encara. — E uma cerveja e um shot na Taverna enquanto reservava o hotel e o jantar. — Ele estende a mão. — Vamos, pantera.

— Não — diz Brooke.

Ela tem vontade de *gritar* com Charlie. Ele está sendo processado por assediar alguma pobre coitada. Perdeu o emprego porque até os homens deploráveis com quem trabalha entendem que ele foi longe demais. Ele e Brooke não podem *bancar* uma noite no Wauwinet nem um jantar no Topper's! Mas não é bem a cara de Charlie fazer um gesto tão grandioso e perdulário? Ele poderia ter mandado flores para cá como pedido de desculpas — as outras mulheres ficariam com inveja —, mas, em vez disso, gastou dez ou vinte vezes mais dinheiro, com menos efeito. Brooke segura a língua, entretanto, porque Hollis e Caroline estão logo atrás dela.

Enquanto Caroline assiste a esse drama doméstico se desdobrar, pensa em como poderia fazer todo um documentário sobre a família Kirtley. Eis algo que sempre a intrigou: Brooke e Charlie são constrangedores, mas produziram dois dos seres humanos mais descolados que Caroline já conheceu. Will e Whitney são brilhantes, engraçados, bondosos e magnéticos. Will frequenta a Wesleyan e

Whitney estuda teatro em Yale. Eles são literalmente *incríveis* e não têm um traço sequer em comum com nenhum dos pais. Caroline perguntou uma vez a Hollis se Will e Whitney eram adotados. (A resposta é não.)

Brooke abaixa a voz.

— Você tem que ir embora, Charlie. Por favor, *por favor*, não faça cena. — *Já é difícil o bastante para mim me encaixar do jeito que as coisas são*, pensa ela. — Cancele o quarto no Wauwinet e pegue a próxima balsa de volta para casa.

O rosto de Charlie se contorce num rosnado e ele explode.

— Sua vadia ingrata, eu trabalhei feito um desgraçado por você e pelas crianças, duas faculdades para pagar, a casa chique que você queria em Chiquésley, a Escalade que você implorou porque achou que faria você parecer bacana aos olhos de Electra.

Brooke fecha os olhos. Por que Charlie tinha que mencionar Electra?

— Cai fora daqui, agora mesmo! — diz Brooke.

Seu almoço está revirando em seu estômago e por um segundo quente e enjoado ela teme que vá vomitar nos canteiros de flores. Ela inspira pelo nariz e tenta pensar no que Gigi faria. Gigi não toleraria esse tipo de abuso verbal, isso é certeza.

— Não vou sair daqui sem você! — grita Charlie.

Hollis coloca a mão no ombro de Brooke e diz:

— Por que você não volta para a praia? Vou chamar um táxi para Charlie e colocá-lo na balsa das quatro e meia.

Brooke sente lágrimas de vergonha ardendo em seus olhos.

— Eu vou com ele — diz ela. Começa a chorar ruidosamente. — Eu estou sobrando aqui mesmo.

— O quê? — diz Hollis. — Isso não é verdade!

— Você tem Tatum — diz Brooke. — E Dru-Ann tem Gigi.

Naquele instante, ouve-se uma porta bater e todos olham para o outro lado do estacionamento, para o chalé de hóspedes. Dru-Ann se aproxima de Charlie a passos firmes.

— Algum problema aqui?

Charlie recua.

— Ei... você é a mocinha do *Jogue Como uma Garota.*

Dru-Ann estende a mão.

— Dru-Ann Jones — diz ela, com um sorriso tenso. Brooke pode ver que Dru-Ann está esmagando os dedos de Charlie. — Nunca mais chame a mim, ou a qualquer outra mulher, de "mocinha" outra vez, por favor.

Charlie abre a boca para falar, mas Dru-Ann o impede.

— Você está de penetra numa festa muito exclusiva, meu amigo. Brooke está aqui conosco. Você vai respeitá-la, e a mim, e a nossa anfitriã, Hollis, e vai se retirar imediatamente. Fui clara?

Incentivada por Dru-Ann — que está salvando o dia feito uma super-heroína! —, Brooke diz:

— É! Cai fora daqui, Charlie!

Charlie flexiona e relaxa os dedos que Dru-Ann esmagou.

— Minha esposa não precisa fazer parte desse comitê de lobas — diz ele para Hollis. — Vocês são todas... wiccanas!

— Somos amigas, Charlie — diz Hollis. — Chamei um táxi para você. Pode esperar por ele na calçada.

Relutantemente, Charlie pega a estradinha ladeada por hortênsias, se vira e grita:

— Divirtam-se queimando sálvia e fofocando sobre Luke e Laura!

Dru-Ann sobe os degraus da varanda marchando, passa um braço em torno de Brooke e diz:

— Mulher, me desculpe. Eu não fazia ideia de que era com isso que você estava lidando.

Caroline esbarra em Tatum quando ela chega pela porta lateral.

— O que está havendo? — pergunta Tatum. — Aonde foi todo mundo?

Caroline deixará que sua mãe explique mais tarde, mas, agora, tem uma ideia.

— Você está ocupada? — pergunta ela. — Porque eu adoraria conversar com você sozinha, fazer algumas perguntas sobre a minha mãe.

— Estou livre feito um pássaro — diz Tatum. — Vá em frente.

Hollis não sabe quanto drama ela ainda aguenta. Houve o café da manhã com Jack, a notícia da biópsia de Tatum, a revelação de que Gigi também perdeu um homem a quem amava, todos os desafios com Caroline — e aí Charlie Kirtley aparece do nada e chama todas de wiccanas?

— Você está bem? — Hollis pergunta a Brooke.

— Ela vai ficar bem — diz Dru-Ann. — Vamos voltar para a praia, onde o mundo não pode nos incomodar.

Hollis vê Tatum seguindo Caroline pela escada para o porão.

— O que vocês duas estão aprontando?

— Vamos bater um papo — diz Caroline.

Hollis a encara.

— Um papo? Sobre o quê?

Caroline sorri.

— Quero conversar com Tatum sobre a amizade dela com você.

— Isso não está no itinerário — graceja Hollis. — Meu bem, eu aprecio a sua criatividade, mas não acho que Tatum queira ser interrogada sobre nossa amizade.

— Eu não me incomodo — diz Tatum. Ela lança um olhar para Hollis. — Qual o problema, Holly? Está preocupada com o que eu vou dizer?

— Estou só tentando obter um pouco de contexto histórico — diz Caroline.

— Contexto histórico? — diz Hollis. — Você faz parecer como se nós tivéssemos cem anos.

— Para profundidade e textura — diz Caroline. — Senão, estou só fazendo um álbum de recortes em formato de vídeo.

É isso o que Hollis quer, um álbum de recortes em formato de vídeo. Ela aprecia que Caroline esteja levando isso a sério, mas não precisa dar uma de Ken Burns e conduzir… *entrevistas*.

— Esse tipo de papo soa pessoal demais para o site — diz Hollis. — Eu não preciso que as pessoas ouçam detalhes sobre meus relacionamentos mais íntimos.

— Dá pra relaxar, mãe? Essas são suas *amigas*. Eu só quero um pouquinho de profundidade. É isso o que dá sentido a esse fim de semana. Senão, são só capas de edredom e pecãs.

Henrietta se esfrega nas pernas de Hollis, provavelmente sentindo o desconforto dela.

— Tudo bem — diz Hollis. Ela ergue uma sobrancelha para Tatum. — Seja gentil, hein?

— Serei honesta — diz Tatum.

29

Perdão pela Interrupção II

Brooke e Dru-Ann estão na praia; Tatum está com Caroline. Onde está Gigi? Hollis presume que também esteja na praia, o que lhe dá tempo para fazer o patê de *cream cheese* e cebola tostada que ela vai servir na hora dos coquetéis. Mas então Hollis ouve Henny rosnar e encontra a cachorra de pé junto da porta da biblioteca. Hollis dá uma olhada no cômodo, que é possivelmente seu preferido da casa inteira, com suas estantes embutidas de madeira clara forradas de livros, pedaços interessantes de madeira de naufrágio, e uma coleção fantástica de conchas e vidro de praia. Também há uma lareira e poltronas enormes para leitura. A televisão também fica aqui; era aqui que Hollis e Matthew assistiam aos jogos dos Patriots quando vinham para cá nos fins de semana de outono.

Hollis vê Gigi de pé num canto da sala, segurando uma fotografia emoldurada.

— Ah, oi, desculpe, eu não percebi que tinha alguém aqui — diz Hollis.

Ela se sente um tanto... perturbada pela presença de Gigi na biblioteca, embora não saiba bem o porquê. Gigi se revelou como alguém que gosta de livros — ela até persuadiu Brooke a comprar um — e a biblioteca fica diretamente em frente à suíte de hóspedes de Gigi. Por que ela não a exploraria? O notebook de Hollis está aberto na escrivaninha antiga, mas o que Hollis esconderia? Suas receitas? Seu hábito de stalkear Jack nas redes sociais?

Será que algo na conversa que tiveram na praia mudou a dinâmica entre elas? *Um pouco, talvez,* pensa Hollis. Ela precisa reconhecer que, apesar de Gigi se encaixar bem, ela ainda é uma total desconhecida.

Gigi se pergunta por que não há fotografias de Matthew em lugar nenhum da casa — é quase como se ele nunca tivesse morado ali. Gigi imagina que elas estejam todas guardadas na suíte principal, mas aí decide dar uma espiada na biblioteca. Lá, vê uma série de fotos alinhadas em molduras prateadas, cada uma com a data gravada, começando quando Caroline era pequena, em 2007, e seguindo até o verão passado. Todas as fotos são de Hollis, Matthew, Caroline e o cachorro (antes de Henny, havia um setter irlandês esguio) na praia em frente à casa. Cada fotografia foi tirada mais ou menos ao pôr do sol, de modo que o rosto de todos está sempre banhado numa luz dourada-rosada.

Matthew, murmura Gigi consigo mesma, pegando a última foto. Ela só conheceu a versão dele que aparece nesta última fotografia, onde, a seus olhos, ele está mais bonito. Será que ele estava pensando nela na época, ou se encontrava totalmente consumido por essa tradição familiar? Gigi gostaria de saber a data em que a foto foi tirada para poder conferir sua agenda na época. Será que ela estava em Sorrento, talvez, ou Cap d'Antibes? Ela esperava que sim, mas, ainda assim, estaria ansiando por ele — mais do que ele por ela, isso está claro agora.

Gigi sorri para Hollis.

— Espero que não seja uma intrusão, eu aqui olhando isso — diz ela. Uma veia pulsa em sua testa.

— De forma alguma — diz Hollis.

Ela estende a mão e toca a fotografia que Gigi está segurando; Gigi nota o anel de diamante de Hollis, sua aliança de casamento.

— Essa foto foi tirada no verão passado. Laurie Richards tirava uma fotografia nossa todo ano, na última semana de agosto.

Henrietta agora choraminga como uma criança. É Gigi quem a está agitando; a cachorra sente algo. Animais de estimação são intuitivos assim.

— Linda família — murmura Gigi.

Linda família, pensa Hollis.

O verão é a melhor estação com Matthew. Ele chega toda quinta à noite e parte todo domingo à noite, o que lhes dá três dias inteiros juntos. Eles têm uma rotina adorável: nas noites de quinta, Hollis prepara uma refeição em casa para eles poderem conversar sobre as novidades em suas semanas; na sexta, Matthew vai para o Hatch's, corta o cabelo e mexe no jardim antes de se instalar na piscina para ler seus periódicos de medicina. Sexta à noite, eles vão para o jantar com banda de jazz no pátio do Field and Oar Club. Aos sábados, Matthew pratica *paddleboard* no lago Sesachacha com Caroline. Às vezes, Hollis consegue convencê-lo a dar um passeio de bicicleta (isso acontece, grosso modo, uma vez a cada verão), e eles comem sanduíches da Claudette's. Aos sábados à noite, eles saem — sempre há coquetéis, festas beneficentes, lugares para os quais eles foram convidados. Se bebem demais, é no sábado à noite; se fazem sexo, é no sábado à noite ou logo de manhã cedo no domingo. O domingo é sacramentado para a preguiça — Hollis faz omeletes ou panquecas de mirtilo, eles leem o jornal e, por fim, vão passar a tarde na praia. Às quatro da tarde, Matthew suspira, se levanta de sua cadeira e entra para tomar banho e se vestir. Hollis sempre prepara um piquenique para ele levar e o leva para pegar a balsa das sete de volta ao continente. Há um beijo, um *te vejo na quinta, boa semana pra você.*

Mas esse verão...

Tem algo de errado, mas Hollis não consegue dizer o quê. Matthew perde o fim de semana do feriado do Memorial Day porque vai dar uma palestra em algum lugar, Hollis não sabe onde — Roma? Atenas? Ela não se importa, está de saco cheio, por que ele sempre concorda em viajar às custas do tempo com a família? Resta a Hollis tirar as coisas do carro e abrir a casa sozinha. Quando Matthew finalmente aparece, no primeiro fim de semana de junho, ele e Hollis se estranham; Matthew se recusa a fazer as coisas que eles sempre fizeram. Por exemplo: Hollis preparou um jantar com costelas, pão de milho e salada de repolho na quinta, mas Matthew anuncia que quer comer as lagostas do 167. Hollis diz:

— Podemos comer lagostas amanhã à noite, mas hoje eu fiz o jantar e nós vamos comer.

Ela soa como sua mãe e odeia isso. Sexta à noite, eles comem lagostas, como Matthew queria, mas isso significa que Hollis tem que adiar o jantar deles com os Gasperson no Field and Oar Club para a noite de sábado, e, como o Field and Oar terá um jantar dançante no sábado, os Gasperson os convidam para ir até a casa deles, em vez disso. Matthew declara que não quer ir para a casa dos Gasperson, Kerri é bacana, mas o marido dela torra toda a comida na churrasqueira, e Matthew preferiria mil vezes ficar em casa e comer um sanduíche de manteiga de amendoim.

— O que está havendo com você? — diz Hollis.

Ela está pronta para a briga; tem várias frustrações que gostaria de pôr a limpo, mas Matthew apenas balança a cabeça e diz:

— Tá bem, eu vou. Mas sob protesto.

No domingo, Hollis tinha sido convidada para almoçar no Deck com uma das mulheres com quem joga tênis no clube. A esposa dela também estará no almoço. A esposa está bem no alto da hierarquia da revista *Bon Appétit* e pediu especificamente para conhecer Hollis.

— Talvez eles queiram fazer um artigo sobre meu site! — diz Hollis a Matthew.

Num raro momento do que Hollis só poderia descrever como zombaria, Matthew diz:

— Ah, meu Deus, você não pode perder isso. Com certeza, sacrifique um domingo inteiro enchendo a cara de rosé!

Hollis não tem intenção alguma de "encher a cara de rosé" e, no entanto, por estar tão zangada, é exatamente o que ela faz. Volta para casa de Uber, deixando o Bronco no estacionamento do Deck, e pega no sono de imediato numa espreguiçadeira junto da piscina. Quando Matthew a acorda, o sol já está baixo no céu. Está na hora de ir até a balsa, e eles têm que usar o Volvo porque ela deixou o Bronco no Deck. Há a previsível briga — ele lhe disse que ela estava tomando uma decisão errada, mas ela a tomou mesmo assim, e agora vai ter que descobrir como levar o Bronco de volta para casa, isso se ele já não foi guinchado — e Hollis diz, em seu tom de voz mais desagradável:

— Você não se cansa de ser tão virtuoso?

Isso encerra a conversa. Eles não dizem mais nada e não há beijo, o que francamente não é surpresa nenhuma, já que eles não fazem sexo desde abril.

As coisas continuam nessa toada durante julho e agosto. É uma sorte, mas também um azar, que a *Bon Appétit* queira fazer mesmo um artigo — e querem fotografar na casa de Nantucket, no final de agosto. Matthew fica extremamente incomodado e Hollis se sente mal — é a última semana antes das coisas acelerarem no hospital e o semestre de aulas que Matthew ministra em Harvard começar. É a última semana de Caroline antes de voltar para a NYU, e Matthew diz:

— Eu fico com você, docinho, já que a sua mãe está ocupada.

Hollis tem vontade de perguntar quem passou as primeiras duas décadas da vida de Caroline "ficando" com ela, mas se sente culpada. A sessão de fotos é invasiva. Há pessoas vestidas de preto para todo lado, câmeras e luzes, equipes de cabeleireiros, maquiadores, figurinistas e estilistas de comida. Francamente, com Matthew e Caroline fora de casa, é mais fácil, embora não seja, de forma alguma, a última semana de verão que Hollis imaginara.

No domingo à tarde, a equipe de fotografia finalmente vai embora. Hollis agendou a sessão de fotos habitual da família com Laurie Richards para as cinco horas da tarde, tempo suficiente para tirar uma hora de fotografias antes que Matthew tenha que ir para a balsa. Será que Hollis está socando isso goela abaixo? Está, mas que escolha ela tem? A sessão da revista atrapalhou tudo — ela não deveria ter concordado, mas é algo importante; vai elevar o site de Hollis para outro patamar. Matthew e Caroline entendem isso, não é?

Talvez não entendam. Eles saíram para praticar *paddleboard* de manhã e ainda não voltaram. Hollis liga para os celulares de ambos e é jogada direto na caixa postal dos dois. Ela envia uma mensagem de texto: Onde vocês estão? Não esqueçam que temos a foto de família às cinco! Henny e eu estamos esperando! Mas não há resposta.

Às 16h45, Hollis ainda não teve notícias de sua família e está frenética. Ela não quer desperdiçar o tempo de Laurie, mas não quer perder essa sessão de fotos. É uma tradição da última semana do verão, na praia; eles fazem isso há quinze anos. Hollis enfiou na cabeça a ideia de que, se eles não tirarem a foto, a família vai se desfazer. Então diz a si mesma que está sendo ridícula. É só uma foto.

Quando Laurie chega, Hollis explica que Matthew e Caroline estão atrasados. Sem problemas, diz Laurie, ela vai até a praia preparar tudo. A noite está uma beleza, talvez o melhor tempo que já tiveram. Hollis está com sua blusa característica, na cor lavanda; pediu a Caroline que usasse branco e Matthew, azul-marinho.

Porém, a esta altura, aceitará qualquer coisa, aceitará que venham pelados, onde é que eles estão?

Hollis liga para os dois outra vez — nada —, mas não manda mensagem, com medo de dizer algo repreensível. Ela informou a ambos sobre a sessão de fotos naquela manhã, antes de eles saírem de casa — mas aí ela grunhe, pensando se talvez eles acharam que ela ainda estivesse se referindo à sessão da *Bon Appétit*. *Não, não*, pensa, ela definitivamente disse *Laurie Richards, foto da família*, e os dois responderam *Tá, tudo bem*, ou algo assim.

Às cinco e meia, enquanto Hollis se desculpa com Laurie — ela pagará a Laurie por seu tempo, é claro —, Matthew e Caroline aparecem nas dunas. Hollis merece um Oscar por sua performance como esposa e mãe apenas levemente aborrecida.

— Onde vocês estavam, gente? — diz ela. — Laurie estava prestes a ir embora.

— Estávamos lá no Great Point — diz Matthew. — Eu estava pescando na costa, Caroline estava lendo. Foi o melhor dia de todo o verão.

Hollis não sabe como interpretar o tom dele. Foi o melhor dia de todo o verão e Hollis o perdeu? Ou foi o melhor dia de todo o verão porque Hollis não estava lá?

Mas ela percebe que ele está com a polo azul-marinho e Caroline com a blusa de laise branco, como ela queria, então eles se juntam, chamam Henny e sorriem para a câmera.

Enquanto espia a foto por cima do ombro de Gigi, Hollis pensa em como Gigi não será capaz de ver que o que liga Hollis a Matthew naquela foto em particular são ondas de raiva e ressentimento. Aos olhos de Gigi, eles devem parecer o casal perfeito.

Mas não eram, nem um pouco.

Você mudou. E nós mudamos.

Parece que Gigi está guardando uma mentira.

30

A Queda I

No home theater do porão, Caroline coloca duas poltronas de frente uma para a outra e liga o anel de luz.

— Tudo bem se eu filmar isto? — diz Caroline.

Ela acha que é uma sacada de gênio fazer clipes das amigas de Hollis para o site. Não quer que isso seja como *The Office* — que é o formato mais imitado por Hollywood atualmente —, mas, sim, está pensando exatamente em algo do tipo.

Tatum dá de ombros.

— Estou toda acabada, mas, claro, fique à vontade.

O cabelo de Tatum, que estava tão liso e brilhante ontem, está agora úmido por causa da natação e preso para trás num rabo de cavalo. Ela tomou um pouco de sol no rosto e sardas se destacam em suas bochechas. Ela não tem uma saída de praia como as outras mulheres; e está usando uma camiseta cinza dos Nantucket Whalers e um short jeans, e seus pés estão cheios de areia nos chinelos. (Ela não deve ter visto o pedilúvio do lado de fora da porta; Hollis vai ter um ataque, mas agora já foi.) Caroline não poderia tê-la arrumado de um jeito melhor. A aparência dela é a de Moradora da Ilha.

— Ótimo, obrigada — diz Caroline.

Ela se sente meio estranha, para ser honesta, mas talvez apenas porque tenha saído com o filho desta mulher na noite anterior e acordado na casa dela.

Tatum sabe que Caroline e Dylan saíram porque, logo antes de Hollis invadir o café da manhã, Jack contava a Kyle e Tatum que tinha encontrado Caroline na entrada da casa deles tentando pedir um Uber, e Jack acabou dando uma carona para ela até a cidade.

Enquanto Tatum estava na praia, enviou uma mensagem de texto para Dylan dizendo: Caroline, hein?

Dylan respondeu: Foi só um beijo. Ela dormiu no sofá.

Tatum riu. Dylan lhe conta tudo, um resultado, supõe ela, da calma com que ela lidou com a notícia de "Eu engravidei Aubrey. Vamos ter um bebê".

Tatum digitou: Vc gosta dela???

Ele responde: Ela é legal.

Não existe nada pior do que chamar alguém de "legal" e Tatum fica decepcionada. Ela quer que Dylan encontre alguém que tire Aubrey de sua cabeça. Também há uma ideia maluca de que, se Dylan e Caroline se casarem e tiverem filhos, Tatum e Hollis serão avós juntas — Tatum será a avó descolada, Hollis, a avó rica. Tatum ri e Caroline lhe lança um olhar interrogativo.

— Estou pronta — diz Tatum. — Sobre o que você quer conversar?

Caroline diz:

— Vamos começar do começo, acho. Como você e minha mãe se tornaram amigas?

Tatum diz:

— Não consigo me lembrar de algum dia *não ter sido* amiga de Hollis. Nossas mães lecionavam no jardim de infância em salas vizinhas na Nantucket Elementary, então foi uma confusão generalizada quando ambas engravidaram ao mesmo tempo, porque ambas saíram em licença maternidade e, naquela época, você tirava todo o ano escolar de licença. Elas se encontravam algumas vezes por semana, nos levavam em passeios, nos empurravam nos balanços de bebês, esse tipo de coisa. E então... nós duas éramos pequenas demais para lembrar disso... a mãe de Hollis, Charlotte, morreu.

Isso, pensa Caroline. *Aneurisma enquanto tomava banho*. Hollis tinha vinte e um meses.

— Tom Shaw teve que cuidar de sua menininha sozinho. Minha mãe, Laura Leigh, ajudou. Tom deixava Hollis na nossa casa a caminho do trabalho. Então, desde minhas primeiras lembranças, Hollis está lá. Ela tinha sua própria escova de dentes na minha casa, um pijama extra também. Minha mãe fazia cupcakes no aniversário de Hollis e, sempre que Hollis ficava doente, era minha mãe quem ia buscá-la. — Tatum faz uma pausa. — No quarto ano, nós tínhamos um negócio chamado Chá do Dia das Mães. Tínhamos que escrever poemas para nossas mães e ler na frente da sala toda, e depois havia uma festa com cookies e suco. Eu me lembro de Hollis levantar a mão e perguntar o que ela deveria fazer, já que não tinha mãe. Por um segundo, pensei que nossa professora fosse chorar. Mas aí cochichei no ouvido de Hollis que podíamos dividir a minha mãe. E foi o que fizemos. Éramos como irmãs.

Caroline precisa parar por um segundo.

— Hã, tá... uau. E vocês duas continuaram amigas próximas por todo o ensino médio?

— Ah, sem dúvida — disse Tatum.

Ela analisa Caroline. Como poderia fazer essa criança entender o jeito como as coisas eram entre ela e Hollis nos anos 1980?

É o primeiro ano do ensino médio deles. Tatum e Hollis — e Kyle e Jack — são a realeza do ensino médio. Kyle e Jack jogam futebol americano; Tatum e Hollis jogam softball. Os quatro frequentam festas em volta de fogueiras em Gibbs Pond, como fizeram gerações de estudantes da Nantucket High School antes deles. Tomavam café da manhã aos sábados no Downyflake; assistiam a filmes no Dreamland, depois iam comer pizza no Vincent's. Tatum foi a primeira a perder a virgindade, depois foi a vez de Hollis.

Há uma semana tensa em que Tatum acha que pode estar grávida. Ela não pode comprar um teste porque só são vendidos nas farmácias, e *o pai de Tatum* é o farmacêutico. Tatum e Hollis planejam uma visita a Hyannis para fazer compras — duas horas de balsa, duas horas para voltar, um sábado inteiro desperdiçado para poderem ir até um supermercado comprar um teste. Tatum faz xixi no palitinho lá mesmo, no banheiro da loja, com Hollis de guarda na porta.

— O que você vai fazer se der positivo? — pergunta Hollis.

Tatum diz:

— Minha mãe vai cuidar do bebê enquanto eu termino o último ano.

Hollis fica quieta e Tatum sente a preocupação dela.

— E a faculdade? — diz Hollis.

Porém, antes que Tatum possa responder que de forma alguma vai se livrar ou mandar para a adoção um bebê feito com Kyle, os três minutos terminam e não apareceu uma segunda linha.

Negativo.

Elas celebram tomando refrescos da Orange Julius na praça de alimentação. Tatum sente um alívio vertiginoso, mas também se dá conta, pela primeira vez, de que ela e Hollis estão se tornando dois indivíduos distintos.

No verão anterior ao último ano do ensino médio, Tatum e Hollis trabalham como garçonetes no Rope Walk, onde vestem as medonhas saias vermelho-Nantucket tão curtas que as garotas não podem se abaixar sem mostrar as calcinhas para os clientes; o proprietário afirma que é "bom para os negócios". Toda noite algum ricaço passa um descanso de copos para Tatum com seu telefone ou o nome de seu iate e um bilhete, variações de *Venha se juntar a nós para uma saideira!* Tatum nunca cogita aceitar, mas Hollis é doida para ir. Ela quer tomar Dom Pérignon e passar caviar no blini com a colher de madrepérola. Ela, ao contrário de Tatum, é fascinada por riqueza e privilégios; ela deseja acesso ao mundo além de Nantucket.

Tatum conta tudo isso a Caroline, até mesmo a parte sobre sua suspeita de gravidez, da qual apenas Hollis e Kyle sabem.

— A definição de *melhor amiga* é a pessoa que fica de guarda na porta do banheiro do Kmart enquanto você faz xixi num palito e nunca conta a nenhuma alma viva.

Caroline assente entusiasticamente e Tatum pensa que é provável que ela já tenha recebido todo o "contexto histórico" que pode aguentar.

Um segredo ainda maior do que o susto da gravidez foi o que aconteceu durante a partida do campeonato estadual de softball no último ano do ensino médio.

— No último ano, as coisas foram diferentes — diz Tatum. — Nós quatro, sua mãe, eu, Kyle e Jack, decidimos que todos nós iríamos para a UMass Amherst juntos. Mas aí, um dia, do nada, Hollis diz para nós que nossa professora de inglês, a srta. Fox, disse que a redação dela para a faculdade era a melhor que ela já tinha lido em trinta e um anos de ensino.

Tatum se lembra disso como se fosse ontem: eles estavam no estacionamento da escola dividindo um cigarro; as folhas do grande carvalho na esquina da Sparks com a Surfside tinham acabado de começar a mudar de cor.

— Ela quer que eu amplie a lista de faculdades para as quais vou me candidatar — diz Hollis. — Ela acha que eu deveria me candidatar à UNC, que é onde ela estudou. A UNC é a universidade pública mais antiga do país, eu acho?

— A srta. Fox quer que você vá para a *alma mater* dela? — responde Tatum. — Que meigo.

— Fica num lugar chamado o Triângulo de Pesquisas — diz Hollis, dando de ombros. — Ela disse que pode me imaginar lá.

Tatum fica perplexa com isso. Todos eles zombam da srta. Fox. Ela se veste como uma quaker do século XIX — saias pretas e longas, blusas de colarinho formal. É assim que Hollis quer terminar?

— Mas você ainda vai se candidatar apenas à UMass, né?

— Talvez me candidate para a UNC também — diz Hollis. — Mas, definitivamente, vou para a UMass. — Ela faz uma pausa. — Meu pai não conseguiria bancar nada além da UMass mesmo.

Tatum relaxa; ela tem quase certeza de que isso é verdade. Hollis só vai se candidatar à outra faculdade por diversão, só para ver se consegue entrar.

As cartas das universidades chegam pelo correio em 15 de abril. Tatum, Kyle, Jack e Hollis todos são aceitos pela UMass, e, até o horário do almoço do dia seguinte, a escola inteira já sabe disso. Porém, enquanto Tatum e Hollis estão conversando no corredor — Tatum se perguntando se elas deveriam morar juntas, Hollis dizendo que ainda é cedo demais para pensar nisso, Tatum dizendo que *pode fazer sentido se não morarmos juntas, assim você teria uma colega de quarto e eu também, aí conheceríamos gente nova e poderíamos construir um pequeno império* —, a srta. Fox se aproxima (num vestido azul-marinho de gola alta que vai até o chão) e dá um abraço em Hollis.

— Você conseguiu entrar para a UNC! — diz ela. — Com bolsa integral. Estou tão orgulhosa de você!

Hollis está subjugada; Tatum, chocada.

— É — diz Hollis. — Obrigada. Eu ainda tenho que conversar com meu pai sobre isso, obviamente.

Quando a srta. Fox sai, Tatum se volta para Hollis. Agora ela sabe por que Hollis achava que ainda era cedo para conversar sobre morarem juntas.

— UNC? — diz ela. — Por que você não me contou que tinha entrado?

Hollis respira fundo.

— Sei lá, Tay. Porque não importa?

— Porque você não vai para lá, né?

— É — diz Hollis, baixinho. — Meu pai nunca deixaria. Fica, tipo, a doze horas de carro de Hyannis.

Tatum está tão apavorada quanto furiosa. Quem liga se a UNC é a universidade pública mais antiga do país? Por que Hollis iria querer frequentar uma universidade a doze horas de distância, onde não conhece ninguém? A única resposta que Tatum consegue pensar é que Hollis quer se distanciar — da ilha e de todo mundo que mora ali. Inclusive Tatum.

As decisões finais sobre a faculdade precisam ser tomadas até 1º de maio, que é o mesmo dia da partida decisiva do campeonato estadual de softball.

Tatum decide tocar no assunto a caminho do jogo, provavelmente porque a partida é disputada em Amherst.

— Você enviou seu depósito para a UMass, certo? — pergunta ela a Hollis.

Hollis olha fixamente pela janela para a Route 32.

— Tay — diz ela.

— O quê? — diz Tatum, embora ela saiba o quê.

Hollis decidiu pela UNC. Tatum sente todos os seus sonhos dela com Kyle, Jack e Hollis chutando as folhas de outono na Quad despencarem no piso grudento e imundo do ônibus com um estrondo.

Hollis começa a chorar e Tatum diz:

— Por que *você* está chorando, Holly? A decisão foi sua.

— Eu sei — diz Hollis. — Mas...

Mas o quê?, pensa Tatum. Ela se sente tão *enganada*, tão *largada*, que decide fazer o impensável.

Tatum é a quarta batedora; sua média de rebatidas na temporada é de .322, a melhor não apenas do time, mas de toda a sua divisão, mas ela erra suas duas primeiras rebatidas, e então rebate para o alto, tudo de propósito. No último inning, Nantucket está na frente por um ponto e uma garota chamada Miranda Coffey do time de Amherst vai para a rebatida. Ela tem cabelos curtos e retos no alto como Brigitte Nielsen e um olhar frio; vai atingir a bola com tudo, não importa o quanto o arremesso de Hollis seja imbatível. Como se seguisse um roteiro, Miranda rebate a fundo na esquerda do campo e, francamente, não é nada que Tatum não consiga dar conta. Ela vê a corredora na segunda posição disparar para a terceira e pensa: *softball feminino de Nantucket High, campeão estadual por dois anos seguidos*, é o que ela e Hollis sonhavam desde que eram pequenas, acertando uma bola Wiffle num apoio. Mas, então, muitas das coisas que Tatum e Hollis sonhavam não vão se realizar. Hollis vai para a Universidade da Carolina do Norte. Hollis se vira no monte; está observando Tatum e, por um segundo, Tatum encontra os olhos dela com uma expressão de pura fúria e pensa: *como você pôde?* E ela pega a bola, mas a deixa cair da luva. As corredoras marcam o ponto e Amherst vence.

Se Tatum vai ficar de coração partido, então Hollis também vai.

— Eu entreguei a partida — conta Tatum a Caroline. — Senti vergonha disso por trinta e cinco anos. Roubei um título de campeonato não só de Hollis, mas de nosso time e nossa escola... diabos, de nossa ilha... Eu fui a pior perdedora possível.

A expressão de Caroline é mais fascinada do que horrorizada, pensa Tatum. Ela está provavelmente recebendo muito mais do que esperava.

— E aí, o que aconteceu? — pergunta Caroline.

— Hollis partiu para a universidade — diz Tatum. — E nunca mais voltou. Não de verdade.

Hollis volta para passar as férias em Nantucket em seu primeiro ano, mas no verão seguinte, quando Tatum pensa que ambas vão trabalhar no Rope Walk de novo, Hollis anuncia que vai ficar em Chapel Hill para ser garçonete no Chili's.

Chili's?, pensa Tatum. Por que Hollis iria querer ficar na pantanosa e sufocante Carolina do Norte servindo fajitas, quando poderia vir para casa e ganhar o triplo do dinheiro com vista para o mar? Não faz sentido!

Tatum liga para Hollis e implora que ela reconsidere. A esta altura, a mãe de Tatum, Laura Leigh, já tinha morrido há um ano e o pai de Tatum estava namorando Alison, uma jovem que contratara recentemente na farmácia. Tatum precisa de Hollis. Hollis é sua irmã.

— Prometo ir nos iates com você — diz Tatum, embora saiba que não irá por causa de Kyle. — Eu te ajudo a encontrar um marido rico.

— Desculpe, Tay — diz Hollis. — Dru-Ann e eu decidimos ficar por aqui.

Dru-Ann, pensa Tatum. *É claro.* Hollis não para de falar em Dru-Ann Jones, sua colega de quarto, cujo pai é um figurão da Bolsa Mercantil de Chicago.

— Vamos trabalhar no Chili's e completar nossa lista de leituras de verão: Nella Larsen, Joan Didion, Angela Carter.

Tatum não sabe e não está nem aí para quem são essas escritoras e Hollis *sabe* que ela não sabe e não liga. *Hollis é como uma cobra*, pensa Tatum, *abandonando sua vida antiga como se fosse uma pele que ficou pequena demais para ela.*

— Então, quando minha mãe parou de voltar para cá durante os verões, vocês duas deixaram de ser amigas? — pergunta Caroline.

— Não, ainda éramos amigas — diz Tatum. — Mas não era a mesma coisa.

Ela faz uma pausa; precisa de um cigarro.

— Kyle e eu nos casamos, e sua mãe foi minha dama de honra... eu e ela fizemos a nossa coreografia, as coisas ainda estavam bem. E aí... sua mãe ficou noiva.

Hollis telefona para Tatum para dizer que Matthew está terminando sua residência em cirurgia e que eles decidiram se casar. Tatum quer saber sobre o anel, o pedido, foi romântico?

— Ele não se ajoelhou nem nada do tipo — diz Hollis. — *Não consigo* imaginá-lo fazendo isso.

Certo. Tatum também não consegue. Ela e Kyle conheceram Matthew na única vez em que Hollis o trouxe para Nantucket. Eles foram jantar no Lobster Trap e Matthew ficou absorto em desmontar sua lagosta com precisão para não deixar nem um único pedaço de carne para trás. Toda vez que Tatum ou Kyle lhe faziam uma pergunta, ele tomava um susto, como se tivesse esquecido que estava jantando com outras pessoas.

Hollis prossegue, dizendo que ela e Matthew se casarão em Wellesley, onde Matthew cresceu, em fevereiro — porque é o que se encaixa melhor na agenda de Matthew. A mãe dele, Judith, está planejando o casamento. Hollis não precisa fazer nada.

— Que bom? — diz Tatum.

Ela e Kyle tiveram uma cerimônia pequena na praia de Brant Point, seguida por uma recepção no Admiralty Club em Madaket, mas ela tomou cada uma das decisões. Tatum vai direto ao que ela presume ser o motivo dessa ligação.

— Quantas madrinhas você vai ter?

— Seis — diz Hollis. — Você, Dru-Ann, Cora, prima de Matt, Gretchen e Ellie, da UNC, e Regency, de Boston.

Tatum nunca conheceu Gretchen e Ellie, embora saiba que elas são um casal, e nunca nem ouviu falar de Regency de Boston, ou sequer percebera que Regency poderia ser nome de gente. Mas tudo bem, tanto faz.

— É só me passar o endereço de todo mundo, eu acho — diz Tatum —, para eu poder organizar as coisas.

— Organizar as coisas? — diz Hollis.

— Eu *sou* a dama de honra — diz Tatum. — Certo?

O que se segue é um instante de silêncio que Tatum só pode descrever como carregado. *Carregado* como uma arma ameaçando assassinar a amizade delas, de uma vez por todas.

— Mas é claro! — diz Hollis. — Você e Dru-Ann! Eu terei uma dama de honra casada, você, e uma solteira, Dru-Ann.

A mãe de Tatum, Laura Leigh, tinha sido professora do jardim de infância e, por causa disso, Tatum tinha sido criada aprendendo a compartilhar. Mas não, desculpe, não nesse caso. Hollis deveria escolher sua melhor amiga como dama de honra, solteira ou casada. *Melhor* é um superlativo; só pode haver uma. Se houver mais de uma pessoa, o cargo se dilui, tem apenas metade da importância. Hollis está diminuindo Tatum e (Tatum se odeia por isso) sua resposta é chorar.

— Eu te conheço a vida toda, não somos apenas amigas, somos irmãs, minha família te adotou, minha mãe te tratou como se você fosse filha dela!

Tatum se sente ofendida não apenas por si mesma, mas por sua mãe, que trançou o cabelo de Hollis, tirou as manchas de grama de seu uniforme de softball e a ajudou a escolher o seu vestido de formatura. Tatum se dá conta de que Hollis e Dru-Ann se aproximaram durante a faculdade e sente um ciúme avassalador disso (e em resposta começou a passar mais tempo com Terri Falcone do que talvez teria passado se não fosse esse o caso), mas *de jeito nenhum* Dru-Ann e Hollis são tão próximas quanto Tatum e Hollis. Hollis só está impressionada com Dru-Ann, ou talvez tenha sido forçada por ela.

Hollis entra no modo controle de danos.

— Eu definitivamente quero que você seja minha dama de honra, Tay, é só que Dru-Ann conhece melhor as outras garotas e ela tem várias ideias legais.

— Que tipo de ideias?

— Ela quer fazer a despedida de solteira no Ritz-Carlton em Boston com um dia no spa e depois jantar no Sorellina...

Tatum não pode bancar o Ritz-Carlton e não sabe o que é o Sorellina.

— Então o que você está dizendo é que ela tem mais dinheiro e um gosto mais refinado.

— Não! — diz Hollis, com tanta ênfase que isso só pode significar um sim. Ela suspira. — Por favor, não seja assim, Tay.

As lágrimas de Tatum secaram; agora ela só está zangada. Não, não apenas zangada — furiosa.

— Assim *como?* — diz ela, embora saiba: ela está sendo possessiva, mente fechada e ciumenta, quando aparentemente o que ela deveria dizer é *que ótimo, Dru-Ann e eu vamos dividir as responsabilidades e tirar no pedra-papel-tesoura quem entra por último.*

Em vez disso, Tatum diz:

— Eu não quero participar. Divirta-se casando sem mim.

E desliga.

Hollis liga de volta. Tatum deixa a secretária eletrônica atender. Hollis deixa um recado; agora *ela* está chorando, o que Tatum, infantilmente, acha muito satisfatório. Hollis diz que não pode se casar sem Tatum, preferiria fugir e casar escondido, mas, por favor, será que Tatum não consegue entender que ela está tentando um meio-termo aqui, tentando deixar todo mundo feliz, mas se sente como o bebê do rei Salomão (seja lá o que isso signifique).

No dia seguinte, Tatum decide sair por cima. Ela liga de volta e diz que tudo bem, ela aceita ser dama de honra junto com Dru-Ann, desde que possa ser a que entra por último.

— Mas foi uma decepção esmagadora — diz Tatum agora para a câmera. — Fiquei magoada. Sua mãe foi embora e conheceu outra pessoa que se tornou a melhor amiga dela e eu fiquei em Nantucket e não fiz o mesmo. Hollis sempre foi minha única melhor amiga. Mesmo durante todos esses anos em que não estávamos conversando de verdade, eu pensava nela como minha melhor amiga.

Essa história é muito... *mais* do que Caroline esperava. Ela achou que seria um passeio por uma trilha de recordações com frases de efeito que ela poderia compartilhar no site. Mas Tatum lhe deu coisas reais, coisas comoventes.

— Mas tudo deu certo no final, não é? — pergunta Caroline. — Porque você está aqui...

Não de verdade, pensa Tatum. Isso é o pano de fundo, mas também é a primeira página: as coisas nunca mais foram as mesmas entre Tatum e Hollis. Tatum se esconde de Hollis todo verão, foge quando dá de cara com ela no mercado, recusa todos os convites para vir até a casa dela para jantar. Tatum ainda está zangada com Dru-Ann por causa das coisas que ocorreram durante o fim de semana de despedida de solteira em Boston, e também por causa do que Dru-Ann disse para Tatum no banheiro do Country Club de Wellesley durante a recepção de casamento.

Tatum não vai entrar nesse assunto. Está emocionalmente exausta pelas exigências desse fim de semana, por ouvir sobre a noitada de Kyle e Jack, e por tentar manter o resultado da biópsia fora de sua mente, o que é como tentar segurar um paredão de água. Tatum quer ir lá para fora e fumar um cigarro, depois ir para o seu quarto, ligar para Kyle e tirar uma soneca.

Ela se levanta. O papo acabou.

31

Conversa Franca

Brooke está tão feliz que precisa se certificar que seus pés estão tocando o chão. Estão, sim; seus pés estão na areia molhada na beira da água. Dru-Ann convidou Brooke para um passeio, só as duas. Brooke queria que Caroline as estivesse filmando neste momento; sente-se um personagem de filme. O sol da tarde se suavizou e a brisa vinda da água está mais forte; as ondas espumam em seus tornozelos e a parte inferior do *kaftan* marfim de Dru-Ann está se molhando, mas ela parece não se importar, assim como Brooke não se importa que sua barriga esteja saliente porque ela não conseguiu se controlar durante o almoço. Brooke e Dru-Ann estão ambas voltadas para a frente, o que, de algum jeito, torna mais fácil conversar. Assistir a Dru-Ann acabar com a raça de Charlie foi lindo, quase excitante.

Agora Dru-Ann está dizendo coisas como *Você não precisa aguentar um cara assim, alguém que não respeita as mulheres, que tem essa noção inflada de que merece tudo só porque tem um pênis, ele não te merece, Brooke, você é meiga, gentil e bonita, tem muitos homens por aí que te tratariam muito melhor.*

Brooke tem dúvidas quanto a isso. Ela tem cinquenta anos, nenhuma carreira e uma autoimagem bem ruim. Se ela deixar Charlie, ele vai encontrar outra pessoa em minutos — homens sempre encontram —, enquanto a Brooke restará criar um perfil num aplicativo de namoro onde conhecerá homens com idade suficiente para serem seu avô, com dentaduras de aparência plástica e orelhas peludas. Ela desistirá rápido e ou se mudará para Boca para morar com a mãe, ou ficará quieta na casa de Poet's Corner enquanto Charlie vai para Seaport com sua nova namorada (ela se chamará Callie ou Brianna e será uma repórter ou uma das líderes de torcida dos Patriots), e Brooke terá que achar um jeito de não ser um fardo para Will e Whitney enquanto eles terminam a faculdade e se lançam em suas próprias vidas fabulosas. Deixar Charlie nunca foi uma opção realista porque a vida sem ele sempre pareceu um pouco menos atraente do que a vida com ele.

Só que agora, nesse passeio, tendo o que só pode ser descrito como uma conversa franca com Dru-Ann, Brooke começa a ver as coisas de outro modo. Ela lamenta quando elas dão meia-volta para retornar.

— E você? — pergunta Brooke. — Tem alguém especial?

— Ah — diz Dru-Ann. — É complicado.

Tudo é complicado; isso, Brooke começou a entender. Porém, suas emoções neste momento são deliciosamente simples e diretas. Ela está feliz! Está livre! Ela pensa em Charlie caminhando cabisbaixo pela entrada ladeada de hortênsias em sua camiseta FREE BRADY idiota e tudo o que consegue pensar é *Vá com Deus, não deixe a porta acertar seu traseiro, já vai tarde* e todas aquelas emoções insolentes expressadas por pessoas que finalmente ficaram de saco cheio.

O bom humor de Brooke é apenas um pouco atenuado quando elas voltam para a propriedade de Hollis e veem Caroline esperando por elas.

— Eu adoraria pegar Dru-Ann emprestada por um minuto — diz ela. —Se estiver tudo bem?

— É claro — diz Brooke.

Até sua voz soa diferente. Seu tom é calmo e casual.

Há tempo de sobra para relaxar antes do próximo item do itinerário, que é coquetéis antes do jantar. Brooke decide se trancar no Quarto da Prancha, se esticar na cama e fazer a magia acontecer.

32

A Filmagem

— Aconteceu mais alguma coisa? — pergunta Dru-Ann a Caroline enquanto elas caminham em direção à casa. — Estou sendo chamada para testemunhar diante do Congresso?

— Não, não — diz Caroline. — Eu só quero conversar com você sobre sua amizade com minha mãe e filmar a conversa, se estiver tudo bem.

Ela conduz Dru-Ann para dentro, descendo para até o *home theater* no porão.

— Ninguém vai ver isso além de nós, certo? — diz Dru-Ann.

Depois de ver o vídeo de si mesma na Gypsy, a última coisa que ela deseja fazer é se sentar na frente de uma câmera. *Muito obrigada, SexyBexxx.* O vídeo provavelmente já atingiu um milhão de visualizações a esta altura.

— Teoricamente, é para o site da minha mãe — diz Caroline. — Mas estou começando a pensar que pode virar algo mais... Estou fazendo um estágio com Isaac Opoku...

— Eu conheço o trabalho dele — diz Dru-Ann. — Ele estava interessado em fazer um filme sobre uma ultramaratonista egípcia que eu representava.

— Isaac é um gênio — diz Caroline. — Ele é a pessoa mais inteligente e sensível que eu já conheci.

— O-oh — diz Dru-Ann. — Parece que alguém está com um *crush*.

A palavra *crush* irrita Caroline; ela não tem doze anos de idade.

— Eu...

Ela vai mesmo falar sobre isso? Tem sido angustiante guardar para si mesma e Dru-Ann é sua madrinha. Não é para isso que servem as madrinhas?

— Você... o quê? — diz Dru-Ann, arqueando as sobrancelhas. — Está ficando com Isaac Opoku?

Caroline desanima um pouco. Precisa usar o tempo pretérito.

— Eu estava — diz ela. — Ficamos juntos por algumas semanas enquanto a namorada dele fazia um trabalho de modelo na Suécia.

— Por *namorada,* presumo que você queira dizer Sofia Desmione? — diz Dru-Ann. — Eu leio a revista *People,* sabia?

— Isso, Sofia. Quando ela voltou para Nova York, nosso caso acabou e eu vim para cá.

— Então estamos falando de um coração recém-partido — diz Dru-Ann. — Você deveria ter me contado antes, querida.

— Você parecia já estar sobrecarregada.

— Quem, eu? — diz Dru-Ann, e ambas riem.

— Isaac me emprestou seu equipamento, inclusive o drone. Primeiro, eu pensei, *Tanto faz, eu vou só filmar o básico de vocês, da comida e da camaradagem...*

— E teve alguma camaradagem? — pergunta Dru-Ann, sarcástica. Ela sorri. — Estou brincando.

— Há alguma tensão também, posso sentir — diz Caroline. — Esse fim de semana está revelando coisas que eu nunca soube sobre a minha mãe. Então eu só queria te fazer algumas perguntas sobre a amizade de vocês.

O celular de Caroline começa a vibrar, mas ela o ignora.

— Disso, eu dou conta — diz Dru-Ann.

Ela está se sentindo *calma e presente.* Está num *home theater* à prova de som na Squam Road, na ilha de Nantucket, onde a internet não pode encontrá-la. Ela não vai falar sobre golfe, saúde mental ou cultura do cancelamento. Ela vai falar sobre Hollis.

Caroline diz:

— Como vocês viraram amigas?

Há uma música que os colegas homens de Dru-Ann ouviam no meio dos anos 2000 chamada *I Love College,* de Asher Roth. A música tinha um clima muito "garoto branco membro de fraternidade" — fala de beber, idolatrar os astros do basquete da época e tirar as roupas das garotas. Dru-Ann, porém, secretamente sempre achou essa música meio chiclete e definitivamente concorda com o refrão: *quero frequentar a faculdade pelo resto da minha vida*.

Dru-Ann é recém-egressa da Mother McAuley, uma escola católica só para garotas em Chicago. No instante em que põe os pés no campus da UNC Chapel Hill, sente-se em casa. Ela era uma estrela do basquete no ensino médio e é maníaca por esportes em geral, graças a seu pai e seus três irmãos mais velhos. É bem informada sobre tópicos que vão desde a temporada de 1984-1985 dos Bears até a profundidade do banco de reservas dos Bulls. É fã de Michael Jordan e não liga se isso é um clichê; é tão fã que seu sonho era frequentar a UNC para poder pisar no mesmo chão que MJ.

Sua colega de quarto do primeiro ano é uma garota branca chamada Hollis Shaw, de Nantucket, Massachusetts. Tudo o que Dru-Ann sabe sobre Nantucket é *Moby Dick* e aquele versinho obsceno. Tem uma vaga ideia de que é um playground de verão para ricaços, talvez não muito diferente de Petoskey, Michigan, onde os pais de Dru-Ann têm uma segunda casa à beira do lago. Hollis é um nome meio WASP,[1] mas em vez de se sentir repelida pela ideia de ter alguém da elite da Costa Leste como colega de quarto, Dru-Ann fica intrigada. Dru-Ann é um tanto esnobe; seu pai é um figurão da Bolsa e sua mãe é consultora jurídica de Grant Thornton, e eles moram numa casa em Oak Park cheia de mobília Stickley. Dru-Ann ouve falar de mobília Stickley desde que tinha oito anos de idade.

A primeira impressão de Dru-Ann sobre Hollis é favorável e ela percebe que também causou uma boa impressão em Hollis; há uma química e uma concordância fácil sobre os detalhes do quarto. Os pais de Dru-Ann a ajudam na mudança, mas apenas o pai de Hollis veio e ele não é nem um pouco como Dru-Ann esperava. De fato, quando Dru-Ann vê Tom Shaw pela primeira vez, de calça jeans e uma camiseta de propaganda de um lugar chamado Steamboat Pizza, ela pensa que ele foi enviado pela manutenção para consertar

1 Sigla que em inglês significa "Branco, Anglo-Saxão e Protestante" (*White, Anglo-Saxon and Protestant*). É utilizada frequentemente de forma pejorativa para designar uma pessoa branca dotada de privilégios na sociedade norte-americana.

alguma coisa no quarto. Ele tem um forte sotaque de Boston; aperta as mãos dos pais de Dru-Ann, mas parece *muito* desconfortável e pergunta a Hollis três vezes: *Tudo certo, então?* Ele tem que pegar a estrada, diz ele. Vai dirigir a noite nota para pegar a primeira balsa de volta no dia seguinte.

Hollis diz que vai com ele até a van para se despedir, o que faz Dru-Ann pensar que talvez haja um pouco de choro. A despedida de Dru-Ann e seus pais não é nada sentimental. Os Jones mais velhos já passaram por isso três vezes antes com os irmãos dela em Bowling Green, Michigan e Colgate, respectivamente. Dru-Ann ama seus pais, mas está pronta para a universidade desde o sétimo ano.

Quando Hollis retorna para o quarto parecendo um tanto chorosa, Dru-Ann pergunta a ela sobre sua mãe.

— Seus pais são divorciados, ou...

— Não! — diz Hollis. Ela abre a embalagem de um conjunto de lençóis extralongos de um lugar chamado Ocean State Job Lot. — Ela ficou no hotel. Meu pai vai buscá-la.

— Mas ela não quis vir? — pergunta Dru-Ann, e Hollis balança a cabeça.

Para Caroline, Dru-Ann diz:

— Sua mãe e eu nos tornamos amigas de verdade na festa final da irmandade Beta Beta Beta. (Esse não é o nome real da irmandade, mas Dru-Ann não vai dizer o nome real em vídeo; com a sorte que anda tendo, eles provavelmente a processariam.)

É seguro dizer que nem Dru-Ann, de Chicago, nem Hollis, de Nantucket, compreendem totalmente o que significa entrar para uma irmandade no sul. Mas o canto da sereia é atraente demais para ignorar. Garotas do terceiro e do quarto ano passam pelos dormitórios distribuindo panfletos para os eventos de recrutamento, e todos parecem divertidos. Há chás, almoços, mariscadas, piqueniques com o verdadeiro churrasco da Carolina. Dru-Ann e Hollis decidem que vão comparecer a quantos eventos puderem para descobrir qual é o melhor lugar para elas. Elas concordam desde o princípio que podem decidir se juntar a casas diferentes. Dru-Ann, por exemplo, está considerando a Alpha Kappa Alpha, uma irmandade historicamente negra.

A intensidade da experiência alarma a ambas. Outras garotas do Old East acordam às três da manhã para enrolar os cabelos com *babyliss* e fazer uma "maquiagem completa". Todas — exceto Dru-Ann e Hollis — usam meia-calça e salto alto. Dru-Ann usa peças de grife que comprou na Vintage Underground em Wicker Park, enquanto Hollis veste uma de suas duas saias — uma minissaia vermelho-rosada ou uma saia reta cáqui que ela combina com mocassins — e ou uma camisa branca ou azul-marinho. Nenhuma das duas usa maquiagem e ambas prendem o cabelo em um rabo de cavalo (faz mil graus em Chapel Hill em setembro).

Por acaso, ambas decidem que a única irmandade que considerariam é a Beta Beta Beta. A Beta alcança um equilíbrio entre garotas do Norte e do Sul; parece ser a irmandade mais descontraída (elas fazem um evento de festa do pijama), e tem um programa filantrópico robusto com foco na fome infantil. A Beta também é popular entre muitas das outras garotas. A casa da irmandade é a mais requintada e tem a melhor comida, e um grupo de irmãs mais velhas organizam festas na piscina nas tardes de domingo no imóvel que alugam na Rosemary Street.

Dru-Ann está confiante de que vai receber uma proposta — ela recebe muita atenção das estudantes mais velhas (a palavra *bajulação* vem à mente) —, mas tem dúvidas quanto a Hollis. A festa de proposta final é um evento formal. Dru-Ann veste um terninho Chanel cor-de-rosa dos anos 1960, e Hollis veste sua saia cáqui com uma camisa social rosa e um par de sapatos de salto pretos que parecem pertencer a uma funcionária pública de meia-idade. Dru-Ann oferece para Hollis qualquer coisa que ela queira usar de seu armário — *Pega a Pucci!* —, mas Hollis diz que está bem assim.

Na festa, a presidente da irmandade, Stacia Starmack, puxa Dru-Ann de lado e diz:

— Nós definitivamente vamos te oferecer uma proposta. As outras meninas não têm certeza se Hollis é refinada o suficiente para ser uma Beta, mas estou disposta a defendê-la em seu nome. — Ela aperta o braço de Dru-Ann. — Nós *precisamos* de garotas como você.

— Quando Stacia usou a palavra *precisamos* — diz Dru-Ann para a câmera agora —, uma luzinha se acendeu. A Beta me queria porque eu era negra. Agora, será que eu estava sendo racialmente sensível? Será que Stacia poderia estar querendo dizer que a irmandade precisava de alguém com a minha sofisticação e senso de estilo? Talvez, mas eu também não gostei do que ela disse sobre Hollis. Porque o que ela queria dizer com "refinada o suficiente" era que Hollis não tinha dinheiro o suficiente. Então eu peguei Hollis e nós deixamos a festa sem nos despedir. Ela nunca me perguntou o que houve, embora talvez desconfiasse. Mas, naquela noite, Hollis me contou que a mãe dela, Charlotte, que era professora do jardim de infância, sempre dizia que uma criança ficaria bem desde que tivesse um bom amigo. Então nós decidimos ser uma irmandade de duas. — Dru-Ann sente seus olhos marejarem. — E, daquele momento em diante, nós éramos.

Há coisas nessa história que deixam Caroline constrangida, mas essa é a beleza da coisa. *Procure uma fenda na armadura.* Caroline tenta imaginar sua mãe — que Caroline pensava que sempre tinha sido popular e querida, mesmo antes de se tornar famosa na internet — usando os sapatos errados e não conseguindo ser aceita numa irmandade.

— Então vocês duas foram melhores amigas durante toda a faculdade? — pergunta Caroline.

— Fomos — diz Dru-Ann. — Moramos juntas por todos os quatro anos. No último, nada nos segurava.

No último ano delas, Dru-Ann e Hollis estavam com vinte e um anos — e isso significava que a Franklin Street estava pronta para cair nas mãos delas! Nas quartas à noite elas iam para o Goodfellows; as quintas eram da Cave por causa do guitarrista bonitinho. Sextas e sábados elas iam para o He's Not Here, que elas chamavam de "She's Not Here", e bebiam Coors Light em copos azuis. As noites de domingo eram de pizza no IP3.

— Tínhamos tradições — diz Dru-Ann para Caroline. — Nos nossos aniversários, íamos para o Flying Burrito. E toda noite, antes de sairmos, ouvíamos Stephanie Mills cantando *Never Knew Love Like This Before.*

Caroline ergue as sobrancelhas.

— Então essa era a música de vocês na época? Vocês fizeram uma coreografia para ela, como Tatum e minha mãe?

Dru-Ann bufa.

— Sem dancinha. Isso é coisa estritamente de ensino médio. — Dru-Ann suspira. — Chapel Hill era uma bolha progressista na Carolina. Nós não queríamos ir embora de lá nunca.

— Vocês duas chegaram a discutir alguma vez? — pergunta Caroline. — Houve algum obstáculo no caminho?

— Bem — diz Dru-Ann. — Essa é uma pergunta interessante. Para isso, tenho que voltar um pouco.

No segundo ano, Hollis pergunta a Dru-Ann se pode passar o Natal em Chicago com ela.

— Seus pais não vão sentir sua falta? — pergunta Dru-Ann.

Hollis raramente fala sobre sua família. Tudo o que Dru-Ann sabe é que a mãe de Hollis dá aula no jardim de infância, seu pai é encanador e ela não tem irmãos.

Hollis dá de ombros e diz:

— Eu ligo para eles.

Hollis deixou claro que Nantucket é um lugar que ela quer deixar para trás, e Dru-Ann não pode culpá-la. A ilha tem seis quilômetros e meio de largura, quase vinte e um de extensão, e fica a cerca de cinquenta quilômetros da costa; é dominada por turistas e bilionários no verão e fria, ventosa e desolada no inverno. Parece um cenário de pesadelo.

Então Hollis passa o fim de ano com os Jones em Oak Park. Dru-Ann pode apreciar sua família e suas tradições de uma nova maneira pelos olhos de Hollis — a árvore de Natal de 3,5 metros, o chocolate quente que a mãe de Dru-Ann faz com chocolate Ghirardelli, a ceia da véspera de Natal no Phoenix em Chinatown. Hollis fica tão maravilhada quanto uma criança; seus dias são dourados pelo seu senso de admiração.

Na manhã de Natal, depois da abertura dos presentes e dos ovos Benedict, Hollis liga para casa.

— Vai ser rapidinho — diz ela para a sra. Jones. — Não quero pesar na sua conta de telefone.

Ela usa o telefone do quarto de Dru-Ann, e sabe-se lá que instinto leva Dru-Ann a pegar o ramal do quarto de seus pais e ouvir escondido, mas é o que ela faz. Ela ouve Hollis dizer:

— Desculpe por você ter que passar o Natal sozinho, pai.

Tom Shaw diz:

— Não é tão ruim. Vou colocar uma guirlanda no túmulo da sua mãe e depois me encontrar com alguns dos rapazes do Anglers Club.

Muito discretamente, Dru-Ann pressiona o botão para desligar, depois deposita o aparelho no gancho. *O túmulo da sua mãe.* Por um ano e meio, Dru-Ann acreditou que Charlotte Shaw estava viva e bem, ensinando pintura a dedo e garantindo às crianças que elas só precisavam de um bom amigo.

Dru-Ann percorre o corredor furiosamente para confrontar Hollis? Não, não percorre. É Natal; a sra. Jones assou um ganso e os parentes estão a caminho, entre eles o tio de Dru-Ann, Jimmy, que tocará músicas de Natal no piano enquanto os outros cantam. Então Dru-Ann fica quieta, mas arde com esse novo conhecimento. É mais do que um segredo que Hollis guardou; é uma mentira.

Dru-Ann não diz nada pelos próximos dias. Na véspera de Ano-novo, os pais de Dru-Ann vão a uma festa e seus irmãos vão para os bares no centro da cidade. Hollis e Dru-Ann ficam em casa, pedem sanduíches italianos de carne e ligam a TV para assistir a Dick Clark. Dru-Ann tem uma "tradição de Ano-novo" que quer compartilhar — uma garrafa de algo chamado Jeppson's Malört Liqueur. É o líquido de sabor mais abominável já inventado, mas Dru-Ann assegura a Hollis que beber isso é um rito de passagem de Chicago. Cada uma toma um shot, seguido de uma cerveja, e então um segundo shot. Depois da careta inevitável, Hollis relaxa visivelmente e Dru-Ann pensa: *Agora! Agora, enquanto ainda é 1988 e não 1989.* Se Dru-Ann não perguntar agora, a mentira talvez continue infeccionando até a formatura, quando Hollis terá que explicar por que sua mãe não virá para a cerimônia. É algo horrível demais para Dru-Ann cogitar.

— Sua mãe está morta — diz Dru-Ann.

Hollis cobre a boca com uma das mãos e corre para o banheiro. Dru-Ann a segue e segura seu cabelo para trás.

Na última hora do ano, Hollis desembucha tudo.

— Minha mãe morreu quando eu era bebê. Eu não consegui te contar no dia em que nos mudamos para cá, já estava emotiva demais, eu nunca estive longe de casa e nunca conheci ninguém que já não soubesse que minha mãe estava morta. Eu não tive palavras. E então, uma vez que tinha mentido a respeito, não sabia mais como contar a verdade. Desculpe, Dru-Ann, o fato mais fundamental sobre mim é que eu nunca tive uma mãe. Fui criada pelo meu pai e uma porção de outras pessoas que ajudaram. Mas nunca quis que você me visse como alguém defeituosa, e com isso eu quero dizer que *eu* não queria pensar em mim mesma dessa forma. A faculdade me permitiu começar do zero, e acho que pensei que poderia simplesmente mudar as partes de mim das quais eu não gostava.

Dru-Ann considera suas opções. Por dias, ela esteve preparada para ficar enfurecida e indignada. *Você mentiu para mim por um ano e meio! Uma mentira enorme, Hollis!* Isso, suspeita ela, é o que qualquer outra pessoa em sua posição faria. Mas a verdade é que seu tempo em Chapel Hill foi o mais feliz de sua vida por um motivo apenas, e este é a garota fungando com cheiro de Jeppson's sentada no chão do banheiro de visitas da casa dos Jones naquele instante.

— Deve ter sido difícil para você — diz Dru-Ann. — E espero que se sinta mais leve agora que me contou a verdade.

— Sinto, sim — diz Hollis.

— E sinto muito que você tenha precisado crescer sem mãe. Tenho certeza de que foi terrível.

Hollis dá de ombros.

— É o único jeito que conheci. Mas houve muitas vezes em que eu gostaria de ter tido uma mãe.

É, pensa Dru-Ann, lembrando-se das roupas que Hollis usou durante as propostas das irmandades.

— Sua mãe dizia mesmo que uma criança ficaria bem desde que tivesse um amigo de verdade?

— É o que sempre me disseram.

Dru-Ann ajuda Hollis a se levantar. A garota precisa de um banho.

— Então acho que vamos ficar bem.

Caroline precisa enxugar lágrimas.

— Uau — diz ela. — Eu não pretendia ficar toda emo, mas nunca soube de nada disso.

— É, bem — diz Dru-Ann. — Nós não conversamos muito a respeito depois disso. Seguimos em frente.

Ela respira fundo.

— Esse foi um passeio divertido pela trilha de recordações. — Ela está sendo engraçadinha, mas fala sério. Durante os últimos quarenta minutos, foi transportada de volta para a Chapel Hill de décadas atrás. Que presente inesperado. — Mas eu deveria voltar lá para cima e me preparar para o jantar.

— É — diz Caroline. — Obrigada por isto.

Dru-Ann sobe as escadas e Caroline precisa de um tempo para se recompor. Será que está tendo um *insight* sobre sua mãe? Ela sempre soube que a mãe de Hollis morreu quando Hollis era um bebê. Mas só agora Caroline se dá conta de que Hollis não teve... uma Hollis em sua vida. Ela teve que pegar a mãe de Tatum emprestada — e, depois que saiu de Nantucket, teve que se virar sozinha.

Caroline romantizou as lembranças de seu pai porque ele se foi. Mas era Hollis quem aparecia com seu estojo de flauta esquecido; era Hollis quem tinha um lugar cativo em Sprague Fields durante as partidas de futebol de Caroline. Foi Hollis quem levou Caroline em suas visitas a faculdades, e passou seis horas em Copley Place ajudando Caroline a escolher seu vestido de debutante. Hollis se mantinha a par dos dramas com as amigas, com os meninos, com a escola. Hollis era o seu cotidiano. Hollis era o seu incondicional. Como é que Hollis sabia como ser mãe? Pensando a respeito agora, Caroline acha isso meio incrível.

Caroline é arrancada de seus sentimentos pela vibração de seu celular.

Ela confere a tela. É Isaac.

33

Intermezzo

Hollis enfeita o patê de *cream cheese* e cebola tostada com cebolinha salpicada por cima, tirada dos vasos de ervas no deck dos fundos. Ela serve duas tigelas de batata frita — uma simples, a outra trufada — e coloca na mesa guardanapos de papel que comprou especificamente para este fim de semana: uma imagem de duas mulheres cochichando uma para a outra: *Quem é essa tal de Moderação com quem a gente deveria estar bebendo?* A cozinha cheira divinamente. Hollis tira algumas fotos das batatas e do molho, depois dá um close nos guardanapos. Seus seguidores vão enlouquecer.

Hollis não se importa.

Ela serve uma taça de Sancerre para si mesma — naquela mesma manhã, ela havia jurado que nunca mais beberia, mas precisa de alguma coisa para melhorar seu humor — e vai para seu quarto se vestir para o jantar. Ela coloca a playlist de Dru-Ann no sistema de som e a primeira música é *Poison*, de Bell Biv Devoe. Hollis tenta invocar a energia de seu eu de vinte e um anos dançando no deck do He's Not Here com a camiseta ensopada de cerveja. Parece impossível que ela algum dia tenha sido tão jovem e despreocupada. Seu vestido Eileen Fisher preto de linho está pendurado na parte de trás da porta do banheiro. É um saco amorfo e o preto lhe parece mais fúnebre do que elegante. Ela pega uma calça jeans branca e uma blusa frente única de seda branca que não usa há anos porque não gosta da aparência de seus braços. Mas quem liga? Ninguém liga. Ela parecerá mais feliz de branco.

Ela toma mais um gole de vinho e solta o cabelo do elástico. A música muda para *Suicide Blonde*, do INXS, e Hollis pensa em como esses momentos de "se arrumar" costumavam estar entre os mais felizes de sua vida. A noite adiante deveria ser incrível — a reserva no Nautilus, dançar no Chicken Box —, mas Hollis tem vontade de dizer a todas para irem sem ela.

Ela se senta no banco ao pé da cama e apoia a cabeça entre as mãos.

Caroline tem razão. Ela *é mesmo* uma farsa, preocupada demais com a aparência das coisas. Seu molho tem enfeites, seus guardanapos são espertinhos. *Você mudou*, disse Matthew. *E nós mudamos.*

Hollis queria voltar no tempo. (*Certo*, pensa ela. Ela e todo mundo que já viveu.) Ela pode ver claramente agora: Matthew e ela poderiam ter sido mais felizes. Eles só precisavam de outra chance.

Brooke acorda de sua soneca para descobrir que tem quatro chamadas perdidas de Charlie, além de uma série de mensagens profanas também dele.

— Hummmmpf — diz ela.

Sente pena dele. Estará voltando para Wellesley de carro com o começo de uma ressaca, enquanto ela toma uma ducha gloriosa ao ar livre. Hollis não estava brincando quando disse que era a melhor da casa. Fica sob uma treliça drapejada de rosas trepadeiras; a água é quente, a pressão é forte como uma massagem sueca, e Hollis abasteceu o suporte com produtos de banho de luxo que cheiram a capim-limão.

Brooke se enrola na toalha branca e macia de algodão turco e espreme a água do cabelo. Esta noite, resolve que vai secar os cachos com o secador, algo que ela faz aproximadamente duas vezes por ano. Sua pele está lisa pelo sol; talvez tenha pegado uma corzinha. Um pouco de hidratante vai deixá-la reluzente em contraste com seu vestido de laise branca. Brooke *adora* a ideia de combinar cores; as cinco parecerão membros de um clube exclusivo.

Quando entra na casa, vê Gigi no corredor, envolta em um roupão de seda cor-de-rosa.

— A ducha externa é *simplesmente maravilhosa* — diz Brooke, em seu novo sotaque britânico falso. As palavras simplesmente escapam de sua boca. Por que, ela se pergunta, precisa ser tão esquisita?

Gigi ri.

— Me diverti muito com você na cidade hoje. Sente-se perto de mim no jantar, tá?

Brooke tem que se conter para não se empolgar demais dizendo *sento, sim! Sento, sim! Eu também me diverti muito!* Em vez disso, ela diz:

— Claro, eu adoraria — e desaparece dentro de seu quarto.

Tatum está sentada na cama de toalha. Passa quinze minutos no site WebMD e em outros sites similares que oferecem "conhecimento médico especializado", estudando as taxas de sobrevivência para o câncer de mama. Estágio 0 significa que você tem um tumor não invasivo. Estágio 1 — antes do câncer se espalhar para os linfonodos — é curável, embora muitas pacientes com estágio 1 façam mastectomias. Um triplo positivo é bom — isso significa que os tumores respondem aos hormônios —, embora pacientes triplo-positivos com frequência comecem a usar um medicamento chamado tamoxifeno, e todo mundo odeia, porque faz com que a pessoa ganhe peso e perca a libido. No estágio 2, o câncer se espalhou para os linfonodos; às vezes, eles parecem inchados. Tatum confere debaixo dos braços outra vez; pensou sentir algum inchaço na outra noite, mas hoje, nada. O câncer de mama HER2 positivo é agressivo — o tratamento é eficaz, mas quase sempre inclui quimioterapia. Você pode encomendar uma "touca gelada" para o seu cabelo não cair, mas é cara. O *que diabos* é uma touca gelada? Tatum imagina uma daquelas toucas de banho antigas feita de gelo. Será que ela coloca a pessoa num estado prolongado de congelamento cerebral? O estágio 3 tem a ver com o tamanho do tumor, e o estágio 4 é o câncer de mama metastático, o que significa que o câncer se espalhou para outras partes do corpo, como o cérebro ou o fígado. O estágio 4 ainda pode ser tratado, mas o câncer acabará com a pessoa em algum momento, a menos que ela seja atropelada por um ônibus ou afogada em uma correnteza antes.

Ou tenha um ataque cardíaco olhando todos esses sites, pensa Tatum.

Ela se lembra da expressão no rosto de sua mãe quando ela e Kyle tiraram fotos na sala de estar antes do banquete dos formandos: parte alegria, parte saudade, parte resignação. Seria a última vez que ela veria Tatum em trajes de festa. *Você está linda, Tater.* Olhos brilhando.

Tatum passa para aquilo em que pensa como o TikTok da Mastectomia — sobreviventes de câncer, a maioria ainda mais jovem que Tatum, que tiveram seus seios removidos e reconstruídos. Todas são absurdamente animadas. *Eu amo meus seios novos! Nunca mais vou usar sutiã!*

Tatum suspira. Ela não quer seios novos; gosta dos seus. Kyle também gosta. Ela sabe que o que essas mulheres não estão mencionando é que elas não conseguem sentir seus seios novos. Toda a sensação, toda a excitação sexual, se foi. Quem liga para a *aparência* deles, pensa Tatum, se não dá para sentir nada? Por outro lado, ela liga, sim, para a aparência deles. Ela lê sobre mamilos tatuados; uma mulher tatuou mãos mostrando o dedo médio nos seios dela. É isso o que Tatum fará, decide, se a coisa chegar a esse ponto.

Será que chegará a esse ponto?

Tatum finalmente larga o celular e se veste. Ela coloca sua calça jeans branca e um top de renda preta que comprou na Forever 21; mostra muito decote. Se você tem, tem mais é que mostrar, pensa ela. E ela tem. Por enquanto, pelo menos.

Ela pega o celular e manda uma mensagem para Kyle. Você e Jack deveriam se encontrar com a gente depois do jantar. Em seguida, envia uma foto de si mesma.

Ele responde de imediato: Se é isso que você vai vestir, te encontro antes do jantar.

Bom menino, pensa Tatum, mas os olhos ardem com as lágrimas.

Dru-Ann está num humor tão bom depois de tomar banho e se vestir — ela abandonou seu visual usual de blazer e jeans por um macacão Halston marfim, uma escolha da qual talvez se arrependa quando estiver no banheiro feminino — que decide que é hora de encarar sua caixa postal.

Ela se senta na mesa de fórmica da cozinha pequenina com a garrafa de tequila e um copo de shot prateado à sua frente.

Vai encarar o pior primeiro: JB

— Alô, Dru-Ann, aqui é JB de novo. Não estou exatamente empolgado para deixar isso na caixa postal, mas você não me deu escolha. Eu quero sua carta de demissão na minha mesa na segunda-feira logo cedo. — Pausa. — Eu pedi para Jim do setor legal entrar em contato, nos demos ao trabalho de redigir um pedido de desculpas, e você ignorou sumariamente nós dois, o que presumimos significar que você não se importa com sua imagem, nem com a imagem desta empresa. Se você não se demitir, Dru-Ann, eu vou te demitir. — O tom dele se torna mais suave. — Por que você deixou chegar a esse ponto? Pensei que fôssemos amigos. Eu te dei uma saída. — Ele pigarreia. — Mas enfim. Segunda, por favor.

Dru-Ann se serve de um shot e vira. Demissão, pensa ela. Ele está *falando sério?* Está, ela sabe que está. Ela acaba de perder o melhor emprego do mundo.

Em seguida, ouve o recado de voz de Zeke. Ela escuta *Encerrando seu contrato... te substituindo permanentemente por Gabriella LeGrand... Foi mal, parça.*

Ha! Zeke *não é* seu parça, é só um conhecido que finge ser *woke*[1] o suficiente para produzir um programa voltado para mulheres (quando manda mensagens de texto, ele usa um polegar para cima negro, apesar de ser branco feito pão de forma; será que *ela* não poderia cancelar o contrato *dele* por causa disso?). Zeke vai ouvir dos fãs de Dru-Ann. Ninguém suporta Gabby Azeda, especialmente Marla. Talvez Marla se demita em solidariedade, embora por que o faria? Agora, ela vai poder ser a mais antiga na casa.

Dru-Ann se serve de outro shot; o primeiro não fez nem cócegas.

Ela escuta o recado de voz de Dean Falzarano, da revista *New York*. Pode adivinhar o que vem pela frente, e está correta: ele não vai publicar o artigo sobre os distúrbios alimentares desenfreados na academia de patinação artística mais elitista do país. O artigo precisou de seis meses e quatro viagens de pesquisa por parte de Dru-Ann às Cidades Gêmeas (Minneapolis e St. Paul); ela teve que

1 "*Woke*" é um termo político originário da cultura afro-americana que se refere a uma percepção e sensibilização em relação a questões de justiça social e racial.

conquistar a confiança das meninas, dos pais, da psicóloga da escola e da médica da equipe. Agora, a história delas não será mais contada — ou talvez o *USA Today* envie um correspondente para cobrir.

Dru-Ann se serve de um terceiro shot e o vira.

O último, pensa ela, e aperta o play no recado de Rosemarie Filbert.

— Oi, meu anjo, é Rosemarie, da sua rua. Só conferindo como você está. — Ela exala a fumaça longamente. Rosemarie é uma fumante inveterada à moda antiga; os filtros de seus Newports ficam manchados de batom vermelho da Revlon. — Se você estiver pensando em colocar sua propriedade à venda, sabe onde me encontrar. Eu consigo o dobro do que você pagou por ela. — Ela inspira a fumaça. — Cuide-se, meu anjo.

Dru-Ann fecha os olhos; sua desgraça agora está completa. Rosemarie Filbert está rondando a carniça que é a vida de Dru-Ann como um abutre.

Dru-Ann se serve de um quarto shot. Ela foi demitida de todos os seus três empregos e Rosemarie provavelmente está imprimindo um anúncio para o seu sobrado naquele mesmo instante. Dru-Ann encara o quarto shot de excelente tequila, mas, em vez de tomá-lo, ela se levanta da mesa, joga a bebida na pia, pega sua bolsa, sai pela porta e caminha estalando pelas conchas brancas da estradinha que leva à casa principal, onde ela é, se não exatamente adorada por todas, ao menos esperada.

34

Meu Repolhinho

Caroline não é boba de atender a ligação de Isaac — definitivamente é Sofia, armando uma cilada! Porém, depois que ela recusa, chega uma mensagem de texto: Atende, mon petit chou.

Mon petit chou, um apelido carinhoso francês, um que Caroline espera que ele use apenas com ela. Ele chama Sofia de *ma chérie*.

O celular toca de novo e Caroline é incapaz de resistir. Ela é o repolhinho dele. Ela atende.

— Alô?

Ela tenta deixar sua voz tão brilhante e ensolarada quanto uma tarde em Nantucket.

— Caroline — diz ele, ênfase na última sílaba, que ele sempre pronuncia como "lean".

— Oi — diz ela. Ela foi forte até agora, mas ouvir a voz dele é demais. — O que foi? Sofia mandou mensagem, depois ligou.

— Ela suspeita de alguma coisa — diz ele. — Não de você, mas de alguém. Porque ela diz que eu parecia muito feliz enquanto ela estava fora. Ela estava te ligando para saber se houve alguma mulher visitando ou se eu saí.

Há muita coisa a destrinchar nessas afirmações, mas Caroline fica, a princípio, aliviada.

— Então ela não desconfia de mim?

— Não — diz Isaac.

Caroline percebe que ela está muito abaixo da consideração de Sofia, que entrou em contato apenas para usá-la como espiã. Ai.

— Tem certeza? — diz Caroline. — Porque, quando ela me conheceu, disse "por favor, sem encrenca". O que isso queria dizer?

— *Sem encrenca* quer dizer não se atrase, preste atenção, não fique olhando para seu celular o tempo todo, não me use para fazer contatos — diz Isaac. — Você não foi esse tipo de encrenca.

Faz-se um momento de silêncio durante o qual Caroline e, ela presume, Isaac pensam em que tipo de encrenca Caroline foi.

— Se ela ligar de novo, só a tranquilize de que não foi ninguém, não houve ninguém, eu fui um bom menino. Por favor, eu preciso que você faça isso por mim.

— Porque você a ama?

— Isso — diz Isaac. — Mas ela tem razão, eu estava feliz enquanto ela estava fora. Estava feliz porque nós estávamos juntos.

Caroline gostaria de apontar que, se é ela quem faz Isaac feliz, então talvez ele deveria ficar com ela, e não com Sofia! Mas sente que existe algum conhecimento elusivo sobre o amor que ela ainda não é adulta o suficiente para compreender. Algo como *o amor verdadeiro te faz sofrer.*

— Como vai o seu pequeno projeto? — pergunta ele.

— Ah — diz Caroline, animando-se, embora esteja com medo de falar demais para não dar azar. — Está saindo melhor do que eu esperava.

— Humm — diz Isaac. — Quando você voltar para Nova York, daremos uma olhada juntos no que você tem. Tá bom, *mon petit chou*?

Ele está sendo condescendente com ela, mas Caroline gosta de imaginar os dois lado a lado na frente do computador de Isaac.

— Tá bom — murmura Caroline.

Ela quer que a conversa termine num tom doce, quer que Isaac diga que sente falta dela, mas naquele segundo seu celular começa a tocar.

Sofia está ligando.

— Ela está ligando para mim agora — diz Caroline. — O que eu faço?

— Recuse, por favor — diz Isaac. — Ela foi almoçar com Mauricio e Gemma; tenho certeza de que andou bebendo. Espere e ligue para ela de volta amanhã, e então a tranquilize.

— Tudo bem — diz Caroline.

O celular para de tocar; Caroline sabe que Sofia não deixará um recado.

— Você volta na segunda? — pergunta Isaac.

— Na terça — diz Caroline.

Isaac suspira. (Com saudade?)

— Até lá, *mon petit chou* — diz ele, o que não é bem o que Caroline está esperando, mas aceita.

Ela desliga justamente quando chega uma mensagem de texto de Sofia. Você está no telefone com Isaac?

Um calafrio percorre a espinha de Caroline. O lugar mais solitário do mundo, ela percebe, é entre duas outras pessoas.

35

Happy Hour III

Quando Caroline entra na cozinha, o clima é festivo. A única rabugenta é Henny, que volta a rosnar para Gigi.

— Não posso continuar culpando minha gata — diz Gigi. — Acho que Henrietta tem algo contra mim.

— Para com isso! — diz Brooke. — Como é que alguém poderia ter algo contra você?

Caroline tem que admitir, a ideia de sua mãe de combinar cores *funciona*. Dru-Ann está de branco, Gigi de preto, Brooke de branco e Tatum de branco e preto.

A música é tão boa — *Fast Car*, de Tracy Chapman — que Caroline flagra Tatum e Dru-Ann cantando juntas. *We've gotta make a decision, leave tonight or live and die this way.* Todas estão brilhando por causa do sol. Brooke mostra seus ombros queimados de sol para Dru-Ann e Gigi olha as fotos de Orion no celular de Tatum.

Caroline filma um pouco as mulheres cantando e dançando *Whatta Man*. Ainda nenhuma música deste século; talvez amanhã.

Brooke diz:

— Caroline, você tiraria uma foto do grupo com o meu celular? Eu envio para todo mundo.

Isso! Todo mundo ama a ideia! Mas calma aí... A cozinha fica imóvel.

— Cadê Hollis? — diz Gigi.

— Vou chamar ela — diz Tatum.

— Não, *eu vou* — diz Dru-Ann.

Caroline observa as duas se encarando.

— Vou chamar ela — diz Caroline. E segue pelo corredor.

Antes de bater, Caroline pressiona o ouvido contra a porta. Não escuta nada. Há um feixe de luz sob a porta. Sua mãe está lá dentro. Mas deve haver algo errado. Hollis é sempre a primeira a ficar pronta. Não há nenhum bom motivo para Hollis perder um minuto sequer da hora dos coquetéis. Apenas motivos ruins.

Caroline bate de leve com o punho cerrado.

— Mamãe? — diz ela. Não há resposta.

Bem, essa é uma reviravolta interessante. Caroline sente uma culpa avassaladora. Ela tem sido horrível com a mãe. Tem sido narcisista, sarcástica, maldosa. Caroline não é a única na família que perdeu alguém. Sua mãe perdeu o marido. E, muito tempo atrás, sua mãe perdeu a própria mãe. A mente de Caroline está com a imagem fresca da Hollis de nove anos lendo um poema que escreveu para uma mulher morta que nunca chegou a conhecer, da Hollis de dezoito anos mantendo a morte da mãe em segredo até mesmo de sua amiga mais próxima. É de se espantar que sua mãe tenha passado todos esses anos criando uma vida perfeita no papel?

Caroline abre a porta.

Hollis está sentada no banco em sua calcinha de mãe, seu sutiã de mãe, os cotovelos apoiados nos joelhos, o rosto entre as mãos.

— Desculpe — diz Caroline. — Mamãe, me desculpe.

Lentamente, Hollis vira a cabeça. Caroline está estendendo os braços.

— Desculpe. Mamãe, me desculpe.

Caroline respira fundo para dizer mais, porém Hollis não precisa ouvir mais. Ela se levanta e Caroline a aperta em volta da cintura, e Hollis pensa: *isto é o suficiente*. Finalmente, ela tem sua garotinha de volta.

Elas ficam abraçadas, balançando de um lado para o outro, até que Caroline se afasta afinal.

— Mãe — diz ela. — Você tem que se arrumar. Todas estão esperando por você.

Um pouco de água fria no rosto, um pouco de corretivo. Hollis escova o cabelo, passa batom e se perfuma com Grand Soir.

Caroline deixa a entrada de Hollis na cozinha mais natural reunindo as mulheres para uma foto em grupo. Onde deveriam se posicionar para a melhor iluminação e em que ordem? Hollis no meio, diz Brooke. Bem, isso é óbvio. O patê de cebola deveria sair na foto? Não, Hollis tirou fotos dele mais cedo, antes de ser devorado; ela postará no site quando o fim de semana acabar. Taças de vinho? Claro, por que não? Vamos deixar tudo natural. Será que deveriam ir para perto da lareira? Calma aí, por que estão tirando essa foto dentro de casa, quando está fazendo uma noite tão gloriosa? Elas deveriam estar lá fora, no deck! Gigi vai na frente, ela é uma mulher comprida e descolada num vestido preto grudado no corpo que se solta nos pés. O sol está se pondo; a luz é uma calda dourada. Hollis fixa seus pés e estende os braços. Sente-se melhor, mais forte.

Caroline pensa que Tatum e Dru-Ann deveriam ficar de um lado, Brooke e Gigi do outro — assim faz sentido quando outras pessoas estiverem olhando para a foto, as amigas em ordem cronológica. Mas Tatum e Dru-Ann gravitam para lados opostos de Hollis. Brooke fica com Dru-Ann, Gigi com Tatum.

— Quando eu contar até três — diz Caroline.

Ela segura a câmera acima da cabeça para obter o melhor ângulo. Sua mãe tem um pouco de vergonha do queixo. Gigi e Dru-Ann sabem colocar um pé na frente e virar levemente o corpo. Caroline tira uma série de fotos antes mesmo de dizer:

— Um... dois... três!

Todas sorriem.

Uma graça, pensa Caroline. A música passa para *Good Vibrations*, de Marky Mark, e todo mundo se junta em torno de Caroline porque elas *querem ver as fotos*!

Caroline puxa sua mãe de lado.

— Vou ficar em casa e editar os vídeos que já tenho. Vocês tirem fotos e vídeos no Nautilus, encontro vocês no Chicken Box mais tarde, prometo. É só me mandar uma mensagem quando estiverem saindo da cidade.

Caroline espera que sua mãe proteste e talvez mencione os dois mil e quinhentos dólares que está pagando, mas Hollis apenas sorri.

— Tiro, sim, docinho.

Caroline segue as mulheres até a entrada da garagem e as filma enquanto entram no Bronco. Tatum se senta na frente e Brooke fica entre Gigi e Dru-Ann atrás. Hollis gira a chave na ignição. A música no rádio é *Believe*, de Cher. Ah, rapaz. Caroline sabe que a mulherada vai cantar aos gritos *Do you believe in life after love?* no ar noturno impregnado de maresia.

Quando todas estão com o cinto de segurança, elas se viram para acenar uma despedida para Caroline.

— Tchau, gente! — Caroline grita. — Divirtam-se muito!

— Vamos, sim! — dizem elas.

E Caroline pensa: *Vão mesmo. Como poderiam não se divertir?*

36

Mesa do Capitão

Apenas os mais sortudos dentre nós testemunham Hollis Shaw e suas estrelas entrando no Nautilus; esta é, afinal de contas, uma reserva impossível de conseguir. Ou *quase* impossível. Sharon Loira e sua irmã, Heather (que é morena), estão sentadas numa mesa para dois junto da parede, e Sharon, naturalmente, está virada para fora para poder ver todos que entram e saem, e ainda ficar de olho em tudo o que acontece no bar. Quando Sharon vê Hollis e suas amigas, ela literalmente ofega — e isso chama a atenção de Heather porque, conforme os anos passam, Sharon fica cada vez mais difícil de impressionar. Quem poderia ser?, pergunta-se Heather. A Duquesa de Cambridge? Sydney Sweeney? Aquele fofo do Jack Harlow?

— É Hollis Shaw. — Sharon está fazendo aquele negócio de falar sem mover os lábios. — E suas quatro estrelas.

Até Heather, cuja ideia de "comida caseira" é pedir delivery de sushi, sabe quem é Hollis Shaw. Ela discretamente se vira na cadeira e vê cinco mulheres de certa idade se sentando na Mesa do Capitão — é claro. É uma mesa grande de madeira *live edge* aninhada no canto frontal do restaurante; não apenas é a melhor mesa do Nautilus, como é a mesa mais disputada da ilha de Nantucket.

— A gente deveria reservar aquela mesa qualquer dia desses — diz Heather.

— Ha! — diz Sharon. — Você teria que dar uns pegas em um dos donos.

A garçonete chega com seus coquetéis — um Ack Nauti para Sharon (ela bebe tequila) e o Nauti Dog para Heather (ela prefere vodca).

— Um brinde àquelas que aprontam — diz Heather, levantando o copo para um brinde.

Sharon, porém, presta atenção em outro lugar.

Hollis e suas amigas estão todas de preto, branco ou ambos. Será uma coincidência? *Não pode ser*, pensa Sharon. Elas devem ter planejado isso — e Sharon aprova. Na cidade hoje cedo parecia haver alguma discórdia entre as mulheres, mas pelo visto fizeram as pazes. Sharon se levanta de seu assento e caminha até a Mesa do Capitão.

— Tá bem então, saúde — diz Heather para a cadeira vazia de Sharon. Ela toma um longo gole de seu drink antes de se virar para ver em que tipo de encrenca Sharon vai se meter.

— Querem que eu tire uma foto do grupo? — pergunta Sharon.

A própria Hollis responde.

— Isso seria incrível, obrigada por oferecer.

Ela entrega o que Sharon só pode supor ser o mesmo celular que Hollis usa para filmar seus vídeos de culinária. Sharon está tão deslumbrada que quase se atrapalha.

Controle-se, Shar, pensa Heather. Não seria exagero dizer que o restaurante inteiro está assistindo enquanto Sharon orienta Hollis e as amigas a se aproximarem mais — bem pertinho! — e então tira um zilhão de fotos de vários ângulos. Isso se estende um pouco mais do que o necessário, mas, finalmente, Sharon entrega o telefone.

— Vocês formam um grupo estonteante — diz Sharon, e não está só sendo fã de carteirinha, está sendo sincera.

Ali está a glamourosa Dru-Ann Jones, a quem Sharon reconhece da TV; uma mulher lindíssima com um corte *pixie*; uma morena que, se Sharon não está enganada, trabalha para o Irina Serviços (Sharon usa o Irina Serviços sempre que vai receber hóspedes, e já não tinha reparado no corpo perfeito desta mulher?); uma mulher de cabelos encaracolados que sorri de maneira tão radiante que parece que seu rosto vai se partir numa explosão de confetes; e, finalmente, o brilho de açúcar e manteiga dourada da própria Hollis.

— Obrigada — diz Hollis.

As outras mulheres voltam para seus lugares e pegam os cardápios. Sharon está prestes a se apresentar e talvez oferecer seu Instagram, caso Hollis queira lhe dar crédito pela foto, quando sente a mão de alguém em seu cotovelo. É Heather, que gentilmente guia Sharon de volta à mesa delas; seus pimentões *shishito* assados chegaram.

— Perdoem a minha irmã — murmura Heather para Sharon quando ambas estão sentadas outra vez. — Ela tem uma leve tendência a stalkear.

Sharon não liga para a provocação.

— Todas elas parecem tão felizes — diz ela. — Tinha que ser Hollis Shaw para fazer aquela ideia maluca dar certo.

A Mesa do Capitão merece todo o hype *e mais um pouco,* pensa Hollis. Ela grita *ocasião especial.* O garçom delas, Sean, as orienta pelo cardápio de aperitivos de inspiração global para serem compartilhados e "banquetes" maiores. Em seguida, anota os pedidos. As outras vão listando os pratos que querem experimentar: wraps de albacora com alface, tacos de tempura de ostra, milho no palito à moda japonesa. Hollis acrescenta um pedido de lagosta ao curry tailandês, batatas fritas com frango e, seu preferido, o arroz frito de siri e dois ovos crocantes.

Hollis está na cabeceira da mesa com Gigi e Brooke de um dos lados e Tatum e Dru-Ann do outro. Ela mal consegue acreditar que Tatum e Dru-Ann estejam sentadas voluntariamente lado a lado.

Ela levanta sua taça para um brinde.

— Só quero que vocês saibam o quanto significa para mim que todas vocês estejam aqui. — Ela sente seus olhos se enchendo d'água. — Quando perdi Matthew, pensei que meu mundo iria desmoronar. Mas tenho um alicerce forte sob meus pés, que são todas vocês.

— Eu te amo, mana — diz Tatum, e toca sua taça na de Hollis.

— Você é *a melhor,* Hollis! — diz Brooke, um pouco alto demais.

Gigi diz:

— Tenho certeza de que as outras conhecem essa história, Hollis, mas eu ainda não conheço. Como você e Matthew se conheceram?

— À moda antiga — diz Hollis. — Num bar.

Ela toma um gole de vinho. Será que consegue contar a história? Mais cedo naquela noite, a resposta poderia ter sido não; era doloroso demais pensar em Matthew com tantos detalhes. Porém, neste momento, ela se sente bem.

— Foi em Boston, em 1995.

Hollis está com 25 anos e sua vida é exatamente como ela esperava que fosse. Ela aluga um estúdio com piso de madeira e uma parede de tijolos expostos na Cedar Lane Way, em Beacon Hill. Ela enche o apartamento de plantas e o decora com velas grossas, almofadas e luzinhas de Natal brancas. Pede delivery de comida tailandesa do King and I, ouve seu CD de Natalie Merchant e se maravilha com a própria felicidade.

Ela tem o emprego dos sonhos: editora-assistente de gastronomia na revista *Boston*, um cargo que vem com um cartão de crédito corporativo. Em fevereiro de 1995, o verdadeiro editor de gastronomia pega mononucleose e ficará afastado por três semanas. Isso dá a Hollis a chance de lançar um artigo intitulado "Existe algum restaurante decente em Beacon Hill?" — a opinião popular em 1995 diz que "não, não existe", mas o editor-chefe está disposto a dar a Hollis uma oportunidade de provar que todos estão errados.

Hollis vai ao Paramount para o *brunch* (ela espera na fila por noventa minutos, mas a rabanada de caramelo com banana vale a pena), ao pub Cheers, onde todos sabem o nome dela (na verdade não, ninguém a conhece e o local está lotado de turistas, mas ela encontra coisas legais para dizer sobre as casquinhas de batata e a sopa de frutos do mar), e ao Sevens (é um boteco célebre com um molho francês melhor do que precisava ser). Ela vai comer pizza no Figs, queijo quente galês no Marliave, e visita o queridinho da vizinhança, o Toscano (que, na opinião de Hollis, tem o melhor filé da cidade). Ela mantém distância do deserto culinário da Cambridge Street, mas aí sua amiga Regency, que mora no apartamento no andar acima do seu, diz a Hollis que ela não pode escrever um artigo sobre os restaurantes de Beacon Hill e não incluir o Harvard Gardens.

Afe, pensa Hollis.

— Até o nome do lugar é sem graça — diz ela. — O restaurante não tem nada a ver com Harvard, e não tem jardim nenhum.

— Pode até ser — diz Regency. — Mas encontrar um médico bonitinho por lá é mais fácil que pescar num balde.

— Acontece que Regency tinha razão — diz Hollis agora. — Porque sentado no bar naquela noite estava Matthew Madden.

— Foi amor à primeira vista? — pergunta Gigi.

— Aposto que foi! — diz Brooke.

Ela está inclinada para frente, tomando seu Lemon Krush rápido demais, mas quem liga? Está sentada ao lado de Gigi e de frente com Dru-Ann; sente-se bonita em seu vestido e quer ouvir essa história. Ela não faz ideia de como Hollis e Matthew se conheceram.

— Nem de longe — diz Hollis. — Ele só me notou porque eu estava com um caderno.

Hollis entra no Harvard Gardens preparada para se decepcionar, mas descobre de imediato que o restaurante tem aquilo que, anos depois, seria chamado de "uma *vibe* boa". A iluminação é fraca, há muita conversa e risos, e o ar cheira tentadoramente a batatas fritas e bacon. Hollis vai até o bar, onde o único lugar desocupado é ao lado de um cara de aparência amarrotada, de óculos e roupa cirúrgica azul. Ele lê um livro técnico e devora um Reuben; Hollis observa um fiapo de chucrute cair na página do livro. Quando Hollis pergunta se o assento está livre, o sujeito resmunga algo parecido com uma afirmação.

— Você é médico? — pergunta Hollis.

Ele assente sem levantar a cabeça, mas Hollis não se ofende; ela assiste a *Plantão Médico* e entende que residentes cumprem turnos longos sem comer nem dormir e levam suas vidas amorosas em salas de exame vazias.

— Como está o sanduíche? — pergunta Hollis.

Ela pode perceber só pelo pão de centeio assado e amanteigado e pelo queijo suíço derretido escorrendo dele que está excepcional. Hollis pede um, apesar de o cara não ter se dignado a responder. Ela não passa de um zumbido desagradável ao ouvido dele.

Hollis também pede uma taça de chardonnay (ela ainda não descobriu o sauvignon blanc), a sopa de cebola e a salada de rúcula com morango (afinal, precisa provar várias coisas do cardápio) e, quando sua comida chega, ela pega seu caderno e começa a escrever: *a sopa de cebola é preparada da maneira clássica, com notas de bacon; a salada é doce e apimentada; o Reuben é bem montado, proporção perfeita entre carne e chucrute, e o molho russo é feito pela casa*. Surpresa, surpresa: *existe* comida boa na Cambridge Street. Essa refeição de bar no Harvard Gardens é a prova!

Uma surpresa ainda maior é quando o cara ao seu lado fecha o livro com um baque, se vira para ela e diz:

— O que é que você está escrevendo?

— Uma resenha do restaurante — diz Hollis. — Sou a editora de gastronomia da revista *Boston*.

Ela deixa de fora a palavra *assistente* porque vê os olhos verdes desse cara por trás das lentes dos óculos e, de repente, quer parecer impressionante.

— Supimpa — diz o cara, e Hollis ri. Quem, em pleno 1995, usa a palavra *supimpa?* — Eu me chamo Matthew Madden, residente de cirurgia do outro lado da rua. Desculpe se fui grosseiro antes, eu só queria terminar de ler sobre cardiomiopatia de takotsubo, também conhecida como "síndrome do coração partido". Vi um caso incomum no laboratório de cateterismo hoje e não sabia do que se tratava.

— Eu me chamo Hollis Shaw — diz ela.

Ela e o residente cirúrgico de olhos verdes do Mass General apertam as mãos. Hollis pensa: *supimpa que ele saiba como o coração humano funciona e possa consertá-lo caso ele se parta*.

É possível que haja mais conversa. Ela deve mencionar que mora a alguns quarteirões dali; ele deve dizer que ainda mora com os pais em Wellesley, o que não é tão patético quanto soa, porque ele está *sempre* no hospital. Ela deve dizer que cresceu em Nantucket, e ele deve dizer que sua família é daquelas que passa o verão no Maine. Mas Hollis perdeu a maior parte disso. O que ela lembra é que, depois de ela pagar a conta com o cartão de sua empresa e guardar o caderno na bolsa, Matthew diz:

— Vai ter um evento beneficente do hospital na noite da sexta-feira que vem. Eu devo comparecer e levar uma acompanhante. Por acaso, você estaria livre?

Hollis sabe que deveria estar surpresa — eles se conhecem há talvez trinta minutos, e ele a está convidando para um evento do trabalho? Não há uma centena de enfermeiras gostosas do outro lado da rua? —, mas não pensa nem por um instante.

— Estou, sim — diz ela. — Eu adoraria ir.

— É traje a rigor — diz ele. — No Ritz. Posso te buscar às seis e meia?

Hollis sorri.

— Parece ótimo! — diz ela, e, quando chega em casa, desliza um bilhete por baixo da porta do apartamento de Regency.

O bilhete diz: *Você tinha razão. Foi mais fácil que pescar num balde.*

Sean, o garçom, entrega a comida e todas começam a comer. Dru-Ann diz:

— Se vocês acham que eu vou compartilhar esse frango, estão enganadas. Olhem só essa lindeza!

Gigi se serve do arroz frito de siri.

— Então, seu primeiro encontro foi um evento de trabalho com traje a rigor. Foi felizes para sempre depois disso?

Ela sente um interesse agudo, quase maníaco. Matthew nunca falava sobre sua história com Hollis.

— Basicamente — diz Hollis, embora isso seja uma simplificação absurda.

Frases como *amor à primeira vista* e *felizes para sempre* não são realistas. Mas Hollis sempre foi boa em reconhecer *qualidade*: na comida, no serviço, nas roupas de cama, nos filmes e livros — e nas pessoas.

Quando Hollis vê Matthew Madden de pé, ereto e arrumado (o cabelo cortado e penteado, óculos limpos) em seu smoking (seu próprio smoking, não um alugado), ela se dá conta de que ele é o mais raro dos achados. Não apenas é um superastro de um residente cirúrgico; ele também foi criado como um cavalheiro. Ele tem um smoking, entende de vinhos (é Matthew quem apresenta o sauvignon blanc para Hollis); consegue manter uma conversa culta durante o jantar sobre assuntos tão diversos quanto os retratos de Sargent no museu Isabella Stewart Gardner, os problemas orçamentários do megaprojeto de infraestrutura Big Dig e a regência magistral de Seiji Ozawa na Orquestra Sinfônica de Boston.

Hollis fica deslumbrada com os passos de Matthew na pista de dança e depois com a sessão de amassos quando ele a leva para casa.

Na semana após o evento beneficente, Matthew convida Hollis para jantar na casa de seus pais. A mansão de tijolinhos em Wellesley Hills é grandiosa, mas aconchegante; há uma lareira acesa na biblioteca, onde eles tomam coquetéis e conversam sobre livros. Robert, o pai de Matthew, é um advogado que ama romances policiais passados em Boston; ele empresta a Hollis *Os Amigos de Eddie Coyle.* Sua mãe, Judith, faz parte do conselho da Biblioteca Pública de Boston; ela recomenda Barbara Kingsolver para Hollis e, já que ela gosta de escrever sobre comida, as obras completas de M. F. K. Fisher. Eles jantam na sala de jantar formal, o que soa enfadonho, mas Robert e Judith transformam em algo íntimo e divertido. Os dois estão claramente apaixonados, fazendo tintim com as taças de vinho e se beijando antes de comer. Hollis fica hipnotizada observando-os. Faz uma piada sobre quantos garfos há na mesa e, se ela não usar o talher certo, que não fiquem chateados, pois ela cresceu num chalé de cinco cômodos numa ilha a cinquenta quilômetros da costa. Judith diz:

— Você poderia comer com as mãos e nós ainda a acharíamos encantadora.

Quando Hollis vai embora, Judith lhe dá um abraço apertado e diz:

— Espero vê-la com frequência.

Encontrar Matthew parece um golpe de sorte impossível e, ainda assim, faz certo sentido. Hollis não namorou ninguém a sério desde o rompimento com Jack Finigan, sete anos atrás. Estava esperando pela pessoa certa — e sua paciência finalmente foi recompensada.

— Matthew e eu construímos uma vida linda juntos — diz Hollis. — Eu fui abençoada por tê-lo conhecido.

Em geral, nada deixa Tatum mais irritada do que quando alguém usa a palavra *abençoada*, embora, honestamente, uma bênção lhe caísse bem agora. *Se Gigi pegar sua taça de vinho antes de eu contar até dez,* pensa Tatum, *então eu não estou com câncer.* Tatum conta bem devagar, mas a atenção de Gigi está presa em Hollis.

Tatum sente uma pontada de pavor. *Câncer HER2 positivo,* pensa ela, *deve ter sido o tipo que sua mãe teve. Agressivo.*

Dru-Ann passa para Tatum o prato de frango assado e batatas fritas crocantes.

— Você vai gostar disso.

Você não faz ideia do que eu vou gostar ou não!, pensa Tatum, mas aceita o prato e pega um pouco do frango. As batatas fritas também parecem ótimas, na verdade. Tatum acabou sentando-se ao lado de Dru-Ann porque Brooke disse *Gigi pediu para sentar comigo,* como se fossem meninas no refeitório do ensino fundamental. Tatum se vira para olhar pelas vidraças da entrada em busca de Jack e Kyle. Eles disseram que se encontrariam com ela e Hollis "mais tarde" — e ela mal pode esperar por "mais tarde".

Dru-Ann tenta ser *calma e presente.* Ela não vai remoer, nem mesmo reconhecer por completo, o fato de ter sido demitida de todos os seus três empregos. É até engraçado (digamos, sob uma perspectiva niilista) como, com uma só frase, Dru-Ann vaporizou toda a sua vida. Então, e agora? Bem, agora ela aproveita seu coquetel e se serve da lagosta ao curry tailandês e se pergunta o que Hollis vai dizer quando Dru-Ann perguntar se pode morar no Twist para sempre.

Gigi quer saber mais, quer saber tudo, uma história completa de Hollis e Matthew, como eles agiram quando compraram sua primeira casa, de que lado da cama cada um dormia, como escolheram o nome de sua filha e como escolheram os cachorros. E em que ponto as coisas deram errado? Como é que Matthew Madden se transformou num sujeito que mentiria dizendo ser divorciado para uma mulher que conheceu num lounge de aeroporto — e depois sustentaria essa mentira por sete meses?

Mas Gigi sabe que não deve fazer mais perguntas por enquanto. Ela se vira para Tatum.

— O que você faz, Tatum? Acho que eu não sei.

Tatum diz:

— Eu faço limpeza e cumpro afazeres para uma empresa chamada Irina Serviços.

— Parece muito divertido! — diz Brooke.

Brooke parou de trabalhar quando se casou. Charlie é um daqueles homens que quer ser o único provedor. É uma questão de autoestima, mas também de poder; ele passou os últimos vinte e poucos anos tomando todas as decisões porque *é ele quem paga as contas.*

— Tenho inveja por você ter um emprego. Eu basicamente faço as mesmas coisas, limpeza e afazeres, só que ninguém me paga.

— É um trabalho honesto — diz Dru-Ann.

— Eu apreciaria se vocês duas parassem de ser condescendentes comigo — diz Tatum. — Não sou uma agente esportiva chique, não sou piloto de avião, não sou famosa na internet. Sou uma empregada e uma faz-tudo. Eu trabalho para pessoas como vocês.

Dru-Ann está prestes a dizer que não está *sendo condescendente,* mas sabe que Tatum não acreditará nela.

Brooke diz:

— Se eu deixar Charlie, provavelmente vou arrumar um emprego como o seu.

— No ritmo que estou indo — diz Dru-Ann —, talvez eu também.

— Por favor, podem parar — diz Tatum. — Vocês não precisam tentar nivelar o jogo. Sou adulta. Eu aguento.

Um silêncio constrangedor recai sobre a mesa e Gigi se arrepende profundamente de ter feito a pergunta.

Hollis pode sentir o navio delas à beira de virar. Como ela poderia consertar isso? Ela começa a dizer: *meu primeiro emprego foi abrindo vieiras no sexto ano, lá no Old North Wharf,* mas, naquele momento, uma mulher usando um vestido de verão com faixas dramáticas em ziguezague preto e branco entra no restaurante, e a primeira coisa que ocorre a Hollis é que esta mulher, de alguma forma, faz parte do grupo delas.

Mas o grupo está completo. Esta mulher está de preto e branco apenas por acaso — *e não é engraçado? Deveríamos pagar um drink para ela* —, mas então Hollis se pergunta se é alguma fã dedicadíssima que resolveu invadir a festa (com tanta gente assinando a newsletter de seu blog, é inevitável que haja algumas com o juízo um tanto questionável).

Então Hollis percebe o cabelo ruivo escuro e a expressão sarcástica, a sobrancelha arqueada e os lábios franzidos e pensa: *Senhor, tenha piedade.*

É Electra Undergrove.

Se um tigre siberiano faminto tivesse entrado no restaurante, Hollis teria ficado menos alarmada.

Electra deve estar aqui de férias. Hollis ouviu boatos de Wellesley que Electra ainda vem a Nantucket, mas o que Hollis pode fazer a respeito? Ela não *é dona* da ilha. Por instinto, Hollis abaixa o rosto.

Elas terminaram de comer; tudo o que resta nos pratos são ossos de frango, uma mancha de gema de ovo e algumas guarnições. Hollis ia sugerir martinis de espresso para a sobremesa, mas agora deixa para lá.

A amizade de Hollis e Electra terminou há cinco anos, sob circunstâncias bem ruins, por causa de como Electra tratava Brooke. Brooke! Hollis dá uma olhadela para ver se Brooke notou Electra. Notou; os olhos de Brooke estão do tamanho de um prato e ela está balançando a cabeça para Electra, que desliza até a mesa e diz:

— Boa noite, senhoras.

Hollis se levanta de sua cadeira. Sente-se como uma rainha numa partida de xadrez, ou uma personagem de *Game of Thrones* encarando sua rival. *Coitada de Brooke*, pensa ela. *Primeiro Charlie, agora Electra*. Mas Hollis vai protegê-la.

— O que você quer, Electra?

Electra inclina a cabeça para trás e ri. Seu cabelo está diferente (antes era castanho) e sua postura mudou — ela lidera com o peito. Ah, sim, isso mesmo, Hollis ouviu falar que ela tinha colocado silicone nos seios. Estão lindos, bom para ela, Simon deve estar feliz, mas Hollis não está nem aí. Por anos, essa mulher foi a sua confidente mais próxima. Elas mantiveram a sanidade mental uma da outra enquanto as crianças eram pequenas. Hollis amava o senso de humor de Electra e sua *joie de vivre*. Ela transformava cada encontro para brincar em uma festa e criou sozinha uma vida social invejável para todas as mães da Fiske Elementary School, depois para as mães do ensino fundamental, depois para as do ensino médio de Wellesley High. Suas festas de futebol americano rock and roll se tornaram tão lendárias que saiu até um artigo sobre elas no *Globe*.

Então tudo azedou.

Electra diz:

— Brooke e eu tomamos uns drinks ontem no Slip Fourteen e ela compartilhou o itinerário do seu fim de semana, então pensei em dar uma passada para ver como estavam as coisas.

— Você... — Hollis não sabe muito bem o que está ouvindo. Brooke e Electra *tomaram uns drinks?* Ontem à tarde... quando? Antes de Brooke ir para a casa dela? Hollis se lembra de Brooke ter dito que já havia tomado umas taças de rosé, mas presumira que ela estava falando da balsa. — Você e Brooke tomaram uns drinks?

Electra volta seu olhar azul-laser para Brooke.

— Quer dizer que você não contou para Hollis que eu te paguei uma garrafa de rosé?

— Você não me pagou — diz Brooke. — Eu que paguei para você. Ou nós rachamos.

— Aquela garrafa custa cento e cinquenta dólares, Brooke. Você não me deu nem metade — diz Electra. — Mas tudo bem, porque nós estávamos celebrando, não é?

— Celebrando? — diz Brooke.

— Estávamos celebrando a retomada da nossa amizade — diz Electra. Ela sorri para Hollis. — Brooke vai voltar para o futebol rock and roll este ano. Domingo, dez de setembro. Brooke anotou no calendário do celular dela.

— Eu não! — diz Brooke. — Digo, anotei, mas Charlie e eu não temos nenhuma intenção de ir.

— Pelo que ouvi, Charlie vai estar ocupado no tribunal — diz Electra. — Liesl ligou hoje à tarde e me contou que ele vai passar por outro processo por assediar uma colega de trabalho.

Brooke tem vontade de se esconder debaixo da Mesa do Capitão — mas não, não vai se acovardar. Não na frente de Gigi e Dru-Ann. Ela levanta o rosto e, na voz mais fria que consegue emitir, diz:

— Me deixe em paz, Electra.

Bom pra você, Brooke, pensa Hollis, mas não consegue acreditar que Brooke tenha sido ingênua e, tá, ela vai dizer, *fraca* o suficiente para ser uma vítima de Electra. Hollis visualiza Electra prometendo incluir Brooke em toda a diversão e Brooke, por sua vez, oferecendo o itinerário para o fim de semana, que Hollis enviara apenas para os assinantes de sua newsletter.

Quando Hollis está prestes a dizer *Deixe a gente em paz, Electra, você não é bem-vinda aqui*, ela percebe que Electra está encarando Gigi, por incrível que pareça.

— Nós já nos conhecemos? — pergunta Electra.

Uma expressão apreensiva passa pelo rosto de Gigi e Hollis pensa: *Deus do céu, até Gigi se sente intimidada por Electra*.

— Não, acho que não — diz Gigi. — Eu não sou daqui.

— O sotaque britânico! — diz Electra. — Ah, tenho certeza de que já nos vimos em algum lugar, sim...

— Definitivamente, não. — A voz de Gigi sai entrecortada.

Tatum termina o resto de seu vinho. É precisamente assim que ela pensava que as amigas de Hollis seriam — umas vacas ao estilo

Real Housewives. Ela supõe que deveria ficar feliz por Brooke e Gigi serem bacanas e normais. Até Dru-Ann é um pêssego comparada a essa criatura infernal.

Dru-Ann está morrendo de vontade de afastar a cadeira e enfrentar essa mulher — ninguém fala assim com Hollis e Brooke, não enquanto ela estiver por perto —, mas, pelo canto do olho, vê suas velhas amigas, Gucci Bex e a protagonista, entrando no restaurante. *Ah, mas não é possível*, pensa ela. Mas é claro que é possível, porque ela simplesmente não vai conseguir uma folga esse fim de semana. Dru-Ann já perdeu tudo e, como diz o ditado, do chão não dá pra passar, mas mesmo Dru-Ann não é corajosa o bastante para fazer uma cena enquanto essas duas estão no recinto.

No final, Dru-Ann não precisou fazer isso, porque outra pessoa segura o braço de Electra, puxando-a para longe da mesa e sussurrando raivosamente na orelha dela — e essa pessoa é a Sharon Loira. Sharon reconheceu Electra Undergrove no segundo em que ela entrou no Nautilus porque mais cedo, naquele mesmo dia, Sharon havia recebido uma mensagem de texto de seu velho amigo Eddie Veloz, o famoso agente imobiliário. A mensagem dizia: Conheça a pior inquilina que já tive em trinta anos neste ramo. Espere só até eu te contar as histórias! E, logo em seguida, havia uma foto dessa mulher.

Tudo o que Sharon precisa dizer para Electra é:

— Você vai deixar todo mundo daquela mesa em paz agora mesmo, ou eu vou garantir que você seja banida para sempre desta ilha. Confie em mim, eu tenho esse poder.

Por um momento, Electra parece que vai desafiar Sharon, mas então acena com a mão e ri.

— Eu só achei engraçado estarmos todas usando as mesmas cores. Achei que talvez elas me pagassem um drink, mas sem problemas, hahaha, estou indo para o LoLa!

E desaparece porta afora.

37

Night Changes II

Brooke precisa conversar a sós com Hollis. Precisa *explicar.* Hollis, porém, está ocupada chamando o garçom e pedindo a conta. Dru-Ann oferece um cartão de crédito, Gigi oferece um cartão de crédito; Hollis diz *Não, não, tudo é por minha conta esse fim de semana*, embora seu tom alegre pareça forçado. Todo o calor e a luz que elas haviam trazido consigo para o restaurante foram sugados. O que Brooke pode fazer para salvar a noite?

— Vamos para o Chicken Box agora, né? — diz ela.

Ela estava ansiosa pelo Chicken Box o fim de semana todo. É só um bar, não há nem um pedacinho de frango, mas Brooke está na *vibe* perfeita para dançar ao som de música ao vivo num piso grudento de cerveja e fingir que está solteira de novo.

Gigi diz:

— Estou acabada. Vou pedir um táxi de volta para casa, mas divirtam-se, obrigada pelo jantar, Hollis, boa noite!

Ela se levanta tão depressa que, quando Hollis levanta a cabeça do cálculo que fazia para a gorjeta, Gigi já está desaparecendo pela porta.

— Para ser honesta, não sei se aguento o Box — diz Hollis.

— Eu também não — diz Tatum, rapidamente. Ela acaba de receber uma mensagem de texto de Kyle: Jack e eu estamos tomando uns drinks no Queequeg's. Avise quando terminarem, nos encontramos na frente.

— Então ninguém vai pra o Box? — diz Brooke.

Por que ela está surpresa? Todo mundo ouviu o que Electra disse: Charlie está sendo processado novamente por má conduta sexual e Brooke está contaminada por associação. Ninguém quer sair com ela.

Dru-Ann suspira.

— Eu vou com você. — Ela dá uma olhada por cima do ombro; Gucci Bex e a protagonista estão sentadas no sushi bar. — Mas vamos sair agora mesmo.

— Obrigada! — diz Brooke. — Eu só preciso usar o banheiro rapidinho...

— Agora — diz Dru-Ann. — Antes que eu mude de ideia.

Ela dá uma piscadinha para Hollis e murmura *você fica me devendo uma*. Em seguida, pega a mão de Brooke e a puxa para fora do restaurante, para a noite escura de Nantucket.

— Quer uma carona para casa? — oferece Hollis a Tatum.

— Tá maluca? — diz Tatum. — Os rapazes estão no Queequeg's. Eles querem se encontrar com a gente.

— O quê? — diz Hollis. — Não, eu não posso. Não vou fazer isso.

— Por que não? — diz Tatum.

— É cedo demais para eu seguir em frente — diz Hollis.

— Holly — diz Tatum. — Vou mandar a real aqui, só entre nós. — Ela segura os ombros de Hollis e a olha nos olhos. — Ninguém está te pedindo para seguir em frente. É só um drink. E não é como se eu estivesse arranjando um encontro para você com um desconhecido. É Jack Finigan. Não pense demais.

— Se eu for para algum lugar, vai ser para o Box — diz Hollis. — Caroline vai para lá.

— Confie em mim — diz Tatum. — A última pessoa que Caroline quer ver no Box é a mãe dela. Estou tomando uma decisão executiva. Você vem comigo.

Enquanto segue Tatum para fora do restaurante — com um aceno para a loira gentil que a salvou de Electra —, Hollis pensa: *a noite já meio que desmoronou mesmo, todo mundo foi embora. É só um drink*. Não é como se ela e Jack estivessem voltando a namorar e planejando um Viking River Cruise.

— Tá bom — diz ela.

Quando Hollis vê Jack parado na calçada em frente ao Queequeg's, quase dá meia-volta e sai correndo. Ele está *tão bonito*. Está de calça jeans, chinelos e uma camisa de linho branca com as mangas dobradas. Ele mostra suas covinhas quando ela se aproxima.

Jack diz:

— Você não se cansa de mim.

— Isso não foi ideia minha — diz Hollis, mas deixa escapar um meio sorriso. — Na verdade, eu resisti ativamente.

— Ativamente? — diz Jack. — Eu queria ter visto isso.

— Tenho uma ideia — diz Tatum.

Ela parece mil vezes mais feliz do que estava durante o jantar e, só por esse motivo, Hollis fica feliz por terem vindo. Kyle está com o braço em volta dos ombros de Tatum e ela apoia a cabeça em seu peito.

— Vamos para o Brotherhood para um drink.

Ha!, pensa Hollis. Trinta milhões de anos atrás, os quatro jantaram no Brotherhood antes do baile de formatura do penúltimo ano. O restaurante havia sido vendido e reformado e vendido e reformado de novo desde então, mas o térreo ainda passava a sensação de um pub acolhedor com paredes de tijolos, luz baixa e uma lareira. Entretanto, quando eles chegam, Tatum leva todos para o andar de cima, para o novo Cisco Surf Bar.

Não havia andar superior no Brotherhood quando eles eram mais novos, mas agora um lado é um lounge chique para tomar uísque e o outro é um espaço alegre e descolado onde as paredes são forradas com pranchas de surfe e fotos de Lauren Marttila. Há, milagrosamente, quatro assentos vagos no bar, perto de onde um cara toca violão. Eles ocupam esses lugares; os rapazes pedem cervejas, e Hollis e Tatum pedem martinis de espresso.

Quando Hollis toca sua taça de martini na garrafa gelada de Bud Light de Jack, ela diz:

— Não acredito que estou sentada aqui com você.

Ela não sabe bem como descrever os sentimentos que surgem dentro dela. Nostalgia, talvez? Ela pensa em maio de 1986.

O vestido de Hollis para o baile é branco; seu pai, Tom Shaw, está incomumente emotivo durante as fotos. Ele dá um beijo na testa de Hollis e diz:

— Faça-me um favor e não fuja para se casar escondido esta noite.

— Vamos esperar até a formatura do último ano, senhor — diz Jack, com uma piscadinha, enquanto ajuda Hollis a subir em sua picape, que ele lavou e aspirou especialmente para esta ocasião.

Durante o jantar no Brotherhood, numa mesa bem embaixo de onde eles estão agora, Hollis e Tatum pedem *piccata* de frango — as duas querem hambúrguer, mas estão preocupadas com hálito de cebola e a possibilidade de derrubar ketchup nos vestidos — e os rapazes cochicham sobre a possibilidade de exigirem documentos caso eles tentem pedir cerveja.

— Vão exigir, sim — diz Tatum. — Somos *estudantes do ensino médio indo para a formatura.* O irmão de Terri é o gerente. Todo mundo aqui conhece a gente.

Há um casal mais velho sentado na mesa vizinha; eles se inclinam mais para perto e dizem:

— Aproveitem, crianças. Passa rápido demais.

Tá, tá, pensa Hollis. *Apegue-se aos seus dezesseis anos o máximo que puder,* blablablá. Tudo o que eles quatro desejam, naquele momento, é ser mais velhos.

Quando terminam de comer, o garçom avisa a eles que o casal pagou pela conta inteira.

— Droga! — diz Kyle. — Eu sabia que deveria ter pedido a lagosta.

Passa rápido demais, pensa Hollis agora. E se ela tivesse uma bola de cristal naquela noite e pudesse ver os quatro juntos, trinta e sete anos depois, no novo bar do andar de cima? O que ela teria pensado? O questionamento é vertiginoso.

Jack dá um gole em sua cerveja.

— Você não vai ficar sentada por muito tempo.

Ele vai até o violonista, sussurra algo no ouvido dele e lhe passa algum dinheiro.

Hollis sabe o que está por vir?

É claro que sabe — mas os primeiros acordes da música lhe dão arrepios mesmo assim. O violonista soa exatamente como um Mick Jagger jovem.

— *I know living is easy to do...*

De repente, Jack está atrás dela, cantando em seu ouvido.

— *The things you wanted, I bought them for you.* — Ele estende a mão para ela. — Dance comigo, Holly.

Hollis olha para Tatum, mas ela e Kyle estão em seu próprio mundo. Kyle afaga o cabelo de Tatum; os olhos dela estão fechados.

Hollis está tímida — ninguém mais está dançando —, mas o que lhe importam os outros? Ela e Jack dançam lentamente no espaço entre o violonista e o bar. Hollis se agarra a Jack, inspira seu cheiro, pensa no menino que pedalava sua bicicleta por onze quilômetros até a Squam todo sábado de manhã e cortava lenha com Tom Shaw só para poder passar uma hora sozinho na praia com Hollis. Ela pensa em seu pai dizendo *não fuja para se casar escondido esta noite*, e Jack respondendo *vamos esperar até a formatura do último ano, senhor.* Ele estava brincando, mas também falava sério. Eles planejavam se casar. Todos os anos em que namoraram, esse era o plano.

Ah, Jack, pensa ela. Não consegue nem imaginar o quanto o magoou.

Wild horses, pensa ela. *We'll ride them someday.*

Mas as coisas aconteceram como deveriam. Era para Hollis se casar com Matthew, disso ela tem certeza.

Alguém dá tapinhas em seu ombro. É Tatum.

— Estamos indo.

— Mas você vai voltar para a Squam esta noite, não é? — diz Hollis.

— Eu a levo para lá — diz Kyle com uma piscadela. — Mas vamos pegar o caminho mais longo.

Depois que eles desaparecem escada abaixo, Jack diz:

— Posso te pagar outro drink?

— Já bebi o bastante, acho — diz Hollis. — Eu estacionei meu Bronco na India Street, mas provavelmente deveria pegar um táxi.

— Eu te levo para casa no Bronco e pego uma carona para casa com Kyle — diz Jack. Ele inclina a cabeça. — Mas é melhor pegarmos o caminho mais longo.

Hollis teria dito que de jeito nenhum reconheceria o cantinho deles — o lugar bem no interior dos morros onde ela e Jack costumavam estacionar durante o ensino médio —, mas Jack dirige até lá sem nem precisar pensar. Fica a menos de meio quilômetro de

Gibbs Pond, onde acontecem as festas do ensino médio, um pequeno enclave cercado por abetos: a Sala Redonda. Tantos anos depois, e ela está exatamente a mesma — uma razão, pensa Hollis, pela qual ela sempre apoiará a Fundação para a Conservação de Nantucket. Jack desliga o motor e apaga os faróis. Há um punhado de estrelas diretamente acima deles, mas a lua crescente está obscurecida pelas árvores.

Hollis diz:

— Quantos casais você acha que estacionaram aqui depois de nós?

— E antes de nós — diz Jack.

— Mas foi nosso por anos — diz Hollis.

Eles vinham até aqui quase todo fim de semana durante o penúltimo e o último ano, e no verão entre eles. Os outros sabiam que deveriam manter distância.

— Eu quero conversar — diz Jack. — Conte-me tudo.

— Conte tudo *você* — diz Hollis. — O que aconteceu com Mindy?

— Foi bom enquanto durou — diz Jack. — Sete anos e meio. Ela era uma garota bacana; me dava espaço. Ela trabalhava para uma empresa farmacêutica, vendia Botox, essas coisas. Era um tanto perturbador, todas aquelas mulheres querendo congelar seus rostos, mas ela gostava. Era boa com dardos e fazia um frango à caçador incrível.

— Mas...?

— Ela queria se casar. Eu dei uma festa surpresa para ela no seu aniversário de quarenta anos no meu bar e, depois que todo mundo foi embora, ela se sentou comigo e me disse que eu precisava botar uma aliança no dedo dela ou ela iria embora.

— Um ultimato básico — diz Hollis.

— Ela se casou com outra pessoa; está mais feliz agora. Deu tudo certo.

— Só que você está sozinho — diz Hollis.

— Você pode estar num relacionamento e ainda assim estar sozinho — diz Jack. Ele pigarreia. — Como vai você, Holly? Imagino que tenha sido duro.

Hollis exala.

— Não sei se tenho palavras para descrever como as coisas têm sido — diz ela. — Tudo mudou num instante. Minha vida toda *se tornou* aquele acidente de carro. Mas eu tive que ser forte... por

Caroline, é óbvio, mas também porque pensei que fosse isso que as pessoas esperavam.

— Que pessoas?

— Meus amigos, minha comunidade, os assinantes do meu blog. Todo mundo me vê como, sei lá, algum tipo de...

— Deusa doméstica? — diz Jack. — Mãe Terra?

Ele provavelmente não está muito errado.

— Eles me veem como alguém no controle: estável, bem ajustada. Eu sou a pessoa que oferece conforto. Não senti que tinha permissão para desmoronar.

Lágrimas escorrem pelo rosto dela. É tão gostoso chorar que ela simplesmente deixa os soluços escaparem. Jack estende os braços e a puxa para si. Ele murmura junto dos cabelos dela:

— Estou aqui, Holly berry.

Hollis endireita a postura e apalpa em torno dos pés procurando sua bolsa, onde ela guarda um pacote de lencinhos com perfume de lavanda; ela mantém a classe até quando está sofrendo um colapso.

— Também tem a culpa — diz ela, depois de assoar o nariz. — Matthew e eu estávamos com problemas. Era uma febre baixa, nada dramático ou chamativo; nós só nos distanciamos. Ele estava sempre trabalhando, aí meu site decolou e eu coloquei minha energia lá. Caroline estava fora, na faculdade. Nós dois conversávamos mais com a cachorra do que entre nós. — Hollis enxuga os olhos. — Tivemos uma conversa na manhã em que ele morreu... ambos tentamos expressar o quanto estávamos infelizes. Ele me disse que eu tinha mudado, que nós tínhamos mudado, e ele estava certo.

— Ah, Holly.

—Quando as coisas estavam ruins com Matthew, eu conferia como você estava. Stalkeava seu perfil no Facebook. Eu fazia isso quando estava deprimida e queria me lembrar da sensação de ser amada de verdade.

As lágrimas recomeçam. Seja lá o que ela havia pensado que poderia ocorrer nesse fim de semana, não envolvia terminar na Sala Redonda confessando todos os seus segredos para Jack Finigan.

— Eu vi sua foto com Mindy...

— Três anos atrás? — diz Jack.

Ele está rindo e ela não pode culpá-lo; parece tão bobo.

— Eu queria saber se você ainda estava com ela — diz Hollis. — Acho que o que eu realmente queria saber era se você ainda pensava em mim.

— É claro que eu pensava em você, Holly. Você faz parte de quem eu sou.

— Mas você nunca volta para cá.

— Eu volto de vez em quando — diz ele.

Sem pensar, Hollis diz:

— Eu te vi uma vez.

— Naquele Dia de Ação de Graças — diz ele.

Isso, pensa ela. Que ano teria sido? Caroline estava no ensino fundamental, então talvez há dez anos. Era a sexta-feira depois do Dia de Ação de Graças, e Hollis, Matthew e Caroline estavam no centro da cidade para a cerimônia do acendimento das árvores. Era uma das noites preferidas de Hollis — Nantucket inteira se reunindo na Main Street, o acender cerimonial das árvores de Natal da cidade. Hollis vestia um suéter grosso de tricô e um colete de plumas; ela, Matthew e Caroline geralmente iam até o Languedoc comer lagosta ao molho bisque e filé com fritas depois da cerimônia. Hollis estava envolta numa bolha de contentamento.

Mas, quando o interruptor foi acionado e a Main Street começou a brilhar, Hollis foi surpreendida pela visão de um rosto em meio à multidão. Ela semicerrou os olhos. Seria ele? Seria Jack? Sim — e ele estava olhando para ela. Ele sorriu, exibindo as covinhas, e ergueu a mão para acenar.

Hollis sentiu uma onda de adrenalina que não esperava, de forma alguma. Jack! E, de repente, ela ficou constrangida. Olhou ao redor procurando por Matthew, mas ele e Caroline estavam na calçada com seus celulares na mão, fotografando as árvores. Hollis sabia que ela parecia estar sozinha, e ficou feliz. Ela fixou seu olhar no de Jack, pensando *o que é que eu faço?* Uma resposta normal teria sido levar Matthew e Caroline até lá e apresentá-los. *Este é Jack Finigan, um amigo meu do ensino médio*. Matthew saberia que era Jack, seu ex-namorado, mas não teria se importado nem um pouco; Matthew era a pessoa menos ciumenta que Hollis já conhecera. Por que ela não fez isso? A resposta: porque ela não queria apresentar Jack à sua família; não queria que Jack soubesse que ela *tinha* uma família. Naquele instante, ela teve vontade de ir até lá e abraçar Jack, até beijá-lo. Teve vontade de puxá-lo pela Quince Street, se esconder entre duas casas de veraneio e dar uns amassos com ele.

Em vez disso, ela só acenou pateticamente de volta, depois desviou o olhar e, quando se juntou a Matthew e Caroline, alegou estar com dor de cabeça e que provavelmente seria melhor voltar para casa.

— Eu pego um táxi — disse ela. — Vocês dois podem ir jantar.

— Isso é ridículo — disse Matthew. — Vamos todos para casa. Tem um monte de comida pronta lá.

Isso era verdade; Hollis cozinhava a ceia do Dia de Ação de Graças para dez pessoas, mesmo sendo apenas eles três.

— Nós comemos as sobras no almoço — disse ela. — Vão vocês dois, aproveitem nossa reserva, seria rude desperdiçar. Eu pego um táxi e vejo vocês em casa, amo vocês, tchau.

Hollis então abriu caminho por entre a multidão até o ponto onde havia visto Jack, mas ele tinha sumido. Ela vagou por ali, procurando por ele, plenamente ciente de que estava agindo como uma doida — ela era uma mulher casada, feliz, mãe —, embora, na época, não se importasse com isso. Ela só queria vê-lo. Será que ele estava com alguém? Ela sabia que isso era possível, mas, se ele estivesse sozinho, eles poderiam ter um momento. Isso era tudo o que ela queria: um momento com Jack, a sós.

— Eu fui te procurar — diz Hollis agora. — Larguei Matthew e Caroline e tentei encontrar você.

— Eu sei — diz ele. — Eu estava te observando. Pensei que talvez estivesse me procurando.

— O quê? — diz Hollis. — Por que não disse nada?

Ele suspira.

— Ah, Holly, porque você não era mais minha. — Ele abre os braços para ela de novo. — Vem cá.

Ela se recosta nele e, sem nem pensar, levanta o rosto para o dele e eles se beijam, apesar das lágrimas e do nariz escorrendo. As emoções de Hollis são intensas, *operísticas*, e correndo junto com seu luto e sua confusão está o desejo. Há quanto tempo ela não é beijada assim? Ela e Matthew estavam casados há muito tempo; eles não "se pegavam" mais. Em algum momento ao longo do caminho, beijar desse jeito — com lábios e línguas vorazes, quase desesperados — simplesmente parou de acontecer.

Mas agora, com Jack, é um êxtase. Hollis não se cansa. Os anos se dissolvem e ela é uma menina de dezessete anos novamente, estacionada neste mesmo lugar no final de agosto de 1987. Ela vai partir para Chapel Hill de manhã. Ela quer — precisa — que este seja um beijo do qual ambos se lembrarão pelo resto de suas vidas.

Jack se afasta e Hollis pensa — *Certo...* o que é que eles estão fazendo? Ela não está pronta para esse tipo de coisa (apesar de, no momento, se sentir *muito pronta*). Ela se pergunta se Jack simplesmente não está tão a fim. Afinal, Mindy é dez anos mais nova do que eles. Ele pode não querer beijar uma mulher de cinquenta e três anos.

— Faróis — cochicha ele. — Logo ali. Estão vindo nessa direção?

Hollis segue o dedo de Jack — em meio às árvores, vê um carro. Ela deseja que ele pegue outra trilha — os morros são cruzados por ruazinhas arenosas e estreitas —, mas as luzes estão vindo diretamente para eles. Será a nova geração, esperando estacionar aqui? Ela espera que eles percebam que o local está ocupado (por um casal de velhos) e sigam adiante. E então diz:

— Você acha que são Kyle e Tatum?

Isso seria engraçado. É possível que eles tenham adivinhado onde Hollis e Jack acabariam e, por insistência de Tatum (é ela quem gosta de pregar peças), aqui estão eles.

O carro se aproxima e Hollis diz:

— Será que não deveríamos ir?

Não há nada mais incriminador do que ser flagrado num carro estacionado. Mas agora é tarde demais; o carro encostou atrás deles, bloqueando a saída da Sala Redonda.

—Ah, merda — diz Jack.

É a polícia de Nantucket.

Aaaaaaaaah!, pensa Hollis. *Isso é realmente humilhante.* Em todas as vezes que ela e Jack estacionaram aqui, só passaram por duas encrencas: a bateria arriada (foi como eles aprenderam a não ficar com o rádio tocando, a menos que o motor estivesse ligado) e quando encalharam (durante um abril particularmente lamacento). Eles nunca foram pegos pela polícia; as viaturas daquela época não conseguiam andar nessas estradinhas. O veículo atrás deles agora era um SUV.

O policial sai do carro — Hollis ouve a porta bater, embora esteja envergonhada demais para se virar — e uma voz diz:

— Boa noite, pessoal. Como estão?

Jack abre a porta e desembarca, e Hollis pensa: *quero sumir*.

Jack diz:

— Minha nossa! *Kevin*?

O oficial Kevin Dixon não consegue acreditar nos próprios olhos. Ele passa pela Sala Redonda numa checagem de rotina (Zack Crispin e Abigail Montero, que acabam de passar para o último ano do ensino médio, andam estacionando por aqui ultimamente, e ele havia dito que da próxima vez chamaria os pais deles), mas desta vez *não são* Zack e Abby ali, e sim um casal da idade de Dixon. Não apenas um casal de sua idade: Jack Finigan e Hollis Shaw.

Como é?, pensa Dixon. Será que ele entrou numa máquina do tempo? Está em 1987 de novo?

— Minha nossa! Kevin? — diz Jack. — É Jack Finigan, cara, como é que estão as coisas?

Dixon aperta a mão de Jack, depois o puxa para um abraço de lado. Jack Finigan era um *tight end* e bloqueava pra caramba para Dixon na defesa. Dixon não vê o sujeito há séculos; ele nunca vem para nenhuma das reuniões de ex-alunos.

— Bom te ver, cara. — Ele se vira para Hollis. — Oi, Holly, como vai?

— Oi, Kev — diz Hollis.

Ela desce pelo lado do passageiro e se aproxima também para dar um abraço nele. Dixon tem visto Hollis pela cidade, em geral dirigindo — nesse mesmo Bronco, pensando bem; é uma beleza, difícil de não notar —, mas eles não conversaram muito. Certo ano ele a viu no Pops, outro verão trombou com ela na Wicked Island Bakery (ela estava atrás dos rolinhos de canela; ele queria o sanduíche de ovos com costelinha). A ex-esposa de Dixon é obcecada pelo site de Hollis e se gaba para as amigas de que Dixon e Hollis estudaram juntos. E, é claro, Dixon leu no jornal que o marido de Hollis morreu. Isso foi nesse último inverno ou no outro? Dixon está chegando ao ponto em que os anos se misturam. Ele não oferece seus pêsames pelo marido, porque está bem claro que Hollis e Jack estão aqui juntos. Tipo, *juntos*, juntos. Isso é muito engraçado, porque não era aqui que Hollis e Jack costumavam estacionar no ensino médio? Eles *eram donos* deste lugar naquela época; ninguém ousava desafiá-los por ele.

Dixon quer perguntar o que eles têm feito, talvez parabenizar Hollis por todo o seu sucesso, mas é óbvio que ele interrompeu algo aqui. O cabelo de Hollis está despenteado e ela tem marcas de rímel escorrendo pelo rosto. Provavelmente, a última coisa que esses dois querem é papear.

Dixon levanta a mão.

— Eu não pretendia interromper. Só estou de olho na molecada fumando ou bebendo. Este verão está tão seco que uma bituca de cigarro poderia colocar fogo nos morros. Mas, enfim, bom ver vocês dois. — Ele ri. — Vocês *definitivamente* não eram quem eu esperava encontrar aqui!

Dixon volta para seu carro e, enquanto dá ré, vê Jack e Hollis voltarem para dentro do carro.

Bom para eles, pensa Dixon, e ri sobre o caso o caminho todo até a Milestone Road.

38

O Que Acontece no Box

A primeira pessoa que Caroline vê ao entrar no Chicken Box é... Dylan McKenzie.

Espera aí — como é que é?, pensa ela.

Ele está no bar sozinho e, quando vê Caroline, seu rosto se ilumina e ele oferece a ela uma Corona gelada.

— Espero que você goste — diz ele. — Eles não têm Pol Roger.

— Hã, oi? — diz Caroline. — O que você está fazendo aqui?

— Fecharam o restaurante hoje para uma festa privada, então terminei mais cedo e imaginei que você estaria aqui.

Caroline toma um gole da cerveja. Será que ela interpretou errado os sinais da noite passada? Dylan estava *esperando* por ela? Isso é tão esquisito.

— Isso foi atencioso. Obrigada.

— Você está ótima hoje.

Por um acaso, Caroline está ótima *mesmo*. Ela finalmente abandonou seu moletom e vestiu uma calça jeans bonitinha com um top frente única amarelo do tamanho de um lenço. Ela escovou o cabelo e passou maquiagem porque tem um plano, que é tirar uma foto de si mesma se divertindo no Chicken Box e postar em seu Instagram e Snapchat. Agora, ela tem certeza de que Isaac verá e quer que ele saiba o que está perdendo.

Seria melhor ainda se ela postasse uma foto de si mesma se divertindo no Box com Dylan, pensa ela.

— Vamos tirar uma selfie — diz ela.

Caroline confirma com Dylan se tudo bem — será que ele quer ser visto com ela além dos limites deste bar? — e ele imediatamente passa um braço em volta dela, apertando-a, e sorri (ele é *tão gostoso*, não dá para negar). Ela tira uma série de fotos.

— Minha mãe está aqui? — pergunta ela.

— Ela e minha mãe estão desaparecidas — diz Dylan. — E eu *não estou* chateado com isso.

A banda, Maxxtone, está tocando *The Middle*, de Jimmy Eat World, e, embora Caroline esteja grata por música que não tenha saído diretamente das rádios de velharias como a Sirius XM (as playlists da mãe dela são *um sofrimento*), ela diz:

— Vou dar um pulinho no banheiro e já volto.

— Te espero aqui — diz Dylan. — Aí podemos dançar.

Caroline abre caminho entre a multidão de jovens veranistas agressivamente lindos. Dylan poderia ficar com literalmente qualquer garota que quiser, então Caroline não sabe bem por que ele está lhe dando atenção, embora seja um bálsamo para seu ego ferido. Quando está sozinha em seu cubículo no banheiro, ela rola pelas fotos, escolhe aquela em que Dylan e ela estão (a) mais bonitos e (b) mais "juntos", e como legenda ela escreve: O que acontece no Box... E posta. Missão cumprida.

Quando volta ao bar, vê Dylan esperando com mais cerveja, mas, antes que possa alcançá-lo, alguém chama seu nome.

Caroline vira a cabeça — e vê Dru-Ann e Brooke passando pela porta. Ela acena para elas irem até o bar e as apresenta para Dylan.

— Este é Dylan, filho de Tatum — diz ela. — Dylan, estas são Dru-Ann, amiga de faculdade da minha mãe, e Brooke, amiga dela de Wellesley.

Dylan diz:

— Uau! Srta. Jones, eu assisto você toda semana no *Jogue Como uma Garota*. Isso é tão legal! Você faz parte daquele negócio do fim de semana com a minha mãe? Ela não me contou.

Dru-Ann pensa: *Bem, cara, tem um motivo para isso.* E então pensa: *eu fui demitida da ESPN, como você descobrirá quando ligar a TV na terça-feira e encontrar Gabby Azeda no meu lugar.* Mas ela não será uma estraga-prazeres hoje.

— Faço, sim — diz ela, oferecendo a mão. Ela avalia a altura e a estrutura de Dylan. — Não me diga: lacrosse universitário.

— Bom palpite — diz ele. — Joguei por um ano em Syracuse.

Syracuse? Ela está impressionada.

— Só um ano?

— É — diz ele. — Aí rolaram algumas coisas.

Bem, como Dru-Ann descobriu com atletas jovens, "algumas coisas" poderia significar notas, drogas ou sexo. Esse rapaz é obviamente um conquistador, então Dru-Ann vai chutar que foi sexo.

— Posso pagar uma rodada de shots para vocês? — diz ele.

— Sim, por favor! — diz Brooke.

Está tão quente no bar que ela prende o cabelo num coque no topo da cabeça; sente suas bochechas corando. Mal pode acreditar que está no Box com Dru-Ann, que é tão superfamosa que até o filho de Tatum a reconheceu! Quem se importa com Electra Undergrove? (Enquanto pensa isso, ela dá uma rápida olhada pela multidão em busca de Electra, porque, se ela *estiver* ali, Brooke terá que ir embora.) — Será que deveríamos tomar Sex on the Beach?

— Só existe um shot aceitável — diz Dru-Ann.

— Tequila! — dizem Caroline e Dylan juntos, e Dru-Ann pensa: *talvez ainda haja esperança para essa geração.*

Dylan pede quatro shots de Patrón; eles fazem tintim e lá se vai o líquido goela abaixo.

A banda segue com *Kiss*, de Prince.

— Eu quero dançar! — diz Brooke. Ela olha para Dru-Ann.

— Eu não sou sua babá, colega — diz Dru-Ann. — Vá atrás de um bonitão e desça até o chão.

Brooke quer que Dru-Ann vá com ela. Ainda não está embriagada o bastante para se esquecer de que é uma dona de casa suburbana de meia-idade. Mas não vai ser carente. Ela estava num bar não muito diferente deste quando conheceu Charlie; vai simplesmente incorporar seu eu despreocupado de vinte e cinco anos e tentar atrair uma pessoa que seja o total oposto de Charlie. Ela se dirige para a multidão pulsante.

Dru-Ann diz:

— Outro shot me cairia bem. E vocês?

— Opa — dizem eles, e Dru-Ann brande seu cartão de crédito como a toda-poderosa que costumava ser.

Uma hora e um número não revelado de shots depois, Dru-Ann, Caroline e Dylan também vão para a pista de dança. Eles encontram Brooke — tá, uau — no centro de um círculo de Chads. (Dru-Ann não consegue se lembrar de como se chama um coletivo de Chads. Ou é um *privilégio* ou uma *herança*.) Esses rapazes estão de calças brancas, camisas polo em tons pastéis, cintos bordados para eles por suas mães ricas e ociosas, e mocassins sem meias. Estão derramando suas vodcas com soda por ali, incentivando sua nova mascote, Brooke.

— Loba! — grita o Chad de camisa rosa, enquanto o Chad de camisa lilás rodopia Brooke sob seu braço.

— Tenho que ir salvá-la — diz Dru-Ann para Caroline e Dylan.

Ela cutuca o ombro de Brooke e, quando Brooke a vê, solta um gritinho e passa um braço em torno do pescoço de Dru-Ann.

— Essa! É! Minha! Amiga!

— Ei, é Dru-Ann, do *Jogue Como uma Garota!* — diz o Chad de camisa cor de pêssego.

Ele ergue o celular para uma selfie, mas Dru-Ann afasta o aparelho com um tapa.

— Nada de fotos.

— Você não foi *cancelada?* — diz o Chad de camisa verde-mar.

— Estou aqui, não estou? — diz Dru-Ann.

Ela analisa o grupo e pensa: *não são altos o bastante para basquete, nem largos o bastante para futebol americano ou hóquei, nem esguios o bastante para futebol ou lacrosse. Provavelmente jogam um golfe bem mais ou menos, e um tênis ainda pior.*

— Eu vou pegar a loba emprestada. A gente se vê, rapazes.

Ela leva Brooke para um local ao lado das portas de incêndio, onde há espaço para respirar.

— Aqueles caras simplesmente começaram a falar comigo — diz Brooke.

O de camisa pêssego, Archie, notou Brooke durante o intervalo da banda, quando o DJ tocou *Through the Storm* e Brooke cantou cada palavra da letra. (Os dois filhos dela ouvem exclusivamente rap e hip-hop; Brooke já ouviu aquela música milhares de vezes.) Archie pareceu achar que uma mãe que gostava de YoungBoy Never Broke Again era legal — ou talvez só uma bizarrice —, e apresentou Brooke para seus amigos. Aquilo foi divertido, mas ela preferiria estar dançando com Dru-Ann.

Quando a banda toca *Watermelon Sugar*, Dylan começa a dançar se esfregando atrás de Caroline. Ela levanta o braço com o celular e tira algumas fotos. Isso vai deixar Isaac maluco. A banda segue com *Champagne Supernova* e Dylan coloca as mãos nos quadris de Caroline e a faz girar para ficar de frente para ele. Em seguida, abaixa a cabeça e a beija. Desta vez, é bem melhor — talvez por causa da música ou do aperto de corpos em torno deles ou de toda a tequila. Caroline está dando uns pegas em Dylan McKenzie e está gostando!

Porém, um segundo depois, ocorre um ataque chocantemente frio e molhado à lateral da cabeça de Caroline. O drink de alguém escorre pelo rosto e pelo pescoço de Caroline — o cheiro é de rum e Coca-Cola — e mancha de marrom seu top amarelo. Caroline enxuga os olhos e vê — surpresa, surpresa! — Aubrey Collins, a garota malvada horrível, pavorosa, segurando um copo de plástico vazio.

— Sai de perto dele! — grita Aubrey.

— Aubrey, que diabos? — diz Dylan. — Mil desculpas, Caroline.

Ele tira um paninho do bolso traseiro e Caroline o usa para se enxugar.

— Então vocês dois oficializaram tudo no Instagram, hein? — diz Aubrey, com uma expressão escarnecedora para Caroline. — Eu vi sua postagem. Mas lamento te informar, ele é o pai *do meu filho*... então, pode dar no pé.

Ai meu Deus, pensa Caroline. *Isso está acontecendo outra vez?* O bom é que agora Caroline sabe exatamente o que fazer. Ela vem pensando nisso há anos.

Caroline sorri e deposita o pano nojento na mão de Aubrey. *O que acontece no Box...* pensa ela.

— Ele é todo seu, psicopata — diz Caroline, e sai pela porta lateral; molhada, grudenta e profundamente satisfeita.

39

Fatia

A banda toca uma música ótima atrás da outra — The Violent Femmes, The Cure, Weezer — e o grupo de Chads mantém os drinks de Brooke e Dru-Ann fluindo. Quando as luzes se acendem e o vocalista começa a cantar *Closing Time*, Dru-Ann guia Brooke em torno dos casais que estão prestes a ficar juntos e sai pela porta lateral — onde elas se deparam com uma fila ridiculamente longa de gente esperando por táxis.

Não, pensa Dru-Ann. *Isso não vai rolar.* Ela chamará um UberXL. Diabos, chamará um Alto, o aplicativo de motoristas mais caro do mundo. Será que tem Alto em Nantucket? Acaba que não, não tem. Será UberXL, então — mas o carro mais próximo está a trinta e sete minutos de distância. Elas deveriam ter saído mais cedo do bar. Agora já passa de uma da manhã; nesse ritmo, elas só vão chegar na casa de Hollis por volta das duas. Dru-Ann clica em Confirmar Corrida, porque o que mais se pode fazer? É longe demais para ir andando — e então vê que a pizzaria Sophie T's, do outro lado da rua, está aberta.

Isso!, pensa ela. Está morrendo de fome; o frango e as fritas do Nautilus já se foram há uma eternidade.

— Venha comigo — diz Dru-Ann para Brooke. — Vamos pegar uma fatia.

Logo Dru-Ann e Brooke estão segurando fatias quentes e deliciosamente moles de pizza de pepperoni. Elas levam seus pratos de papel para o lado de fora e se sentam na calçada com as pernas estendidas para dentro do estacionamento.

Chegamos a esse ponto, pensa Dru-Ann.

— E então, qual é o problema com seu maridão? — diz ela. — Ele tá encrencado?

— Ele assediou alguém no trabalho. Irish Fahey, a nova gestora de marcas, de vinte e três anos.

— Nome bacana — diz Dru-Ann.

— Ela prestou queixa por má conduta sexual. O xerife veio na quinta-feira intimar Charlie.

— Ele disse algo para se defender?

— Diz ele que estava brincando. O que Charlie acha "engraçado" é nojento, inapropriado e ofensivo.

Brooke dá uma mordida na pizza e executa uma puxada impressionante no queijo.

— Eu bem que conheço um monte de Charlies — diz Dru-Ann.

— Não é a primeira vez que isso acontece — diz Brooke. — Ele apalpou uma garçonete no Oak Room em Boston há uns dois anos. Daquela vez, ele chegou a um acordo fora dos tribunais.

— Nossa, Brooke.

— Eu sei. Ele não presta. E, desta vez, ele foi demitido. — Subitamente, ela começa a chorar. — Demitido! Temos um casal de gêmeos começando o último ano em Yale e Wesleyan...

— Você tem *gêmeos?* Em *Yale* e *Wesleyan*?

Como é que Dru-Ann não sabia disso? Brooke está se provando um poço profundo.

— Will e Whitney são incríveis, mas eu não falo deles porque tenho certeza que esse é um dos motivos pelos quais Electra me expulsou do grupo de amigas.

— Electra é a mulher que apareceu no jantar?

Brooke assente e seu choro se intensifica.

— Tudo está a maior *bagunça*. Eu mostrei o itinerário para ela, sim, e *anotei mesmo* o futebol rock and roll no meu calendário, e agora Hollis me odeia.

— Hollis não te odeia.

— Mas foi por isso que ela não veio para o Box. Ela não queria estar comigo.

— Bem, azar o dela — diz Dru-Ann. Ela coloca seu prato de papel no chão. — Você foi muito divertida esta noite.

Brooke se volta para Dru-Ann; ela tem uma mancha alaranjada de gordura da pizza no nariz.

— Fui?

— Foi — diz Dru-Ann. Ela pega o guardanapo e limpa a mancha. — Foi um encontro muito divertido, sim.

Brooke toca em seu nariz e, antes que Dru-Ann perceba o que está acontecendo, Brooke se aproxima e a beija. A princípio, Dru-Ann pensa que é só o entusiasmo exagerado de sempre de Brooke, mas daí sente a língua de Brooke entre seus lábios. *Ah, pela madrugada!*, pensa Dru-Ann. Com gentileza, ela coloca as mãos nos ombros de Brooke e a afasta. Esta não é a primeira vez que uma mulher tenta beijar Dru-Ann; aparentemente, as pessoas ouvem *agente esportiva*, veem Dru-Ann em seu indefectível blazer e presumem que ela seja gay.

— Brooke — diz ela.

Brooke encara Dru-Ann com olhos imensos e confusos e lábios trêmulos.

— Você não se sente atraída por mim? Acabou de dizer que eu fui um encontro divertido. E o jeito como estava dançando comigo me fez pensar que...

Será que Dru-Ann estava dançando sugestivamente com Brooke? Talvez um pouco, mas era pura diversão, porque ela achava que Brooke fosse hétero. Ela certamente não pretendia que sua dança servisse como uma cantada. Ela dançou com Brooke da forma que mulheres que estão se divertindo dançam umas com as outras!

O telefone de Dru-Ann apita — o UberXL está a um minuto de distância. *Deus seja louvado,* pensa ela. Ela reúne seu lixo e puxa Brooke para ficar de pé.

— Nosso carro chegou.

No escuro do banco traseiro do Uber, Brooke pega no sono com a cabeça apoiada no ombro de Dru-Ann. Enquanto elas pegam a longa e sinuosa Polpis Road, Dru-Ann tenta imaginar o que Hollis dirá quando Dru-Ann disser *Brooke me beijou no estacionamento do Sophie T's. De língua!* Ela ri ao imaginar a expressão no rosto de Hollis.

Este fim de semana está cheio de surpresas.

40

Devo Ficar ou Devo Ir Embora?

Quando Gigi chega na Primeira Luz, a cadela, Henrietta, rosna para ela e Gigi suspira.

— Eu sei que você me odeia, e tem todo o direito.

Ela pega um copo de água gelada e segue pelo corredor até o Paraíso de Hibisco. Tira seu vestido de jérsei e coloca uma camiseta e um shorts de corrida, e então faz as malas.

Não consegue acreditar no que aconteceu durante o jantar. Aquela mulher, Electra. *Tenho certeza de que já nos vimos em algum lugar.*

Gigi tem que estar preparada para ir embora a qualquer momento.

Ela se deita na cama, mas não consegue dormir. Fica ali deitada por mais de uma hora antes de ouvir vozes na cozinha. Hollis e... Tatum, parece. Elas estão dando risadinhas. Gigi ouve o chiado da porta da geladeira, o estalo do plástico de um saco de batatas fritas. Petiscos e fofocas bêbadas de fim de noite que Gigi estragaria caso interrompesse, embora Hollis seria gentil o bastante para fingir que não.

Por fim, as vozes ficam mais distantes e Gigi adormece — mas é acordada pouco depois, quando escuta Brooke e Dru-Ann tropeçando pelo corredor. Parece que Dru-Ann está ajudando Brooke a ir para a cama.

— Aqui está, água e dois comprimidos de Advil. Confie em mim, você vai querer isso.

— Mas você não tá com raiva de mim. Não tá com raiva de mim, né? Me descuuuulpa, desculpa, mil desculpas!

— Não estou com raiva, não. Tente dormir um pouco. Amanhã de manhã você não vai se lembrar de nada disso.

Gigi ouve a porta do quarto de Brooke se fechar com um clique e Dru-Ann suspirar. Gigi pega seu celular. Há uma mensagem de seu vizinho, Tim. Como estão as coisas???? Ela sabe? Você vai contar pra ela? Conte tudo!

Gigi digita: *Bem, não, não sei* — e então deleta tudo. Que chato.

Ela digita: Bem, ainda estou aqui! E aperta Enviar, pensando: *mas quem sabe o que o dia de amanhã trará?*

41

Todas de Pé

Às oito da manhã seguinte, Henrietta, a pastora iugoslava, é a única acordada. Isso é altamente incomum: Hollis só dorme até mais tarde no Ano-novo ou quando está chovendo torrencialmente.

Henrietta precisa sair. Ela trota rapidamente pela cozinha — não há café da manhã, nem mesmo um café sendo passado; o que está havendo aqui? — e considera suas opções. Ela pode cutucar a porta de tela dos fundos com o focinho — tem altura para isso —, mas terá que latir para voltar para dentro. Será melhor simplesmente encontrar Hollis.

Henrietta entra no quarto de Hollis e escuta seu ronco suave. Odeia acordá-la; por meses, depois que Matthew morreu, Hollis mal dormiu. Mas Henrietta não tem escolha. Ela ofega na cara de Hollis; seu hálito é tão horrendo (já lhe disseram isso várias vezes) que vai acordar Hollis.

Só que não funciona, então Henrietta recorre a lambidas. Isso às vezes resulta num tapa no focinho, mas nesta manhã Hollis apenas ri, agarra a cara de Henrietta e começa a beijá-la.

— Olá, coisa linda! — diz Hollis, saltando da cama. — Você tem que fazer pipi?

Ela coloca um roupão e Henrietta a segue até o deck dos fundos. O sol já está alto e o orvalho já secou da grama, mas ainda há muitos cheiros matinais bons. Antes de ir investigar, Henrietta se vira para olhar para Hollis, que está se abraçando com um sorriso inescrutável no rosto.

O que deu nela?, pergunta-se Henrietta.

Tatum acorda na suíte Cinquenta Tons de Branco e descobre metade de um saco de Doritos na mesa de cabeceira. Será que tem impressões digitais laranja no edredom? Tem algumas — mas um pouquinho de bicarbonato de sódio e suco de limão vai tirá-las rapidinho. (O Irina Serviços ensinou a Tatum um truque para cada deslize doméstico.) Tatum não consegue acreditar que Hollis e Jack foram pegos na Sala Redonda por Kevin Dixon! Hollis disse que, a princípio, pensou que fossem Tatum e Kyle vindo pregar uma peça neles. Tatum fica decepcionada por não ter pensado nisso, porque teria sido uma das boas. Mas Dixon aparecendo é ainda melhor. O que será que ele pensou?

Tatum se permite um momento para imaginar um futuro no qual Jack e Hollis fiquem juntos de novo e morem em Nantucket com Tatum e Kyle.

E então toca seu seio. O local da biópsia não está mais dolorido, mas Tatum sabe que o tumor ainda está lá, como uma mancha podre numa maçã que, tirando isso, está perfeita.

Ela não pode pensar no futuro até segunda-feira.

Brooke acorda com a cabeça latejando. Há um copo d'água e Advil na mesa de cabeceira. Ela se apoia num cotovelo e engole os comprimidos, depois desaba de novo nos travesseiros deliciosos.

Ela beijou Dru-Ann ontem à noite. Embora Dru-Ann não tenha correspondido, não foi uma perda total. O segredo que Brooke vinha guardando foi assumido. Ela, Brooke Kirtley, *está assumida.*

É gostoso de um jeito que Brooke não sabe explicar muito bem. Durante toda a sua vida adulta, Brooke se sentiu como uma peça de quebra-cabeça com vãos nas bordas — meio desbalanceada, meio torta, não exatamente *certa.*

Mas, na noite passada, finalmente encontrou seu lugar.

Hollis acaba de chamar Henny para dentro — ela deveria colocar o café para passar e preparar a granola e a salada de frutas — quando vê Gigi passando pela ponte. Gigi acena timidamente para Hollis.

Previsivelmente, Henny começa a rosnar. Hollis a pega pela coleira e lhe dá um tapinha no quadril.

— Dá pra parar, mocinha? Gigi é nossa *convidada*. Ela é nossa *amiga*.

Gigi dá de ombros.

— Ela tem direito à opinião dela.

— Você chegou bem em casa ontem à noite? — pergunta Hollis. — Devo pedir desculpas pelo que aconteceu no final do jantar. Aquela mulher era amiga minha, mas algo aconteceu e nós paramos de nos falar.

— Tudo bem — diz Gigi, bem depressa. — E, sim, encontrei um táxi na mesma hora e cheguei rapidinho, obrigada por perguntar.

Ela passa por Hollis e enfia os pés rapidamente no pedilúvio antes de estender as mãos para a porta de tela.

— Posso preparar alguma coisa pra você? Café, frutas, um pouco de granola? — oferece Hollis.

— Estou satisfeita, obrigada — diz Gigi. — Mas ainda um pouco cansada. Provavelmente ficarei no quarto esta manhã.

— Ah — diz Hollis. — Tá bem.

Apesar de ela admitidamente não conhecer Gigi muito bem, pode perceber que tem algo de errado. Cadê a Gigi alegre e ensolarada, sempre pronta para tudo? Ela provavelmente está exausta com todo o drama — e será que Hollis pode culpá-la?

— Está tudo bem, Gigi?

— Tudo — diz Gigi, embora mal se vire para ela. — Por que não estaria?

Quando Dru-Ann acorda sob o lustre de bolhas, encarando o relógio de sol com raios vintage George Nelson na parede oposta, pensa: *eu não vou sair do Twist nunca mais*.

Afinal, para que ela precisa voltar para casa?

Ela perguntará a Hollis se pode ficar mais uma semana, talvez duas. Hollis provavelmente vai querer se livrar delas até amanhã, mas, assim que Dru-Ann lhe contar que foi demitida de sua vida, Hollis terá que concordar.

Dru-Ann faz um espresso e se pergunta como Brooke está se sentindo. Aquela pobre coitada. Nunca teve orgasmos com o marido porque não gosta de homens!

Dru-Ann está programando a Peloton — ela sempre pedala com Jenn Sherman aos domingos — quando seu telefone apita com uma mensagem. *Provavelmente Brooke*, pensa ela, *implorando para ela não contar para ninguém*. Dru-Ann já se deu conta de que não pode contar a Hollis o que aconteceu no estacionamento da pizzaria. A notícia não é sua para compartilhar.

Mas a mensagem é de Nick. *Ora, ora*, pensa ela. *Está vivo*.

Ele diz: Phineas empatou na liderança.

Dru-Ann solta um gritinho involuntário e abre o notebook. De fato, Phineas Pine e Rory McIlroy estão empatados com oito abaixo, indo para os nove últimos buracos.

Ele teve um sonho de que ia vencer, dissera Posey.

Considerando tudo o que aconteceu, será que Dru-Ann ainda se importa com isso? Phineas ir jogar no British Open é toda a razão para Dru-Ann estar onde está. Teoricamente, ela deveria querer que ele perdesse, e feio. Em vez disso, sente-se empolgada. Será que Phineas é mentalmente forte a ponto de superar McIlroy? Nove buracos é muito golfe ainda. Se ele ficar confiante demais, pode errar um ou três buracos. Dru-Ann vê que Hovland está com seis abaixo, e ele é famoso por vir com força no final. Isso está longe de terminar. A cobertura nos EUA começa ao meio-dia, que é quando elas vão almoçar. Droga.

Será que Dru-Ann deveria responder Nick? Se ele a está avisando sobre Phineas, então ao menos ela está presente em sua mente.

Vai encarar isso como uma vitória, pensa ela — e sobe na bicicleta.

Caroline ouve seu celular vibrando na mesa de cabeceira, mas está naquele estágio do sono em que se sente como se estivesse debaixo d'água e não consegue se mover. A vibração para e Caroline mergulha de volta em seu sono como uma pedra caindo no fundo do mar.

O telefone volta a vibrar e, por algum motivo, Caroline acorda de súbito. *Tá bom, tá bom, estou aqui*. Ela pega o aparelho.

Sofia.

— Alô? — diz Caroline.

Ela sabe que deveria mentir para Sofia — ou talvez devesse dizer a verdade; não se lembra.

— Caroline? — Assim como Isaac, Sofia pronuncia seu nome como "Caro-leen". Vindo dela, é irritante.

— Isso, Sofia. Oi, bom dia.

— Caroline, você não ligou para mim ontem à noite.

Caroline se senta, pigarreia. Será que ela poderia usar um tom mais ríspido com Sofia? Pode, decide.

— Eu sei, Sofia. Estou filmando aqui em Nantucket. Estava ocupada demais para telefonar, desculpe. O que houve?

— Precisamos conversar sobre Isaac.

— Ele está bem? — pergunta Caroline, com uma falsa preocupação. — Aconteceu alguma coisa?

— Ele foi infiel comigo.

A voz de Sofia está tão cheia de convicção que o medo surge como uma chama dentro do peito de Caroline. Será que Isaac estava enganado? Será que Sofia desconfia de Caroline?

Caroline respira fundo. Ela consegue.

— Não seja ridícula, Sofia. Ele jamais seria infiel. Ele te ama.

— Amor e sexo — diz Sofia — são duas coisas bem diferentes.

Ui, pensa Caroline. Não diz nada. Falar, pensa ela, é se revelar.

— Quem esteve no loft enquanto eu estava na Suécia? — pergunta Sofia.

— Ninguém — diz Caroline.

— Ninguém além de você?

— Isso — diz Caroline. — Ninguém além de mim.

Sua mente dispara. O loft não tem porteiro e eles não têm vizinhos com quem Sofia possa falar e que lhe contem que viram Caroline sair tarde da noite e, às vezes, nem sair. Ou têm?

— E ele te deu a câmera dele? — pergunta Sofia. — O tripé? O drone? Isaac não dá o equipamento dele *a ninguém* e certamente não a uma reles estagiária.

Reles?, pensa Caroline.

— Ele deu. Eu precisei pegar emprestado para o fim de semana.

— Sim, ele me contou. Você está filmando algo para sua mãe, ele disse. Uma reunião de família.

Caroline balança a cabeça. Tanto faz. Ela não ia explicar o Fim de Semana Cinco Estrelas para Sofia, isso com certeza.

— Não houve ninguém no loft o tempo todo em que você esteve fora — diz Caroline. — Eu te contaria se houvesse.

Caroline escuta Sofia exalar; ela está fumando.

— Eu suspeitaria que você e Isaac estivessem juntos, mas... — Ela ri. — Isso é tão bobo!

Caroline se irrita. *Foi tudo, menos bobo, Sofia. Seu namorado e eu tivemos — temos — sentimentos verdadeiros um pelo outro. E o sexo era incandescente.*

— Obviamente, muito bobo — diz Caroline.

— Sim, porque eu vi sua postagem ontem à noite com o outro rapaz. Tão gato. Eu mostrei para Isaac. Ele concordou que vocês dois ficam lindos juntos.

Caroline e Dylan *realmente* ficaram lindos juntos naquela foto do Instagram — mas o Instagram não é a vida real. Na vida real, Dylan estava usando Caroline para fazer ciúme em Aubrey. Caroline recebeu uma saraivada de mensagens dele após deixar o Box.

Você tá bem?

Aubrey só tem muito ciúme de você, sempre teve, desde o ensino médio

Vou levar ela para casa, talvez conversar com ela de manhã sobre tentar outra vez. Rs, meus pais não vão gostar nada disso. Eles odeiam ela. Mas será melhor para O-Cara.

Foi divertido ficar com você esse fim de semana. Vlw!

Caroline escreveu várias respostas, que iam desde *Você tá brincando com a minha cara?* até *Faz sentido, vocês dois se merecem.* No final, a mensagem que ela enviou dizia: Sem problemas. Ela não liga para Dylan McKenzie, não de forma significativa. Provavelmente *será melhor mesmo* para O-Cara ter os pais juntos de novo e, se Caroline ajudou a facilitar isso, que bom. Dá-lhe enorme satisfação que seja *ela* a pessoa de quem Aubrey Collins sinta ciúme.

Sofia diz:

— Vou me esforçar para fazer um trabalho melhor em amar Isaac. Vou viajar menos, parar de sair para dançar. — Ela inspira, expira. — Talvez casar, ter um...

— Isso é ótimo, Sofia — diz Caroline. Sofia espetou o coração de Caroline com seu salto agulha; ela não pode suportar ouvir nem mais uma palavra. — Estarei de volta na terça, até lá!

— Talvez possamos sair para jantar, nós três — diz Sofia. — Você pode nos contar sobre o seu fim de semana especial.

De jeito nenhum, pensa Caroline, mas diz:

— Tá bom, ciao! — E desliga.

Um segundo depois, sente-se tentada a ligar para Sofia e dizer: *Era eu! Era eu quem estava com Isaac!* Mas não vai fazer isso. Ela deixará Sofia e Isaac serem felizes. Deixará Dylan e Aubrey serem felizes.

Ela ficou com... seu projetinho divertido. E, com foco nisso, Caroline se levanta da cama. Ela quer conversar com Brooke.

42

A Queda II

Caroline encontra Brooke na cozinha, preparando uma xícara de chá de ervas para si mesma. Ela ainda está usando o vestido da noite anterior, o LoveShackFancy branco que, Caroline deve admitir, é muito bonito, embora agora esteja um tanto amarrotado e emitindo um odor que Caroline considera clássico do Chicken Box — cerveja e suor — e apresente uma gota alaranjada (parece ser gordura de pizza) na frente.

— Se divertiu ontem à noite? — pergunta Caroline.

Ela espera que Brooke diga *Me diverti tanto, a melhor noite da minha vida, aqueles rapazes eram tão bonitinhos, você acredita que eles queriam dançar comigo?*

Brooke, porém, apenas sorri e mergulha seu saquinho de chá na caneca enquanto o vapor de jasmim toma conta do ar.

— Tem uns minutinhos para ir lá embaixo para podermos ter uma conversa a sós sobre sua amizade com minha mãe?

— Mas é claro — diz Brooke. — Mostre o caminho.

Caroline mostra para Brooke onde se sentar e prepara o anel de luz.

— Eu sinto que já deveria saber disso — diz Caroline, assim que coloca a câmera para rodar. — Mas não sei. Como foi que você e minha mãe se conheceram?

Brooke respira fundo.

— Conheci Hollis no consultório do dr. Lambert, no Hospital Newton-Wellesley. Ela estava grávida de você, a data dela era três meses antes da minha, mas estávamos do mesmo tamanho. Houve algum espanto a respeito disso da parte de Hollis... tenho certeza de que ela pensou que eu andava exagerando nos Oreos... até eu contar para ela que estava esperando gêmeos.

Caroline ri. Mal pode acreditar no quanto Brooke soa natural e equilibrada na frente da câmera. Ela tem um talento nato.

— Hollis se apresentou, disse que ela e seu pai tinham acabado de se mudar da cidade para Wellesley. Trocamos números de telefone e nos tornamos amigas. Quando você nasceu, eu levei uma bandeja de sanduíches da Linden Store para ela. Quando Will e Whit nasceram, Hollis trouxe um frango assado com batatas gratinadas, uma salada verde com vinagrete, pão fresquinho, uma torta de chocolate e caramelo, um pacote com meia dúzia de uma cerveja belga que ela percebeu que havia ajudado na sua produção de leite e as duas mantinhas para bebê mais macias que eu já vi. Eu soube pelo tempo, esforço e *atenção* que sua mãe tinha colocado nesse jantar e nos presentes que seríamos amigas até nossos filhos se formarem no ensino médio e depois disso. — Brooke pisca. — Eu tinha razão.

— Quais são as suas melhores lembranças de sua amizade com minha mãe?

Brooke para um momento, pensando.

— Houve a era de ouro, os anos em que vocês estavam com nove, dez, onze anos. Quarto e quinto ano. — Brooke faz uma pausa. — É claro que você só percebe que é a era de ouro depois que ela termina.

É 2011 em Wellesley. Os gêmeos de Brooke e a filha de Hollis frequentam a Fiske Elementary. Brooke e Hollis fazem parte de um grupo maior de mães que inclui Liesl, Bets, Rhonda — e Electra Undergrove, a líder tácita. Ela organiza um café após o início da aula no Maugus, às quartas, e uma "Noitada" mensal no centro de Boston, onde elas vão jantar em locais como o Mistral e o Bristol Lounge, depois inevitavelmente terminam cantando junto dos pianos no Howl at the Moon. (Na manhã seguinte, há sempre uma troca de mensagens, as mães reclamando de suas ressacas e que não aguentam o treino de futebol, então os maridos terão que dar conta, pelo menos uma vez. *Mas é tão gostoso ser livre e desimpedida por uma noite, ser uma pessoa outra vez, não apenas esposa e mãe.*)

Quando as crianças entram no ensino fundamental, Electra inventa o futebol rock and roll. A ideia é um domingo de diversão na casa de Electra, que tem planta aberta com uma televisão enorme e um porão cheio de coisas para os filhos dela, Carter e Layla. (Pufes enormes, videogames, mesa de sinuca e uma geladeira cheia de refrigerantes.) Todo domingo da temporada de futebol americano, pais e filhos se reúnem na casa dos Undergrove. Electra prepara o prato principal — tacos de peixe, frango com chili branco, presunto cortado em espiral — e o resto das amigas leva aperitivos, acompanhamentos e sobremesa. Simon, o marido de Electra, é o mixologista. Ele transforma cervejas em Micheladas; cria coquetéis em formato grande que serve em uma imensa jarra de vidro com suporte e uma torneirinha; ele prepara margaritas e daiquiris. Os pais ficam... levemente embriagados, enquanto as crianças estão a salvo no andar inferior.

Depois que o jogo termina, quando o relógio do programa *60 Minutes* começa, quando a maioria das pessoas normais guardaria as coisas das crianças e iria para casa se preparar para a semana ocupada adiante deles, a música começa. Simon atua como DJ — ele gosta de barulho — e as crianças vêm correndo para cima. Todo mundo dança.

It's the end of the world as we know it, and I feel fine.

A dança dura uma hora, às vezes mais, dependendo do clima na sala (e da intensidade do coquetel). Liesl, Bets e Rhonda todas vão para casa a pé; Hollis tem que dirigir, mas é menos de dois quilômetros de distância. Brooke e Charlie moram mais longe e, por isso, Brooke tem que se manter um pouco mais sóbria, porque Charlie com certeza não o fará.

Nas manhãs de segunda na porta da escola, peças de roupa, óculos escuros e travessas são devolvidos e trocados entre as integrantes do grupo. Os professores e outros pais percebem isso, e também os olhos injetados e semblantes flácidos dos pais no futebol americano. Começa a circular um rumor de que há uma orgia na casa dos Undergrove todo domingo, e que as festas envolvem troca de parceiros sexuais.

Electra ama esses rumores. *Todo mundo está morrendo de inveja!*

O futebol rock and roll é a coisa mais descolada rolando em Wellesley. Brooke fica ansiosa por ele a semana toda — estudando os times que vão jogar, planejando a roupa que vai usar, encomendando a tábua de frios do Wasik's (ela não sabe cozinhar, então é isso o que leva toda semana). O que ela mais ama não é a comida, nem mesmo a dança — é a camaradagem. Criar filhos é difícil (e gêmeos, então, é *super difícil!*) e pode ser solitário — mas, por anos, quando estão num grupo isolado e unificado nas trincheiras, Brooke se sente parte da proverbial aldeia.

É, Caroline se lembra daquelas festas. As coisas no porão não eram tão inocentes como os pais talvez acreditassem. Certa semana, eles assistiram a *Ted*, embora estivessem expressamente proibidos. Quando as crianças chegaram ao oitavo ano, Carter Undergrove roubava algumas cervejas do pai e eles passavam as latas entre si, cada um tomando um gole ou dois. Depois houve os amassos no banheiro — Will Kirtley e Layla Undergrove, por exemplo. Mas Caroline não vai contar nada disso para Brooke. Por que arruinar suas memórias impecáveis?

— Existe alguma lembrança não tão boa? — pergunta Caroline.

Esta é uma pergunta capciosa. Ela sabe que a resposta é sim, que a coisa toda com os Undergrove desmoronou, mas, como era criança, Caroline nunca soube muito bem o que exatamente aconteceu.

— Bem, existe — diz Brooke. — Electra me largou.

Todo mundo sabe que existe uma hierarquia no futebol rock and roll, com Electra e Hollis no topo da pirâmide e Liesl, Bets, Rhonda e Brooke lá embaixo, na base. Brooke não se importa muito com Liesl, Bets e Rhonda. Elas são mulheres perfeitamente bacanas, com maridos perfeitamente bacanas e filhos da mesma idade que os seus. Se tivesse que apontar defeitos, poderia dizer que Bets pode ser muito crítica, que Liesl precisa de mais entusiasmo, e que Rhonda está sempre se gabando de como seu casamento é picante (o que faz Brooke pensar que talvez não seja tão picante assim). Brooke prefere a companhia de Hollis e Electra, mas, na verdade, isso significa Electra.

Brooke sempre se oferece para ajudar a limpar, seguindo logo atrás de Electra toda vez que ela sai do recinto, elogiando o cabelo dela, seus brincos, o novo espelho do banheiro; ela se insere em conversas entre Electra e Hollis, pede desculpas demais e, em geral, passa uma vibe meio constrangedora de *por favor, autografe meu livro do ano*. Electra também tem seu próprio tique: ela é obcecada pelas conquistas dos filhos de Brooke. Will é o capitão dos times de futebol, basquete e lacrosse; também é o presidente da turma e fundou um clube de xadrez. Whitney é a protagonista da peça da escola e sua pontuação ficou entre os melhores um por cento no teste MCAS. Brooke tenta não falar deles, porque falar sobre os gêmeos é se gabar, mas Electra está sempre perguntando onde Brooke contrata os tutores deles, se ela contrata treinadores individuais, se ela lhes dá suplementos de vitaminas.

— Não — diz Brooke. — Eles são só bons meninos. Eu não faço ideia do porquê. — Com certo atraso (talvez atraso demais?), ela acrescenta: — Eles certamente não puxaram nada disso de mim ou do pai deles.

Sabe-se lá por que motivo — fique à vontade para escolher um ou nenhum —, mas, numa quinta-feira aleatória, Brooke recebe uma mensagem de texto de Electra. Isso não é incomum; Electra manda uma mensagem para o grupo de futebol toda quinta. Mas esta é enviada apenas para Brooke. Ela diz:

Estamos tentando um formato diferente com o futebol esta semana. Vamos sentir saudades de você e de Charlie. Obrigada pela compreensão! Bjs, E.

Somente olhando para trás agora, hoje, Brooke pode admitir para si mesma que tinha um *crush* horrível em Electra, e sublimá-lo a transformou em uma pessoa fraca, vulnerável e — é obrigada a admitir — muito irritante. Brooke olha com franqueza para a câmera.

— Eu posso ser meio lerda para captar sinais sociais — diz ela. — Mas até eu entendi o recado: Charlie e eu não estávamos mais convidados.

De imediato, Brooke liga para Electra, mas é mandada para a caixa postal. Brooke liga de novo — caixa postal. Ela tenta uma terceira, quarta, quinta vez. Finalmente, deixa um recado tão patético que não suporta pensar nele:

— Electra, por favor, eu não sei o que eu fiz de errado. Por favor, Electra, ligue para mim. Vamos conversar.

Ela cogita ligar para Charlie ou até mesmo Simon Undergrove — mas eles são *parceiros* e, portanto, inúteis.

Quando Brooke liga para Hollis, já está em um estado de histeria total. Ela mal consegue formular uma frase coerente, então finalmente acaba copiando e colando a mensagem de Electra e enviando-a para Hollis. O que Hollis pode dizer?

— Você tem razão, parece que talvez...

— Ela enviou uma mensagem *para você*? — pergunta Brooke.

Numa voz fraca, Hollis diz:

— Mandou, ela disse que vai fazer arroz frito com camarão no wok. Eu vou levar gyoza.

— Para quem mais a mensagem foi enviada? — diz Brooke.

Hollis confere: Liesl, Bets e Rhonda.

— Sinto muito — diz Hollis. — Eu não tinha percebido que você não estava na lista também. Você sempre está na lista.

Não faz sentido! Brooke estava quebrando a cabeça, tentando se lembrar de qualquer coisa fora do comum no domingo anterior. A irmã de Electra, Nadine, de Manhattan, estava visitando. Nadine era uma versão mais elegante e brilhante de Electra, toda arrumada, cabelos, maquiagem, roupas, unhas, perfume. Era como se toda a superfície de seu corpo fosse esmaltada. Brooke trocara apenas algumas palavras com ela antes que Nadine lhe desse as costas para conversar com Rhonda. Será que Nadine tinha perguntado a Electra por que alguém tão decepcionante quanto Brooke estava incluída no grupo do futebol americano? E então Brooke ofega. Será que Charlie foi inapropriado com Nadine, talvez a seguindo até o banheiro e tentado alguma coisa?

— Você pode ligar para ela? — pergunta Brooke para Hollis. — Pode perguntar o que eu fiz?

— Ah, Brooke — diz Hollis. — Não quero me meter no meio disso. Você e Electra precisam resolver entre vocês.

— Já liguei seis vezes para ela — diz Brooke. — Deixei recados. Ela não quer falar comigo. Ela simplesmente... *me expulsou*, como se fôssemos crianças num clubinho.

— Lamento muito, Brooke — diz Hollis. — Não vai ser a mesma coisa sem você.

— Sua mãe continuou frequentando a casa de Electra. Não apenas *naquele* domingo, mas todo domingo, pelo resto da temporada de futebol americano — diz Brooke. — Ela ia para a casa de Electra sabendo que Electra tinha me excluído do grupo. — Brooke levanta a mão. — Eu podia ver por que Liesl, Bets e Rhonda não tomavam uma atitude. Elas eram seguidoras. Mas sua mãe é uma boa pessoa, uma pessoa forte, e acho que eu presumi que ela me defenderia.

— Ela defendeu, em algum momento — diz Caroline. — Ela e Electra não são mais amigas.

— Ela esperou até depois do Super Bowl — diz Brooke. — Electra e as outras estavam planejando sua viagem de férias do último ano do ensino médio para Harbor Island, e Hollis disse a Electra que ela não iria. Ela me ligou e planejamos uma viagem para as Ilhas Virgens, em vez disso.

— Ah — diz Caroline.

Faz sentido. Ela e Hollis foram mesmo para as Ilhas Virgens com Brooke e os gêmeos Kirtley. Charlie ficou em Wellesley porque era a temporada dos impostos e Matthew tinha um artigo para apresentar em algum lugar. Caroline, pelo menos, ficara feliz em se ver livre de Carter, Layla e os outros. Ela sabia que havia algum drama rolando entre os adultos, mas de que lhe importava? Como estavam com dezoito anos, ela, Will e Whitney podiam beber legalmente em St. John e passaram a semana toda virando ponches de rum e ouvindo música ao vivo no Beach Bar.

Caroline desliga a câmera.

— Uau, Electra é uma vaca mesmo. Eu lamento muito pelo que aconteceu com você.

Brooke dá de ombros. Enquanto contava a história, ela sentiu um distanciamento revigorante, como se estivesse falando sobre outra pessoa.

— Electra é uma pessoa mesquinha que pisa nos outros para se sentir superior — diz Brooke. Ela se preocupa que tenha soado como um clichê de psicologia pop. — Em defesa dela, eu sempre me senti insegura no grupo, insegura na minha vida... e isso afetava como eu agia. Eu me esforçava demais, me faltava confiança. Eu achava que, para fazer os outros gostarem de mim, eu tinha que sempre ceder, em vez de agir naturalmente. — Brooke suspira. — Mas não vem ao caso agora. Sua mãe e eu somos amigas, e Electra é irrelevante.

Tem algo diferente em Brooke esta manhã, mas Caroline não consegue identificar o que é. Na primeira parte do fim de semana, ela era *um meme ambulante* — aparecendo naquele chapéu de palha exagerado, compartilhando informações demais sobre sua vida sexual com Charlie, se queimando demais no sol mesmo tendo se embrulhado feito Tutancâmon —, mas agora ela exala autoconfiança. É como se tivesse assistido a um seminário de Brené Brown durante o sono.

— É melhor eu ir — diz Brooke. — Quero ler meu livro novo na beira da piscina antes de sairmos para almoçar.

Caroline olha seu celular. Já são 10h45; como foi que isso aconteceu? Ela não terá tempo para conversar com Gigi agora, o que significa que terá que fazer isso depois do passeio de barco. Sente-se mal por Gigi ter que ficar por último. Gigi conhece sua mãe há pouco tempo, e virtualmente, ainda por cima. De jeito nenhum Gigi terá uma história à altura das que Caroline ouviu de Tatum, Dru-Ann e Brooke. Simplesmente não é possível.

43

Mesa 20

A melhor mesa no Galley Beach é a mesa redonda com seis lugares no canto mais próximo da areia, conhecida como Mesa 20. Para aqueles de nós almoçando no Galley ao meio-dia no domingo, não é surpresa alguma que essa mesa seja onde Hollis Shaw e suas estrelas estão sentadas. As mulheres estão todas usando rosa, laranja ou ambas as cores, o que traz um toque de verão ao visual já deslumbrante do restaurante.

O Galley é ao ar livre, com toalhas de mesa brancas e cadeiras de rattan. Há um balcão de bar e, na praia, uma área de estar com espreguiçadeiras e mesas com lareiras. À esquerda fica a paisagem agradável do Cliffside Beach Club, com seus guarda-sóis característicos em azul, verde e amarelo-canário em filas organizadas e cinco poltronas Adirondack azuis abrigadas num pavilhão. A arte no Galley é eclética, assim como a clientela. É aqui que vêm as celebridades (embora finjamos não as notar).

Ethan e Terri Falcone estão desfrutando de uma garrafa de rosé Domaines Ott numa mesa alta no deck — tanto Ethan quanto Terri têm empregos em área fechada, então preferem estar sob o sol sempre que possível — e Terri tem uma bela vista de Hollis e suas amigas enquanto elas assumem seus lugares. Ela pensa que as cores combinando são um pouco demais, mas isso pode ser a inveja falando. Ela percebe imediatamente que Hollis convidou Tatum McKenzie. Terri conhece as duas do ensino médio — ah, como conhece! Ela substituiu Hollis como melhor amiga de Tatum quando Hollis partiu para a UNC.

Ethan divide o resto do rosé entre as taças deles. (Dói em Ethan pagar 140 dólares por uma garrafa de vinho, quando ele poderia encomendar a mesma coisa na Hatch's, sua loja de bebidas, por 28 a garrafa, mas ele sabe que, no Galley, você paga mesmo é pela paisagem.)

— Devemos ficar e almoçar aqui? — pergunta ele para Terri. (Ele presume que ela dirá não, que é muito caro. Terri é a mais econômica dos dois.) — Ou deveríamos passar no Something Natural, pegar uns sanduíches e ir para a praia?

— Ficar — diz Terri, olhando a mesa de Hollis e Tatum. — Definitivamente.

Ethan fica agradavelmente surpreso; estava morrendo de vontade de provar a tostada de halibute. Ele chama o garçom.

— Este lugar é divino — diz Gigi. — Sinto como se estivesse em St. Tropez.

Tatum sempre achou o Galley tão pretensioso quanto o South Beach, mas, agora que está aqui, mudou de ideia. Ela está, mais uma vez, sentada ao lado de Dru-Ann, que está usando o celular. Tatum não consegue evitar dar uma olhada na tela, perguntando-se o que poderia ser mais intrigante do que a vista do Galley. Vê um cara de viseira em pé, no meio da neblina, dando uma tacada de golfe. Enfim.

— Devemos pedir champanhe? — diz Hollis.

Ela chama o garçom que as está atendendo, Louis, e pede uma garrafa magnum de Veuve Clicquot. Quer celebrar — elas estão na melhor mesa do Galley, na praia, num domingo glorioso de verão. Estão todas usando rosa e laranja. Embora Dru-Ann esteja belíssima num vestido *bodycon* fúcsia, a vencedora fashion provavelmente é Brooke, que está com uma saída de praia laranja e rosa estampada caída nos ombros com uma franja de pompons.

Depois que Louis apresenta a magnum e estoura a rolha (Hollis sente o restaurante inteiro olhando disfarçadamente para a mesa delas), Hollis levanta sua taça.

— Saúde, amigas — diz ela. — Um bom domingo!

— Um brinde ao fim de semana de bebidas cinco estrelas — diz Dru-Ann com uma piscadela, embora esteja tão ansiosa quanto todas por uma cura da ressaca com mais do mesmo. A cobertura americana do British Open está a todo vapor e a maior história é Phineas Pine empatado com Rory McIlroy depois do catorze. Faltam quatro buracos.

Tatum toma um gole do seu Veuve Clicquot gelado e refrescante enquanto observa a balsa atravessando o Estreito de Nantucket e se pega desejando que o fim de semana durasse mais um pouco. Acontece que ela se acostumou ao luxo, e talvez seja difícil voltar à sua vida regular. Kyle e Jack foram de carro para o Grand Point praticar pesca na costa e, pela primeira vez, Tatum não deseja estar com eles.

Ela enviara uma mensagem para Kyle mais cedo, dizendo: Indo para o Galley almoçar. Depois vamos velejar no Endeavor!

Brooke se vira para Tatum e diz:

— Dru-Ann e eu encontramos seu filho ontem à noite no Chicken Box. — Ela beberica seu champanhe. — Ele é o responsável pela minha ressaca.

— Dylan estava no Box? — diz Tatum.

— Com Caroline — diz Brooke.

Tatum e Hollis trocam olhares.

— Podem parar, vocês duas — diz Caroline. — Lamento informá-las, mas a ex-namorada dele apareceu por lá, jogou o drink dela *na minha cara*, e tomou Dylan para ela.

— Afe — diz Tatum. — Aubrey é tão insuportável.

— Você quem disse, não eu.

Caroline pega a câmera e começa a filmar as mulheres em torno da mesa quando Louis chega para anotar os pedidos delas. Ela dá um close em Gigi, que está usando um top frente única rosa-choque e brincos compridos com franjas em tom tangerina. As cores contrastam bem com a areia e o mar atrás dela.

— Ela jogou o drink em você e você não foi me chamar? — diz Dru-Ann.

— Você estava dançando com Brooke — diz Caroline.

Brooke se sente corar. Suas bochechas provavelmente estão da cor da sua saída de praia.

Brooke deveria estar faminta — ela pulou o café da manhã por causa da entrevista com Caroline —, mas descobre que tudo o que quer para o almoço é a omelete do dia (Brie, abobrinhas salteadas e tomilho) e uma salada de folhas. Pães quentinhos circulam pela mesa e Brooke não se sente tentada a pegar um. Ao lado de Brooke, Gigi pede o hambúrguer Galley, que vem com uma pilha de batatas fritas fininhas e crocantes, mas Brooke recusa a oferta de Gigi para experimentá-las. A omelete é suficiente; combina perfeitamente com o champanhe, embora, ao contrário de todas as outras, Brooke esteja apenas em sua primeira taça.

Gigi, por outro lado, já está na terceira, e as bolhas subiram direto para sua cabeça, já que ela também pulou o café da manhã. Não faz sentido algum que ela se sinta tão nervosa agora que o fim de semana está quase no fim, não é? Ela supõe que ainda esteja assustada com a noite anterior, aquela mulher terrível, e também com seus próprios impulsos aleatórios de contar a verdade para Hollis. *Aaargh!*, Gigi não consegue imaginar fazer isso agora. Ela gosta de Hollis, gosta das amigas dela, e quer desfrutar do resto do fim de semana em paz, para depois voltar para casa e descobrir como perdoar a si mesma.

Dru-Ann devora seu rolinho de lagosta e então pede licença e vai ao banheiro feminino onde, ela acha graça ao perceber, o restaurante toca uma trilha sonora de ondas se quebrando e gritos de gaivotas. Ela se senta na tampa da privada e confere o celular. McIlroy acaba de acertar o quinze com uma tacada só, o que provavelmente significa *Tchauzinho, Phineas.* Hovland está duas tacadas atrás. A cobertura passa para Phineas no campo, no buraco quinze. Ele precisa de uma tacada de quase vinte e cinco metros para matar numa só e, embora Dru-Ann já esteja agora no banheiro há tempo demais para uma explicação razoável, não consegue parar de assistir. Phineas alinha a tacada, abaixando-se para olhar para o buraco de um jeito que faz Dru-Ann se lembrar de Phil Mickelson, e então se endireita e acerta a bola.

Está rolando, rolando, curva-se levemente para a esquerda, e Dru-Ann se flagra inclinando-se para a direita, sussurrando *vamos, vamos!* E de fato, no último instante, a bola faz a curva e cai no buraco.

Dru-Ann dá um pulo. Ele acertou o quinze numa só! Ela não consegue acreditar nisso! Será que existe algum jeito de ela escapar do passeio de barco? Ela precisa assistir isso até o fim. Nick deve estar enlouquecendo! (Posey também, mas Dru-Ann não liga para Posey.)

Quando Dru-Ann volta para a mesa, os pratos já foram retirados e os cardápios de sobremesa, entregues. Caroline está na praia, descalça e com a câmera, filmando panorâmicas do ambiente, e então se virando para filmar a mesa delas de outra perspectiva. Todo mundo acena, Dru-Ann também, embora tardiamente.

— Devemos pedir sobremesa? — pergunta Hollis. — O brownie *à la mode* é imperdível.

— Eu estou satisfeita — diz Brooke. — Talvez um café.

— Eu dividiria um brownie — diz Gigi.

— Vai fundo, mana — diz Tatum.

Afe, pensa Dru-Ann. Ela quer acelerar esse negócio. Ficou tanto tempo no banheiro que poderia simplesmente dizer a Hollis que seu estômago está esquisito e que seria melhor ela não ir velejar. Ela respira fundo. Essa é a sua desculpa. Ela estará na frente da TV dali a trinta minutos, quarenta, no máximo — tempo de sobra para ver o final do torneio.

O brownie fudge coberto de sorvete e chantilly dá a volta na mesa uma vez, duas, e então Tatum anuncia que vai acabar com ele. Enquanto está levando o último bocado à boca, ela vê um casal de aparência familiar sentado numa mesa alta no pátio do lado de fora do bar. *Ah, droga,* pensa ela. São Terri e Ethan Falcone. (Como é que eles podem bancar comer aqui?, pergunta-se ela. A loja de bebidas deve estar indo bem.) Terri está olhando fixamente para a mesa delas, dizendo algo para Ethan. Tatum quase acena, mas a última coisa que deseja é que Terri e Ethan venham até onde ela está.

Tatum se endireita na cadeira. *É, Terri, estou usando um vestido Lilly Pulitzer laranja e almoçando na Mesa 20 com Hollis Shaw. Atura ou surta.*

Terri definitivamente está falando delas, Tatum pode perceber. Mas o que será que ela está dizendo?

— Sabe o que sempre me ocorre quando vejo Hollis Shaw e Tatum Grover juntas? — pergunta Terri a Ethan.

— O quê? — responde Ethan, empurrando o prato e dividindo o resto da segunda garrafa de Domaines Ott entre as suas taças. *Isso é que é vida*, pensa ele. Sentar-se ao sol, beber um bom vinho, desfrutar de um almoço tranquilo. Terri está levemente embriagada; Ethan espera que haja uma tarde de prazer no futuro próximo.

— Sempre penso em como perdemos o campeonato estadual de softball no último ano do ensino médio — diz Terri. — Tatum deixou cair uma bola no campo esquerdo e o outro time marcou o ponto da vitória.

Ethan assente. Ele já ouviu essa história inúmeras vezes. Fica tentado a cantar *Glory Days*, de Bruce Springsteen, mas Terri não acharia graça nenhuma.

— Tatum estava sempre pregando peças nos outros — diz Terri. — E houve uma fração de segundo em que eu pensei que ela estava apenas *fingindo* deixar cair a bola para nos enganar, fazendo um truque, sabe como é, e que ela tiraria a bola de sua luva no final. Porque *parecia* que ela tinha pegado. Mas aí, no segundo seguinte, a bola estava na grama.

— Você acha que ela deixou cair de propósito? — pergunta Ethan. Isso seria uma reviravolta na história.

— Que motivo ela teria para fazer isso? — diz Terri. — Tatum é a pessoa mais competitiva que eu já conheci. Ainda assim, aquela queda sempre me incomodou. — Os olhos dela estão presos na outra mesa. — Mas, enfim, é isso que eu penso.

Ethan aperta a mão de Terri. É isto que ele sempre amou em sua esposa: em seu coração, ela tem eternamente dezessete anos.

Hollis pede a conta, mas demora uma eternidade para chegar — ou talvez só pareça assim para Dru-Ann. Ela dá espiadas no celular por baixo da mesa. Hovland está no campo, buraco dezesseis. A conta chega; Hollis entrega seu cartão de crédito. *Obrigada, Hollis,* dizem todas, Dru-Ann um pouco atrasada.

Há outra pausa na conversa e Brooke, que esteve incomumente quieta durante o almoço, pigarreia e diz:

— Tenho algo que gostaria de compartilhar com todas vocês, e pode ser meio chocante.

Dru-Ann ergue a cabeça abruptamente. Será que Brooke vai sair do armário *agora?*

Porém, antes que Brooke possa falar, há uma interrupção. Uma mulher num *kaftan* rosa e laranja esvoaçante apressa-se da praia na direção delas. Ela está usando óculos escuros enormes que Dru-Ann só pode classificar como "saídos diretamente da corte de divórcio dos anos 1970", então Dru-Ann leva um instante para reconhecer que esta é a mesma doida da noite anterior.

A mulher passa direto por Caroline com sua câmera e se aproxima para falar com as mulheres pela lateral aberta do restaurante.

— Olá, meninas! — diz ela.

Hollis se vira e fica cara a cara com Electra. Ela está de rosa e laranja. Isso só pode ser uma piada, certo?

Caroline dá um *zoom* quando Electra Undergrove dá oi, apesar de ela e Hollis — e Brooke! — não serem mais amigas. Elas são, na verdade, algo mais próximo de inimigas. Electra está vestindo um *muumuu* com as cores do dia. O que diabos está acontecendo?

Brooke zomba.

— Você *só pode estar brincando.* Está fazendo papel de idiota, Electra. Ninguém quer você aqui.

Hollis fica impressionada pela coragem de Brooke, mas a última coisa que deseja é fazer uma cena aqui no Galley, depois de um almoço tão adorável.

— Estávamos de saída, Electra — diz Hollis, enquanto pega sua bolsa.

Ela encontra o olhar de Brooke, indicando que elas deveriam ficar de pé. Essa é a solução: sair andando. Brooke se afasta da mesa, mas as outras três continuam sentadas, encarando Electra.

— Eu só passei aqui porque ontem de madrugada eu me dei conta do porquê você me parece tão familiar. — Electra move seus óculos gigantescos para o topo da cabeça; ela está encarando Gigi. — Eu te vi com Matthew em Atlanta. Vocês dois estavam saindo do Optimist quando meu marido, meu filho e eu estávamos entrando.

O quê?, pensa Hollis. *Ela acabou de dizer "com Matthew"?*

— Pare, por favor, Electra — diz Hollis. — Gigi nunca conheceu Matthew. Ela e eu nos tornamos amigas depois de Matthew morrer.

O olhar de Electra está fixo em Gigi.

— Era você, sim. Você estava com Matthew. Eu me lembro da sua cara, e com certeza do seu sotaque.

Hollis diz:

— *Qual é o seu problema,* Electra? Por que está nos assediando assim?

Ela olha ao redor para ver se algum gerente pode interceder. Mas o restaurante está lotado e a equipe, ocupada; Louis está do outro lado do salão anotando um pedido. Ninguém está prestando atenção nelas, e Hollis supõe que deveria se sentir aliviada.

— Eu só pensei que você deveria saber — diz Electra para Hollis.

— Saber *o quê?* Que você é uma sociopata?

— Saber que esta mulher, sua amiga, sua *estrela,* estava com Matthew em Atlanta — diz Electra. — Eles estavam *juntos.*

Hollis balança a cabeça. É absurdo, impossível, e Electra é a narradora mais absurdamente não confiável. Hollis se vira para olhar para Gigi, mas a cadeira dela está vazia. Hollis a vê abrindo caminho por entre as mesas em direção à porta. Ela está indo embora.

Gigi!, pensa Hollis, mas não a chama porque está determinada a manter a compostura.

— Obrigada pelo papo, meninas — diz Electra. — Aproveitem seu tempo aqui no 'Tuck!

No 'Tuck?, pensa Tatum, revirando os olhos. Só os turistas mais irritantes chamam o lugar assim.

O que foi que Electra *fez*?, pensa Brooke.

Será que Gigi está indo para casa?, pergunta-se Dru-Ann. Será que ela poderia ir junto?

Caroline para a filmagem e deixa a câmera cair de lado. Ela vê Gigi entrar num táxi no estacionamento.

— Mãe? — diz ela.

Hollis está de pé.

— Vocês quatro vão direto para o *Endeavor,* por favor — diz ela. — Gigi e eu encontramos vocês lá.

44

A Chalupa Friendship

A viagem no *Endeavor* está agendada para durar das duas até as quatro horas tarde, mas, às duas e quarenta e cinco, nem Hollis nem Gigi chegaram, e Caroline pode perceber que o capitão Jim está ficando inquieto. O primeiro imediato é o filho do capitão, James, que pergunta a Caroline quanto tempo mais ela acha que vai demorar até eles poderem partir.

— Elas devem chegar a qualquer minuto — diz Caroline. — Estão só estacionando.

Porém, alguns minutos depois, Caroline recebe uma mensagem de Hollis que diz: Vão sem nós.

Sério msm? Cadê vcs? — responde Caroline.

Só vão, por favor. — escreve Hollis.

— Na verdade, minha mãe não vem — diz Caroline para James. — Então acho que estamos prontas.

Caroline, Brooke, Dru-Ann e Tatum escolhem seus assentos na cabine e escutam James passar breves instruções — coletes salva-vidas, nada de papel higiênico no banheiro etc. — e uma rápida história do barco. O *Endeavor* é uma chalupa Friendship de nove metros que o próprio capitão Jim construiu.

Muito bacana, pensa Dru-Ann, mas, enquanto James fala, Dru-Ann dá uma olhada em seu celular. Hovland errou o buraco dezessete; está fora da disputa. Phineas e McIlroy estão empatados indo para o buraco dezoito.

Ela deveria ter ido com Gigi e Hollis, pensa Dru-Ann.

Tatum envia uma rápida mensagem de texto para Kyle: Você não vai acreditar no que aconteceu no almoço! Tem uma mulher perseguindo a gente! Tatum, na verdade, está agradecida por todo o drama, pois isso a mantém distraída da outra coisa. Ela pensa sobre a acusação de Electra. Gigi estava *com Matthew*, tipo, como *amante*? Tatum não culpa Gigi por ter ido embora; ela teria dado um tabefe na mulher, *depois* ido embora.

Brooke está prestando atenção em James, mas ainda está atordoada pela audácia de Electra. Quem aborda um grupo de mulheres no almoço e acusa uma delas de ter dormido com o falecido marido de outra? Ser provocativa é o superpoder de Electra — mas algo está incomodando Brooke. É o que Electra disse no Slip 14, quando estava contando a Brooke sobre ter encontrado Matthew por acaso. *Acho que o pegamos de surpresa.* Será que o que Electra queria dizer era que Matthew estava com uma mulher? *Talvez,* pensa Brooke. *Mas com certeza não era Gigi!*

Caroline está preocupada com a mãe. Ela manda uma mensagem: Você tá bem?

Estou, querida, está tudo bem. Vejo você em casa.

Ela parece normal; provavelmente está em casa, preparando a massa para a festa da pizza daquela noite. Gigi a ajudará com os recheios e elas vão rir da peste que Electra é.

Caroline pega sua câmera e filma o que deve ser o vídeo mais arrebatador do fim de semana. Assim que a chalupa deixa a Bacia dos Barcos, o capitão Jim levanta as velas; elas tremem ao vento. Ele desliga o motor e o mundo fica em silêncio; eles deslizam para além da praia em Brant Point Light, onde um cavalheiro está pescando na costa e crianças pequenas constroem um castelo de areia. As crianças acenam e Caroline e Brooke acenam de volta. Caroline filma as imponentes casas de veraneio defronte ao cais. Nada como ver Nantucket da água para se apaixonar pela ilha outra vez.

Dru-Ann vai para a proa e desfruta da sensação do vento contra seu rosto. Tá, esse foi um momento legal em que ela esteve presente e calma — mas agora tem que conferir como está o St. Andrews. Ela ofega: a tacada de McIlroy no buraco dezoito cai na água. Vai ser... desafiador sair dessa. Phineas é o próximo. Ele acerta uma linda tacada, diretamente no *fairway. Minha nossa*, pensa ela. Ele tem uma chance. *Ele tem uma chance!*

Ele teve um sonho de que ia vencer.

— Oi.

Dru-Ann levanta o olhar do celular. Tatum se senta ao lado dela.

— Eu sei que tenho sido uma vaca esse fim de semana.

Você?, pensa Dru-Ann.

— Achei que talvez pudéssemos conversar — diz Tatum.

— Agora? — diz Dru-Ann.

Ela quis resolver as coisas com Tatum o fim de semana inteiro e, logo agora, quando a atenção de Dru-Ann precisa estar em outro lugar, Tatum finalmente está pronta. Era de se imaginar.

— Agora, sim.

Bem, claro, por que não tornar as coisas tão cinematográficas quanto possível?, pensa Dru-Ann. Elas estão sentadas na proa de um veleiro — uma chalupa friendship! — com o sol batendo no rosto e o vento nos cabelos. Embora lhe doa, Dru-Ann larga o celular.

— Tudo bem, pode falar.

— Tenho certeza de que você acha que é juvenil ou mesquinho, ou sei lá o quê, eu ter guardado rancor por tanto tempo.

Dru-Ann suspira.

— Éramos jovens; eu era territorial sobre minha amizade com Hollis. — Ela pigarreia. — Mas você também era, Tatum.

— Você disse aquele negócio horrível para mim no casamento de Hollis.

— Era para ser uma piada — diz Dru-Ann. — Mas, se você quiser que eu peça desculpas formalmente por aquilo, peço agora mesmo. Desculpe, Tatum. O que eu disse foi rude, impensado, e não teve graça nenhuma.

— Foi mais do que apenas aquela piada — diz Tatum para ela. — Foi também o fim de semana de despedida de solteira e o jeito como você tomou decisões de maneira unilateral sem considerar as circunstâncias socioeconômicas dos outros.

Kyle acharia graça por Tatum estar usando suas palavras difíceis, mas ela vem planejando esse discurso há muito, muito tempo. Para que servia a preparação para o teste SAT, se não para ensinar palavras que intimidarão seus inimigos?

É o outono de 1998: o casamento de Hollis será em fevereiro do ano seguinte, e Dru-Ann é a dama de honra. Hollis informa a Dru-Ann que Tatum também será a dama de honra — casada, mas tudo bem — e o único pedido de Tatum é que ela seja a última a entrar. Isso irrita Dru-Ann, que diz:

— Por que você sempre cede para ela? Vem fazendo isso a vida inteira.

Hollis diz:

— Eu a conheço minha vida inteira. Ela é como uma irmã. Por favor, Dru-Ann, seja madura e aceite esse pedido.

Dru-Ann é madura (obviamente), e tudo bem, ela vai aceitar. Seu próprio "único pedido" é que seja ela a planejar o fim de semana de despedida de solteira em Boston.

Será épico. Elas passarão duas noites no Ritz-Carlton da Arlington Street; visitarão o North End para comer comida italiana na sexta à noite, farão compras em Newbury Street no sábado, receberão massagens no spa do hotel e, na noite de sábado, jantarão no sofisticado Biba. Dru-Ann envia uma carta a cada uma das garotas da lista de Hollis, detalhando as atividades e estimando custos, dependendo do tipo de quarto que elas querem no Ritz. (Dru-Ann vai reservar uma suíte e convidar Hollis para ficar com ela.)

Dru-Ann estima que o custo total do fim de semana para cada madrinha ficará entre seiscentos e setecentos dólares, porque, além das próprias despesas, elas vão dividir as despesas de Hollis.

Eu não posso ir, pensa Tatum. *É dinheiro demais. O Ritz, Sorellina, uma massagem?* Tatum trabalha como garçonete no Lobster Trap, mas em novembro eles estão fechados, fora da temporada. Tatum está cobrindo alguns turnos no Anglers Club. Ela ganha, talvez, trezentos dólares por semana. Tem que pagar as prestações do carro, e ela e Kyle estão juntando para comprar uma casa.

Ela liga para Hollis para dizer que não vai poder participar do fim de semana de despedida de solteira e Hollis, previsivelmente, entra no modo solução de problemas. Tatum pode pular a massagem, pode pular ficar no Ritz. Por que ela não fica no apartamento de Hollis, a dez minutos a pé? Tudo o que precisará pagar então é a balsa e o ônibus para Boston e suas refeições.

— Você não pode perder o fim de semana, Tay. Você é minha dama de honra.

É a primeira vez que Tatum e Dru-Ann se encontram pessoalmente. Dru-Ann abraça Tatum imediatamente, dizendo:

— Eu sinto que já sei tudo sobre você. Sério mesmo, *tudo*. Hollis não para de falar sobre você.

Que coisa mais gentil de se dizer!, pensa Tatum. Acaba que isso era apenas fachada. Dru-Ann passa o resto do fim de semana fazendo Tatum se sentir irrelevante — uma cidadã de segunda classe, o elo mais fraco. Tatum fica no apartamento de Hollis em vez de no hotel, e perde as melhores partes do fim de semana — os cafés da manhã com serviço de quarto, o champanhe que Dru-Ann pede para entregarem na suíte antes de saírem, o bate-papo e as fofocas tarde da noite. Tatum pula a massagem; ela acompanha em silêncio enquanto as outras garotas fazem compras na Kate Spade e na Pierre Deux, na Newbury Street. Ela pede frango no jantar enquanto todo mundo pede siri, lagosta, até mesmo *foie gras*. Está constantemente preocupada com quanto dinheiro está gastando ou talvez venha a gastar na próxima hora. É exaustivo. Na volta para o apartamento de Hollis no sábado à noite, ela compra um bilhete de loteria. Se ganhar dez milhões de dólares, vai reservar uma suíte no hotel naquele instante e pagar as contas de todas as outras também. Haverá caviar no café da manhã e uma limusine — não um ônibus de viagem — a levará de volta para o Cabo.

Ela não ganha; claro que não. De volta ao apartamento de Hollis, ela telefona para Kyle e chora.

— Você tomou conta do fim de semana de despedida de solteira — diz Tatum. — Eu *ainda* estou pagando por ele.

— Eu sei — diz Dru-Ann. — Me desculpe. Quando olho para trás agora, percebo que foi uma exibição arrogante.

Tatum se vira para analisar o perfil de Dru-Ann. Será que ela parece arrependida por trás de seus óculos escuros de grife?

— Eu estava com ciúme de você — diz Dru-Ann. — Você tinha história com Hollis, uma história com muitos anos a mais do que a minha, toda aquela coisa de crescer juntas. Você sabia quem ela era em sua essência, e eu só sabia quem ela queria se tornar depois que saiu de casa. E o que eu posso dizer? Sou competitiva. Eu queria ser a melhor amiga. Eu queria ser aquela que mais a amava, aquela a quem ela amava mais.

— Eu me sentia da mesma forma — diz Tatum. — Eu pensava no amor dela como uma torta, e queria o pedaço maior. Diabos, eu queria a torta inteira.

— Como eu não podia reduzir o tamanho da sua importância para Hollis, tentei diminuir você de outras formas. O que eu disse na recepção foi imperdoável — diz Dru-Ann. — Acredite em mim, Tatum, eu *realmente* sinto muito. Eu penso naquilo e simplesmente me odeio.

A cerimônia na Igreja Episcopal St. Andrew's, e a recepção no Country Club de Wellesley, são lindas e divertidas. Tatum leva Kyle e eles notam que Hollis não convidou mais ninguém de Nantucket além de seu pai. Quase todos os convidados do casamento são amigos dos pais de Matthew. Tudo bem, tudo ótimo; Tatum se diverte mesmo assim. As madrinhas usam vestidos tubinho de seda em um tom bege rosado e a sra. Madden as instruiu a usar como acessórios "uma gargantilha de pérolas, que não seja comprida". (Tatum não tem pérolas de comprimento algum, então precisa comprar uma gargantilha de pérolas.)

A sra. Madden paga a maquiagem e o cabelo de todas as madrinhas, e Tatum escolhe uma coroa de trança entremeada por rosas cor-de-rosa. Ela é, conforme solicitado, a última das madrinhas a entrar, e o programa diz *Dama de honra: sra. Tatum McKenzie*, o que a deixa muito feliz.

Imediatamente antes da recepção, Dru-Ann diz a Tatum que ela mesma fará um brinde. Tatum escreveu um poeminha com rimas, mas, na verdade, está apavorada de falar em público, então aceita o anúncio de Dru-Ann com elegância; entregará seu poema para Hollis depois. Contudo, a sra. Madden ouve as garotas conversando e diz a Dru-Ann que as únicas pessoas a fazerem brindes naquela noite serão seu marido e o padrinho.

Ha, pensa Tatum. Ela dá um sorriso de *lamento, mas não muito*, e vai procurar mais champanhe.

No meio da dança, o líder da banda faz uma pausa entre músicas e diz:

— A próxima é uma dedicatória especial da nossa noiva para a dama de honra, Tatum McKenzie.

A banda começa a tocar *Take My Breath Away.* Tatum se encontra com Hollis na pista de dança e elas fazem sua coreografia enquanto os outros convidados — que, a esta altura, já estão um tanto embriagados — aplaudem. É a maior honra que Tatum poderia imaginar.

Quase no fim da recepção, Tatum vai ao banheiro feminino. Ela bebeu bastante e seus pés doem de dançar em seus sapatos de salto de seda, tingidos para combinar com o vestido. Tatum fica na frente do espelho e solta sua coroa de trança — o cabelo está lhe dando dor de cabeça — e seus dedos se prendem na gargantilha. O fio arrebenta e as pérolas caem por todo o piso do banheiro, exatamente quando Dru-Ann sai de um dos cubículos.

Dru-Ann olha para Tatum no espelho enquanto lava as mãos.

— É isso o que acontece quando você compra pérolas no Kmart — diz ela, e sai.

Pensar naquilo agora faz Dru-Ann ter vontade de se jogar no mar. *Quem* diz esse tipo de coisa? Ela era tão insensível e idiota naquela época quanto certos jovens que ela tem o prazer de conhecer são agora.

— Peço desculpas por fazer uma piada elitista — diz Dru-Ann. — Foi algo horrível de se fazer e eu me sinto uma idiota

Ela pousa a mão no antebraço de Tatum e aperta.

— Me desculpe, Tatum.

Tatum fica quieta por um momento e Dru-Ann espera que ela possa perceber que seu pedido de desculpas é autêntico.

— Eu te perdoo — diz Tatum, finalmente. — Tenho coisas maiores com que me preocupar agora do que minhas pérolas do Kmart.

Dru-Ann ri.

— É, eu também.

Caroline se move sorrateiramente pelo barco com sua câmera. Ela consegue filmar o momento entre Dru-Ann e Tatum. Finalmente, elas fizeram as pazes.

Dru-Ann e Tatum estão tendo um momento na proa e Caroline está filmando, então Brooke se senta sozinha na cabine. Ontem mesmo isso a teria incomodado, mas hoje Brooke está feliz em apreciar a paisagem e pensar. James, o primeiro imediato, passa por ali e diz:

— Como vai?

Ele parece um rapaz bacana e o jeito como ele pergunta faz parecer que realmente quer saber a resposta: *como vai você?*

Ela sorri para ele.

— Eu saí do armário esse fim de semana — diz ela.

Ele inclina a cabeça como se a tivesse ouvido, mas não compreendido.

— Sou gay — diz ela.

James abre um sorriso surpreso. Provavelmente não era bem isso o que ele esperava ouvir, pensa Brooke.

— Bom pra você — diz ele. — Parabéns!

Talvez nem todo mundo na vida dela veja esse anúncio como algo a ser celebrado, mas o primeiro imediato James vê. Brooke adora a garotada dessa idade. O futuro, decide ela, é brilhante.

45

Bem Diante de Seu Nariz

Hollis dirige o Bronco até em casa o mais rápido possível sem atrair a atenção de Kevin Dixon ou algum outro policial de Nantucket.

Eu te vi com Matthew em Atlanta, dissera Electra.

As palavras que Hollis tinha ignorado até agora eram *em Atlanta*. Como Electra poderia saber que Gigi morava em Atlanta? Não estava escrito em lugar nenhum do itinerário.

Eles estavam juntos, dissera Electra.

Talvez Gigi tenha saído do restaurante, *fugido* dele, porque tinha sido pega.

Matthew e Gigi?

Quando foi que Gigi havia começado a postar no Quadro de Avisos? Seis meses antes de Matthew morrer? Nove meses? Será que Gigi tinha se aproximado de Hollis *de propósito*? Será que havia comentado com tanta frequência para chamar a atenção de Hollis?

Será que *isso* explicava o porquê de ela ter vindo para Nantucket?

Hollis revisa as coisas que Gigi dissera na praia: *o homem com quem eu estava... nós não éramos casados e não tínhamos filhos. Mas, de certa forma, isso deixa tudo ainda mais difícil. Eu não tenho muito a que me apegar agora que ele morreu, exceto minhas lembranças.* Será que ela estava falando *de Matthew*? Hollis pensa em Gigi analisando as fotos da família na biblioteca. E então há as coisas menores, mais bobas: Gigi perguntando quem fingia orgasmos; Gigi querendo ouvir a história de como Hollis e Matthew se conheceram.

Hollis pisa no acelerador. O vento levanta seu cabelo como uma capa, e seus olhos lacrimejam por trás dos óculos de sol. Ela vai derrapar e acabar morta também, mas quer chegar a Squam o quanto antes. Electra é um veneno —, mas, conforme as lagoas e os campos da Polpis Road passam como um borrão, Hollis fica cada vez mais convencida de que ela dizia a verdade.

Matthew e Gigi. Ela se sente enojada. Hollis *confiou* em Gigi! Hollis descreveu como ela e Matthew tinham se desentendido antes de ele partir para o aeroporto e depois como ela tinha tomado café da manhã com Jack. Gigi havia parecido um porto seguro para Hollis em meio a todos os dramas do fim de semana.

A reviravolta: *Gigi é o drama.*

Hollis tem vontade de gritar. E *grita mesmo,* a plenos pulmões, na tarde brilhante de Nantucket. Grita um palavrão várias e várias vezes, parando apenas quando vê duas mulheres pedalando pela ciclovia da Polpis Road.

As duas mulheres são Sharon Loira e sua irmã, Heather. Sharon para subitamente e Heather quase a atropela.

— Eita! — diz Heather, desviando e saindo da ciclovia.

Sharon ri. Elas são como uma versão feminina de Abbott e Costello.

— Foi Hollis Shaw quem acabou de passar de carro gritando um palavrão? — diz Sharon.

— Provavelmente estava cantando — diz Heather. — E da próxima vez que você for parar desse jeito, que tal avisar?

Hollis quer acreditar que existe uma explicação razoável para tudo isso. Talvez o namorado de Gigi tivesse algum problema cardíaco raro que apenas o dr. Matthew Madden, do Mass General, pudesse corrigir, e, apesar de todos os esforços de Matthew, o namorado morreu na mesa de cirurgia e Matthew se lembrou de que Gigi morava em Atlanta e a levou para jantar para ver como ela estava.

Talvez Matthew ou Gigi tenham feito um teste de DNA e descoberto que eram primos, ou até meio-irmãos.

Hollis, é claro, está se iludindo. Ela e Matthew haviam se distanciado; ele estava fora o tempo todo e, quando se encontrava em casa, estava distraído. Houve inúmeros momentos em que Matthew estava olhando diretamente para Hollis, mas ela sabia que não era ela quem ele enxergava.

Era Gigi.

Hollis vira na entrada ladeada de hortênsias e sua beleza zomba dela. Ela estivera tão confortável, tão *complacente*, que não vira o que estava bem diante de seu nariz.

O que está bem diante dela agora é Gigi, que carrega sua mala e sua bolsa pelos degraus de entrada da Primeira Luz. Ela está olhando o celular, sem dúvida esperando um Uber. Quando vê o Bronco, uma expressão amedrontada passa por seu rosto.

Amedrontada, não, pensa Hollis. *Culpada*.

Hollis sai do carro e bate a porta com tanta força que provavelmente deu para ouvir até em Quidnet. Ela aponta para a casa.

— Pra dentro — diz ela, entredentes.

— Estou indo embora — diz Gigi. — Não vou causar mais nenhum problema.

— Pra dentro! — diz Hollis, subindo os degraus da entrada.

Ela abre a porta e encontra Henrietta, que começa a rosnar para Gigi.

É claro, pensa Hollis. *Henny sempre soube*.

46

Na Berlinda

No *home theater* do porão, duas poltronas estão viradas de frente uma para a outra, estilo entrevista. Perto de uma delas há um tripé e um anel de luz. Hollis se senta nessa e aponta a outra para Gigi.

— Você estava tendo um caso com Matthew? — pergunta ela.

Gigi assente. *A verdade a libertará*, pensa ela. Um clichê, mas um clichê que faz sentido. Ela se sente quase sem peso algum. Há múltiplas formas de fazer com que isso não pareça tão ruim quanto foi, mas Gigi contará a verdade, toda a verdade. Dará um depoimento cinco estrelas.

— Por quanto tempo? — pergunta Hollis.

— Nós nos conhecemos em outubro do ano retrasado — diz Gigi. — Então, ficamos juntos por pouco mais de um ano antes de ele falecer. Na noite em que nos conhecemos, eu deveria viajar para a Argentina de férias e Matthew estava tentando voltar para Boston. Eu o conheci no lounge da Delta. Houve uma tempestade de granizo, todos os voos daquela noite foram cancelados.

Outubro do ano retrasado. Hollis teria que olhar seu calendário. O que estava acontecendo em sua vida em outubro do ano retrasado? Ela só pode supor que estava adicionando camadas de batatas fatiadas num prato de gratinado, aperfeiçoando maçãs carameladas, buscando seus suéteres de caxemira da lavanderia.

— Quantas vezes vocês estiveram juntos? — pergunta Hollis. O champanhe e o almoço estão se revirando em seu estômago; ela está tonta e seu rosto está ardendo. Está furiosa o suficiente para atacar

Gigi, derrubá-la, estrangulá-la. Será que ela já esteve brava assim alguma vez em sua vida? Será que alguém já a havia traído dessa forma? É claro que não. — Para onde vocês foram, além de Atlanta?

— Nós nos víamos a cada poucas semanas. Ou eu ia para onde ele estava palestrando, São Francisco, Baltimore, ou ele se encontrava comigo em Madri ou Roma.

— Madri? — diz Hollis. — Roma? Vocês tiveram um caso amoroso internacional?

— Eram as minhas rotas na época.

Então Matthew mentiu para Hollis. Inventou conferências fictícias, sabendo que Hollis jamais iria checar, e deve ter mentido também para o hospital, talvez alegando levar Hollis para um fim de semana romântico.

Sr. Maravilha.

Hollis imagina Matthew e Gigi passeando por Madri e Roma de mãos dadas. Eles provavelmente tinham seus lugares preferidos — pequenos bares de vinho, cafés, lojas onde Matthew compraria uma echarpe ou um lindo cinto para Gigi. Deviam parar para ouvir artistas de rua. Gigi deve ter impressionado Matthew com sua fluência em idiomas. Mas pensar em Matthew e Gigi nessas cidades estrangeiras era preferível a pensar neles em cidades que Matthew e Hollis tinham visitado juntos.

— Onde vocês ficavam em São Francisco?

É masoquista perguntar, mas ela precisa saber.

— Ah — diz Gigi. Ela parece pensar por um momento. — No Four Seasons uma vez...

Então Matthew teve a decência de levar Gigi para algum outro lugar que não o Fairmont. Mas Hollis não vai lhe dar pontos por isso; o Four Seasons parece ser um upgrade.

— E uma vez no St. Regis, e ficamos no Auberge du Soleil em Napa uma vez.

— Você se encontrou com ele em São Francisco *três vezes*? — pergunta Hollis.

Ela está tão horrorizada por isso que não consegue nem chorar. Matthew a levou para *Napa? A ousadia,* pensa ela. *A soberba*. Ele poderia ter encontrado uma variedade de pessoas que o conheciam, que conheciam Hollis.

— Eu só descobri que ele era casado em maio passado — diz Gigi. — Na noite em que nos conhecemos, ele me disse que era divorciado e tinha uma filha...

Hollis solta um grito.

— E eu acreditei nele. Ele não estava de aliança. Não tinha redes sociais, e no Google só apareciam seus feitos profissionais, seu perfil profissional.

— Mas aí ele te contou?

— Contou. Estávamos na Grécia. Em Santorini.

— Grécia! — exclama Hollis. Tem como isso ficar pior? Ela precisa lembrar a si mesma de respirar. Grécia, em maio passado; sim, enquanto Hollis estava aqui, abrindo a casa sozinha.

— Ele disse que não me veria muito durante o verão porque estaria em Nantucket com sua filha... e sua esposa. — Gigi faz uma pausa. — Eu gritei, chorei, joguei coisas. Mas, àquela altura, estava apaixonada demais por ele para terminar tudo. — Ela olha diretamente para Hollis. — Esse é o meu crime.

É, sim, pensa Hollis. Matthew tinha uma esposa, uma família, duas casas, uma cachorra, amigos, colegas que o respeitavam, uma comunidade, uma vida. Ficar com ele depois de descobrir isso *era um crime.*

Ela fica intrigada ao ouvir Gigi dizer que estava apaixonada demais por ele para terminar tudo.

— Ele também estava apaixonado por você? — pergunta Hollis. — Ele te disse isso?

— Não, não disse — diz Gigi. — Acho que ele sentia algo por mim, mas não sei se era amor. — *Agora é a hora,* pensa ela. — Tem mais uma coisa que você deveria saber.

Hollis levanta uma das mãos.

— Por favor, só *me deixe terminar!* — diz ela. Mal pode acreditar que é ela quem está falando. Sente-se possuída. — Quando foi que você entrou em contato comigo no *Famintos com Hollis*?

— Logo depois de ele me contar quem você era.

— E por quê? *Por quê?*

Gigi coloca as palmas das mãos no rosto como se estivesse no quadro *O Grito,* de Edvard Munch, e suspira.

— Acho que é natural querer saber tudo o que for possível sobre a esposa do seu amante.

Hollis solta uma risada amarga.

— Ah, é? — Ela quase acrescenta um *eu não tenho como saber disso*, mas então se lembra da maneira como clicou no perfil de Mindy no Facebook depois de vê-la nas fotos de Jack. O perfil de Mindy exibia uma colcha de retalhos. E será que Hollis não tinha então procurado por *clubes de quilting no oeste de Massachusetts*, torcendo para encontrar outras fotos de Mindy? Definitivamente, tinha, sim.

— É — diz Gigi. — E você é uma figura pública, então estava tudo lá.

— Por que você se envolveu comigo? — pergunta Hollis. — Você não ficou só assistindo de longe: você comentava em todas as minhas postagens, dizia coisas inteligentes, você queria que eu te notasse. Enquanto estava *dormindo com o meu marido.*

— Talvez tenha sido uma atitude um tanto desequilibrada — diz Gigi. — Eu queria que você me conhecesse, embora nunca fosse se dar conta de quem eu era. Eu queria que você... *gostasse* de mim.

— Deu certo! — diz Hollis. — Eu *gostei* de você. Quando Matthew morreu, eu esperei você entrar em contato. Você levou uma semana.

— Foi — diz Gigi. — Eu não sabia o que fazer.

— Então você me disse que estava lá para me ouvir.

— Eu estava.

— Eu *fiz confidências* a você. Eu te contei coisas que nunca contei para mais ninguém. Pensei que era seguro, porque eu não te conhecia. Você era como uma... terapeuta virtual. Eu te contei que Matthew e eu discutimos logo antes de ele sair de casa... — Hollis engole seco. — ...e você *me deixou no vácuo!* Você me fez sentir como se eu fosse culpada pelo acidente.

— Ah, Hollis — diz Gigi. — Por favor, posso falar agora?

— Não — diz Hollis. — Porque eu ainda nem cheguei na melhor parte. Você sabe qual é a melhor parte, Gigi Ling?

Gigi agarra os braços de camurça da poltrona. Ela não precisa ficar. Pode pedir outro Uber, ir até o aeroporto, voar para Boston, Nova York ou Washington e seguir para casa de lá. Por fora, sua vida permanecerá basicamente a mesma. Ela vai se aconchegar com Mabel, vai jantar com Tim e Santi, vai percorrer suas rotas de voo — pode até pedir para voltar para a rota da Europa. Pode deixar Hollis e todo este drama para trás.

Só que não consegue.

Gigi entende que *melhor* quer dizer "pior".

— A melhor parte é que você me convidou para o Fim de Semana Cinco Estrelas em Nantucket e eu aceitei. E, agora, aqui estamos.

— Você entrou na minha casa, comeu minha comida, bebeu meu vinho, dormiu na melhor das minhas suítes de hóspedes... para ser honesta, eu queria que você tivesse tudo isso; você era a pessoa a quem eu queria impressionar. E relaxou na minha praia. *Eu fiz uma playlist pra você!* A playlist de mulher inteligente, porque eu pensei que você a apreciaria. — Hollis para por um instante; está assustando a si mesma. — Você conheceu minhas amigas, mulheres a quem eu conheço há décadas. Mulheres que ficaram ao meu lado, que me apoiaram. Mulheres que me amam. Você assumiu um lugar entre elas, mas você é uma mentirosa, uma trapaceira, uma *charlatã*.

— É — diz Gigi.

— Por quê? — diz Hollis. — Por que você veio?

Essa é a questão, não é? Gigi poderia dar muitas respostas: *eu vim pelo mesmo motivo que você me convidou — porque nós nos demos bem. Eu vim porque queria me sentir mais próxima de Matthew. Eu vim descobrir o que pudesse sobre o seu casamento. Eu vim porque me sinto inexplicavelmente atraída pela pessoa a quem traí*. Ela poderia até dizer: *eu vim porque estava solitária*.

Gigi *não veio* a Nantucket para revelar seu segredo — mas, agora que ele foi revelado, tem mais uma coisa que Hollis precisa saber. Algo importante.

47

Sob o Efeito II

O *Endeavor* devolve as mulheres ao Straight Wharf às quatro da tarde. Caroline imagina que Hollis estará esperando no cais com uma bandeja de chá gelado e talvez *gougères* caseiros como pedido de desculpas por ter perdido o passeio. No entanto, sua mãe não está lá. Ela confere seu celular — e há uma mensagem de Isaac.

Ela sente a adrenalina percorrer seu corpo ao ver o nome dele. Será que ele percebeu que não está apaixonado por Sofia, no final das contas? Será que a foto que Caroline postou com Dylan o deixou com ciúmes? Será que os sentimentos dele por Caroline são fortes demais para negar?

Enquanto ela não ler a mensagem, as respostas a essas perguntas ainda podem ser um sim.

Ela liga para a mãe, mas é mandada diretamente para a caixa postal. *Tudo bem*, pensa ela. Elas vão pegar um táxi.

Caroline observa as outras desembarcarem. Todas as três parecem imersas em seus próprios pensamentos.

Tatum está pensando que amanhã, a esta hora, já saberá a resposta. Também pensa em como está empolgada para contar a Hollis que Dru-Ann finalmente pediu desculpas. *Levou só vinte e cinco anos, mas agora estamos bem*. Mais do que de bem. Contra todas as probabilidades, Tatum e Dru-Ann serão amigas. Porque a verdade é que Tatum meio que gosta de Dru-Ann.

Dru-Ann está pensando no milagre que é Phineas Pine, ranqueado na 127ª posição na tabela mundial, ter vencido o British Open. (Ela foi ao banheiro do barco e conferiu seu celular.) É por isso que Dru-Ann adora esportes — a competição é divertida, emocionante e imprevisível. Todo mundo adora um azarão.

Brooke está pensando em como foi fácil contar a James que ela é gay. Ela tentou dar a ele uma gorjeta quando saiu do barco, mas ele pressionou o dinheiro de volta na mão dela e disse:

— Você já me deu uma gratificação. Obrigado por dividir sua novidade comigo.

Honestamente, que gracinha.

Enquanto está passando pelo Provisions, Caroline vê um cara sentado numa mesa na calçada que parece, visto de trás, com Dylan. Quando olha com mais atenção, vê que a garota sentada de frente para ele parece Aubrey. Então vê a criança pequena entre eles, com um pedaço de bacon pendurado na boca.

Dylan, Aubrey e Orion estão almoçando — ou jantando cedo, antes de Dylan ir trabalhar — no Provisions.

Caroline sente alguém colocar a mão em seu braço. É Tatum, puxando-a na direção contrária.

— Você não quer terminar com outro drink em você — diz ela. — Vamos só fingir que não vimos ninguém.

Uma minivan da Roger's Taxi está parada no meio-fio em frente ao Club Car. Caroline entra, e Brooke e Tatum a seguem. Antes que Dru-Ann entre no carro, ela ouve alguém chamar seu nome.

Ela olha para o outro lado da rua e vê Gucci Bex e a protagonista saindo do Blue Beetle — e Gucci Bex está acenando com os braços.

— Dru-Ann! Espera!

Você quer que eu espere para poder me ridicularizar em público, na frente das minhas amigas?, pensa Dru-Ann. *Não mesmo, muito obrigada.*

— Dru-Ann, me desculpe, desculpe a gente! — diz Gucci Bex. Ela corre pelos paralelepípedos num par de sapatos de boneca com plataforma. — Nós estávamos erradas, você tinha razão.

Dru-Ann fica imóvel, surpresa.

— Sobre Posey — diz a protagonista. (*Mais um dia*, nota Dru-Ann, *mais um vestido de passear no bosque.*)

— O que tem Posey? — pergunta Dru-Ann.

O namorado dela conseguiu a maior tacada do ano, pensa Dru-Ann. *Ele estará na capa da* Sports Illustrated *desta semana, com certeza. É uma loucura.*

— Vamos ou não vamos para a Squam? — diz o taxista. — É tão longe que precisamos sair agora para chegar lá antes que anoiteça. E espero que vocês tenham trazido petiscos.

— Entra, mana — diz Tatum, e Dru-Ann não consegue conter um sorriso. *Mana!*

— Dá uma olhada no Twitter — diz Gucci Bex. — E, mais uma vez, desculpe.

— Tanto faz — diz Dru-Ann.

Ela entra no táxi e fecha a porta. O táxi sai sacolejando pela rua.

— Eram fãs? — pergunta Brooke.

Dru-Ann revira os olhos.

— *Influencers.*

— Elas são tão estilosas! — diz Brooke. — Quais são as contas delas? Vou seguir as duas.

48

Relatório de Acidente II

Gigi diz:

— Lembra que Matthew ia apresentar um artigo na conferência em Leipzig?

A menção de Leipzig traz tudo de volta: a manhã de dezembro, a neve caindo lá fora, a loção de barbear de Matthew, as abotoaduras de rena, a linda fatia de quiche que termina na tigela da Henny, as músicas natalinas. A batida na porta. Hollis congela como se Gigi estivesse lhe apontando uma arma.

— Lembro... — murmura ela.

— Eu deveria me encontrar com ele na noite de sexta-feira em Paris para o fim de semana — diz Gigi. — Seria *o nosso* Natal.

— *O Natal de vocês?* Em Paris? — diz Hollis. — Aquele sábado seria nossa festa anual de fim de ano. Matthew ia perder a festa. Ele me disse que queria ficar em Leipzig até a conferência terminar e depois visitar seu professor em Berlim.

Explicar as maneiras com que foi enganada faz Hollis se sentir como se estivesse sentada diante de Gigi completamente nua.

— É — diz Gigi. — Ele me contou sobre a festa de fim de ano.

Ele havia contado a Gigi sobre a festa.

— Saia daqui! — diz Hollis, apontando para a escada. — Saia daqui agora mesmo e nunca mais entre em contato comigo. Vou te bloquear no site.

Hollis sente uma pontada logo abaixo do esterno. Pensa em Matthew na noite em que o conheceu no Harvard Gardens. *Eu só queria terminar de ler sobre cardiomiopatia de takotsubo, também conhecida como "síndrome do coração partido".*

Síndrome do coração partido.

— Por favor, me deixe terminar — diz Gigi. — Matthew ligou para mim na manhã em que morreu. Do carro.

Como é?, pensa Hollis.

Gigi diz:

— Nós conversávamos com frequência quando ele estava dirigindo. Era mais seguro, ninguém ouviria escondido. A ligação dele me acordou; meu voo para Paris só sairia bem mais tarde naquela noite.

— Pare, por favor — diz Hollis. — Eu não quero ouvir nada disso.

— Quer, sim — diz Gigi.

Matthew diz a Gigi que está a caminho do Logan; ele está atrasado, e neva bastante.

— Tive uma conversa com Hollis antes de sair de casa. — Há uma longa pausa. — Estou em dúvida.

— Em dúvida? — diz Gigi.

Ela presume que Matthew está passando por uma crise de consciência — acontece de tempos em tempos. Ele deve se sentir culpado por deixar Hollis em plena época de Natal e perder a festa deles.

— Não sei se vou conseguir ir para Paris, Gigi — diz Matthew.

Isso, pensa Gigi, *é o que você ganha por dormir com um cara casado*. Ela diz:

— Quer que me encontre com você em Leipzig?

Uma única noite juntos seria melhor do que nada.

— Hollis está ligando — diz Matthew.

— Tudo bem — diz Gigi. — Quer me ligar de volta depois?

— Gigi — diz ele.

Ela não gosta do seu tom de voz. Soa como se ele fosse lhe dizer...

— Quero tentar consertar meu casamento — diz ele.

Há um momento em que nenhum dos dois fala nada, embora Gigi possa ouvir a vibração baixa de outra ligação chamando no celular dele.

— Você está... *terminando* comigo? — pergunta Gigi.

Ele suspira.

— Não é justo para você ser a número dois de alguém, quando merece ser a número um.

— Não — diz Gigi. — Você não pode fazer parecer que está terminando nossa relação porque está preocupado comigo.

Ela ouve o movimento dos limpadores de para-brisa — para lá e para cá, para lá e para cá.

— Tem razão — diz ele, finalmente, e começa um som de clique repetido. A seta? — Eu quero estar em casa com Hollis. Vou cancelar a ida a Leipzig.

— Você está de brincadeira comigo.

Matthew está cancelando a ida a uma conferência onde é esperado? Ou será que só está dizendo isso para que ela não o pegue de surpresa no hotel?

— Eu amo Hollis, Gigi.

— Ela é sua esposa — diz Gigi. — E eu sou alguém que você conheceu num bar de aeroporto, com quem você pode terminar pelo telefone dez dias antes do Natal.

— Sinto muito, Gigi. Por tudo. Fique bem.

Gigi diz:

— Ele deve ter sofrido o acidente pouco depois de conversarmos. Só fiquei sabendo da morte dele quando vi o anúncio no seu site. — Gigi se levanta. — Sinto muito, Hollis. Eu sei que você não verá as coisas por esse ângulo, mas eu também perdi alguém. E busquei a única pessoa que sabia como eu me sentia.

Matthew decidira cancelar a viagem? Dissera a Gigi que queria tentar consertar seu casamento? Hollis quer muito acreditar nisso — mas Gigi poderia estar inventando tudo isso para amenizar o impacto da traição. Hollis não pode confiar numa palavra sequer saída da boca de Gigi.

Gigi se levanta da poltrona.

— Você também deveria saber que eu me diverti muito. Você tem muita sorte de ter uma filha tão talentosa... — A voz de Gigi se embarga; ela pigarreia. — E amigas como Tatum, Dru-Ann e Brooke. Então, por mais perturbado que isso soe, gostaria de te agradecer por me incluir. Não me arrependo de ter vindo.

Com isso, Gigi se dirige para a escada.

— Espere aí — diz Hollis. Talvez seja todo o equipamento de câmera em torno dela, mas Hollis se sente como uma atriz num filme. Mas por que ela está fazendo Gigi parar? *Deixe ela ir!* Hollis certamente não pode *perdoá-la.* — Espere só um minuto, por favor? Quero checar uma coisa. Pode se sentar aqui um minutinho? Já volto.

Lentamente, Gigi desce os degraus mais uma vez — embora nem ela saiba bem o porquê. Ela deveria ir embora antes que as outras cheguem em casa. De maneira alguma Hollis vai deixá-la ficar aqui esta noite.

Não é?

Hollis sobe até a biblioteca, abre seu notebook, clica na pasta chamada MM e, entre todos os documentos — a certidão de óbito, o seguro de vida, a transferência de escrituras —, encontra o relatório do acidente.

O que ela está procurando? Não tem certeza.

Nome do motorista: Madden, Matthew.

Hollis rola a tela até os quadradinhos com as opções FERIDO ou FATAL. As caixas FATAL e MOTORISTA estão ambas marcadas. Hollis tenta estabilizar sua respiração. Ela rola um pouquinho mais a página.

Há um diagrama da estrada, marcado com linhas. A legenda informa que a linha contínua marca antes do acidente, a linha tracejada marca depois do acidente, os dois Xs indicam os cervos — a mãe e o filhote. Hollis acompanha a linha tracejada: ela faz uma curva acentuada antes de o veículo sair da estrada, entrar no campo e capotar. As mãos de Hollis estão pegajosas; ela se sente nauseada. Ela nunca olhou para isso por um motivo.

Ela lê a descrição do que está olhando: **Veículo seguia na direção sudeste na Dover Road.**

Sudeste, pensa Hollis. Para chegar ao Logan, Matthew teria que estar viajando na direção noroeste na Dover. Ela olha de novo para o diagrama, depois confere com o mapa em seu celular.

Gigi deve estar falando a verdade — Matthew tinha dado meia-volta.

Ele estava a caminho de casa.

Hollis abaixa a cabeça, fecha os olhos.

Ela se permite um instante para reescrever o passado.

É 15 de dezembro e Matthew saiu para o aeroporto. Hollis embrulha o café da manhã que ele deixou sem comer em papel-alumínio e o coloca na geladeira, junto da massa folhada. Ela se senta na frente do notebook, mas, em vez de stalkear Jack Finigan no Facebook, vai até o site *Famintos com Hollis* e posta sua receita de tarteletes de cheddar; seus fãs têm implorado por essa receita. No sistema de som, está tocando *Carol of the Bells*.

Ela ouve a porta abrir, depois passos, depois o tilintar da coleira de Henny. Quando Hollis chega à cozinha, Matthew está lá, a cabeça e os ombros levemente cobertos de neve, os óculos embaçados. Antes que ela possa perguntar *o que foi, algum problema?*, ele já tirou o sobretudo e o terno. Rapidamente solta a abotoadura de rena e a gravata estampada com papais noéis em lanchas.

— Calma aí! — diz Hollis. Ela está perto o bastante agora para sentir o cheiro da loção de barbear dele. — Você não vai?

— Não vou — diz Matthew.

Ela está prestes a perguntar se ele não está com fome, se quer que ela esquente o café da manhã... quando ele pega sua mão e a leva para o andar superior.

Gigi está sentada imóvel como uma estátua, exatamente onde Hollis a deixou. Hollis fica impressionada. Se fosse ela, teria fugido enquanto tinha a chance.

— Acabo de conferir o relatório do acidente — diz Hollis, sentando-se. — Matthew tinha dado meia-volta. Ele estava voltando para casa.

Gigi assente, mas não fala nada.

Hollis não sabe muito bem o que fazer, o que dizer agora. Gigi tem o semblante de um estudante delinquente esperando ser dispensado. É isso que Hollis deveria fazer? Dizer a Gigi que ela pode ir?

De repente, Hollis ouve uma comoção no andar de cima: um latido feliz de Henny, Brooke anunciando que vai tomar a primeira ducha lá fora, Tatum perguntando se sobrou um pouco do patê de cebola porque ela está *morrendo de fome*, e Dru-Ann dizendo que vai voltar para o chalé de hóspedes para trocar de roupa, mas, quando voltar, é melhor todas estarem preparadas para o que as espera, porque ela tem meia garrafa de tequila para terminar antes que o fim de semana chegue ao fim.

Ela escuta Caroline dizer:

— Eu acho mesmo que gravei material suficiente para um *curta*. E se eu acabar deixando todas vocês *famosas?*

— Desde que não seja infame — diz Dru-Ann. — Já tive o suficiente disso esse fim de semana.

— As entrevistas com vocês três são a melhor parte — diz Caroline. — Aprendi muito sobre a minha mãe, então agradeço a todas pela honestidade. Eu sei que algumas dessas histórias foram difíceis de contar.

Hollis não precisa assistir às entrevistas para se lembrar de todas as formas como falhou com as mulheres no andar de cima. Ela prometeu a Tatum que ficaria em Massachusetts, e então partiu para a Carolina do Norte; mentiu para Dru-Ann sobre sua mãe por um ano e meio; nunca se opôs a Electra por ter expulsado Brooke do grupo de futebol.

Tatum, Dru-Ann e Brooke a perdoaram. Isso, Hollis vê agora, é um exemplo de sua decência, generosidade e nobreza inatas. Hollis poderia argumentar que a traição de Gigi é um tanto maior que qualquer uma das suas. Gigi dormiu com o marido de Hollis. Gigi usou o site *Famintos com Hollis* para a espioná-la. Gigi conquistou todas elas com seu estilo elegante e seu sotaque irresistível — sob falsos pretextos.

Hollis respira fundo uma vez, mais uma, e pensa sobre o termo *cinco estrelas*. O que isso significa? Para ela, significa "notável, o melhor de sua classe, de qualidade rara, um destaque". Uma coisa é colocar flores frescas numa mesa de cabeceira ou montar uma tábua de frios digna de Instagram. Mas e se a experiência cinco estrelas fosse mais profunda? E se ela se estendesse a este momento? E se, em vez de expulsar Gigi, Hollis dissesse: *por favor, fique. Eu posso não conseguir perdoar totalmente de imediato — a dor da traição ainda é recente, chocante —, mas chegarei lá em algum momento, e até lá estou disposta a fingir.*

Existe algo como um perdão cinco estrelas? Caso não exista, será que Hollis pode inventá-lo agora?

— Fique — diz ela para Gigi.

— O quê? Hollis... Não, de jeito nenhum.

Hollis se levanta de sua poltrona e se aproxima de Gigi. Sua beleza se torna agoniante agora que Hollis pensa em Matthew apreciando-a — mas isso ficou no passado.

— Por favor — diz Hollis. Ela não consegue se forçar a abraçar Gigi, mas oferece a mão para ajudá-la a se levantar da poltrona. — É só até amanhã de manhã. Se eu aguento, você aguenta.

— Está planejando contar para as outras? — pergunta Gigi. Ela imagina as outras mulheres a apedrejando como se ela fosse uma personagem numa história de Shirley Jackson.

— De jeito nenhum — diz Hollis. — Não é da conta de ninguém além de nós duas. E, de qualquer maneira, todas elas têm mais com o que se preocupar.

49

The Twist

Dru-Ann vinha querendo experimentar o toca-discos de baquelite do chalé de hóspedes. Ela fica de pé no pequeno nicho e passa os olhos pela curta pilha de discos na prateleira logo abaixo: The Turtles, Marvin Gaye, Joni Mitchell. As capas de todos os álbuns estão desgastadas; eles foram manuseados com carinho e Dru-Ann se pergunta se Hollis os comprou em algum site de discos vintage, ou se talvez eles pertenceram aos seus pais.

Ela escolhe Marvin Gaye — parece ser mais o clima que ela está procurando — e então olha para o vinil emoldurado que está pendurado na parede acima do toca-discos.

Chubby Checker, *The Twist*. E autografado!

Aaaaaahh!, pensa Dru-Ann.

Será que *The Twist* tem outro significado para Dru-Ann? Quando ela vê todas as notificações em seu celular — ela o ouviu vibrando no carro, mas ignorou —, pergunta-se se talvez tenha.

Dá uma olhada no Twitter, dissera Gucci Bex.

Dru-Ann encara a tela. Estará vendo coisas, ou #TimeDruAnn está nos *trending topics*?

Não pode evitar cantar junto com Marvin Gaye.

— *"What's going on? What's going on?"*

Dru-Ann vai rolando a tela e clicando até encontrar uma foto muito bonitinha de Phineas Pine segurando a venerada Taça Claret no alto (a taça prateada não é tão famosa nos EUA quanto a jaqueta verde do Masters, mas quem sabe se o Masters não virá a seguir para Phineas?). De pé ao lado de Phineas, Posey Wofford está olhando para seu amado com adoração.

O Twitter tem muito a dizer sobre essa foto. Posey Wofford não havia desistido de seu próprio torneio devido a "questões de saúde mental"? Seria possível que ela tivesse usado saúde mental como uma desculpa para poder voar até a Escócia e torcer por seu namorado? Certamente é o que parece, diz o Twitter. E, se for isso, que deplorável. Posey Wofford não apenas é antifeminista (priorizando a carreira de Phineas acima da sua própria), como também é desrespeitosa com as pessoas que sofrem de ansiedade e depressão.

Posey Wofford estava "deprimida" até o namoradinho @phinpinegolf começar a acertar suas tacadas. Aí ela se animou rapidinho! #apoieasaúdemental #cancelem-Posey #TimeDruAnn, diz um tuíte.

Isso parece a movimentação normal do Twitter — com certeza essas pessoas percebem que Posey *poderia* parecer feliz por fora, mas ainda estar sofrendo. E então Dru-Ann encontra um trecho de vídeo da coletiva de imprensa de Phineas. Ele está incandescente de alegria, e deveria mesmo. É algo importante, vencer o British Open na Velha Dama. O nome dele entrará para a história, e Dru-Ann tem certeza de que, toda vez que ele pisca, vê cifrões.

Quando lhe perguntam sobre o estado mental de Posey, Phineas diz:

— Eu disse a ela que tive um sonho de que ia vencer, e que queria ela aqui para ver cada momento disso.

— Então ela não está lutando contra demônios de saúde mental? — pergunta um repórter.

— Demônios de saúde mental? — diz Phineas. — Posey? Nem a pau.

Ele soa tão incrédulo que Dru-Ann se pergunta se ele está *tentando* arruinar a reputação de Posey. Talvez, agora que é o novo queridinho do golfe, ele planeje trocar Posey por alguém melhor. Talvez no mês que vem ele esteja namorando Zendaya.

Ha! Isso sim *seria um twist*, pensa Dru-Ann.

Chega uma mensagem de texto de Nick: Acho que Posey precisa da sua ajuda para gerenciar essa bagunça.

Dru-Ann escreve de volta: Posey está demitida. Mas estou disposta a fazer de Phineas meu primeiro cliente masculino. Diga para ele me ligar.

Surgem três pontinhos na tela. Nick diz: E eu? Será que você perdoaria um pai indulgente?

Dru-Ann responde de imediato: Decisão pendente até nova ordem.

Ela decide dar uma olhada em sua caixa postal. Dean Falzarano, da *New York*, ligou para pedir desculpas. A revista não somente vai publicar o artigo de Dru-Ann sobre os patinadores no gelo, como também gostaria de encomendar um artigo de cinco mil palavras a respeito "da situação de Posey Wofford". *Você tem algo a dizer sobre o assunto?*, Dean quer saber. *Ah, se tenho*, pensa Dru-Ann.

Zeke, do *Jogue Como uma Garota*, deixou um recado de voz dizendo: "Espero você no estúdio na terça-feira. Desculpe pelo mal-entendido". Dru-Ann gostaria de mandar Zeke plantar bananeira, mas ela adora esse emprego e sente o dever de salvar Marla — e seus telespectadores — de Gabby Azeda. Talvez este seja o momento de pedir por um horário melhor. Noites de segunda, imediatamente antes do *SportsCenter?*

Finalmente, há um recado de voz de JB retirando sua solicitação pela carta de demissão de Dru-Ann. Ela suspira. Não tem certeza se deveria processar JB, orquestrar uma tomada hostil da empresa dele ou ligar para o agente de Phineas, Gannon, para ver se ele quer se juntar e lançar uma nova agência.

Vai pensar a respeito.

Caroline se senta nos degraus de entrada da Primeira Luz, de onde pode ver as fileiras de arbustos de hortênsias alinhados na entrada da garagem e abre a mensagem de texto de Isaac.

É uma selfie dele com Sofia, com os rostos bem juntos. Eles estão sorrindo como crianças bobas; há amor em seus olhos. Abaixo da foto está escrito: OBRIGADO.

Caroline fecha as mensagens. É injusto — primeiro Dylan e Aubrey, agora Isaac e Sofia. Caroline fica sem ninguém.

Ela ouve uma porta se abrir e vê Dru-Ann sair do chalé de hóspedes.

— Parece que alguém está meio sentimental — diz Dru-Ann. Ela se senta ao lado de Caroline no degrau. — Desembucha, garota. O que tá rolando?

É bobagem, quase diz Caroline, mas sabe que Dru-Ann quer mesmo ouvir sobre seus problemas. Ela conta tudo a Dru-Ann, de forma muito desconexa: a festa em volta da fogueira há muito tempo com Dylan, quando Aubrey chutou areia na cara dela, Isaac chorando sobre a mãe dele, que morreu quando ele tinha nove anos, Orion chupando um pedaço de bacon, *Por favor, nada de encrenca*, não é engraçado como a noite muda?, o Uber da Vergonha, o chá dourado de Isaac e as castanhas de caju da Kalustyan, o beijo deles, a aula de drone no Central Park, Thomas e Seus Amigos, o regresso de Sofia, Dylan esperando por ela no Box, os amassos, as mensagens de texto de Sofia, a postagem de Caroline no Instagram, Aubrey virando uma bebida na cara dela, sua ligação com Sofia, ver Dylan com Aubrey e Orion no Provisions, *mon petit chou*.

Quando Caroline finalmente faz uma pausa para respirar — será que algo daquilo fez sentido? —, Dru-Ann diz:

— Então você está me dizendo que deu uns amassos no seu *crush* da época do ensino médio E teve um caso breve e picante com seu chefe, o gênio?

Caroline assente.

— Você se dá conta — diz Dru-Ann — que essas são conquistas românticas com as quais a maioria de nós apenas sonha?

— E também — diz Caroline — sinto muita falta do meu pai.

— Ah, querida — diz Dru-Ann. Ela abraça Caroline, que finalmente começa a chorar. — Isso só quer dizer que você é humana.

Brooke está no Quarto da Prancha colocando sua minissaia vermelho-Nantucket e o suéter novo com gola canoa comprados na Murray's. Antes de ir para a cozinha, ela pega seu notebook e entra no Facebook. Cogita postar sua novidade, porque sair do armário individualmente para todo mundo parece intimidante. Ela digita: *Oi, pessoal, uma novidade: sou gay!*

As pessoas deixarão mensagens de apoio tipo *Sou uma aliada!* E, com sorte, aqueles que "não entendem" vão continuar rolando a página. Sua mãe telefonará aos prantos, não por Brooke ser gay, mas por ter que ficar sabendo pelo Facebook.

Não, Brooke não pode postar isso no Facebook, pelo menos não ainda. Ela precisa conversar com Charlie, os gêmeos e sua mãe. Ela sabe o que Whitney vai dizer: *um beijo bêbado não significa necessariamente que você é gay, mãe. Talvez tire algum tempo para se entender.*

Ela manda uma mensagem de texto para Will e Whitney: Podemos jantar amanhã no Juniper? Tenho algo empolgante pra compartilhar!

Will diz que estará na academia até as oito, mas pode se encontrar com elas depois disso. Whitney pergunta: Empolgante-empolgante ou só empolgante pra você?

Brooke acha melhor manter as expectativas baixas, então diz: Empolgante pra mim. Mas definitivamente vale a pena adiar um encontro do Bumble pra isso.

Depois que Brooke se divorciar de Charlie, será que criará um perfil no Bumble — ou será que existe algum outro aplicativo de namoro só para mulheres? Será que existe um para pessoas bi e outro para pessoas queer? Ela precisa pesquisar um pouco.

Brooke ouve ao longe a melodia da música tocando na cozinha. É *Stacy's Mom*, de Fountains of Wayne. Brooke adora essa música! Essa deve ser, finalmente, a playlist que Hollis fez para ela. Brooke mal pode esperar para se servir de uma taça de rosé, ajudar Hollis a fazer as pizzas e dançar pela cozinha.

Mas, primeiro, Brooke volta ao Facebook e desfaz a amizade com Electra.

Tatum ouve a música começar enquanto está tirando seu vestido Lilly. Hoje à noite tem pizza, caminhão de sorvete e fogos de artifício, e Tatum quer estar confortável. Ela enfia a mão na mala para pegar seu short jeans... e solta um grito!

A porcaria da cobra está enrolada dentro dele.

Tatum ri. Hahaha, Dru-Ann a pegou, ah, se pegou — Tatum quase se mijou. Ela joga a cobra do outro lado do quarto quando o telefone apita. É Kyle.

O que você acha de Jack e eu darmos uma espiadinha nos fogos hoje à noite?

Tatum mal pode acreditar, mas seu primeiro pensamento é *Não*. Esta é a nossa última noite. Deveria ser exclusiva para as garotas.

Tatum sofreu uma lavagem cerebral completa. Ela responde:

Hoje é só pras meninas. Diga a Jack para ficar mais um dia e ele pode ver Hollis amanhã, depois que todo mundo for embora.

Kyle diz: Ele está falando em voltar no outono e ficar uma semana inteira! Nós nunca vamos nos livrar dele.

Ah, meu bem, talvez ele não fique na nossa casa..., escreve Tatum, acrescentando o emoji com uma piscadinha.

Since You've Been Gone está tocando quando Caroline entra na cozinha. Definitivamente, é a playlist de Brooke (até Caroline se lembra da obsessão dela com *American Idol*).

Hollis está na estação de massas com topo de mármore, abrindo discos perfeitos de massa de pizza.

Caroline a abraça.

— Estava tudo bem com Gigi? — pergunta ela. — Ela não conheceu meu pai, não é?

— Claro que não — diz Hollis. Ela dá tapinhas nas costas de Caroline para ser mais tranquilizadora. Tomou a decisão certa com Gigi, pensa ela, no mínimo pelo bem de sua filha. Caroline não precisa perder o pai uma segunda vez. — Electra só estava fazendo o que sempre faz. Gigi está no quarto dela, trocando de roupa.

— Tá bem — diz Caroline. Ela se afasta e analisa a mãe. Hollis não a olha nos olhos, mas isso não quer dizer necessariamente que esteja mentindo; ela tem pizzas para fazer. E se, pensa Caroline, Gigi apareceu do nada e fez amizade com sua mãe pelo site porque estava dormindo com Matthew? Então, depois que Matthew morreu, as duas se tornaram ainda mais próximas e Hollis convidou Gigi para seu Fim de Semana Cinco Estrelas como sua "melhor amiga da meia-idade", sem nunca saber da verdadeira identidade de Gigi?

Isso, pensa Caroline, daria um podcast *e tanto*.

Enquanto filma, Caroline sente uma melancolia surpreendente. O fim de semana se aproxima do fim. As mulheres servem drinks e atacam as batatas fritas e o guacamole. Dru-Ann diverte a todas com a história da reversão de sua sorte — a internet a ama outra vez.

Gigi é a última a aparecer, e está tão cativante como sempre num vestido simples amarelo-claro. Hollis conduz todo mundo para o deck dos fundos. O sol pincela a superfície do lago de um rosa feroz e nuvens reluzem no horizonte. O céu estará cheio de algodão doce esta noite.

A playlist de Brooke é a preferida de Caroline; são músicas que ela se lembra dos pais tocando quando ela era pequena — *Umbrella*, de Rihanna, *Need You Now*, de Lady A, *Mr. Brightside*, do The Killers.

Tatum conta a Gigi sobre o veleiro.

— Eu morei em Nantucket minha vida toda, mas estar na água num dia como o de hoje nunca fica repetitivo.

Dru-Ann diz a Hollis:

— Você tem sorte de a minha sorte ter virado, porque eu já estava pronta para me mudar para o Twist permanentemente.

Hollis desliza a primeira pizza, uma margherita clássica, em seu forno de pizza portátil. *Você está se saindo bem*, diz Hollis a si mesma, *é só se concentrar na comida*. Mas aí a música *Fake Ass Friends* começa a tocar e, enquanto todo mundo dança, Hollis sente sua raiva aumentar aos poucos. Ela tira a pizza e fica horrorizada ao vê-la preta, carbonizada, fumaçando; o recheio desliza de cima da pizza, caindo no deck.

Não, ela está alucinando. A pizza saiu perfeita — derretida e molinha com uma crosta fina e crocante.

Seu corpo todo está tenso de fúria. Ela não consegue se sentar numa mesa em frente a Gigi ou ao lado dela — então decide que todas vão comer de pé.

Gigi sente que tem um risco de tinta pintado no rosto, ou que foi marcada; ela é Hester Prynne, a adúltera, a mulher escarlate. Sente Hollis mantendo distância dela — toda vez que Gigi se aproxima dela, sente um calafrio como se estivesse passando na frente de uma geladeira aberta — e parece que as outras também estão mantendo distância. Caroline está com a câmera na mão — a culpa que Gigi sente em relação a Caroline está em outro patamar — e Gigi faz o que pode para se manter fora do enquadramento. Ela sabe que as outras tiveram conversas individuais com Caroline, e Gigi vem temendo sua vez o fim de semana todo, por motivos óbvios. Mas agora o tempo delas se esgotou e, sem o conhecimento de Caroline, Gigi já enfrentou uma entrevista de outro tipo.

Gigi não sabe como vai conseguir comer. Ela pega uma fatia de pizza só para ser educada, para parecer normal. Na primeira mordida, descobre que é a melhor pizza que ela já provou, incluindo as que comeu na Itália. Ela pensa em dizer isso para Hollis — *Sua comida é pura feitiçaria!* —, mas Hollis vai achar que Gigi está tentando lisonjeá-la, então simplesmente enche o prato com uma fatia da pizza de camarão e lagosta e uma da de Brie com pera. Ela fica de pé na beira do deck e olha para o lago e a ponte.

Brooke aparece ao lado dela. Está vestindo a saia e o suéter branco e azul-marinho com gola canoa que Gigi a ajudou a escolher... foi ontem mesmo? Gigi sente que está em Nantucket há semanas.

— Você está tão bonita — diz Gigi.

O rosto de Brooke tem um pouco de cor, e ela prendeu o cabelo cacheado em um coque; o suéter enfatiza suas clavículas delicadas e a saia expõe suas panturrilhas magras.

— Sabia que Matthew mandou construir aquela ponte para Hollis de surpresa em um inverno? — diz Brooke. — Porque Hollis adora a ponte no jardim de Monet, em Giverny. Não é romântico?

— Muito — diz Gigi.

Dói ouvir isso, embora também ajude. Gigi se inseriu entre duas pessoas que criaram uma vida juntas. Matthew construiu uma ponte para Hollis.

Gigi gostaria que alguém construísse uma ponte para ela um dia — uma ponte metafórica, pelo menos. *Você merece ser a número um de alguém*, dissera Matthew naquela última conversa. Soou condescendente na época, mas Gigi sabe que ele estava certo. Ela merece, sim.

Brooke diz:

— Estou tão feliz por ter te conhecido. Você foi uma excelente influência para mim.

— Ah, Brooke, não, para...

— É verdade — diz Brooke. Ela se vira de frente para as outras. — Ei, gente, nós não amamos a Gigi?

Tatum levanta a taça de vinho, mas não diz nada porque está com a boca cheia. Dru-Ann diz *A gente te ama, Gigi,* de um jeito ao mesmo tempo brincalhão e meigo.

Caroline abandona a câmera por um momento para poder comer.

— Só minha mãe mesmo para convidar uma completa desconhecida para esse negócio e no fim ser alguém tão legal quanto Gigi — diz ela.

Faz-se um instante de silêncio. Estarão todas esperando que Hollis diga algo? Ela levanta o olhar da tábua de corte.

— Quem quer uma fatia de portuguesa?

50

O Grand Finale

O caminhão de sorvete do Island Kitchen chega às nove e meia da noite e as mulheres vão para a frente da casa escolher seus sabores.

Esse não é o caminhão de sorvete de sempre, pensa Dru-Ann. Ela pede cheesecake de Snickers num copinho. Brooke escolhe cereja na casquinha de waffle. Tatum não consegue decidir entre creme francês de limão e pêssego com biscoitos. Ela quer pêssego com biscoitos, mas sua mente voltou a fazer aquela coisa de *se eu pegar creme de limão, o tumor será benigno*. Ela pega uma bola de creme de limão na casquinha simples. Gigi escolhe torta cremosa de banana. Ela só precisa aguentar até os fogos de artifício, e então poderá inventar uma desculpa e se retirar para a cama. Comprou passagem no primeiro voo saindo da ilha, que parte às 6h45. Estará longe antes que mais alguém se levante. As outras podem lamentar ou se sentir ofendidas por não terem tido a chance de se despedir. Talvez Hollis conte a elas então, e todas poderão falar mal dela durante o café da manhã.

Hollis surge ao lado de Gigi e diz baixinho:

— Engraçado, torta cremosa de banana também era o sabor preferido de Matthew.

Hollis estende mantas pela praia e coloca baldes de gelo para o vinho na areia, junto com tigelas de pipoca trufada. Hollis cuidou de cada detalhe desse fim de semana — e, mesmo assim, nada saiu como ela esperava.

Caroline acompanha Malik, o responsável pelos fogos de artifício, até o deck da piscina.

— Esse lugar é *um espetáculo* — diz ele. — Eu moro nesta ilha desde que estava no sexto ano, mas nunca estive nessa rua.

— Bem-vindo a Squam — diz Caroline. Ela e Malik atravessam as dunas até a praia; ele precisa preparar tudo a uma certa distância das mulheres, das dunas e da casa, senão o lugar vai virar literalmente um espetáculo. — Você se incomoda se eu filmar você?

— Vou ganhar meus quinze minutos de fama? — diz Malik com um sorriso.

Até que Malik é bonitinho, pensa Caroline. E há um tempinho, James, o primeiro imediato do *Endeavor,* a adicionou no Snapchat.

Ainda estou no jogo, pensa ela, e então grunhe. Está se transformando numa das playlists de sua mãe.

Embora Caroline seja a única a aprender os nomes dos fogos de artifício — foguete prateado com crisântemo vermelho, foguete dourado com crisântemo azul —, o efeito deles é apreciado por todas na praia. Dru-Ann percebe que Brooke voltou ao normal: bate palmas e solta gritinhos a cada exibição. Fica especialmente entusiasmada com as "folhas secas" — luzes piscantes que estouram por todo o céu. Dru-Ann prefere os foguetes que sobem assobiando até bem lá no alto, depois caem pingando como os galhos de um salgueiro.

Se o próximo for azul, pensa Tatum, *eu vou ficar bem.*

O próximo é roxo. Roxo, raciocina ela, é praticamente azul.

Gigi sempre amou assistir a shows de fogos de artifício sobre a água — luzes no céu, luzes refletidas na superfície do mar. Ela se serve de mais um pouco de vinho, come a pipoca amanteigada e trufada. O que Matthew pensaria se pudesse vê-la aqui, sentada a três pessoas da esposa dele? Será que ficaria zangado com Gigi por stalkear Hollis, ou consigo mesmo por criar uma situação em que Gigi desejaria stalkear Hollis? Será que ele ficaria surpreso por Gigi ainda estar aqui? *Matthew*, Gigi gostaria de dizer a ele, *você era casado com uma mulher extraordinária.*

Malik está orgulhoso do *grand finale*. Ouviu falar que a mulher que o contratou é uma blogueira gastronômica famosa — a mãe de Malik a segue —, então acrescentou alguns kits a mais de brinde. Ele os acende com precisão não apenas por segurança, mas também para garantir o timing perfeito, até uma única explosão prolongada de luz e cor, espirais e flores desabrochando, anéis e coroas, assobios e estouros. *Pá-pá-pá-pá!* Malik adora os sons, adora o cheiro de cordite, mas, acima de tudo, adora ouvir as pessoas se espantando — e ver suas expressões maravilhadas se iluminando brevemente.

É isso, pensa Brooke, pensa Dru-Ann e pensa Tatum quando o céu escurece. *Acabou.*

Elas se dirigem para dentro da casa, carregando tigelas vazias de pipoca e taças de vinho.

Tatum sacode as mantas e as dobra. Em menos de doze horas, estará sabendo.

No deck, Gigi começa a empilhar pratos sujos e jogar cascas de pizza na tigela de guacamole vazia.

— Não! — grita Hollis para ela. — Pare!

A voz de Hollis é tão cortante, tão *feroz*, que Gigi quase deixa cair o que tem nas mãos. Muito gentilmente, ela coloca os pratos na mesa.

— Desculpe — diz ela.

As outras congelaram onde estavam. Brooke observa a expressão furiosa de Hollis; seus olhos cravados em Gigi.

— Holly? — diz Dru-Ann. — Você está bem? Gigi só estava tentando ajudar.

As entranhas de Gigi viram líquido. *Lá vem*, pensa ela. O grande confronto dramático no final do fim de semana. O verdadeiro show de fogos. O maldito *grand finale. Não defendam Gigi!*, dirá Hollis. *Ela estava transando com meu marido! Ela era amante dele! Eles se encontraram em Atlanta! San Francisco! Madri! Roma!*

Em vez disso, Hollis parece recobrar os sentidos; seja lá qual força a tivesse tomado, ela está de volta a si.

— Perdão — diz ela. Seus olhos se enchem de lágrimas. — Eu só não estou pronta para isso chegar ao fim.

— Não sei as outras — diz Brooke. — Mas vou me lembrar desse fim de semana pelo resto da minha vida.

— Você nos mimou demais, mana — diz Tatum. — Obrigada por me deixar viver como uma veranista por alguns dias.

— Foi exatamente a fuga de que eu precisava — diz Dru-Ann. — Obrigada, Holly.

Gigi quer oferecer seu próprio tributo a Hollis, mas está com medo demais para falar. Quando fica evidente que ela não dirá nada, Brooke volta a falar. *Graças a Deus por Brooke,* pensa Gigi, *e sua aversão a silêncios desconfortáveis.*

— Você deve estar muito orgulhosa de si mesma, Hollis — diz Brooke. — Tudo correu perfeitamente bem!

As mulheres vão aos poucos para seus quartos na ordem oposta à que surgiram na vida de Hollis. Gigi pede licença primeiro. (Hollis não pode negar o alívio que sente quando Gigi diz boa noite.) Brooke se retira pouco depois. Em seguida, Dru-Ann abraça Hollis e Tatum ao dar boa noite, e Hollis encara, surpresa. Que tipo de magia aconteceu a bordo do *Endeavor*?, pergunta-se ela. Essas duas parecem quase... amigas?

Isso deixa Hollis e Tatum sozinhas.

De volta ao começo, pensa Hollis. Ela e Tatum secam as taças de vinho e as guardam de volta no armário; Hollis passa um pano nas bancadas e deixa um café pronto para ser passado de manhã.

Ela diz:

— Kyle me contou sobre a biópsia, Tay. Quando você foi ao banheiro durante o café da manhã ontem.

Tatum assente devagar. Não está surpresa; Kyle nunca conseguiu guardar um segredo na vida.

— É — murmura ela. — Eu só... Estou com medo... não quero terminar igual minha mãe. O diagnóstico, a quimio, e aí... bom, e aí eu estou morta. — Ela olha para Hollis; francamente, está aterrorizada demais para chorar. — Eu não quero morrer, Holly.

Hollis envolve Tatum em seus braços.

— Você não vai a lugar nenhum, está me ouvindo, Tatum McKenzie? Eu sei que você está com medo, mas não estará sozinha.

Vou ficar em Nantucket o outono todo este ano. Estou pensando em vender a casa de Wellesley e me mudar de volta permanentemente.

Será que Tatum deveria se permitir ficar empolgada com isso? Ela imagina ligar para Hollis para ir assistir a um filme no Dreamland no meio de fevereiro. Visualiza cafés da manhã no Downyflake e tardes deitadas à beira da piscina chique de Hollis. Diabos, Tatum vai até começar a praticar ioga, se puder ter a melhor amiga de sua vida toda de volta.

— É sério? — pergunta Tatum.

— Sério — diz Hollis. — Será que Kyle tem lugar para mim no time de softball Aquecimento e Resfriamento da McKenzie?

— Na verdade — diz Tatum —, estamos precisando de uma arremessadora.

Ela ri e balança a cabeça.

— Vou deitar. Ficarei sabendo o resultado da biópsia de manhã.

— Você vai conseguir dormir esta noite? — pergunta Hollis.

— Com certeza — diz Tatum. — Estou exausta.

Hollis beija a testa de Tatum.

— Bons sonhos, mana.

Quem tem dificuldade para pegar no sono é Hollis. À meia-noite, Henny vem até a cozinha — ela às vezes gosta de ficar acordada até tarde — e se joga aos pés de Hollis enquanto esta abre o notebook e vai até o site *Famintos com Hollis*. Ela prometeu aos seus assinantes um relato completo do Fim de Semana Cinco Estrelas, mas por onde começar a descrever o que aconteceu? Uma parte dela, é claro, adoraria contar a verdade a todos: Gigi Ling, a mulher que Hollis escolheu a dedo entre os membros de seu próprio site, revelou-se como sendo a amante de seu marido. O que Molly Beardsley ou Bailey Ruckert diriam *disso*? Haveria ultraje, indignação. Apenas alguns raros em meio aos seguidores de Hollis sequer *compreenderiam* o perdão; ninguém esperaria por isso. Eles esperariam que Hollis desse um chute no traseiro perfeito de Gigi.

Hollis se lembra das palavras de Brooke. Digita:

Tudo correu perfeitamente bem!

Enquanto deleta essa frase — não consegue mentir desse jeito; o fim de semana foi tão cheio de drama que alguém poderia escrever um livro sobre ele —, seu celular vibra com uma mensagem de texto. Henny levanta a cabeça.

— Eu sei! — diz Hollis. — Quem está me mandando mensagens à meia-noite?

É Jack.

Acabei de chegar em casa de volta. Desculpe por não ter tido a chance de me despedir. Foi bom te ver, Holly berry.

Hollis escreve: Foi bom te ver também.

Aquele beijo, pensa ela. Se Kevin Dixon não tivesse passado em patrulha, talvez ela desejasse ter lido aquele artigo "Sexo e a viúva".

Mas o que ela teve com Jack esse fim de semana foi o suficiente. Ela pode agora voltar a stalkeá-lo online.

Adivinha só?, envia ele.

O quê? pensa ela. Uma parte sua quer que ele diga que na verdade está lá fora na praia esperando ela pegar uma manta e ir se encontrar com ele.

Ela digita:

????

Estarei de volta a Nantucket na primeira semana de outubro. Podíamos ir pegar vieiras juntos.

Você só quer que eu te mostre o cantinho secreto do meu pai, digita Hollis.

Esperei muito tempo. Então, é um encontro?, diz Jack.

Hollis sorri.

Wild horses, digita ela.

Então dá boa noite para Henny e vai para a cama.

51

Felizes para Sempre

Gigi acorda com o primeiro canto dos pássaros, apesar de ainda estar meio escuro lá fora. Ela se veste, guarda as últimas coisas, tira os lençóis da cama e os empilha junto com as toalhas. Ninguém dirá que ela não foi uma hóspede atenciosa.

Ela recebe um alerta de que seu Uber está a cinco minutos de distância e resolve esperar no final da estradinha da entrada. Mais do que tudo, ela quer fazer uma saída discreta; não vai conseguir lidar com nenhum tipo de despedida.

Com esse objetivo em mente, ela deixa o quarto em silêncio e passa pela porta do quarto de Brooke nas pontas dos pés, indo até a cozinha. Gigi dá sorte; a cachorra não está em lugar nenhum.

Ela sente cheiro de café e percebe que Hollis deixou alguns copos para viagem, junto com leite de amêndoas e açúcar mascavo. A mulher pensa em tudo. Quando Gigi está colocando a tampa em seu café, escuta o leve ruído de pés descalços no piso de madeira. Hollis aparece no final do corredor.

Gigi sente um aperto no coração. Ela estava tão perto.

— Oi — diz Gigi.

Hollis está usando uma camiseta da Harvard Medical School. Sua enorme aliança de noivado com diamantes cintila sob a luz que entra pela janela.

— Está de saída? — pergunta Hollis.

— Estou — diz Gigi. — Meu Uber já está quase aqui. — Ela faz uma pausa, perguntando-se como tornar isso menos doloroso para as duas. — Obrigada, Hollis. Por tudo.

Hollis encara Gigi, depois balança a cabeça.

— Eu queria não te achar tão legal — diz ela. — Isso facilitaria tudo.

Gigi assente.

— Eu sinto exatamente a mesma coisa.

A suíte Cinquenta Tons de Branco é a mais próxima da cozinha, de modo que Tatum escuta Hollis, Brooke e Dru-Ann conversando: *O café está pronto; Pegue um copo para viagem; Alguém quer granola?; Essa é a salada de frutas que se recusa a morrer; Gigi já foi?*

Henny late.

Dru-Ann diz:

— Sabe o que foi engraçado? Henrietta *definitivamente* não foi com a cara de Gigi.

— Só não entendo o porquê — diz Brooke. — Gigi foi *tão* bacana. E você nem a conhecia pessoalmente, Hollis. Ela poderia ser alguma maluca.

Isso é recebido por um momento de silêncio.

E então Tatum ouve Caroline se juntar à conversa.

— Comprei passagem no voo mais cedo. Mal posso esperar para voltar para Nova York e editar os vídeos; acho que vai ficar muito bom, e as entrevistas são a melhor parte.

— Eu vou ver essas entrevistas em algum momento? — pergunta Hollis.

Isso também recebe o silêncio como resposta.

— Vou enviar pra todo mundo quando terminar — diz Caroline, por fim. — Alguém vai para o aeroporto?

— Eu — diz Dru-Ann. — Meu motorista já está aqui. Pegue suas coisas, querida.

Tatum olha seu celular; são 7h50. Ela tem uma mensagem de Kyle: Devo esperar em casa para poder estar aqui quando você ligar para a médica?

Tatum diz:

Não. Eu ligo quando ficar sabendo. E te vejo depois do trabalho.

Mas você vai ligar, né?

Vou, meu bem.

Eu te amo, sra. McKenzie.

Tatum ouve passos e o som de arrastar de malas no alpendre da entrada. Há o ruído de portas de carro fechando, o porta-malas, o estalo dos pneus passando sobre as conchas da estradinha de Hollis. Adeus a Caroline e Dru-Ann. Tatum fecha os olhos e tenta alcançar algum tipo de estado zen, mas seu relógio mental está contando os segundos. Dentro de poucos minutos, ela saberá.

Tatum ouve Brooke dizer:

— Eu não cheguei a te entregar seu presente de anfitriã. É uma vela perfumada da Christmas Tree Shop. Acho que meu presente vai ser não te dar isso.

Hollis ri e Tatum pensa, *boa*. Irina deu a todos os seus funcionários velas perfumadas que não eram de grife no final do ano passado, e o banheiro de Tatum ainda cheira a óleo bronzeador de coco.

Brooke diz:

— Tem outra coisa que eu queria te contar, Hollis.

— Por favor, não se preocupe com o que aconteceu com Electra — diz Hollis. — Ela só estava querendo chamar a atenção, como sempre.

— Não é isso — diz Brooke. — Eu queria que você soubesse que eu percebi... — Ela ri, nervosa. — Digo, isso vai ser um grande choque, mas, bem, eu percebi que... eu sou gay.

Eita!, pensa Tatum. Não houve falta de surpresas nesse fim de semana. Brooke é gay!

Hollis gagueja por um segundo.

— U-uau, tá bem, *isso não era* o que eu estava esperando... mas, Brooke, você sabe que a única coisa que eu sempre quis foi que você encontrasse a felicidade.

A conversa continua. Brooke está um pouco chorosa; ela vai contar ao marido e aos filhos quando chegar em casa. Tatum fica tentada a ir até a cozinha e dar um abraço em Brooke; isso é algo grande a entender na idade delas, bom para ela. Deveria deixar aquele marido babaca, encontrar uma gata linda e recomeçar.

Brooke tem que pegar a balsa e seu Uber está chegando; ela e Hollis se despedem e então a casa fica quieta. Tatum escuta Hollis perguntar à cachorra se ela quer sair para dar uma volta.

Tatum se levanta, se aproxima da janela e observa Hollis e Henrietta seguindo pela estradinha ladeada de hortênsias.

Agora são 8h03.

Tatum se senta na beirada da cama. Seu estômago emite um ruído estranho. Será que ela deveria tentar ir ao banheiro? *Não, ligue logo,* pensa ela.

A chamada é atendida no primeiro toque.

— Dra. Constable.

— Bom dia, Tatum McKenzie falando... — Ela pigarreia. — A senhora deixou uma mensagem na quinta de manhã, dizendo que o resultado da minha biópsia já havia chegado.

—Ah, olá, Tatum, isso mesmo, sinto muito por não ter conseguido falar com você.

Tatum não consegue falar; está prendendo o fôlego. Ela ouve a dra. Constable remexendo em papéis. Pastas? Ela está procurando o resultado? Não consegue se lembrar?

A dra. Constable solta um longo suspiro.

— Bem, os resultados não foram bem o que nós...

Tatum se perde em seus próprios pensamentos. É o fim do nono *inning*, duas bolas fora, duas corredoras, Nantucket está na frente por uma rodada. Se ela pudesse refazer as coisas, não teria soltado a maldita bola.

Ela teria pegado os turnos do almoço no Lobster Trap e passado toda noite com Dylan quando ele era pequeno.

Teria vindo para a Squam Road nos últimos sabe-se lá quantos anos para jantar quando Hollis a convidou.

Kyle, pensa ela. *Dylan. O-Cara. E Holly.* Sua melhor amiga, que ela acaba de ganhar de volta. Tatum nunca deixou muita gente se tornar próxima dela, mas sempre teve as melhores pessoas.

E ela sempre teve o melhor lugar: a ilha de Nantucket. A mente de Tatum passa por suas praias preferidas — Steps, Ladies e Smith's Point. Ela cruza os morros; Tatum ama a trilha pela floresta até Jewel Pond e a vista de Altar Rock. Todo fim de semana de 4 de julho, Tatum faz Kyle dirigir por Sconset para ela poder tirar fotos das rosas nos chalés; todo o vilarejo desabrocha com elas, é como algo saído de um livro de histórias. Tatum pensa em se sentar num banco na Main Street em abril, quando a cidade emerge de sua hibernação invernal — as árvores estão florescendo, as lojas estão abrindo, mas ainda há apenas os moradores locais. Tatum conhece cada um dos transeuntes.

Nantucket também foi o amor de sua vida.

— ...temíamos — completa a dra. Constable. — A biópsia deu negativo.

— Como é? — diz Tatum.

Ela está confusa. *Negativo*, neste contexto, é algo bom, certo?

— A biópsia deu negativo. É apenas um cisto, nada com que se preocupar — diz a dra. Constable. — Mas, com o histórico de sua família, devemos nos manter vigilantes. Ficar de olho nas coisas. Mas, por hoje, a notícia é boa.

Tatum desliga o telefone e, enquanto solta a respiração, as lágrimas começam a cair. Sem pensar, ela veste os shorts e o tênis e corre para o alpendre da entrada.

— Holly! — chama ela. — Holly!

Hollis e Henrietta só chegaram aos primeiros arbustos de hortênsias e, quando Hollis ouve Tatum chamar seu nome, larga a guia de Henny e corre de volta para casa.

Tatum desce os degraus em disparada. Ela está chorando, mas é o tipo de choro bom, Hollis pode perceber. Hollis agarra sua amiga e elas se abraçam e pulam de alegria. Qualquer um que as visse poderia pensar que acabaram de ganhar dez milhões de dólares na loteria.

Mas, ah, pensam Tatum e Hollis, *é muito melhor do que isso.*

Epílogo: Nantucket

No meio da semana, a conversa sobre o Fim de Semana Cinco Estrelas de Hollis Shaw diminuiu, embora aqueles dentre nós que seguem o blog *Famintos com Hollis* ainda estejam pacientemente à espera de que Hollis poste as receitas, conforme o prometido. O patê de *cream cheese* e cebola tostada! O peixe-espada marinado em coentro e limão siciliano! Os biscoitos açucarados Paloma!

Apesar de Sharon Loira estar bastante ocupada — procurando um lugar para estacionar em Nobadeer Beach, conduzindo seus adolescentes relutantes até o Observatório Maria Mitchell para que possam testemunhar a vista de Netuno que só acontece uma vez a cada sessenta anos, e tentando fazer uma reserva no bar dos fundos do Cru —, ela descobre que os pensamentos sobre o Fim de Semana Cinco Estrelas de Hollis ainda perduram em sua mente.

— Você está começando a me assustar — diz Heather, a irmã de Sharon. — Está completamente obcecada.

Sharon não sabe muito bem como explicar. Ela ouviu histórias sobre vários fins de semana só para garotas (reuniões de amigas da faculdade em Tulum, Mães vão ao Coachella), mas, de alguma forma, esse parece diferente. *A história da sua vida em amigas.* Sharon não conhece Hollis muito bem (ou, na verdade, nem um pouco), mas, ainda assim, uma parte sua queria que ela tivesse sido incluída.

— Há uma solução para isso — diz Heather. — Dê o seu próprio Fim de Semana Cinco Estrelas!

Mas é claro!, pensa Sharon. É isso o que ela vai fazer. Tudo o que precisa agora é descobrir quem convidar.

Ah, que diferença faz um ano.

Hollis Shaw vende sua casa em Wellesley e se muda permanentemente para a Primeira Luz, na Squam Road. Estamos radiantes por tê-la de volta entre nós, que é o seu lugar. Mas será que isso é o suficiente para que Hollis tenha seu felizes para sempre?

Não. Podemos fazer melhor do que isso.

Hollis Shaw e Jack Finigan lentamente começaram a namorar, embora Jack ainda more no oeste de Massachusetts. A distância é boa para ambos; eles podem ter seu espaço e seu tempo, embora, de vez em quando, falem sobre Jack comprar uma casinha em Nantucket.

Caroline, a filha de Hollis, se forma na NYU com honras e recebe a oferta de emprego dos sonhos: produtora-assistente na KeepItReal Films, em Los Angeles. A brilhante carta de recomendação de Isaac Opoku não prejudica, mas os executivos da KeepItReal estão mais impressionados com o curta que Caroline enviou em sua candidatura, *O Fim de Semana Cinco Estrelas*.

Com Caroline lançada com sucesso, Hollis e Jack decidem que querem fazer uma viagem. Eles fazem algo que alguns poderiam chamar de previsível e agendam um Viking River Cruise na Itália. Durante a hora dos coquetéis de boas-vindas, perguntam a eles há quanto tempo estão juntos, e Jack diz a todos que eles são "namorados desde o ensino médio". Nenhum dos dois sente necessidade de esclarecer algo além disso. Digamos que Tatum e Kyle McKenzie também estão no cruzeiro — afinal, eles têm muito a celebrar — e, enquanto estamos nesse assunto, que tal acrescentar Dru-Ann Jones e seu noivo, Nick Wofford, e Brooke Kirtley e sua nova namorada, Trinh Nguyen? (Trinh é a professora do Wellesley College que coordena o grupo de leitura que Brooke costumava achar intimidador; agora, Brooke é uma leitora ávida e oferece as opiniões mais perspicazes durante as discussões.)

É uma reunião cinco estrelas — ou quase.

No voo de volta para casa vindo de Roma, eles ouvem o anúncio de sempre:

— Boa tarde, senhoras e senhores, aqui é a sua capitã falando.

A voz é inconfundível.

Brooke agarra o antebraço de Hollis do outro lado do corredor.

— É *Gigi* — diz ela. — Ela é nossa piloto! Não posso acreditar nisso. Precisamos ir até lá dar um oi!

Será que Hollis está alarmada ou talvez horrorizada por Gigi estar pilotando o avião?

De forma alguma. Embora Hollis e Gigi não troquem mais mensagens, de vez em quando Hollis dá zoom nas Luzes na Cozinha acesas na área de Buckhead, em Atlanta. Ela imagina a luz acesa na cozinha de Gigi, imagina que Gigi esteja, talvez, tentando a receita de frango frito crocantíssimo de Hollis. Ela espera que Gigi tenha alguém novo ao seu lado — talvez um colega piloto, talvez um cara que conheceu na academia, talvez o veterinário de Mabel. Não importa quem seja, desde que Gigi seja a pessoa mais importante para ele.

— Vamos, sim — diz Hollis. — Mas vamos esperar até que tenhamos aterrissado a salvo.

Ela recosta a cabeça no ombro de Jack e fecha os olhos.

Ela já aterrissou a salvo.

Agradecimentos

Este livro é dedicado a dois dos homens mais importantes da minha vida: Michael Carlisle e David Forrer, meus agentes na Inkwell Management. Conheci Michael quando eu era uma estudante da oficina de ficção da Universidade de Iowa. Há toda uma história que acompanha isso, mas a versão mais curta é que nós nos conectamos por causa de nosso amor mútuo por Nantucket, e, quando contei a Michael que estava escrevendo um livro ambientado na ilha chamado *The Beach Club*, ele me pediu para que mandasse o manuscrito para ele. Isso foi na primavera de 1998; ele tem sido meu agente há vinte e cinco anos. (Eu sempre digo que relacionamentos entre agentes e autores são como casamentos: metade deles termina em divórcio. Mas, por sorte, Michael e eu estamos celebrando nossas bodas de prata!) David Forrer se juntou a nós no verão de 2006, trazendo seu aguçado olhar editorial, seu senso de humor, sua atenção aos detalhes e seu poço profundo de bondade. Michael e David criaram um espaço seguro para mim no mundo editorial, tão frequentemente caótico. Eu não estaria aqui escrevendo os agradecimentos do meu 29º livro se não fosse por eles. Eles não são apenas agentes cinco estrelas, são seres humanos cinco estrelas.

Obrigada à minha editora, Judy Clain, que conseguiu outra vez! Eu me vejo assombrada com a sensibilidade de Judy; ela consistentemente extrai de mim minha melhor escrita e minha história mais envolvente.

Um agradecimento imenso a toda a equipe da Little, Brown, incluindo (mas não limitado a) Anna de la Rosa, Mariah Dwyer, Bryan Christian, Canielle Finnegan, Jayne Yaffe Kemp, Tracy Roe, Terry Adams, Craig Young, Karen Torres, Brandon Kelly, Lauren Hesse, Sabrina Callahan, Bruce Nichols, a lenda que é Michael Pietsch, e minha amada assessora de imprensa, Katharine Myers.

As descrições e detalhes da vida em Wellesley, Massachusetts, fornecidos por Debbie Briggs foram inestimáveis. (Quaisquer imprecisões, mudanças ou exageros são meus, e apenas meus.) Quando pego emprestado um local secundário, tento entendê-lo corretamente, e jamais poderia ter chegado perto disso se Debbie não tivesse me contado sobre a Linden Sotre, sobre os goles de Fireball escondidos durante a partida entre Wellesley-Needham no Dia de Ação de Graças, sobre Poet's Corner e todas as outras razões pelas quais a cidade é conhecida como "Chiquésley".

Obrigada a Grace Bartlett por me ajudar a criar uma personagem que é uma aspirante a documentarista. (Caroline só pode torcer para ter metade do talento de Grace!)

Minha inspiração para as receitas de Hollis veio de diversos lugares. As pecãs com bacon e alecrim são cortesia de Lulu Powers. (Ela fez esse prato para mim no outono de 2021 e eu penso nelas todos os dias.) O patê de *cream cheese* e cebola tostada é de uma das minhas blogueiras culinárias preferidas, @bevcooks. A torta de pêssego com crosta quente de açúcar é da Chef Renee Erickson. E qualquer um que já tenha visitado a casa de Liz Georgantas em Nantucket sabe de onde eu tirei a ideia para a festa da pizza — assim como o lustre feito de garrafas de Coca-Cola.

Para meu "marido de trabalho", Tim Ehrenberg, da @timtalksbooks e Nantucket Book Partners, não há palavras para dizer o quanto eu amo (e preciso de) você. Santi é um homem de sorte.

Obrigada a Timothy Field por dizer, fazer e ser todas as coisas que eu preciso, em qualquer dia.

Obrigada à minha irmã, Heather, por sempre, sempre, sempre me apoiar — desde a época das meias vermelhas até os joelhos e penteados estilo George Washington.

Obrigada ao meu pessoal de Nantucket: Rebecca Bartlett, Wendy Hudson, Wendy Rouillard, Margie e Chuck Marino, Richard

Congdon, Anne e Whit Gifford, Liz e Beau Almodobar, Evelyn e Matthew MacEachern, Helaina Jones, Heidi Holdgate, Shelly Weedon, West Riggs, Manda Riggs, David Rattner e Andrew Law, Sally Horchow, Sue Decoste, Linda Holliday, Jeannie Esti, Melissa Long, Katie Norton, Deb Gfeller, a fabulosa Jane Deery, Bill Emery e Julie Lancia (grampos de cabelo franceses para sempre!). Quero agradecer ao meu ex-marido, Chip Cunningham, que não apenas é meu copresidente na administração da família Cunningham, como também meu amigo querido.

Isso me leva aos meus filhos: Maxx, Dawson, Shelby e Alex. Neste último ano, eu assisti enquanto vocês cresciam, brilhavam suas luzes e criavam seus próprios belos caminhos no mundo. Tenho sorte por muitas razões, mas, principalmente, por ter vocês.

Sobre a autora

Elin Hilderbrand mora o ano inteiro em Nantucket, onde gosta de ir à praia, cozinhar para seus filhos jovens e, de vez em quando, dançar na primeira fila do Chicken Box. Ela é uma grata sobrevivente de câncer de mama há nove anos. *O Fim de Semana Cinco Estrelas* é sua 29ª obra.

Este livro foi impresso nas oficinas gráficas da Editora Vozes Ltda.,
Rua Frei Luís, 100 – Petrópolis, RJ.